imaginist

想象另一种可能

理
想
国

imaginist

THE CROSSING

穿 越

CORMAC McCARTHY

[美] 科马克·麦卡锡 著
尚玉明 译

北京日报出版社

北京出版外国图书合同登记号：01-2021-0960

图书在版编目 (CIP) 数据

穿越 / (美) 科马克•麦卡锡著 ; 尚玉明译 . -- 北京 : 北京日报出版社 , 2021.3
(边境三部曲 ; 第二部)
ISBN 978-7-5477-3752-1

Ⅰ . ①穿… Ⅱ . ①科… ②尚… Ⅲ . ①长篇小说－美国－现代 Ⅳ . ① I712.45

中国版本图书馆 CIP 数据核字 (2020) 第 213218 号

特邀策划：李恒嘉
特邀编辑：闫柳君
责任编辑：许庆元
装帧设计：邵年 | XYZ Lab
内文制作：陈基胜

出版发行：北京日报出版社
地　　址：北京市东城区东单三条 8-16 号东方广场东配楼四层
邮　　编：100005
电　　话：发行部：（010）65255876
　　　　　总编室：（010）65252135
印　　刷：山东新华印务有限公司
经　　销：各地新华书店
版　　次：2021 年 3 月第 1 版
　　　　　2021 年 3 月第 1 次印刷
开　　本：850 毫米 × 1168 毫米　1/32
印　　张：17.5
字　　数：364 千字
定　　价：81.00 元

目录

前 言

“边境三部曲”的开创篇《天下骏马》在1992年的首版曾经引起了美国出版界的轰动和评论界的盛赞，并创下了精装本首版印数190000册及两月内连续七次重印的纪录；霸占《纽约时报》畅销书榜首长达21周，连续荣获美国图书大奖。而“边境三部曲”合卷本在1998年的出版更是让文坛沸腾。各大报纸好评如潮：《旧金山纪事报》称它为“具有本世纪最高文学成就的美国经典名著”。《纽约时报书评》誉之“散文的神笔加上美国的原味”。《华盛顿邮报·图书世界》赞美道：“多么庄严而壮丽……麦卡锡所创作的富有想象力的文学佳作，无论在深度和广度上都是独一无二的。天才的作家可以向诸神挑战。”评之“具有一种巨大的悲剧性的力量，是一本震撼灵魂的小说”。

《穿越》从结构上和篇幅上讲是“边境三部曲”的中心篇、

重头篇，从内容、文体上看亦是《天下骏马》的姐妹篇。但它比《天下骏马》更深刻、更成熟，它的问世也受到了更热烈的欢迎。《穿越》仅在美国的首版印数便超过了200000册，刷新了“边境三部曲”第一部所创下的历史最高纪录。当代美国著名桂冠诗人、2008年普利策诗歌奖得主罗伯特·哈斯在《纽约时报》激情评论：“《穿越》是散文的奇迹，是原汁原味的美国杰作。它的动人情景可以无愧地与近现代的美国四大金牌畅销书《出殡现形记》《傻瓜威尔逊》《宠儿》《骗子的化装表演》比肩。而它的鬼斧神工会让读者们自然地联想到几位誉满世界文坛的巨匠：威廉·福克纳、马克·吐温、赫尔曼·梅尔维尔和威廉·莎士比亚，以及一批大师级的文苑翘楚：海明威、奥康纳、塞万提斯、贝克特、康拉德、约翰·福特、萨姆·佩金帕和塞尔乔·莱昂内。《穿越》书写的天地是那样感动人心，它会使读者全身心地沉浸在一个个震撼得让人停止呼吸的故事里，使读者的灵魂陶醉于一处处美丽而忧伤的场景中。在麦卡锡的神笔之下，一切都那样摄魂夺魄，令人目不暇接。你都来不及思索这种文字和影像的力量从何而来，只有惊叹：麦卡锡的神手能够捧起一切源流而化作他自己的清泉！”

从表面上看，《穿越》的背景和情节与《天下骏马》有些相似，都是描写第二次世界大战时期两个美国南方牛仔少年离家出走，纵马天下，浪迹墨西哥的甘苦。但《穿越》并没有继续《天下骏马》主人公约翰·格雷迪的故事，而是潜心塑造了另一个坚韧不拔的牛仔少年比利·帕勒姆，描述了他在四年间三次骑马往返穿越美墨边境，为了追求信念和探求人生而遭遇的艰难曲折和为此付出的艰辛血泪。

在“边境三部曲”的结尾篇《平原上的城市》里，前两部的主人公约翰·格雷迪和比利·帕勒姆会合到一起，成为好友，继续着他们的人生之旅。正如美国评论家韦德·豪尔所评述：“一个心力交瘁的堂吉诃德，虽然极度悲伤，但还年轻，还有力量再生。”他们经过了生活的历练，日趋成熟，共同在这部终结乐章中扮演了主角，演绎出一段又一段感人至深的故事。至此，三部合为一体，将这部恢弘、深沉的生命交响曲推向一个不同凡响的高潮。

《穿越》描写了一个刚毅不折的男主人公的探求冒险生活，震撼人心，触动灵魂。它既像是现代的《伊利亚特》，它所包含的丰富寓意又像是现代的《格列佛游记》。比利漫长的善恶旅程充满了对人生的探求，对时空的思考，以及对神灵之存在意义的询问，展示了作者哲学思维的进一步发展。

麦卡锡的写作思想在《穿越》中亦比先前有了更大的扩展。在《天下骏马》中，他着重写人与社会；而《穿越》却全面包容了他对整个世界的关切：人、社会、自然、生物，甚至是兽类，也折射了他对伟大上帝的一切不朽造物的责任与关爱。如他的第一章整个就是一部可以命名为“与狼同行”的中篇小说。他使用大量笔墨叙述了人与狼的周旋与相处，悉心观察了这只母狼的行为及感情。他并没有简单地将动物分为益兽与害兽来草草宣判，而是认为“所有这些可能存在的种族都是由神创造的，它也是其中不可分割的一员”。在比利出于对母狼的怜悯而不得不亲手将之射杀之后，书中有着大段柔美动人的心理描写。比利的爱是那样博大宽厚。“他从落叶上抱起那已经僵直的头并拥在怀里，试图去抬起一个无法抬起的灵魂，那已经奔走于山林之中的可怕却美丽的灵魂。”是的，这不仅是一个肉体，也是一个灵魂。这一章不禁使我们想起了福克纳的名著《熊》与梅尔维尔的《白鲸》，三者均柔细感人，异曲同工！这几位文坛巨擘不仅是高明的文学大师，同时也是高尚的道德卫士。他们反对只把人类作为价值判断的主体而把大自然仅仅当成客体的人类中心主义。他们用手中的文笔呼吁：自然界是一个相互依存的体系。人只是其中一员，并非天生比其他生物优越。动物也是生命主体，也有感受痛苦和愉快的能力，也具有道德权利。它们都将自己满腔的热血及爱情投入天赐的大自然中，而对于现代人类文明渐渐侵蚀原本美好的自然界这一变迁疾首痛心。

麦卡锡的自然主体和生物中心思想亦在国内的学术界激起共鸣，我的中译文荣幸地为中美两国的智者和学者们铺架了沟通的桥梁。这里略举一例为证，西南科技大学外语学院的陈进云女士曾著论文《解析科马克·麦卡锡〈穿越〉中的生态伦理思想》。倘若《穿越》能够引致中国广大的文学爱好者拓宽对美国文学的视野，作为译者，我真的感到欣慰之至。

为了真切地表现美墨边境人民的生活特点，麦卡锡在小说的大量对话中使用了西班牙语。这对西语是第二语言的许多美国读者来说是不难接受的。对于译者，处在这样的语言环境中也不觉困难。比较费神的却是一些地方风貌和历史文物，如印第安部落的生活，半个世纪以前使用过的捕兽器、猎枪及马具等。我曾独自驱车上千英里，去美墨边境地区寻访考察，一切都是为了译文的真实与准确。翻译终于结束了，但我的脑中却始终不灭地闪现出小说的最后一幕："时间又一次地推出了一个灰色的黎明，又一次地托出了一轮神造的、完美的太阳。太阳升起来了。它又一次地照耀着大地，照耀着一切，不计善恶，不论功过，不分厚薄，一视同仁。"世界是这样美丽，却包容了那么多的丑恶与不幸。我们多么希望这轮火红火热的太阳能够融化天下的冷漠与黑暗，给我们一个真正光明和温暖的大地。

呕心沥血近十年的"边境三部曲"终于落幕了。作为这场巨演的总编导，麦卡锡在历经了三十多年连续不断的笔耕生涯之后也感到心力交瘁，需要调试恢复、休养生息一番了。其时，麦卡锡与他的第三任妻子詹妮弗又组建了新的家庭，并且有了一个孩子。就像是军人久临沙场也需要一段安逸的民间生活来放松自己，麦卡锡带着家人搬离了埃尔帕索这座直接给他创作灵感，也让他寝食难安的美墨边境城市，北迁到相对超脱一些的新墨西哥州圣菲市，但还是在不远处守望着他灵魂中的故乡——大西南。

在几年的沉寂之后，我们的文坛不老松又接连写出两部获奖力作，给文坛带来新的轰动。

一部是《老无所依》(*No Country for Old Men*, 2005)。由

美国著名编剧、导演、制片人科恩兄弟据此书拍摄的同名影片彻底颠覆了美国西部片，一举囊括了第八十届奥斯卡最佳导演、最佳影片、最佳改编剧本以及最佳男配角四项大奖。

另一部是堪称当代经典的《长路》(*The Road*，2006)。这部力作在2007年连续获得了第九十一届普利策最佳小说奖、最佳“鹅毛笔奖”及美国独立书商协会Booksense年度图书奖。因此，麦卡锡亦被著名文学评论家哈罗德·布鲁姆誉为“美国当代四大一流小说家之一”(其他三位为罗斯、品钦和德里罗)。根据它改编的巨片《末日危途》也紧随着被搬上大银幕。

在这两部新作中，麦卡锡延续着海明威和福克纳的文学风格。他全心关注着人类社会的命运，在表现宏大而严肃的主题同时，也给读者以极大的阅读快感。和“边境三部曲”一样，《老无所依》及《长路》也成为“黑色幽默文学”(Black Humor or Sick Humor)的优秀代表作。但它却是一种哭笑不得的幽默，它以悲剧内容和喜剧形式交织的混杂，表现世界的荒诞、社会对人的异化、理性原则破灭后的惶惑及自我挣扎的徒劳。面对这一切，人们发出玩世不恭的笑声，用幽默的人生态度拉开与现实的距离，以维护饱受摧残的人的尊严。称麦卡锡为当代最伟大的黑色幽默文学大师，他当之无愧。

科马克·麦卡锡因其文学成就在2009年5月以七十五岁高龄获得了美国笔会颁发的“终身成就奖”。这两年一度的奖项只有当代顶尖的文学家才有幸得到，因此麦卡锡也成了2009年诺贝尔文学奖的热门候选人。这使世界各国的麦卡锡读者们感到欢欣，也掀起了新一轮全球麦卡锡热。

《芝加哥论坛报》曾呼吁："请在您的书架上空出一席之地……如果您喜爱经典小说、探求和冒险的佳作，这里有一位美国当代文学的大师、巧匠，会给您带来一流艺术的享受。"

"文学是没有国界的。"真正好的作品必将以其潜在的艺术魅力深入人心，为各国读者带来无穷的精神享受。

尚玉明

2010 年 12 月 29 日于美国萨克拉门托市

第一章

当他们离开格兰特县南迁到这里来的时候，博伊德还只是一个四五岁的小娃娃。被他们称作希格尔达的新建的县，也不过就是这个男孩的年龄。他们告别了故土，那儿是他的妹妹和外祖母的埋骨地，到新开发的边境地区来寻找新的生活。这新的县份富饶、原始。你可以骑上骏马长驱南下，狂奔至墨西哥，一路上不会碰到一道篱笆挡墙，真的如入无人之境。才刚刚到了骑马的年龄，他就喜欢把弟弟博伊德扶上马背，让他坐在自己身前，两人同乘一鞍，在原野上骑行，同时用西班牙语和英语教给博伊德这些山水鸟兽的名字，描述着自然的风光。在这所新房子里,他们兄弟二人住在连着厨房的一间卧室里。在夜里，他常常睡不着觉，心里涌动着对新生活的无限憧憬。他想倾诉，他看着熟睡的博伊德，听着他甜甜的呼吸，不禁出声对他诉说，诉说他美好的计划，他对新家乡、新生活和他们这新一代的计划。

在那年冬天的一个夜里，他被狼嗥惊醒了。这叫声是从他家房子西边的小山包里传来的。他知道这些狼是想借着新雪，乘着月光跑到平原上来猎杀羚羊。他一跃而起，从床脚竖板头上抄起裤子和衬衣，抓起他那毛毡衬里的帆布夹克，又从床底拉出靴子，走到厨房间，借着炉子散发出来的微热穿好衣裤，再把一双靴子拎到窗口，在月光下分出左右，弯腰把它们套到脚上。然后轻步走出厨房，关上了房门。

当他经过马厩时，栏中的几匹马在寒夜里对他发出低柔的嘶声。新雪在他的靴子底下发出咯吱咯吱的声音，他的呼吸在淡蓝色的夜光中喷出一团一团的白雾。一小时之后，他已蜷伏在一条干河床上的雪堆里。凭着留在雪上、沙上的爪印，他知道那群狼刚刚从这里走过。

它们已经下到平原上来了。他穿过了一片扇形的沙石地，干河在这里折道向南伸进了山谷，在这里，他又看见了狼的足迹。它们就在前头！他小心翼翼地趴在雪地上，肘膝并用，匍匐向前。因为冷，他把双手缩进袖筒，捏住袖口，防止冷雪涌进袖管。他爬过一片黝黑的小杜松林，从这里，看得见阿尼马斯山峰下宽阔的山谷。离狼群很近了。他迫使自己静静地蜷一会儿，稳住呼吸，然后慢慢起身，朝前方看去。

在前方的旷野上，他看到了一幅激烈的追逃景象。狼群在追杀着羚羊；而亡命中的羚羊在白皑皑的雪野上像幽灵似的急速逃窜，或长奔、或急转、或盘旋……在清冷的月光下，雪浪在它们蹄下喷飞。它们急促的气息在冷凝的寒夜中像白烟般冒出，好像体内正燃烧着烈火。这群急转着、狂跳着的狼，在这茫茫冬夜里居然保持着神秘的沉默，仿佛它们来自另外一个完全陌生的世界，与这里根本语言不通。一阵无声的喧闹之后，它们跑下了山谷，沿着谷底跑向了远方，很快变成了灰蒙蒙、白茫茫中的几个小点，直至消失。

他觉得很冷，但还是原地未动，他还在等。四处一片死寂。凭着自己呼出的气息，他能看出来风往哪儿偏。在这片刻的沉寂中，他所能看到的东西就是自己的呼气，两道细细的白雾，喷出、消散，再喷出、消散，反复无穷。他蹲在那里等了很长时间。终于，它们又来了。这次是跑步后的欢娱。它们大步慢跑着，8 字形地交叉着跑，扭动着身躯，边跑边舞。它们时而停下来，用鼻子在雪中刨掘着什么。再慢跑几步，再停下来，立起后腿，挥动前肢，两两一组，对脸而舞。舞上一阵，又继续前跑。

一共有七只狼。它们就在离他不到二十英尺的地方跑过去了。这么近的距离，仅凭着月光他都能看清它们杏仁状的眼睛，听见它们的喘息。他甚至可以感觉到，它们知道他的存在——这种感觉一刹那如电击般令他毛骨悚然。它们聚到一堆，用鼻子互相蹭擦，用舌头彼此舔舐，好像是在传递着什么信息。但顷刻间，它们又都站住了。它们竖起耳朵站在那里，有的还把前脚提到了胸前。它们正在看着他——是一圈狼的眼睛在看着他。他屏住了呼吸，它们也屏住了呼吸。双方就这样僵持了一会儿，狼群突然转开身，疾步地但却是悄悄地跑掉了。当他回到家里的时候，博伊德已经醒了，但是他没有告诉他自己去了哪里以及看到了什么。他从来也不曾将这件事告诉过任何人。

到了这一年的冬天，博伊德已经长到了十四岁。他家附近的干河床上，树木从初冬起就早早脱去了叶子，光秃秃地立在那里。天空一天天愈加灰暗、阴沉，它笼罩下的树木更显得苍白和孱弱。一股强冷的风从北方吹来，现出了赤裸裸树身下面一派苍凉的大地，就像是岁月的一张大单据，罗列着亘古以来人类所有的债务，但所有的债权都已经过期。历史简单得不过如此。在他家房子的坡下，紧靠干河外湾的地方是一片稀疏的三角叶杨树林。此时，在萧瑟的冬天，树枝一根根惨如白骨，树干上的杂色树皮也几乎剥落殆尽。在这些杨树丛中，有几株特别粗大。其中有一棵巨树被人齐地锯掉，留下了截面宽大的树桩子。在冬天，过路的牧人利用它做木板地面，可以在上面搭起四英尺乘六英尺的帆布帐篷来防冷、避风、安度寒夜。他驾着马拉橇，带着博伊德外出拾捡木柴，一路上看着冬阳下自己的影子、马和木橇的影子，一棵一棵地穿过树桩。博伊德坐在木橇上，手里握着斧子，就像在守护着自家收集的木柴。他斜过眼睛，注视着西边的天空。荒野的山峦下，一轮血色的太阳满环光焰，正在缓缓沉入被它照得通红的干湖之中。在西天的晚红下，几只羚羊摇摆着脑袋，轻踏着步子，正巡游在牛群当中。在那方小平原上，宛如一幅灿烂、生动的剪影画。

他们踏着一路上的干树叶堆，驾橇来到了干河床里一个蓄着水的池塘旁。他在这里下了马，给它饮水，而博伊德却绕着水塘查找小老鼠的踪迹。博伊德无意间擦身经过了一个印第安人。这个人正弯着腰、全神贯注地蹲在那里，连眼皮都没有抬一下。当博伊德发觉了他并转过身来时，这个印第安人只是把眼光投向博伊德腰间的皮带，仍然没有抬眼。直到博伊德完全停在身边，他才抬起眼睛。博伊德几乎要碰到这个人了。这个人蹲在一丛细秆的芦苇草下，并没有特意隐藏，但博伊德却没能早一点发现他。他横膝握着一杆老式的 0.32 英寸口径单发来复枪。在这黄昏时分，他在守候着射猎前来池塘饮水的鸟兽。此时，他仍然蹲在那里。他看着孩子的眼睛，孩子也看着他的。他的眼睛那么黑，好像满眼都是黑色的瞳仁。在这双漆黑的眸子里，太阳正在西沉。在这双漆黑的眼睛里，是这个孩子站在太阳旁边。

过去，博伊德从不知道他能够在别人的眼睛里看见自己，也不知道他能在别人眼里看见像太阳这样的东西。现在，他看见自己成双配对地站在这两眼黑色的深井里，连细弱的头发都能看见，只是样子有点古怪。但这是一个和他一模一样的孩子。就像是他走失了的双胞胎兄弟，此刻正站立在另一个世界的窗口。但那是一个黑洞洞的世界。在那里，太阳是永沉不升的。这景象又像是一个险象环生的迷津。在那里，这两个令人怜爱、同情的孤儿在生活的旅途中迷失良久，最后终于找到了回来的路，但却被横挡在一堵古旧黑暗的警戒墙之后，似乎永远也无法逾越。

博伊德站在那里，一时间看不见他的哥哥以及他们的马。但越过这丛芦苇，他能看到那边水中不断扩出的一圈圈波纹。那应当是马儿饮水激起的波纹。他还注意到这个印第安人干瘦无毛的颌下，颈部细密的线条。

印第安人也转头看着池塘，他听到了马抬头时从鼻口部流下的水声。他转回头看着孩子。“你这个小王八蛋！”他骂道。

“我怎么了？”

“那边是谁和你一起？”

“我哥哥。”

“他多大了？”

“十六岁。”

印第安人站了起来。他起立得十分敏捷，毫不费力。他看到水塘的那边，比利正牵着马站在岸边。他又回身看着博伊德。他围着一条破烂的披毯，戴着一顶油污的斯特森帽[1]。可能戴得时月久了，帽顶原先的马鞍凹形早已被拉成了圆顶的钟形。脚上的一双破皮靴难看地用铁丝补缀着。

“你们两个在这里干什么？”

“捡木头。”

“带吃的了吗？”

“没有。”

---

[1] 斯特森帽：美国西部牛仔常用帽，高顶阔边。取名自美国大制帽商 John Stetson (1830—1906)，亦为此帽设计者。——译者注，下同。

“你们住在哪里？”

博伊德迟疑着。

“我问你们住在哪儿？”

博伊德朝河下流做了个手势。

“多远？”

“我不知道。”

“你这个小王八蛋！”

他把来复枪扛在肩上，沿着水塘边走过去，走到比利跟前。他看着比利，又看着近处的小马。

“你好！”比利先跟他打招呼。

印第安人吐了一口唾沫，说：“你们闲着没事跑这儿来吓唬人了？是不是？”

“我们不知道这里有人。”

“你们没带什么吃的吗？”

“没有，先生。”

“你们住在哪里？”

“沿河两英里远。”

“家里有吃的吗？”

“是的，先生。”

“我跟你们过去，你们进去给我拿些吃的出来，好吗？”

“你可以和我们一起进去，妈妈会给你吃的。”

“我不想进到屋里去，我要你们给我拿些吃的出来。”

“那好吧。”

“你们会给我拿吃的出来吗？”

“会的。”

“那就是这样。”

比利牵着马站在那里。这马一直都在瞅着印第安人。

“博伊德，”他说道，“咱们走。”

“你们家有狗吗？”印第安人又问。

“就一条。”

“你们先把它拴起来。”

“好的。我会把它拴好。”

“你把它拴在屋里的一个地方，别让它叫。”

“好的。”

“我可不想过去挨枪子儿。”

“我会把狗拴好的。”

“那很好。”

“博伊德，赶快，我们走。”

博伊德站在水塘另一头看着他。

“快点吧，一会儿这里就要黑了。”

“赶快照你哥哥说的去做。”印第安人说。

“我们又没惹你。”博伊德不满地说。

“快点，博伊德！我们走。”

博伊德越过水塘边的沙石地，爬上木橇。

“上这儿来！”比利招呼他上前面。

博伊德爬过他们捆扎的木柴堆，向后又看了一眼印第安人，然后拉住比利伸过来的手，一跃坐在比利身后的马背上。

“我们怎么样才能找到你呢？”比利问印第安人。

印第安人把枪横架在脖后，双手都搭在枪身上。“你们出来的时候朝着月亮走就行。”他说。

“要是月亮没有出来怎么办？”

印第安人又吐了一口：“你当我会告诉你朝着找不到的月亮走吗？快走吧！”

比利踢马前行，它们拉橇驰过森林。雪橇底部的一副宽长的滑行板拱起了一堆堆被风吹集起来的枯叶，发出了干燥的飒飒声。太阳低垂在西天，已经是黄昏时分。印第安人一直看着他们远去。博伊德用一只手揽住哥哥的腰骑在马上，他的脸被夕阳映成红色，他原本灰白色的头发也被染成粉红色。他哥哥一定是告诉他不要回头看，因为他一直没有回头看。在他们驶过那条干河，又驶上平原时，太阳已经掉在佩伦西洛山脉的尖峰身后，西边的天空在卷叠的云层下现出浓浓的暗红色。他们继续沿着干河岸向南骑行。当比利回头看时，那印第安人竟然已经快步跟了过来，距他们也就是半英里远，在暮色中一只手提着那支来复枪。

“你怎么回头看呢？”博伊德问他。

“我就是要看看。”

“我们真的要给他拿一些饭来吃吗？”

“是的。我想我们可以做这件事。”

“你可以做的事不见得就是件好事情。”博伊德说道。

“我知道。”比利答道。

他透过房间的前窗注视着夜空。早现的星星从南边的黝黑天幕上涌出来，挂缀在沿河树林的干细枯枝上。月亮还未露头，但它的边光已经附上了东边山谷上的黄绿色阴霾。他一直注视着月光从这片荒凉的大草原的边缘冒出来，注视着月亮的圆顶升出大地，那么洁白，那么饱满，但又是那么娇嫩，仿佛是薄膜包起的一腔琼浆，不经一戳似的。于是，他从椅子上爬下来，赶忙去找他的弟弟。

比利用一块布包起牛排、小甜面包和一满铁杯的煮菜豆，把它们藏在厨房门边食品架上的瓦罐后面。他先叫博伊德出去，自己站着听了一阵，然后也跟了出去。在他们经过自家熏制鱼肉的小房间时，事先被他们锁在里面的家犬发出了低哀的鼻声，并用前爪去刨门。比利发出嘘声叫它安静下来，它便不再出声。他们猫着腰，傍着篱笆摸了出去，然后径直朝河边树林走去。当他们走到河边时，月亮真的已经升得老高。那印第安人站在那里，又把来复枪架在脖后，像牲口套辕的架势一样。天很冷，他们清楚地看见他喷出的鼻息。他一见他们即转身开步，他们随即跟上。他们穿过了干河床的一片沙石滩，取道河对岸的一条牛畜小径，沿着牧场的边顺河而下，看见前方有柴烟升起。在他们家下方约四分之一英里处，他们来到了他在杨树林中点起的篝火堆。印第安人把来复枪靠在一株树干上，转过身来看着他们。

“把东西拿过来吧。”他说道。

比利走到火边，从臂弯里拿出那个布包递过去。印第安人接过布包，蹲在火边，把布包放在地上打开，取出那杯菜豆，放在火上加热，然后又从布包里取出面包和牛排开始动口。这一切他都是以先前一样的活动木偶似的动作完成的，机械而又敏捷，滑稽而又连贯。“你会把杯子烧黑的，”比利说，“我还要把它拿回家呢！”

印第安人咀嚼着，他的黑眼睛在火光中半闭着。

“你们家里有咖啡吗？”他问道。

“还没磨过呢。”

“你不能磨一些吗？”

“我不能，别人会听见的。”

印第安人把咬剩的一半面包送到嘴里，微微向前倾倾身子，又从身上不知什么地方摸出一把腰挂小刀，拿它搅着杯子里的菜豆。他抬起头来看看比利，随即把小刀放在舌头上每面各蹭一次，就像是他们在理发店里看到的在皮带上磨剃刀的动作一样。小刀蹭干净后印第安人一个投手，把它插进了一节正在燃烧着的木柴的一头。

“你们在这里住了多久？”印第安人问他们。

“十年了。”博伊德应付着回答他。

“十年了，这个地方是你家的？”

“不是的。”

他又拿起第二个面包，用他又宽又白的门齿大咬一口，然后坐下来咀嚼。

“你是从哪里来的？”比利开始问他。

“从四面八方。”他漫不经心地答道。

“你要到什么地方去？”比利又问。

印第安人没有回答。他歪着身子把小刀从木头上拔下，用它搅着铁杯里的菜豆，又用同样的动作把小刀两面的汤渍舔净。然后他又把小刀伸进杯子的耳形把手，把已经烧黑的杯子从火上提起来放在地上，开始用小刀当羹匙吃着菜豆。“你们家里还有什么东西？”

“什么？先生。”

“我说你们家里还有什么东西？”

他抬起头，注视着站在火光里的兄弟二人。他慢吞吞地咀嚼着，眼睛还半闭着。

“比方什么东西？”比利只好问下去。

“比方任何东西。只要我能卖的东西就行。”

“我们没什么东西。”

“你们没什么东西？”

“是的，先生。”

他继续咀嚼着。”那么你们是住在空屋子里吗？”

“不是的。”

“那么你们就是有东西了。”

“有家具和用具，一些厨房用具。”

“你们有步枪子弹吧！”印第安人逼问道。

“有一点，先生。”

“什么弹径的？”

“不是你的枪用的。”

“到底是什么弹径？”

“44-40。”[1]

“干什么不拿些来给我？”

比利朝他靠在树上的那杆枪努努嘴：“你那又不是44的弹径。”

“那没关系，我可以去换嘛。”印第安人毫不放弃。

“我不能给你拿步枪子弹，老爹会发现的。”

“那你讲这么多没用的干什么？”

“我们还是走吧。”博伊德对比利说。

“我们得把杯子拿回去。”比利应道。

“你们还有什么东西？”印第安人又问。

“我们什么也没有了。”博伊德抢着答道。

“我没有问你。你们家还有什么东西？”印第安人转向比利。

“我不知道了。我得看看我能找到什么。”

印第安人把第二个面包的另一半塞进嘴里。他弯下身用两个手指头去试试铁杯的热度，然后端起杯子，把剩下的菜豆全部倒进他大张着的嘴里，再用一个指头在杯子的内壁刮了一圈，用舌头把这手指舔干净后，把杯子放到地上。“给我拿些咖啡来

[1] 44是该枪子弹的弹径，即0.44英寸，40则为该种子弹的装药量标准。

吧。”他说道。

“我不能磨，他们会听见的。”

“就拿咖啡豆来，我会用石头把它们捣碎。”

“那好吧。”比利显得无可奈何。

“让他留在这里。”印第安人指的是博伊德。

“为什么？”比利不解。

“和我做伴。”

“和你做伴？”

“是的。”

“他用不着在这儿。”比利很坚定。

“我不会伤害他的。”

“我知道你不会，因为他不会留在这里。”

印第安人咂吸着他的牙齿。“你家有捕兽的夹子吗？”

“我们没有捕兽的夹子。”

印第安人抬起头来看了看他们，一边咂着牙齿并发出“嘶嘶”的声音。“走吧，再给我拿点糖来。”

“好的，把杯子还给我。”

“等你们回来的时候再给你。”

当他们走到那条牛畜小径时，比利回头看看跟在身后的博伊德，而博伊德也正回头看那林中的火光。在平原的上空，月亮是如此的明亮，你都能清楚地数得出月光下牛畜的头数。

“我们不会给他拿咖啡的，对吗？”博伊德问他。

“不拿。”比利坚定地回答。

“那我们的杯子怎么办？”

“不要了。”

“妈妈问起来怎么办？”

“告诉她实话，告诉她我把杯子给了一个印第安人。告诉她一个印第安人到我们家来，我把杯子给了他。”

“那好吧。”

“把你带出来我会有麻烦的。”

“那我的麻烦就更大了。”

“告诉妈妈都是我干的。”

“那好吧。”

他们穿过一片开阔地，朝着篱笆和房子的灯光走去。

“我们根本就不该去给他送饭，你看，惹了这么多麻烦。”

比利没有回答。

“我说得对不对呀？”

“你说得很对。”

“那我们为什么还要那样做呢？”

“我也不知道。”

一夜过去，当他们的父亲来到他们的房间的时候，天还没有放亮。

“比利！”父亲叫他。

比利从床上坐起来，看着站在面前的父亲。由于背着厨房射过来的光，他只是一个影像。

“那狗怎么了，为什么把它锁在熏火间？”

"噢，我忘了把它放出来了。"

"你忘了把它放出来了？"

"是的。"

"那起初把它关起来又是怎么一回事？"

比利跳下床，落脚到冰冷的地上，去抓他的裤子。

"我这就去把它放出来。"他忙说道。

他父亲在门口站了片刻，然后转身穿过厨房，沿着走廊回去了。借着开门的灯光，比利看见博伊德蜷成一团，睡在另一张床上。他提起裤子，拉起地上的靴子，走了出去。

比利放出了狗，又喂饱、饮完了马，天已经大亮。他给伯德装上鞍镫，翻身跨上它，便骑出了马厩。他想去河边看看那印第安人是否还在那里。狗紧紧跟在马蹄后面。他们穿过牧场，沿河而下，又穿过了树林。在这里，他停住了马，骑坐在上面观察着。狗在一边忙着用口鼻上上下下地嗅着，似乎在收集和拼凑着昨夜的一些图景。比利又策马前行。

当他骑进那印第安人的营地时，火堆早已灭了，只剩下黑色的灰烬。马侧转着身子，不愿举步向前。狗却很活跃，围着灰烬直兜圈子，还不断地用鼻子嗅着地面，它颈上的毛发都煞有介事地竖了起来。

当他回到家里时，母亲已经准备好了早饭。他把帽子挂起，拉过一把椅子便开始用羹匙去舀鸡蛋。博伊德已经在吃了。

"爸爸在哪儿？"比利问道。

"还没做感恩祈祷呢，就想吃饭！"母亲说道。

"对不起，妈妈。"

他低下头，默默地祷告了几句，然后去拿面包。"爸爸呢？"

"他上床睡觉了，他已经吃过了。"

"他什么时候回家的？"

"大概两个小时以前吧，他骑了一夜的马。"

"怎么会呢？"

"我想他是为了赶回家吧。"

"他要睡多久呢？"

"我想，一直到他睡醒为止吧。嘿，你的问题比博伊德还多！"

"可我一个问题都没问呢！"博伊德不满地插嘴道。

早饭后他们兄弟俩一起去了马厩。

"你觉得他会上哪儿去了？"博伊德问比利。

"他又上路了呗。"

"你觉得他是从哪儿来的？"

"我不知道。他是流浪者。你看他穿的那双墨西哥靴子吧，烂得没剩下什么好地方了。"

"你不知道一个印第安人要做什么。"博伊德说。

"你又知道印第安人的什么事呢？"比利反问。

"反正你不知道。"博伊德不服气。

"你根本不知道任何人要做什么。"

博伊德从一个工具桶里拿出一把磨损得很旧的螺丝刀及几把挂在马厩栏杆上的刷子，他又从拴绳子的横杆上拿下一个绳制笼头。他打开马舍的门，进去给马上了笼头，把它牵了出来。

他把绳子松松地套在横杆上，用手抚摸着这马的前腿让它把蹄子提上来。他用刷子把它的蹄叉刷干净，然后把这马蹄子放回去。

“让我来看看。”比利说。

“又没什么毛病，看什么？”

“我看看嘛！”

“那你就看呗！”

比利搬起马蹄，双手捧住，把它放在自己两膝间端详着。

“我觉得它看起来挺好的。”

“我说过它没毛病吧！”

“拉它走一圈看看。”

博伊德解开绳子，牵着马在厩里走了一圈。

“你要去拿鞍子来给它上上吗？”比利问。

“我想是的，如果你觉得合适的话。”

博伊德从马鞍室取来了马鞍。他先把一床毯子扔上马背，然后用力把鞍子放上去并一点点把它晃到位置上。接下来，他拉一拉马鞍上的粗皮带，再扎紧马的后肚带，就站在一边等着。

“你尽给它惯出些毛病来，”比利说，“干吗不给它肚子上来几拳，让它赶紧把气吐出来，好早点扣上皮带？”

“它对我不错，我也不能待它差了。”博伊德说。

比利一口痰吐进了地上的碎草里。他俩等着。一直等到这马把气呼出来，博伊德才拉紧皮带，把扣子扣好。

他们在伊巴涅兹牧场上整整骑行了一上午，检查牛群。牛畜站得远远地也在审视着他们。这是一群腿子细长、白脸上生杂毛的牛，有些墨西哥血统，有的长角，各种毛色都有。到中午饭时间，他们用绳子牵着一头一岁的小母牛回来，把它拴在畜舍栏上等着让父亲看。然后两人进屋洗手。父亲已经坐在餐桌旁边。

“孩子们。”他叫着。

“你们都坐下。”母亲说道。她把盛着炸牛排的一个椭圆形的大盘子放在桌子上，还有一大碗菜豆。在他们做了祝福食物祷告后，母亲先把牛排大盘递给父亲，父亲叉起一块牛排放到自己碟子里后把大盘传给比利。

“爸爸说，牧场上来了一只狼。”母亲报告着消息。

比利坐在那里，手上端着大盘子，手中的切肉刀停在空中。

“一只狼？”博伊德问道。

父亲点点头。“在福斯特沟谷的谷口。它扑倒了一头不小的牛犊。”

“什么时候？”比利问。

“大约一个星期前吧。奥利佛家最小的儿子在山里跟了她一路。这只狼是从墨西哥跑过来的。她先是穿过了圣路易斯山口，又沿着阿尼马斯山的西坡跑到泰勒，然后跑下山坡，穿过了山谷，再跑进佩伦西洛山沟谷的谷口，一直跑进雪地。在她咬死小牛的地方，雪足有两寸深。”

“你怎么知道是一只母狼？”博伊德问父亲。

“那你觉得爸爸是怎么看出来的呢？”比利反问他。

“你能从它小便的地方看出来[1]。”父亲告诉他说。

“噢。”博伊德领悟着。

“那您打算怎么做呢？”比利问父亲。

“我想我们应当抓住它，你说呢？”

“是的，爸爸。”

“如果埃科尔斯老爹在这里，他会抓住它的。”博伊德说。

“埃科尔斯先生吗？”

“是啊，如果他在这里，肯定抓得住它。”

“他肯定能行，可惜他不在这里。”

午饭后，他们父子三人骑行了九英里来到 SK Bar 牧场[2]。他们立住马，朝着房子大声喊叫。桑德斯先生的孙女把头伸到窗外看了看就去叫来了老人。大家都在门廊里坐下，比利的父亲就把狼的事情告诉了桑德斯先生。桑德斯先生低着头坐着，双肘撑膝，专心地看着自己两靴之间的地板，不住地点着头，一面用小手指弹去烟头上的烟灰。当比利的父亲说完时，他才抬起头来。他的眼睛非常蓝，非常好看，深深地藏在面部皮革似的皱纹里面。好像那里面有某种东西，连这边境乡间的艰难和严酷都不能动摇和折服它。

[1] 狼与狗一类的动物，雌雄小便的姿势不同，爪印与小便冲出的坑洼之间的相对位置和距离也不同，故而能够查看出来。

[2] SK Bar 是这家牧场的标记，即在字母 SK 下加一条横线组成。美国的牧场都有自己的标识符号。

“埃科尔斯的捕兽器和杂七杂八的材料都在小木屋里，”他说，“尽管用好了，我想他也不会在意的。”

他把烟蒂扔到院子里，朝着两个孩子笑了笑，双手撑膝站了起来。“我去给你们拿钥匙来。”他说。

他打开小木屋，里面黑漆漆的，一股霉腐味冲鼻而来。还有一种脂肪蜡的味道，闻起来就像是刚宰好的肉。比利的父亲在门口站了一会，才走进去。在前面的起居室里放着一个旧沙发，还有一张床、一张桌子。他们又穿过厨房，一直走到木屋后面的一间放脏衣、泥鞋的房间。借着一个小窗口射进来的尘灰色的光线，他们看到在粗糙的松木板架子上放着一堆腌菜果用的广口瓶、堵着毛玻璃瓶塞的瓶子及旧时药剂师用的特种瓶。所有这些瓶子都带着旧式的红边八角形标签，上面用埃科尔斯的工整的笔迹罗列着成分和日期。在这些特种瓶里，有的盛着暗黑色的液体，有的盛着风干的动物内脏，肝、胆、肾等。这些被人类猎杀的动物的残存物，似乎在它们体内还有着残存的梦魇，被人类追杀的梦、凄惨亡命的梦，这噩梦已经缠绕了它们十几万年。十几万年以来，它们一直梦见这些邪恶的小凶神，挺着苍白无毛的身子，从异地来临，暴殄天物，大肆屠杀它们的异胞和族亲，把它们驱赶出自己的天赐家园。这是些贪婪、残暴的凶神，兽类的血和肉永远也灌不满、填不饱他们的巨大食囊。这些瓶子罩着蜘蛛网伫立在尘灰里，而从窗户上送进来的天光，把这间小室连同它的化学器皿一道制造成恍如一座奇异教堂的感觉。这座教堂曾经委身致力于人间百业中一个最卑劣的行当——屠杀生灵以维生，但很快随着这种没落的行径而颓败了。比利的父亲拿起一个药瓶，在手里转着看了看，又十分准确地放回原先瓶底在尘埃中坐着的那个圆圈上。在架子下层的隔板上压着一个木制的弹药箱，四面都有结实的楔形榫结合着。箱子里盛有十几个小瓶子，但上面都没有标签。箱子的盖板上用红色蜡笔写着：七号基体。比利的父亲把一个小瓶举到光下，使劲晃了晃，旋开木塞，把这开了盖的小瓶放到鼻子下面。

“我的天哪！”他低声叹道。

“让我闻闻。”博伊德要求道。

“别闻。”父亲忙制止。他把小瓶放进衣袋，然后就开始寻找捕兽器，但是没有找到。他们又查看了木屋其他的地方，从外面的门廊到熏制鱼肉的小间。在熏火间，他们发现了几个老式的三号长簧小土狼捕捉夹子挂在墙上，但没有捕捉大狼的夹器。

“它们肯定在这木屋的什么地方。”父亲说。

他们又继续寻找。不一会儿，博伊德从厨房间兴冲冲地跑出来。

“我找到了！”他叫道。

这些大捕兽器放在两个大板条箱子里，箱子上面都摞着厚厚的木柴。这些兽夹用一种类似猪脂的油脂保养着，把箱子塞得满满的，挤得就像是罐头里的鲱鱼。

“你怎么会想起来去木柴底下找呢？”父亲问他。

“你说的它们肯定在这儿什么地方。”博伊德答道。

父亲把一些旧报纸铺在厨房的亚麻油地毡上，开始把这些捕兽夹从木箱里搬出来摆放着。兽夹上两个长长的 V 形弹簧钢板在存放时都被折收进去以减少体积。拴兽夹的铁链包缠在兽夹周身。父亲伸开了一个兽夹，塞满油脂的链子落地发出低沉的声音。兽夹的主要部位看起来像是并列的两个半圆的项圈，被这两个强力的弹簧板的圈眼管住，压下弹簧，项圈像两颌似的张开，由一个小搭钩维持状态。中心部位的圆盘上放着诱饵，野兽一碰上，震掉搭钩，弹簧跳起，迅猛的力量将两个项圈合死，就夹住了野兽的脚。父子三人蹲在那里，仔细打量着这兽夹。它看起来确实很大[1]。

“这家伙看起来就像是抓熊的夹子。”比利说。

“这是个捕狼夹，是四号半纽豪斯牌的。”

父亲把八个夹子都放在地上，用报纸擦去手上的油脂。完事后，他们合上板条箱的盖子，又把木柴堆回箱子上面，就像博伊德刚刚发现它们时的那个样子。然后父亲又走回到后面的衣鞋间，取来一个装有金属网底的不带盖的小木匣子、一纸袋子木屑和装运兽夹的背篓。最后，他们父子拎着东西走出木屋，上紧门上的挂锁，解开马，骑回了桑德斯先生的家。

桑德斯先生走到门廊上和他们说话，但是他们并未下马。

“留下来吃晚饭嘛。”桑德斯先生说。

---

[1] 这是半个世纪前美国西南部使用的捕兽器，读者会感觉十分陌生，故译者添加了一点说明，糅进译文中。

“我们得赶紧回去了。谢谢你了！”孩子们的父亲答道。

“那好吧。”桑德斯知道他抓狼心切。

“我一共拿了八个夹子。”

“没问题。”

“我们要看看运气怎么样。”

“这事恐怕不容易。这只狼到这一带来的时间还不长，你还找不到它什么规律。”桑德斯先生补充道。

“埃科尔斯说现在已经没有一只狼是有规律的。”

“他可能明白些，他自己就跟半只狼差不多。”

孩子们的父亲点点头。他坐在鞍上微微转身，朝开阔的平原看去，又转过身来看着桑德斯老爹。“你闻过埃科尔斯以前装饵用过的东西吗？”

“是的，我闻过。”

孩子们的父亲又点点头。他举起一只手招了招，然后掉转马头和孩子们一起上路了。

晚饭之后，父子们把一个镀锌的大洗濯盆架在炉子上，提了几桶水倒在里面，加了一勺子碱液，把捕兽夹全放进去煮。他们生着大火，一直往炉子里添着木头，一直烧到上床时分。睡觉之前，他们给盆里换了水，新加上了洋苏木屑，往炉膛里塞满了大块木头，继续让沸水清洗这些兽夹，然后都去睡觉。博伊德在夜里醒过一次。他躺在床上听着房子里、黑暗中的寂静，听着炉子里柴火的噼啪声和房子在风中的吱吱响声。当他朝比利的床看去时，床是空的。于是躺了一小会儿，他就起身走到厨房里。比利正坐在靠窗的一张厨房椅子上。他双手交叉压在脑后，椅子朝后仰着，正在观赏干河上空的月亮、河边的树林和南方的山峦。他转过头来看着立在门口的博伊德。

“你在干什么？”博伊德问他。

“我起来添火。”

“你在看什么？”弟弟又问。

“没看什么，这儿没有什么好看的。”

“那你坐在这儿干什么？”

比利没有回答。过了一会儿，他说道：“回床上睡觉去吧，我马上也过去。”

博伊德闻声反而走进了厨房。他站在餐桌旁边。比利转过身来看着他。

“什么把你给吵醒了？”

“你呗！”

“我可没出声啊。”

“我知道。”

第二天早晨比利起来时，他的父亲正坐在厨房桌子旁，腿上搭着一个皮围裙。他戴着一副鹿皮手套，正在往一个兽夹里擦蜂蜡，其他兽夹都摊在地上的一张小牛皮上。兽夹经煮洗之后，都呈现出深蓝色。他看到了比利，便摘下手套把它们和围裙上的兽夹放在一起，然后包起围裙，放在地面的小牛皮上。

“先帮我把这个大盆搬下来，然后你可以接着打蜡。”

比利照着父亲的吩咐做了。他仔细地给兽夹上蜡。他先给饵盘子上蜡，特别没忘记为盘子上的字母打蜡，再给铰接颌状夹具的槽口打蜡，五尺长的铁链的每一个环扣都不错过。最后，连链头上的两爪倒钩都上了蜡。全妥了之后，父亲把所有的兽夹都挂在屋外的冷风中，免得屋子里的气味传染了它们。[1] 次日早晨，当父亲进他房间叫他时，天还未亮。

“比利。”

“是的，爸爸。”

“早饭五分钟就好。我们早吃早走。”

“好的，爸爸。”

当他们走出家边的这片地时，天已经破晓。这是一个清冷的早晨。所有的兽夹都装在一个柳条背篓里，由父亲背着骑在马上，但是背带被放松着，这样骑马时篓底就会落在他身后马鞍的后韂上，免得人受累。他们朝正南骑行。在他们头顶，冠了新雪的布莱克峰已经在初阳下闪烁着银光，而与此同时，山底的谷地还笼罩在黎明前的暗影之中。当他们越过通向菲茨帕特里克泉的那条老路时，太阳已经四处可见。他们沐浴着朝阳，穿行到了牧场的高头。从这里，就要爬山进入佩伦西洛山脉。

半晌午时分，他们到了这丘陵中的一块低地，这正是小牛犊丧命的地方。在他们刚刚穿林而过的地方，已经有雪盖住了父亲骑的马三天前踩出的足迹。在死牛犊躺卧的树荫处，还有

[1] 许多野兽，尤其是狼，十分敏感和谨慎，嗅到人或人居的气味就会避开。据说印第安人在打猎前都会洗澡，洗去身上的气味。

残雪未融，但这些雪已经被血染红，被践踏过，被小土狼的爪印反反复复地折腾过。小牛犊已经惨遭分尸，皮、肉和内脏的碎片零零落落地撒在血染的雪地上，有一些还被拉扯到更远的地面上。父亲摘下手套，卷了一根烟，坐在马上抽着，另一只手握着两只手套搭在马鞍的前鞒上。

“别下马，”父亲说，“看看能不能找到它的脚印。”

他们骑着马穿过这片地。马儿们看到地上的雪，显得有点局促不安。骑手们便以一种嘲弄的方式来宽慰它们，仿佛要羞辱它们的胆怯似的。

比利一直没能找到狼的踪迹。他父亲一踩脚镫下了马。

“到这儿来。”他对比利说。

“您想在这儿埋一副夹子吗？”比利问父亲。

“不，你下来看看。”

比利下了马。父亲已经滑下了背篓的带子，把背篓放在雪地上。他单腿跪立，用嘴吹去面前的一小片新雪，露出了这狼五天前留下的晶莹明晰的脚印。

“这是它吧？”比利问父亲。

“这就是它。”父亲断定。

“这是它的前爪。”比利也判断着。

“是的。”父亲又肯定着。

“它不会再回到这里来了吧？”

“不，它不会再回这儿了。”

比利站起身来。他朝前面的草地看去。有两只大乌鸦正栖息在一株光秃秃的树上。它们一定是在骑手们骑近时才飞到那树上去的。除此之外，什么景致都没有。

“您觉得其他的牛都跑到哪里去了？”

“不知道。”父亲思索着。

“如果牧场上有一头牛死了，其他牛会待在那儿吗？”

“那就看它是怎么死的了。反正它们不会愿意和一只狼待在一起！”

“您觉得它现在会不会又吃了一头牛？”

父亲从他跪立的地方站起来，拎起了背篓。

“这可能性很大，”他说，“咱们走。”

“是的，爸爸。”

父子俩又骑上了马。他们越过了眼前的这片低地，又骑进了那头的一片林子，跟随着牛畜的足迹沿着沟谷边骑着。比利又转头看了看那两只乌鸦，片刻间它们已经跳下树，又悄悄地飞回牛尸上去。

父亲在这个山口下方埋设下第一个捕兽夹。他们知道这狼是从这儿经过的。比利坐在马上看着父亲把一片小牛皮毛面朝下扔在地上，下马踏脚在上面，把背篓也放在上面。

父亲从背篓里拿出鹿皮手套戴上，取出一把铲子在地上挖了一个坑，他把两爪钩放进去，随着把连在一起的铁链子也放进去盖住爪钩，然后用土埋好。其后他又在旁边照着捕兽器的形状挖了一个浅坑。他把捕兽器放进去试了试大小，又挖大了一些。他把挖出来的土放一些在木制筛盒里，把铲子放在一边，从篓子里取出一副C形夹钳，用它拧紧兽夹的长长的弹簧板，打开颌形夹具。他拿起兽夹，注视着饵盘上的凹口，然后又退回一扣螺丝，调整了一下板柄（启动杆）。朝阳透过树枝把花花的影子投在他的背上。他蹲在那里，把兽夹举在眼前，对着早晨的晴空仔细察看着，就像是在校正一些古老而又精致的仪器，如观察天象的星盘或六分仪等。又像是一个人弯着腰，以某种方式在世界上为自己定位一样，此人正专心埋首，通过弧和弦的关系来测定周围世界和本身存在之间的距离，如果真有这个距离，如果它是可知的。他把一只手放在张开的颌形夹具下方，用大拇指把饵盘稍稍翘起一点。

“我们不想让这夹子离松鼠出没的地方太近，”他说，“但是已经很近了。”

一切检查好了，他松开C形夹钳，把兽夹放入坑中。他用一张蘸过熔蜡的方形纸盖住夹子的颌形夹具和饵盘，用筛盒小心地把泥土筛回到这张纸上，又用铲子把一些腐殖土和木屑轻轻地撒在上面。然后他蹲在旁边仔细察看，直到一切都伪装完好。最后，他从上衣口袋里掏出埃科尔斯的一瓶专门用来做饵料的波欣酒，打开软木塞，伸进一节小树枝蘸了一下，把这小枝插入距兽夹一尺的地方。然后，用木塞堵好瓶子，放进衣袋里。

父亲站起身把背篓递给儿子，自己弯下腰把那张小牛皮带土叠起来，然后把脚插进马镫里，骑上去，再弯下腰把那张小牛皮拉到鞍谷上，让马退了两步，再欣赏一遍布设的陷夹。

“你觉得你能自己埋夹子了吧？”父亲问儿子。

“是的，爸爸。我觉得能行。”

父亲点着头。“过去埃科尔斯会把马蹄上钉的U形铁拔下来，然后他会把他自己做的牛皮套鞋包到马蹄上去。这样可以不留马蹄印，免得狼起疑心。奥利佛告诉我，他能不下马就埋设兽夹，就坐在马上弄。”

“那他是怎么弄的呢？”

“我也不知道。”

比利坐在马上，双手托着背篓，背篓架在膝盖上。

“把它背上，”父亲说，“如果你想自己去埋夹子的话，你得学会背着。”

“是的，爸爸。”

到中午时分他们已经又埋了三副兽夹。人饥马乏，他们便选了在克洛弗代尔上游的一丛黑皮橡树下吃午饭。他们双腿盘坐，胳膊肘斜倚在大腿上，吃着三明治。他们的眼光越过山谷，看到瓜达卢普山，向东南方又看到了山脉的横岭。那里，云海的阴影正缓缓移动着盖住宽阔的阿尼马斯山谷。再往前，在蔚蓝色的远方，就是墨西哥的群山。

“您觉得我们能抓到它吗？”儿子问。

“要是抓不到它，我就不会来了。”父亲答道。

“要是它以前被抓住过，或者它以前见过这些夹子怎么办？”

“那样，抓它就难了。”

“我觉得我们这里没有狼，狼都是从墨西哥跑过来的，对吗？”

“也许是吧。”

吃完饭，父亲将包装三明治的纸袋折叠起来并塞进口袋。

“你吃好了吧？”他问儿子。

“好了，爸爸。”

当他们父子二人骑回自家那块地，骑进马厩时，他们离家已经十三个小时，都已经疲惫不堪，骑得骨头架子都要散了。最后的两个小时是在黑地里骑行，到家时，整个房子除了厨房外都黑了。

“快去吃晚饭吧。”父亲心疼儿子。

“我没事儿，爸爸。”

“快去吧，我来拴马。”

这只母狼在西经约108度30分处穿越了墨西哥与美国的国境线，然后又横穿了国境线以北一英里处印第安部落领地的一条旧路，沿着怀特沃特溪向西进入了圣路易斯山脉，再向北跑到阿尼马斯山脉，穿过阿尼马斯山谷，一直跑进佩伦西洛山。它的臀部有一个很大的疤痕，那是它的同伴两星期以前在索诺拉山的某一个地方给它留下的。那只公狼咬了它是因为它不肯离开。公狼的一只前脚被捕兽器夹住，血迹斑斑，挣脱不得。母狼距拴兽夹的铁链只有几步远，但无计可施。公狼自知厄运来临，末日已到，便向母狼嗥叫着，赶它离开，以保一命。但母狼放倒双耳悲鸣着，就是不肯离开。就这样，两只狼各自带着伤，淌着血，僵持了一夜。到了早晨，猎人们骑马远远地来了。

母狼只好一跛一拐地跑开，在一百多码之外的一个山坡上，眼睁睁地看着自己的同伴去迎接黎明的死亡。

它在马德拉谢拉山岭的东山坡上游荡了一个星期。它的祖先们曾经在这片地面上追杀过大如骆驼、中如原始小型马一类的动物，但如今它在这里几乎无物可食。几乎所有的猎物都被赶尽杀绝；几乎所有的林木都被砍伐，填进了矿山捣矿机的庞大锅炉。千百年来，狼在这个山野里大肆追杀、捕食牛畜，但这类畜生的愚昧无能始终令它们迷惑不解。这些牛畜喋血惨叫，蹒跚而行，拖着它们宽大的四蹄和无尽的困窘，满山遍野地凄哞。它们悲吼着，在泥泞或深雪中挣扎，在绝望中冲过了栅栏，身后拖带着缠连的栏杆和铁篱。牧人们说，这些凶狠蹂躏牛畜的做法是他们从未对任何野兽做过的。好像这些懦牛在它们心里激起了莫名的愤怒，好像这些懦牛因违反了某种古老的规律、古老的典仪、古老的礼节而冒犯了它们一样。

它蹚过巴维斯匹河继续北上。此时它已经怀有身孕，肚子里拖着第一胎的幼仔们。但它还不知道它所处的困境。它现在离开这个地带北移，不是因为这里已经没了猎物，而是为了找到狼的同类，它太需要和它们在一起了。当它在新墨西哥州佩伦西洛山的福斯特谷口扑倒那头小牛的时候，它已经有两个星期除了动物的腐肉之外没有吃过别的什么了。它现在一副困惑忧愁的样子，因为它根本就没有见到同类的踪影。它吃了睡，睡了再吃。它一直吃到肚子大得拖地。但它现在决不走回头路，它也不再回头打扫吃剩的猎物[1]，它不愿在白日里越过公路或铁道，它更不会在同一个地方两次从一个铁篱下面钻过去。这些都成为新规矩，是过去从来未有过的限制，但现在都存在了。

它向西漫游，进入了亚利桑那州的科奇斯县。它越过了骷髅溪的南分岔水再向西跑到饥饿谷的谷头，又向南跑到猪谷泉，然后它又折回东边，跑到克兰顿沟和福斯特沟之间的高地。夜间，它喜欢跑下阿尼马斯平原去驱赶野羚羊，欣赏它们在自己激起的尘灰中如洪水般奔流、幽灵般旋转的景象，这些尘灰从远处看上去就像是盆地里冒出的一串串狼烟；它喜欢欣赏它们四肢关节的精巧结合及它们轻盈头颅的惊慌摇动；它还喜欢欣赏它们或聚或散的奔跑队形。它也在搜索着它们之中任何可以沦为它的猎物的弱者。

这个季节，正是母鹿怀仔的时节。但通常它们会在分娩期远远未到的时候流产，流下这还未睁过眼便永远长眠的不幸胎儿。已经有两次，它发现这种苍白、娇嫩的流产鹿胎儿。胎体还是温热的，被丢弃在地上，歪着脑袋，张着小口仿佛在呆视着什么东西。这未成熟的鹿胎儿在黎明的料峭中冻得浑身乳青，几乎通体透明，好像是从另外一个世界里误投过来的一个生命。这些令人怜惜的胎儿无知无觉地死在雪地里，被饥兽当作鲜美的早餐吞噬着。它连这些鹿胎儿的嫩骨都吃得干干净净。在日

[1] 很多野兽的习性是多次回头重复吃食扑倒的猎物。有的甚至将吃剩的猎物埋藏起来，以备下次再吃。

出之前，它离开了平原，走到山里去，它十分孤独、苦闷，心中有无数的烦恼和忧伤要排遣、发泄。于是它站上一块大岩石，抬起头，俯瞰着暗沉沉的山谷，在这可怕的寂寥和寂寞中一通通地嗥叫……要不是突然嗅到了布莱克峰西侧山口的下面有狼的味道，它几乎要离开这个地区了。它立即停住了脚步，好似撞到了一堵墙上。

它朝着发出气味的地方跑去，跑到了埋兽夹的地点。它围着这个点转圈子，足足有半个小时，它分辨着这里各种各样的气味，小心地把它们各自所代表的主体和动作归理、联系起来，竭力去重塑不久前在这里发生过的事件。它被上次同伴的蒙难弄得心有余悸，十分谨慎，想到应当多看几个地方。于是它找到了三十六个小时前埋夹人骑马留下的足迹，穿出这个山口，向南跟行。

到晚间时分，它已经发现了全部八个埋设的捕兽器。它还是选择回到了发现头一个兽夹的山坳。它先绕着埋兽夹的地方转了几圈并发出哀叫，仿佛是在为遇难的同伴追悼一般。然后，它便开始刨地。它用两爪在紧靠夹子的地方刨洞，洞壁的泥土崩落后便发现了捕夹上的颌形夹钳。它盯着看了一会儿，又继续在夹子周围刨坑，当它离开时，整个夹子完全暴露出来了，只有中心部分遮盖着饵盘的蜡纸上还残留着一撮泥土——它小心翼翼地不去触动这个部分——上次的悲惨事件还记忆犹新。第二天早上，比利和父亲骑马经过的时候，他们所看到的就是这样裸出地面的夹具。父亲从马上下来，仍然落脚到那张小牛皮上。他仔细观察这套夹具。比利坐在马背上看着。父亲又重新埋设了这套兽夹。他站起身来，满含疑惑地摇了摇头。他们又检查了全线其他的埋夹。次日早上他们再次来看时，那套兽夹又被刨出，另外有四套也被掀开了。他们用其中的三套在这条路线上又埋设了更为隐蔽的夹子。

“有什么办法能不叫牛踩到夹子上去呢？”儿子问。

“没有什么办法。”父亲答道。

三天以后，他们发现又一头小牛被吃。五天以后，他们埋设的一个隐蔽夹被挖出，而且弹簧被扳起，这个夹子翻倒在一边。

晚间，他们父子又去了 SK Bar 牧场去找桑德斯先生。大家围坐在厨房里向老人讲述了这几天所发生的一切。老人边听边点头。

“埃科尔斯有一次告诉我说，其实抓狼就像抓孩子一样难，这并不是因为它们比我们更聪明，而是因为它们一心就想着怎么去逃脱。我跟着他去过一两次。他总是把兽夹埋放在不像是野兽要跑过的地方，我问他为什么要埋在那个地方，多半时候他也回答不出。”

父子们又一起去了那小木屋，又取了六套捕夹带回家去煮洗。第二天早上，母亲到厨房准备早饭时，博伊德正坐在地上往兽夹里打蜡呢。

“你是不是想，这样做爸爸就不会把你给晾在家里了？”母亲问。

“我没想。”博伊德耷拉着脑袋答道。

“那你那张脸要板多久？”母亲有点忧心。

“我又没板脸。”儿子不承认。

“他也是像你一样倔强。”母亲指着父亲。

“那我们都麻烦呗！”儿子气呼呼地说。

母亲站在炉旁看着他低头弯腰干活。一会儿，她转身从架子上取下一个长柄煮锅，放在炉子上。她打开炉门要加木柴，但博伊德早已经加过了。

吃完早饭，父亲擦擦嘴，把餐巾放在桌子上，把椅子朝后一推，说：“咱们煮好的夹子呢？”

“都挂在晒衣绳上。”博伊德应道。

父亲起身走出了厨房。比利也吃了饭。他喝下最后一口咖啡，把杯子放在桌子上，对博伊德说：“要我和爸爸说说吗？”他指的是出门设夹的事。

“不用。”小博伊德十分倔强。

“那好吧，我不说，也许不会顶用。”

十分钟后，当父亲从谷仓里回来，博伊德只穿着衬衫在柴堆旁劈木块。

“你想和我们一起去吗？”他问小儿子。

“不想。”博伊德嘴上不肯示弱。

父亲进了屋。不一会儿，比利走到院子里。他问博伊德：“你到底怎么了？去还是不去？”

“我没怎么。你怎么了？”

“行了。别嘴硬了。穿上衣服跟我们走吧！”

夜里山上下了雪。在布莱克峰西边的山口，雪足足有一尺深。父亲下了鞍，徒步牵马，涉雪追查着狼的踪迹。父子三人在这山地跟踪狼的足迹整整有一个上午，或走或骑，直到狼迹跑出了雪地，这已经到了克洛弗代尔小溪路的上端。在这里，父亲下了马,站着瞭望前方这片开阔地区。这是狼跑出去的地方。一会儿，父亲又跨上马，三个人掉转马头回骑，去检查山口另一侧埋设的捕夹。

“看来它还怀着狼崽子呢。”父亲说。

父亲在小径上又埋设了四副完全隐蔽的兽夹，然后大家返程回家。博伊德坐在鞍上冻得直发抖，嘴唇都紫了。父亲勒马退后和博伊德并骑，他把自己的外套脱下来递给小儿子。

“我不冷。”博伊德说。

“我没有问你冷不冷。把它穿上吧。”

两天之后，当比利和父亲再次检查埋设兽夹的路线时，发现埋在雪线下一条小径上的全隐蔽夹被扯掉了。在小径下坡约有一百英尺的地方，泥土被雪化成的水冲出来，在泥水中有母牛的脚印。再往前一点，他们找到了那个被扯出来的兽夹。由于两爪倒钩抓在地上，夹子带不走，被夹住腿的母牛只好死命地向外抽腿，结果在颌形夹具下面留下了一大块被撮成多皱状的、血迹斑斑的牛皮。

他们用后半上午的时间在草场上寻找这头被夹瘸了腿的母牛，但是没有找到。

“明天你和博伊德一定要把这头牛找到。”父亲吩咐道。

“是的，爸爸。”

“让他多穿点衣服，可别像那天，半光着身子就跑出来了。”

“是的，爸爸。”

次日下午两三点钟，比利和博伊德找到了那头母牛。它立在一片橡树林的边缘，正凝视着他们。其他的牛畜则聚在一块洼地的下坡处游荡着。这是一头已经回了奶的老母牛。当它在山上踩着捕夹时，可能也是离群独处一地。兄弟俩掉转马头，骑进林子，挡在老牛的上方，要把它赶到开阔地上去。但它似乎害怕出来，一转身又钻进了树林。博伊德两腿夹马也跟了进去，他挡住老牛的去路，并做了一个绳圈，套在老牛的脖子上。他没有立即收紧绳套，只是抬手练了练把式，想示意它就范。但老牛虚惊，突然用劲一挣，把绳头连着的马鞍从博伊德的胯下拽了出来，连固定马鞍的肚带都扯断了。老牛这一挣，用力实在太大，把个分量不轻的鞍座一下子拽到了它身后的坡下面，重重地撞击在树干上，又弹了回来。

这一个胯下失风，足足把博伊德掀了一个后滚翻。他一个筋斗摔到地上，坐着呆望那老牛连咆带哮地冲出树林，一刹那跑得没了踪影。等比利赶过来时，博伊德已经又跨上了光光的马背。顾不上什么鞍子，他们赶紧疾骑追牛。

稍后，兄弟俩又开始找那马鞍的碎片。不一会儿，他们就找见了那鞍子——或说那鞍子的残骸，就剩一个破架子和一些飘挂在上面的碎皮条子。博伊德要翻身下马。

“得了，扔那儿算了。”比利朝他说。

博伊德一俯身子滑下马。“不是那事儿，”他说，“我是要脱掉些衣服，浑身跟着了火似的。”

他俩把那头瘸腿牛用绳子牵了回来，找个地方拴好。父亲从屋里出来，用一种花冠制成的药膏给牛疗伤。完事后，父子们都回屋去吃晚饭。

“它好大劲儿，把博伊德的鞍子都扯烂了。”比利对父亲说。

“还能修好吗？”

“整个一堆破烂，没法修了。”

“皮带也断了？”

“是的，爸爸。”

“你们都仔细看清楚了吗？”父亲又追问。

“那个老旧壳子早就不值钱了。”博伊德说。

“你还就那么一个老旧壳子呢！”父亲说道。

第二天，比利自己去查看埋夹的路线。又有一套夹子被牛踩上了，但这次牛腿被夹得浅，它抽出之后，只留下一点皮毛和蹄子上角质的削片。到了夜间，又下了大雪。

“那些夹子都埋在两尺厚的雪里了，”父亲对比利说，“你再去一趟有什么用？”

“我想看看它到底待在什么地方。”

“你大概可以看到它待过的地方，但你怎么能看出它明天要待在哪里呢？”

“我总能看出一些什么来的。”比利很自信。

父亲坐在那里，注视着他的咖啡杯。“好吧，”他说，“不过别把马累坏，在雪地里很容易伤马，尤其是在山里。”

“是的，爸爸。”

站在厨房门口的母亲给他递上包好的午饭。“你要当心。”她说。

“是的，妈妈。”

“天黑前要回来。”

“是的，妈妈。我一定尽量赶回来。”

“只要你抓紧，就一定能早回来。”母亲一遍遍叮咛着。

“是的，妈妈。”比利却只有这一句话。

当比利骑着伯德出了马棚，父亲只穿着衬衫从屋里赶出来，手里拿着来复枪和拴在鞍旁用的枪套。他把这两件东西递上马。

“要是狼真的被夹住了，你就回来叫我，除非它的腿断了。如果它的腿断了，你就开枪打死它，不然它会舍了腿挣扎出去的。”

“是的，爸爸。”

“别回来太晚，让你妈担心。”

“是的，爸爸。我不会晚回来。”

比利掉转马头，骑出了畜舍的大门，上路向南。他的狗跟到门口，恋恋地望着他。他在路上骑了一小段，停步下马把那枪套用皮带拴在马鞍旁。然后把枪后膛打开一半，看到里面已经上了子弹，接着把枪插进枪套并随手扣住套盖。他再上马登程。在他前方，群山在冬阳下闪着炫目的银光，它们看起来是那么清丽，那么新颖，仿佛刚刚被一位慷慨而挥霍的山神塑造出来，但这位大力神也许根本还没有想好它们的用处，就把这千山万岭、千沟万壑堆了个无限！那么大，那么新！在这壮丽的山景前，少年骑手的心在胸中膨胀着；同样年轻的骏马，扬起头，走了几个侧步，伸了伸后脚，好似出征前战马的行礼。他们继续向前。

山口上的雪几乎深及马腹。这马以一种用力却很优雅的动作踩踏着周围的雪堆。它摇晃着口鼻，对着远处银色的水晶般的礁岩喷出白雾，它不时地瞭望着一片片的黑色山林，有时被突然飞过眼前的冬季小鸟惊得竖起耳朵。在山口处没有看到什么踪迹，在山口那边的高坡草场上也没有看到牛或牛的足迹。天气真冷，冷得万物都躲藏起来了。在山口南约一英里处，他们涉过了一条还在流水的小溪。溪水在皑皑的雪原上显得又黑又深，这曾使马停蹄不前，似乎想看清这流水的下面有没有深不见底的裂隙——那条曾经在黑夜里把山劈陷的罅隙。又向前走了一百多码，他们看到狼的脚印踏上了小径，在他们前方下了山。

比利踩着镫子下到雪地上，他扔掉缰绳，蹲在地上，把帽子朝后推了推，细细地察看着。在雪地上，这只母狼压过的几处凹坑里留下了它清晰而完整的爪印，前爪宽、后爪窄。有几处是它的乳头拖出的或它的鼻子拱出的痕迹。比利闭上眼睛，想象着看见它，看见它和它的同类——这些狼和狼的精灵在茫茫的雪山上奔跑，它们行动的功能是那么完美无缺，好像造物主在设计它们的时候，就充分满足了它们的一种要求。他站起身来，走到马儿停立等候的地方。他顺着山看出去，试图看到狼走过的路径，然后上马骑行。

在前方一英里处，这狼离开了小径，跑着穿过了一片稀疏的杜松林。走到这里，比利下了马，牵着绳子观察着。这狼每一步跑跳的距离足有十英尺。出了林子，它又转向，沿着一片洼地的上沿小跑。比利又上了马，骑下了草场。在这里，他一度失掉了狼的踪迹。他来回骑了几圈后，终于又寻着它的脚印。跟着这足迹，他又骑过一片开阔地，沿着朝南的山坡骑到克洛弗代尔沟谷上方的一片阶地。在这里，母狼把一小群牛畜逼进了松林，然后又把它们轰出了阶地。这几头可怜的牛被恶狼吓得魂飞魄散，它们在冰雪地上滑倒、摔跌，惊恐万状。就在这里，在这林子边上，母狼又咬死了一头两岁的小母牛。

小母牛朝一边歪躺在松树的阴影里，圆睁的眼睛里已经目光呆滞，舌头松松地掉出口外。母狼在这里大快朵颐。它从小牛的腹部下口，扒吃了它的肝脏，把牛的肠子拖到雪地上去，又从小牛的大腿里面吞吃了好几磅鲜肉。小母牛没有完全僵硬，没有完全冷却，在它躺倒的地方，雪被它的身躯化出了一圈黑色的轮廓。这马很害怕这悲伤的景象。它驻足逡巡，把长脖子上弯成弓形，不住地动着眼珠子，鼻洞出息就像两个喷气孔似的。比利拍拍它的脖子，对它说了些安慰的话。然后下了马，把缰绳拴在一根粗树枝上，围着这头死于非命的小牛转了几圈，细察着。小牛双眼一睁一闭。那只睁着的眼睛乜斜着，映着蓝天的颜色，此外，什么东西也没有。周围没有乌鸦，也没有别的鸟。一切都是那么寒冷和死寂。比利走回马旁，把枪从套中抽出，又下意识地察看一下枪膛。在寒冷中他的动作都是僵硬的。他用大拇指送回击铁，从树上解开缰绳，爬上马，转头沿着林子边走出去，来复枪横在双腿上。

他终日跟踪着这只狼的足迹，但他一直没有看见这狼。有一次他的马蹄声把这狼从南山坡防风林一个灌木丛中惊跑了，当时它正在阳光下睡觉。但比利并不确定，只是推想而已。他跪下来，用手触摸那些被压倒的草，试试它们是否温热。他又坐在地上注视着这些草秆、草叶，看它们是否会自我恢复直立状态，但是没有看到。说明这草不是刚刚被压过的，而且他也不能确定这草上的温度是来自狼的身体，还是来自温暖的阳光。他又骑上马往前走。有两次在克洛弗代尔溪的草场上，他失去了狼的行踪，因为那里雪已经融化。但两次，他在原处做了记号，转圈再找，又都找到了它的踪迹。在克洛弗代尔路的远侧，他看见有柴烟，便骑了过去。这是三个来自彭德尔顿的牧人。他们正在做饭。他们不知道这附近有狼，而且对此也表示怀疑。

牧人们请他下马并给了他一杯咖啡。他从身上掏出妈妈为他包好的午餐也邀请牧人们分享。牧人们吃的是煮菜豆和玉米饼，一边吃一边嘬咂着一堆瘦小的羊骨头。因为只有三个盘子，也没有别的办法再去瓜分食物，他们就用一种哑剧的手势互相推让，随即吃了起来。他们边吃边谈论着牛畜、天气。他们都想为他们墨西哥的亲戚找点活干，也就顺便问比利，他父亲的牧场要不要人手。他们还说，比利跟踪的足迹可能只是一条大狗的。尽管这些足迹离他们吃饭的地方只有不到四分之一英里，他们也没有兴趣前去观看一下。见他们这般冷淡，比利也就没有把狼咬死小母牛的事告诉他们。

牧人们吃完饭，把盘子里吃剩的东西刮到火堆里，又用玉米饼擦净盘子，吃掉玉米饼，把盘子装进他们鞍架上的皮套里。然后他们扎紧马身上的粗皮带，就上马了。比利把咖啡杯里的渣滓甩出去，用衬衫的下摆把杯子擦了擦，把它还给了当初给他的那个牧人。

“*再见，朋友，*”他们对他说，“*再见。*”[1]

他们用手碰碰帽边，转过马头骑走了。比利随后也上了马，他继续自己的追踪，沿着原道西返，那是狼跑走的路线。

向晚，这狼又回到了山里。比利牵着马徒步跟踪。他察看着狼刨挖过的地方，但搞不清它为什么要这样干。他伸出一只手量了量夕阳与地面间的距离，算了算时间已晚。最后，他骑上马，踩着湿湿的融雪，朝着回家的方向骑去。

因为已经很晚，比利骑着马到家经过厨房窗外时没有下马，只是斜着身子敲敲玻璃，告诉家人他回来了，就径直骑去了马棚。在晚饭的餐桌上，他对家人讲述了他一天所见，尤其是山上被咬死的那头小母牛。

“它跑过的通猪谷的那个地方是不是条牲口道？”父亲指的是那只狼。

“不是的，爸爸。那根本不是条路。”

---

[1] 从此页起，本书出现美国西南部及墨西哥北部居民西班牙语对话（被称为边境地区西班牙语），为表示与英语对话之区别，西班牙语均用楷体表示。

“你能在那里埋一个夹子吗？”

“当然能。要不是天已经晚了，我就已经埋好了。”

“你没有动原先埋好的那些夹子吧？”

“没有，爸爸。”

“你明天还愿意去那里吗？”

“是的，爸爸。我愿意再去。”

“那好。你带上几个兽夹，去埋几个完全看不见的陷阱。到星期天时，我和你再一起去查查看。”

“我不知道你们连安息日都不守，还怎么让主来保佑你们的事情？”母亲插话道。

“嗯，妈妈[1]，我们虽然没有一头大奶牛掉在泥沟里，但我们真有几头小母牛掉进去了。”父亲辩解道。[2]

“我觉得这对孩子们不是个好榜样。”

父亲听着这话，看看自己的杯子，又看看比利，说：“那我们星期一再去吧。”

兄弟俩躺在暗冷的房间里，听着房子西方草场上那些小土狼的嗥叫。“你觉得你能抓到它吗？”博伊德问比利。

“我也不知道。”

“那你要是抓着了，准备怎么办？”

---

[1] 是孩子们的父亲在称呼孩子们的母亲，是随着孩子们的叫法。

[2] 《圣经》里有牛掉进了泥沟之说法。意为星期天里的紧急事件。基督徒有守安息日（星期日）为圣的戒律，即这天不干活、不采购、不游玩、不娱乐，专心与主亲近，参加主日活动及学习《圣经》等。但遇有紧急意外情况，如牛掉到泥坑里，还是需要解救的。

“你说的什么意思？”比利不解。

“我是说，你打算怎么处理它？”

“去领政府奖金呗！”比利不假思索地答道。

他们继续在黑暗中躺着。小土狼们在远处喧闹着。过了一会儿，博伊德又问：“我是说，你会怎么打死它？”

“用枪打死呗，还有什么办法？”

“我想看它活着的样子。”少年的好奇心使博伊德说。

“也许爸爸会带你去的。”

“那我骑什么呢？”

“你就骑光背的马呗。”

“是啊，”博伊德喃喃，“我就骑光背的马呗。”

他们还是睁眼躺着。

“爸爸会把我的鞍子给你用的。”比利又说。

“那你用什么呢？”

“他会从马特尔那儿给我弄一个。”

“弄个新的给你？”

“没那么美，不是新的。”

外面，家里那只狗在不停地吠着。父亲走到厨房门口叫着狗的名字，那狗立即消停下来。但那些小土狼们却还在继续狂嗥着。

“比利。”

“什么？”

“爸爸给埃科尔斯写过信吗？”

"写过。"

"可一直没有回信，是吧？"

"是的。"

"比利。"

"什么？"

"我做过这样一个梦。"

"什么梦？"

"我梦过两次。"

"好了，到底是什么梦？？"

"在干湖上着了这么大的火。"

"干湖上根本没有什么可着火的东西。"

"我知道。"

"那你还梦见什么了？"

"这些人都在着火。干湖上着了那么大的火，这些人都烧光了。"

"可能你吃了什么不对劲的东西了。"

"但我做了两次一样的梦。"

"可能你吃了两次一样的东西。"

"才不是呢！"

"没什么，不过是一场噩梦，睡觉吧。"

"它就像白天一样清楚，我看得好实在哟！"

"每个人都做梦。这没什么。"

"那人们为什么会做梦呢？"

"我不知道，睡吧。"

“比利。”

“什么？”

“我有这个感觉，有什么不好的事情要发生了。”

“没有什么不好的事要发生。你只不过做了一个噩梦，这并不能说明有什么坏事要发生。”

“那它说明什么呢？”

“什么也不说明。快睡吧。”

在南边山坡的林子里，由于头一天太阳的照射，雪在一点点地融化。但到了夜间，又冻了回去。在雪面上结着一层薄薄的冰，鸟和小鼠都可以在上面行走。在小径上，比利看到有牛畜踩过的足迹。山里埋设的兽夹在白雪下静静地躺卧着，两颌似的夹具洞开着，像钢身的侏儒张着大嘴，无声、无视、无知觉地被埋葬着。他戴上手套，起出了其中的三副捕夹。他端着那两颌张开的夹子，把手伸到颌形夹具下面，用拇指松开饵盘。夹子强有力地弹跳起来，颌形夹具猛烈关闭的金属撞击声在冷凝的空气中回响着。这颌夹闪动得那么快，快得你根本看不出来。

比利骑着马，背着篓子。那些夹子都被压在篓底，盖在一张牛皮的下面。这样，当比利在马上左闪右闪躲避那些低矮树枝的时候，它们不致因为背篓的摇晃而掉出来。当他骑到小径的分岔口时，他选准了那母狼头天晚上走过的向西通往猪谷的那条道。他在这条小道上埋设了几个夹子，又砍了一些树枝铺在地上，踏在上面退着离开埋点，沿着他自己计划的约有一英里长的路线南行。然后走下克洛弗代尔路，去查看这条线上的最后两个捕夹。

在克洛弗代尔路的上坡段仍然有雪，路面上还看到了车轮的辙迹、马蹄印和鹿蹄印。当他接近泉边时，他走下了路，穿过了草场，下鞍饮马。看太阳已经是中午了，他打算再骑上四英里进入克洛弗代尔，然后从路上骑回家。

在他停脚饮马的当儿，一个开着A型小卡车的大叔将车停在了篱笆旁。比利拉起马头，骑上马背，走到路上与卡车并排的地方。开车的人把头伸到车窗外，看着比利。他又看看比利身后的背篓。

“你要抓什么宝贝？”他问道。

这人是溪谷下游靠边境的一个农场的工人。比利认得他，但叫不出他的名字。他知道这人想听听他抓狼的事情，他也不想骗他，或不想完全骗他。

“嗨，这一带有不少小土狼呢！”比利说。

“我一点都不吃惊，”这位大叔说，“它们在这里无恶不作，就差跑进我们家里来上席吃饭了。”

他抬起一双暗淡无光的眼睛扫视着周围，好像这些小豺狼们会在光天化日之下跑到平原上来。他掏出一包商店里买的成品烟，抽出一支架在嘴上，然后向比利递上烟包。“抽烟吗？”

“不，先生。谢谢你。”

他收起烟包，从衣袋里掏出一个貌似焊管的黄铜制打火机，上面的油漆都已烧脱。他“啪”的一声打着了火机，一团浅蓝色的火球嘶嘶地窜了出来。他点着了烟，猛一挥手，想把火焰甩灭，但这火还继续着。他只好用嘴吹灭它，并用手来回甩了几下以便让它冷却下来。他看了看少年人。

“这打火机真够劲，我早都不敢用高级汽油了。”他说。

“是的，先生。”比利附和说。

“你成家了吗？”

“没呢，先生。我才十六岁。”

“别结婚，女人们都是疯子。”

“是的，先生。”

“你会觉得你找着了一个不疯的女人，可是你猜怎么着？”

“怎么着？”

“她还是一个疯子。”

“是的，先生。”

“你那背篓里有大号的捕兽夹吗？”

“多大的？”

“比方说，四号的。”

“没有，先生。说实话，那里面什么样的都没有了。”

“那你干吗还问我多大的？”

“什么？先生。”

这人朝着路点了点头。“昨天晚上有一头山狮从离这儿大概有一英里的地方跑过去了。”

“这儿常常有山狮的。”比利应声道。

“我外甥有几条狗。几条彩斑猎犬，都是李家兄弟的那种犬种。真是几条好狗。他可不想让它们踩着那些钢硬的夹子。”

“我都是在通猪谷的道上来回放夹，”比利说，“还有去布莱克峰的道上。”

这大叔抽着烟。比利的马转过头，朝着卡车直嗤鼻子，然后又转回头来。

“你听说过得克萨斯狮子和新墨西哥狮子的故事吗？”大叔问。

“没有，先生。好像没听过。”

“有一头得克萨斯狮子和一头新墨西哥狮子，在山峰上分了手，分头去打猎。它们约好了在春天碰头，看看各自的成绩如何。可不管哪一次它们碰了面，那头在得克萨斯游逛的狮子总是一副惨兮兮的可怜相。那头新墨西哥狮子看着它，说：‘天哪！老兄，你看上去气色不好啊！’又问：‘发生什么事了？’得克萨斯狮子回答：‘我也不知道，反正我都快饿死了。’另 头狮子就说：‘好了，你告诉我吧，你都干了些什么？你是不是做错了什么事情了？’‘唉，’得克萨斯狮子说，‘我就一直用祖上传下来的那些牢靠的办法。’它说：‘我爬上一节粗大的树枝，盯着下面的路，只要有一个得州小子骑马经过，嗨，我就会大喊一声，跳到他的头上去。我就是这么干的。’‘唉，’那头新墨西哥狮子看着它叹道，‘你没饿死就很不错了。你那样对付得州小子是不行的，我真不知道你是怎么挨过冬天的。’它接着又说：‘听着，老兄。首先，你那样大吼一声，把人家吓得屁滚尿流。然后，你再跳到人家头上去，把他的气都砸没了。见鬼，老兄，这样干你什么也没留下，除了靴子和皮带扣子。’”

说完这个故事，他趴在方向盘上笑得喘不过气来。过了一会儿，他又咳嗽起来。他抬起头来，用手指擦着那出泪的眼睛，晃了晃头，看着眼前的少年人。

“你听出意思来了？”他问，“这些得州猴崽子有啥油水？”

比利笑了。“是的，先生。”他答道。

“你不是得克萨斯来的吧？”

“不是，先生。”

“我看你也不是。好了，我得走了。你要抓小土狼，就来找我。”

“好的。”

但他没告诉比利他到底在什么地方。他给卡车挂上挡，拉下火花杆，顺着路开走了。

到了星期一父子俩去查看线上埋设的捕夹时，雪已经到处在融化，除了北坡山崖下几处凹进的地方和山口北面的密林深处还有积雪。母狼把除了猪谷小径上的全部捕夹都刨了出来。它专门设法弄翻夹子并使弹簧跳起来，让夹子瞎掉。

他们拾起这些被颠覆的夹子，父亲又埋设了两套一窝双夹的陷阱。每窝上下有两层捕夹，底下的夹子头朝下。然后他又在周边埋设了几个全隐蔽的夹子。做好这两窝夹子后，他们就返回了。当第二天上午他们再去检查时，发现一只小土狼死在头一套夹子里。他们把这一套夹子全部起走。比利把这只小土狼绑在马鞍的后鞒上带回去。小土狼的肚子都破了，膀胱流淌在马的腰窝间，发出一股怪味。

“这小狼为什么会死呢？”比利问父亲。

“不知道，”父亲说，“有时候，这些家伙就是该死。”

他们走到第二套夹子处，看见全部五个夹子都被挖出而且弹簧全部失控。父亲坐在那里看着这些夹子，寻思了很长时间。

埃科尔斯先生那里还是没有音信。这日，比利和博伊德骑马到偏远一些的草场上去聚回牛群。他们发现又有两头牛犊被咬死，后来又发现一头被咬死的小母牛。

“别告诉爸爸这件事，除非他问。”比利嘱咐道。

“为什么？”博伊德问。但比利没有立即回答。

兄弟俩并排骑着。博伊德用着比利的旧马鞍，而比利用着父亲从那个墨西哥人那里换来的马鞍。他们都在琢磨林子里发生的这场杀戮。

“我真想不到它会拖倒这么大的一头小母牛。”比利开口道。

“那为什么不告诉爸爸呢？”博伊德又问。

“干吗要惹他心烦呢？”

他们掉转马头回骑。

“他反正会知道的。”博伊德又说道。

“啥时候你会愿意听到一个坏消息？”

“那他要是自己知道了怎么办？”

“那他就知道呗！”

“那你怎么跟他讲？就说你不想去烦他？”

“真见鬼，你比妈妈还啰唆。好了，是我不好，是我提起了这事。”比利结束了话题。

这回，比利独自一人去埋设捕夹。他又骑马走了一趟 SK Bar 牧场，从桑德斯先生那里要来钥匙，去了埃科尔斯先生的木屋。他在那个充当了药房的放泥鞋、湿衣的小房间里研究着架子上的瓶瓶罐罐。他在地上的一个板条箱里又发现了更多的瓶子。积满灰土的瓶子上系着油渍斑斑的标签，有的写着“狮子”，有的写着“山猫”。还有一些瓶子，系着卷曲发黄的标签，上面只有号码。还有几个瓶子是用紫黑色玻璃制的，上面连标签也没有。

他把几个没有标签的瓶子放进口袋里，走到前面的客厅，查找着埃科尔斯先生的小小背箱图书馆。他拿起了一本斯坦利·霍贝克写的《北美毛皮动物之捕捉》，坐在地板上就开始翻看。但霍贝克是东北部宾夕法尼亚人，他对多见于美国西南部的狼写得不多。当比利次日去检查捕夹时，发现它们像从前一样，都被刨了出来。

第二天早晨，比利骑上了通往阿尼马斯的路。他总共骑了七个小时才到达。中午时分，他在路上的一片古老而硕大的三角叶杨树林里发现了一眼泉水，他就在这里吃午餐。他带的饭照例是牛排和小甜面包。他简单地冷吃了一顿，把包饭用的纸袋折成一只小纸船，放到泉水里，让它在水波中打转、浸湿、变黑，直至沉没在清冽寂静的泉水中。

他要找的这所房子位于小镇南方的平原上，偏僻得无路可通。但过去确曾有过一条小道，还可看得出像是旧时四轮马车走过的小道。他就顺着这条道骑到栅栏拐角的木柱旁。他把马拴在这里，走上屋前敲了门，便站在一边等着。他瞭望着周围，眼光越过面前的小平原一直看到西边的群山。有四匹马正沿着那边的斜坡行走，此时，它们停了步并转头朝他这边看。好像从两英里之外，它们便听到了他的叩门声。他转回身再次敲门，这次门开了。一个女人立在门内打量着他，一边吃着苹果，却不说话。他摘下帽子。

“下午好，”他问候道，“房子的主人在吗？”

女人用她白而大的牙齿清脆地咬了一口苹果。她看着这位少年，重复了一句 :“房子的主人？”

“是阿努尔弗先生。”

她的眼光越过他，看到拴在栅栏上的马，又回到他的身上。她嚼着苹果，一边用她的黑眼睛注视着他。

“他在吗？”比利又问她。

“我正在想呢。”

“那有什么好想的？他要么在，要么不在呗。”

“也许是这样吧。”女人完全不置可否。

“我可没有钱。”

她又咬了一口苹果，发出很大的爆脆声。

“他不会要你的钱的。”她说。

比利仍然手握帽子站在那里，他又扫视了一下刚才看见几匹马的地方，但马已经消失在坡那边了。

“那好吧。”她终于松了口。

比利看着她，等着她往下说。

“但是他病了，也许他不会对你说什么。”

“嗯，他想说就说，不想说就不说吧。”

“或许你愿意换个时间再来。”

“可是我没有别的时间。”

女人耸耸肩。“好吧，”她说，“来吧。”

她推开门，比利抬步走进了这个低矮的泥屋。

“谢谢。”他对女人说。

女人用下巴对他示意。“在后面。”她说。

“谢谢。”

老人躺在泥屋后面的一间黑暗的小室里。房间发出一种柴烟、煤油加酸腐的铺草的混合气味。少年人站在门口，他竭力想看清楚这位老人。当他转回头想对那女人说些什么时，那女人已进了厨房。比利挪步走下这个小室。在角落里有一张小铁床，上面卧着一个瘦小、黝黑的人体。小室里还有一股泥土的气味，就好像是老人身上发出的味道，但确实连房间的地面都是泥土的。

比利称呼着老人的名字，老人在被筒里转动着身子。“过来吧。”他呼哧呼哧喘着气。

比利向前迈着步子，手里仍然握着帽子。在这间幽暗的小室里，他像个幻象似的移动着穿过了由西墙上的小窗射进来的一条条长菱形光带，被他带起的尘埃在光带里飞旋着。小室里很冷，比利甚至能看到老人喷出的淡白色的鼻息在冷空气中上升和消散。他可以看到老人那双黑色的眼睛深陷在被岁月折磨的一张脸孔上。老人躺在不铺枕巾的光枕头上。

“小伙子，”老人嗫嚅着，“你说西班牙语吗？”

“是的，先生。”

老人的手从床上轻轻抬起，又放下。“告诉我你要做什么？”他问这少年。

“我来向您请教捕狼的事情。”

“狼？”

“是的，先生。”

“狼，”老人喃喃着，“帮帮我。”

“什么？先生。”

“扶扶我。”

老人抬起一只手，这只手颤抖着悬在一道光带中，仿佛是脱离了整个身体。这是一只对所有人都很普通但又很特别的手。比利接住了这只手。它冰冷、僵硬、毫无血色，完全是皮包骨头。老人挣扎着要坐起来。

“枕头。”他气喘吁吁地说。

比利心一急差点把帽子掉在床上，但随即又控制了自己。老人的手突然握紧了，眼光也变坚硬了，但是他没有说话。比利把帽子戴到头上，把手伸到老人身后，拿起那个瘫软、油腻的枕头，把它靠在床头的铁栏上。老人又用另一只手抓紧了比利，胆怯地向后倚去，直到他靠上了枕头才放松。他直视着眼前的少年。像他这么虚弱的人竟能有这么大的手劲，而且他显得不愿意松开少年的手，一直到他看进少年的眼睛。

“谢谢。”老人还是喘着气。

“不客气。”

“好，”老人嗫嚅着，“好。”他终于放松了手，比利趁势抽出一只手，摘下帽子，拿在手里。

“坐下吧。”老人对他说。

比利战战兢兢地坐在了那个勉强盖得住床弹簧的薄床垫的边上。老人还是没有完全松开他的另一只手。

“你叫什么名字？”

“比利·帕勒姆。”

老人默默地对自己重复着这个名字。“我认识你吗？”

“不，先生。我们是从查科斯来的。”

“从查科斯？”

“是的。”

“说到查科斯，还有一段故事呢。”

“一段故事？”

“是的。”老人说。他倚在床头，抓着少年的手，向上凝视着顶篷上火柴似的细梁。“是一段不大光彩的故事，是关于一些坏人的恶行。”

少年说，他不知道这段故事，因而他很想听听。但是老人说，不知道也好，因为有一些事情听了，不一定能让你学到好的东西，这就是其中一件。此刻，老人那粗重刺耳的呼吸声减弱了，刚才在小室的冷空气中短暂可见的微弱的白色鼻息也几乎看不见了。但他抓着少年的手却仍然紧牢如前。

“桑德斯先生说，您可能有一种诱饵可以卖给我。他说我应当问问您。”

老人并不回答。

“他给了我一些埃科尔斯先生的诱饵，但是那狼总不上钩，总是会把捕夹刨出来并且松掉弹簧。”

“埃科尔斯先生在哪儿？”老人问他。

“我不知道，他不在。”

“他死了吗？”

“不，先生。我没听说他死了。”

老人闭上眼睛，又睁开。他躺在光光的枕头上，脖子朝一边歪着，看起来就像被人丢弃在那里一样，在微弱的灯光下，他的眼睛里什么神色都没有。他仿佛是在探究房间里的暗影。

“因为影子的拉长，我们可以知道天已经晚了。”他说。他又说：“人们总爱用这个时分的影像来说明此时此刻的兆头是特别的大，但事实上根本不是这样。”

“我拿了一个瓶子，上面写着七号基体，”比利说，“另一瓶上什么也没有写。”

“基体。”老人喃喃道。

比利等着老人说下去，但是老人没有再继续。过了一会儿，比利问老人那基体里头有什么东西，但老人只是犹豫地皱起他薄薄的嘴唇。他仍然抓着少年的手，他们就这样坐着过了一段时间。比利正要向老人再提一些问题时，老人又说话了。他说基体这东西不是那么容易确定的，每个猎人都要有他自己的配方。他说，事物由于它们的特性而被命名，但这并不等于它们的本质。他又说，按照他的看法，只有母狼在它们产仔的季节才给你可靠的迹象。比利说，他现在谈的这只狼就是只母狼，他问道这种情况是否可以考虑进对付它的办法中去。但老人只是说这里已经没有狼了。

“它是从墨西哥跑来的。”比利说。

老人似乎没有在听比利讲，他说埃科尔斯已经把所有的狼都捉尽了。

“桑德斯先生对我说，埃科尔斯先生自己就是一只狼。他跟我说，埃科尔斯先生能预先知道狼所知道的事，真的是这样。”

但老人却说，没有人能知道狼所知道的事情。

太阳已经低低地垂在西天。从窗子里投进来的光柱悬止在小室里，从西墙贯穿到东墙，好像一道充了电的东西在那个位置被掏空了一样。而后，老人又重申了他的意思。

他说：“狼这种动物是不可知的，兽夹里所留的东西无非是钢牙和兽毛。狼无法辨认自己是谁，无论是狼，还是它所知道的事。就好像你去问一块石头它知道什么，或是去问树，问任何东西。”

他的呼吸由于费力地说了这一番话又变得粗重起来。他轻声咳嗽着，虚弱地躺在那里。过了一阵，他又开口说话。

“狼也是个猎人，”他说道，“是个猎人。你明白我的意思吗？”

少年不清楚自己明白了他的意思没有。老人又继续说，这猎人和人们所想的意义并不一样。他说，人们认为被屠杀者的血是无足轻重的，但狼却更懂事体。他说，狼是一种极有悟性的生灵，它懂得人类所不懂的事情，它懂得这个世界本无秩序，只有死亡才给它带来了永恒的秩序。他又说，即使人饮了救主的血，也依然不懂得他们这种行为的严重性。最后他说，人们希望能够认真些，但他们都不懂如何做到这点。在他们的行为和礼仪中间存在着一个活生生的世界，在这个世界里，风暴在吹刮，树木在风中摇摆，上帝创造的所有的动物在来回奔跑。然而这么大的一个世界，人们却视而不见。他们只看见他们自己手上的行为，或者他们只看见被他们命名的东西，并互相指点着、呼叫着这些东西。但是这之间的一个大世界他们却看不见。

“你想抓到这只狼，”老人说，“也许你想要狼皮，可以卖些钱，也许你用这钱可以买几双靴子或其他什么东西。你可以那样做，但是狼在哪里呢？这狼不过像是一片雪花。”

“雪花？”少年疑问。

“对，雪花。你可以抓到它，但当你往手里看的时候，它已经没有了。也许你见过这个完美的东西，但是你真想好好看看的时候，它已经不存在了。如果你想好好看它，你就应当在属于它自己的地方看。如果你抓住它，你就永远失去了它，而且它一旦消失，永不回头，即使上帝也无法让它回来。”

少年低头看见了老人抓着自己的那双瘦骨嶙峋、近乎绳状的手。从高窗上射进来的光柱已经消退，太阳西沉了。

“听我说，年轻人，”老人又粗浊地喘息着，“如果你的气息够强壮，你就能够吹得动狼，就像你可以吹走雪片，吹灭蜡烛上的火焰一样。上帝造狼和上帝创世是同样道理。你无法去侵犯这个世界，你无法将它握在你的手中，因为它乃是气息凝聚而成的。”

老人为了说出这番吃力的宣言把自己的身子拉上来坐直，而此刻他又倚着枕头沉了下去，他的双眼只是凝视着头顶的梁柱。他松开了自己一双消瘦而冰冷的手。

“太阳呢？”他问道。

“已经下去了。”少年答道。

“你可以走了，年轻人，走吧。”

比利抽出自己的手，站起身来。他戴上帽子，用右手两个手指碰了一下帽边，算是对老人行了告别礼。

“上帝保佑您。”

“也保佑你，年轻人。”

但比利还没有走到门口，老人又叫住了他。

比利转过身来站住。

“你多大了？”老人问他。

“十六岁。”

老人静静地躺在黑暗中，少年等待着。

“听我说，年轻人，”他说，“我什么也不知道，这是真的。”

“没关系。”年轻人无法再苛求。

“那基体也帮不了你。”老人又说。他说少年应当找寻到一个地方，在那里，上帝的行动和人的行为是一致的，是完全没有区别的。

“那么，这是一个什么样的地方呢？”少年问。

“是那些有烙铁和火印的地方，”老人答道，“是那些燃烧着熊熊大火的地方。”

“那么您怎么才找得到这样的地方呢？”

老人说，问题不是找到这样的地方，而是当这地方呈现在你面前的时候你要知道它。他又说，正是在这些地方，上帝坐镇策划着毁灭那些他千辛万苦地创造的东西。

“就因为这个原因，我成了异教徒，”他说，“就是由于这个原因，没有别的。”

小室里已经很黑了。比利又谢过了老人，但老人没有回答，或者他回答了，但声音太小，比利没听见。比利转身走了出去。

那个女人倚在厨房的门边。在背后昏黄的灯光下，她只显出了一个轮廓。透过薄薄的衣衫，比利可以看清她的形体。老人独自躺在房子后部的小黑室里，她似乎没有稍显不安。她问少年，老人对他讲了怎样捉狼的事没有，少年回答说没有。

她用手触摸着自己的太阳穴。“有时候他记不了那么清楚，”她说，“他老了。”

“是的，太太。”

“没有什么人来看他。这太糟糕了，是吧？”

“是的，太太。”

“连牧师都不来。他来过一次，也许两次，就再也没有来过。”

“怎么会呢？”

女人耸耸肩。“人们说他是个男巫。你知道什么是男巫吗？”

“是的，太太。”

“人们说他是个男巫，他们说上帝抛弃了这个人，因为他犯下了魔鬼的罪。就是傲慢的罪，你知道什么是傲慢吗？”

“是的，太太。”

“他觉得他懂的比牧师多。他甚至觉得自己懂的比上帝还要多。”

“但他对我说他什么也不知道。”少年为老人辩解着。

“哈，”女人开口道，“哈，你相信那话吗？你看到这个老头了吧？你知道死的时候没有上帝同在是多么可怕的事？成了一个连上帝都抛弃的人。想想看吧！”

“是的，太太。我得走了。”比利不想再听下去。

他用右手指头碰碰帽边，向女人道别。他走出门，走进漆黑的夜色。但不远处，撒在原野上的小镇的灯光，点缀在蓝色的山谷里，像是一条宝石装饰的银蛇，在这冷寂的夜晚，发出白炽的光。当他回头再望时，那女人还站立在门口。

“谢谢你，太太。”他又道谢一次。

“他和我没有关系，”那女人叫喊着，“没有关系。你知道什么是关系吗？”

“是的，太太。”

“我们根本没有关系。他只是我亡夫的亡妻的叔叔。那算什么呢？你说说看。但我还是留他在这里，还有谁会留这个人？你想想看，没人会管他的。”

“是的，太太。”

“想想看吧！”

他把缰绳从木柱上拉下来解开。

“好吧，”他答道，“我会的。”

“别傲慢，不然上帝也会抛弃你的。”

他骑上马，转回马头，向女人挥了挥手。南方的群山阴郁地站立在紫蓝色的晚空下，山北坡上的雪显得那么白净，好像是空出来供人书写的一张大纸。

“信念，”女人还在叫着，“信念就是一切。”

他终于转过马头，沿着留有车辙的小道骑走了。他不禁又一次回头望，那女人竟还站在门口，站在寒气中。过了一小会儿，他最后一次回头张望，那房门依然开着，但女人已经不在了。他想也许是那个老人叫她了，但转念他又想，也许那老人什么人也没有叫。

两天以后，当比利独自在克洛弗代尔路上骑行时，他突然想到了几天前那几位牧人生火吃饭的地方。于是随便骑到那里，又看到了那堆熄灭的黑灰。但他发现，有什么东西在熄灭的火堆里刨过。

他下马找了一根树枝，在火堆的余烬中戳了一通，然后又上马在这营地的周围遛了一圈。迹象告诉他，这刨火堆的拾荒者除了小土狼不可能是别的东西。他又继续骑着。他骑得缓慢，并且极其优雅地把握着马儿转圈子，好像是一位正在接受裁判员打分的表演骑手。在他转第二个圈子的时候，他在离火堆稍远一点的地方停住了。在一块岩石背风处旋积起来的一个沙堆前后，留有这只母狼的清晰而完整的前爪印。

他下了马，手握着缰绳背在后面跪在沙堆前，他把狼爪印上的浮土吹去，又用拇指轻轻地按了按爪印的细微、精致的边缘。然后他策马上路，转回家去。

第二天，在他前去查看头次用新气味重新埋设的捕夹时，发现它们又都像以前一样被扒出来并且松掉了弹簧。他机械地又把它们再埋好，而且有两个是不用诱饵及气味的全隐蔽型。但他的心思却不在这些夹子上。当他中午时分骑马穿过山口下山时，他向克洛弗代尔山谷眺望，他首先看到的东西就是从那几位牧人的火堆上升起的螺旋状上升的轻烟。

他在马上坐了很长时间。然后，把双手撑在马鞍后鞒上，转回头望了一下山口，又转回去再次前眺着克洛弗代尔山谷。仿佛心里拿定了一个新的主意，他掉回马头，又骑回山上。

他回到原地，抽回了所有埋设好的捕夹，把它们装在背篓里，骑下山谷。当他穿过那条道路时，天色已近黄昏。他又抬起手测量着落日以确定时间，知道还有一个多小时天就黑了。

他在牧人火堆处下了马，从背篓里掏出一把小泥铲，蹲下来，开始从火堆的灰烬、木炭和牧人们吃剩的骨头中清理出一块地方。在火堆中心还残存有着火的木炭，他把它们耙到一边冷却。然后他在清出的中心地方挖了一个坑，从背篓里取出一个捕夹。他做这一切连鹿皮手套都没有顾得上戴。

他用两把C形夹钳压下V形的铁板弹簧，打开了颌形的夹具，把启动杆搭上控制槽口，一边小心回撤着夹钳的螺丝，一边眼测着余隙。而后，他撤出两把夹钳，把倒钩及铁链放进坑里，把捕夹埋设在了死火堆里。

作为善后工作，他又用一张油纸盖住两颌夹具，这样，饵盘下面的炭块就不会卡住起动杆和槽口。最后，他用筛盒过了一堆灰土盖住捕夹，撒上一些烧焦的炭块和木屑，放回牧人们吃剩的兽骨和烧得黑黑的兽皮渣，又捧了一些灰土覆在整套捕器的上面。然后起身，后退几步，一边审视着这座死火堆，一边将小泥炉在自己的牛仔裤上擦干净。这个工事结束后，他在火堆前的沙地上找出一小片显眼的地方，铲去其间的草块和小灌木团，整平后在上面用树枝刻写了一句话留给还可能前来生火的牧人们："小心，火堆底下埋有一个捕狼的夹子。"为了怕被风刮平，他特意用力把每个字刻得很深。一切皆妥，他才扔掉树枝，把小炉塞进篓子里，背篓上肩，登马回程。

他骑过草场，骑上道路。在凄冷的蓝色暮光中，他转过马头来又看了一眼设置后的死火堆。他歪着身子吐了一口唾沫。"你们读读我的告示吧，"他说，"最好能读到。"他转回马头，向家里骑去。

当他走进自家厨房时，天黑了已经有两小时了。母亲站在炉灶旁。父亲坐在餐桌旁，还在慢慢地喝着咖啡。另一半桌上还放着一本磨旧了的蓝色账本，显然父亲刚刚记过家庭杂账。

"你都去了哪里？"父亲问他，看来他们等他很久了。

他坐下来，一五一十向父亲讲了一遍他一天的经历。父亲听他讲完后，点头表示知道了，但他并不满意。他说："我这一辈子，见识过许多不守时的人，他们说要几点钟到什么地方，但结果不是这里晚了，就是那里晚了，而且他们统统都有个理由。"

"是的，爸爸。"比利应着。

"但是实际上只有一个理由。"

"是的，爸爸。"

"你知道是什么理由吗？"

"不知道，爸爸。"

"那就是他们的诺言都不可信。那就是他们从过去到将来的唯一的理由。"

"是的，爸爸。"

母亲把给他留的晚饭从炉子上的保热器上拿下来放到他面前，又摆上一套银餐具。"快吃晚饭吧。"她心疼地说道。

母亲走出了厨房。父亲坐在一旁看他吃饭。过了一会儿，他起身把喝完的咖啡杯子拿到水槽去冲洗了，再掉过头来放到餐具橱里去。

"明天早上我叫你起床，"他说，"你应当早点赶到火堆那里，免得哪个墨西哥人被你的夹子夹住。"

"是的，爸爸。"

"要真是夹着了人，那麻烦就没完没了。"

"是的，爸爸。"

"没人能保证他们会看到你的告示。"

“是的，爸爸。”

比利吃完晚饭就上了床。博伊德早已睡着了。他却很长时间不眠地躺着，想着那只狼。他竭力想看到狼所看到的世界。他努力想象着狼在月夜里在山峦上奔跑的情景。他诧异，狼真像老人所说的那么不可知吗？他对于狼所嗅到或狼所感受到的世界感到惊奇。他惊异，难道狼用以满足自己喉头的活血与它自己同样含铁的浓浓的浆血的味道有什么不同吗？抑或，与上帝的血有什么不同？凌晨，天未放亮他就起了身，在马厩的清冷的黑暗中套鞍上骑。他不等父亲起床就已经骑出了门。但从此，他就再没有见到过父亲。

他独人独马在路上骑行，一路上他可以嗅到黑暗中从挡畜沟和绵延的栅栏那边的田野里传来的牛畜的味道。当他骑过克洛弗代尔时，东方才有了灰白的天色。他拐入克洛弗代尔溪旁的一条小路继续骑行。在他身后，太阳已经升起在圣路易斯山口，忠实地伴他骑行的身影又细又长地投在眼前的路面上。途中，他骑马经过了一座林中的古老露天舞台。两小时后，当他离开了路，穿过了草场，骑到了墨西哥牧人们生火的地方时，一眼就看到了那只让他魂牵梦萦的母狼。它一只前脚插在他埋设的那个捕夹里，正站着等待着与他的遭遇。

马儿看到狼，立时停了步子，而且顿足倒退着。他用手握住马头，轻轻拍拍它，一边叫它镇静，一边看着那狼。此刻，他的心在胸膛里猛烈地撞击着，紧张压抑得像是要跳出去一样。他现在看清了：狼的右前脚被捕夹夹住，在它挣扎之后，埋在坑里的倒钩已经牢牢卡在了离火堆不到一百英尺的一株多刺大仙人掌上。此时，这狼即使拖着捕夹也无法逃遁了。比利稍稍平静下来，他又拍拍马，又对它说了几句安慰的话，就伸手下去解开鞍旁绑着的枪套的扣子，把步枪抽出来，下了马，扔下了缰绳。这狼见他下马，便微微缩着身子蹲伏下来，但看看实在无处躲藏，它又立了起来。看了一下比利，随即转过头去看着周围的群山。

在比利向它靠近时，它露出了牙齿，但没有咆哮，它杏黄色的眼睛一直躲避着少年猎人。在捕夹的两个钢颌间，它被夹住的右前脚血淋淋的伤口处露着白骨。透过它腹部稀薄的毛，可以看到它孕期的乳头。它卷着尾巴,不时地用嘴巴去推顶捕夹。

比利绕着它转着圈子，它不安地转着身子并后退着。此时的太阳已经升得很高，在阳光中，这只软毛动物整个被染成一座淡灰色的小山丘，在颈背部还有白色的山峰，顺山脊下来，还可看到一道黑色的条纹。它还在不停地转动身躯，一直退到倒钩连接的铁链的尽头。它的两肋随着急促的呼吸而激烈胀缩着。比利蹲在地上，把枪竖在面前，用手握着，就这样与狼僵持了好长时间。

比利对于眼前突然看到的一切真是毫无准备。在一切纷乱的问题中，他单单想不好是否应当赶在那几个墨西哥牧人再来这里以前，骑回自家牧场将父亲叫来；那几个牧人会不会再来呢？他又努力去想父亲说过的话，如果狼的腿被夹断了，或是夹在狼的爪子上……他心里很乱。于是他抬头看了看太阳的高度，又回头看了看那条回家的路。当他的眼光又扫回到狼身上时，它已经卧下了。但只要他的眼光落到它身上，它就会立即站起来。立在一旁的马扬起头，让马嚼子发出一阵叮当的响声，但这狼根本不在意。他起身走到马旁，把枪插回套里，从地上拾起缰绳，骑上马，掉头上了路。但走了没多远，他又停住了马。他转过头向后看着。那狼仍像刚才那样望着他。他在马上呆坐了很长时间。太阳在背上已经晒得暖洋洋的了，但时间却好像停滞了。整个世界都在等待他的决定。这次他坚定地后转，骑回到狼身边。

见到少年猎人返回，母狼立即站直了身子，两肋仍在不停地起伏着。这次它的头低垂着，口张着，一条不断抖动的长舌头滑出在下颌的两个突出的大尖齿之间。比利把捕牛绳上的带子解开，把绳搭在自己肩头下了马。他又从马鞍后面的皮套里取出几根汲水桶上用的中等粗细的绳子，拴在自己的腰带上。他一边绕着狼慢步走着，一边想着实施缚绑它的办法。这马目前派不上用场，因为如果绳子挂在马身上，它一个后仰，这巨大的马力不是把狼勒死，就是把狼从捕夹里扯出来，或者两者同时发生。他一边转着圈子，一边在找寻一个可以拴绳的地方，以便在套住狼的时候可以收紧，但是近处竟然找不到一个可以拴绳的地方。最后，他心里总算是有了个点子。因为这马如果被蒙上眼睛就不敢乱动，于是他脱下上衣，蒙在马头上，又把马牵到狼的逆风方向，不让马嗅到狼的气味，他把缰绳垂在地上，这样，马就会原地不动了。然后，他用捕绳做了一个带活结的套圈，向狼的头颈套去，但用力过大，套圈飞过脖子，套到狼的身上，这狼竟然带着腿上的夹子穿过去了。它看看掉在身后的套圈，又看看比利，好像在琢磨这个把戏。现在，这绳圈是套在了捕夹的铁链子上。他既不能收紧又不能够到那套圈。他心烦地看了看这情况，只好把绳头扔在地上，走到附近的沙地里找到了一棵假紫荆树，从上头砍下一段约七英尺长而且带有叉头的枝子，捡回来用小刀削理了一下。狼一直在盯着他。他用这枝子的叉头把甩出的绳套挑了回来。他心想这狼可能会来咬这枝子，但它并没有这样做。绳套够到手了，他必须把这四十英尺长的绳子全部从捕绳端头上的一个小圈内穿出，将绳从铁链下抽出，重新再来[1]。这狼注视着这条捕绳的贯穿动态，当绳的另一端终于从小圈里穿出来，横过铁链并穿过枯草回到主人手里时，狼似乎松了一口气，又卧了下来。

这次他做了一个小一点的套圈又走上前去，狼也立即站立起来。他朝着狼旋出套圈，狼一抖耳朵，急速闪身躲过，急急地向他露出利齿。他一共又套了两次。最后一次，这绳圈正套在狼的脖子上，他急忙把绳拉紧。

脖子入套后，狼立定后腿，扭动着身躯，它用受伤的右前腿把沉重的捕夹提了起来，提到自己胸前。它朝着脖子上的绳子又用嘴咬，又用那条好的前腿去抓，同时发出了一声低沉的哀鸣，这还是他和它遭遇以来听到的第一声狼叫。

他后撤几步，拽着捕绳把狼拉倒。狼躺在地上大口喘息着。

---

[1] 美国西部牧场捕牛绳之一端附有一小圈，将绳之另一端穿入就形成套圈。

他又退到马站立的地方，把手中挽着的绳子放出来扎成一个带死结的圈，套在马鞍前韂上，然后回身拾起绳头。他看到母狼鲜血淋漓的右前腿还插在那钢硬的夹子里，但眼下自身没有保障时，他也爱莫能助。腿伤的剧疼加之脖子上的这根索命绳使得狼痛苦不已。它前腿动弹不得，只好提起后腿朝两侧挣扎。它狂扭着身躯，把头剧烈地朝两边猛甩着，似乎要挣脱出这绳套来，有一次几乎都要把头甩到了脚上。比利只好再次将它拉倒，然后握紧绳子，蹲在距狼只有几英尺远的地方。不一会儿，狼感到精疲力竭了，便静止下来，躺在地上喘着气。它用那双杏黄色的眼睛看看比利，慢慢合上眼，然后又睁开看着别处。

比利继续他下一步计划。他一只脚踩在捕绳上，掏出身上的小刀，小心翼翼地伸手够过那根假紫荆树枝，从头上切下约三英尺长的一段，把小刀放回衣袋。他又从自己腰带上解下一根中粗的绳子，用它做了一个活结圈，用牙叼着。然后他抬起踩绳的脚，用手抓起绳头，拿起切下的那段树枝向狼靠近。狼此时只睁开一只杏仁状的眼睛看着他，这眼睛整个呈土黄色，在眼球的虹彩部分加深到琥珀色。它用力拉扯着绳子，脸已经陷在泥土里，嘴也大张着，露出的两排牙雪白而整齐。比利用力拉紧了捕绳，这绳的一端是系在马鞍的前韂上的。他借着马身固定的力量拉紧绳子，一直到狼的脖子被勒得喘不上气来，他随即将这段树枝塞进狼张开的嘴里。

它倒没有出声，也许是因为有些窒息，只是弓起身子，扭着头，咬着棍子，想把它吐掉。比利又拽紧绳子，把它打倒。

这狼虽遭窒息，却还是一副狂野的样子。比利又压下绳子，逼迫它含着棍子的颌部贴到地面。比利再上前一步，踩住绳子，他的前脚距它龇出的狼牙不到一英尺。紧接着，比利取下口中叼着的活结圈一下子套在狼的口鼻突出部，将活结拉紧，抓住它的一只耳朵，旋即用另一只手将系绳在它的两颌外绕了三圈，动作快得眼所不及。比利将绳大体系好便一个箭步跳在狼的身上。狼被夹在比利的两腿间，绝望地吸着气。它的长舌头在犬牙之间狂乱地抽动着，把地上的泥土和碎屑子搅得满口都是。它又费力地抬眼望了比利一次，但眼睛已经是脆弱地乜斜了。它对这个世界的认知至今已经是饱和了，即使对这一天的灾难的了解还不够完全。至此，它无奈地闭上了眼睛，而比利也放松了套在它脖子上的那根捕绳。他立起来，退后了几步。松了套的狼在地上粗重地喘着气，它的头栽在前面，那条受伤的前腿和捕夹一起被甩在后面，嘴里还咬着那根棍子。比利站在那里也是气喘吁吁，大汗淋漓。尽管天气很冷，但他身上却热得能拧出水来。他转身看着被他用上衣蒙头的马，“他妈的，”他骂道，“他妈的。”他从地上卷起那段松散的绳子，走到马身边把绳子套在马鞍前嘝上，解开马颌下方的上衣袖子，把自己的上衣从马头上掀下来搭在马鞍上。这马被除去了蒙面布，赶紧抬起头来，一边吹着气，一边向狼看去。比利轻拍着马脖，又对它说了几句宽慰的话，然后他从马鞍后面的皮套里取出那两个C形的夹钳，把那卷绳子拉到自己肩头，走回狼身边。

此时，狼又在挣扎着，它不断地跳起，扭着身子，把头甩来甩去，用它那只未受伤的左前脚去抓自己的嘴巴，同时在抗争着连接捕夹的铁链及绑嘴巴的捕绳。比利又一次用捕绳将它拉倒并攫住了它。气急败坏之下，狼的嘴里涌起了一团团白色的泡沫。比利慢慢向它接近，伸手抓住它嘴里咬着的木棍，控制住它。他开口向它说话，但他的声音似乎只能使它更加发抖。他看了看它被夹在捕夹里的那条腿，看上去实在很惨。他拿起捕夹，把夹钳卡上弹簧板，用力旋下螺丝杆，压下簧板；他又用另一个夹钳同样处理了另一个簧板。当两个V形簧板顶端的圈眼都降过捕夹底座的折叶时，两弯颌夹随之开落，狼的那条饱受摧残的右前腿颓然掉了出来，血淋淋的，露着白骨。他伸手想去触摸这条伤腿，但它倏地抽回那腿并站立住了。他十分惊奇于它的这种迅敏与快捷。狼用了一种自卫加反击的姿势与他对立着，它的眼睛与单腿跪地的他的眼睛齐平，但仍然回避着他的目光。比利把肩头上的那卷绳子滑到地上，拾起绳头在自己手上绕了两圈握牢，然后他又松了松套在狼脖子上的那截绳子。得到又一个喘息的机会，这狼伸展了一下瘫在地上的那条伤腿，小心地把它抽了回来。

“站好了，”比利对它说，“如果你能站好的话。”

仿佛受了惊吓，这狼突然旋着身子退去，那么迅捷！比利还未来得及抽出脚来站稳，它已经将拴在脖子上的绳子绷紧，把自己在空中反弹了一个筋斗，背朝下跌了下来，同时把比利也拉了个趔趄。比利挣扎着爬起来，但它已经又冲向另一个方向。当它再次冲到系绳的尽头，这猛力差点把比利拉离了地面。比利一个急转身，用力立稳了双脚，把系绳又在手腕上绕了一圈。被这一拉，它又转身冲向了马。这马见状喷鼻而怒，一个反射，拖着绳子就朝着路上跑去。这狼被挡在系绳的尽头，只能在大圆周上运动，直到它拽着绳子绕过了卡住捕链倒钩的那株大仙人掌。它又没头没脑地绕着仙人掌转开圈子，最后被绕到了头的绳子收住，陷在荆丛里大口地喘着气。

比利直起身，向狼走过去。它急忙蹲下，耷拉着耳朵，泛白的涎水成串地流挂在下颌上。比利掏出小刀，靠近狼身，一把抓住塞在它口中的枝棍，一面对它说着话，一面用手抚摸着它的头。但是它只是颤抖地退避着。

“别想再跟我对打了！这没有用。”他对它说。

比利把狼嘴一边长出来的树枝棍用小刀截短，收起刀子，抓着绳头绕着大仙人掌朝放绳的方向走了几圈，直到系绳完全解脱出来。从仙人掌上解脱出来的狼被比利用绳牵着，又扭身子又甩头，极渴望离开荆丛到空地上去。比利没想到它会有这么大的劲，为了稳住自己，他双腿叉开站立，用两只手抓住绳子并顶在大腿上。此时他有一点空隙来观察四周找寻马的踪影。狼一直在不停地挣扎着，比利又一次抓住绳头，索性坐在地上，把绳子在手腕上再绕了两圈，然后立起双脚，放开绳子的中段让它跑开些。这狼见空就钻，又一次冲到绳头，又一次在空中翻了一个筋斗，背朝下跌了下来，瘫在了地上。比利火了，拉紧了绳子就把它从泥地里拽了过来。

“起来，”他喝道，“你也没伤着。”

他走过去跨立在拼命喘气的狼的上方。他看着它那条受伤的腿，那上面有一片断下来的皮松松地包在脚踝上，就像一只脱落下来的袜子套。伤口处脏兮兮的，还塞着一些碎枝和树叶。他跪下来触摸着它。“好了，”他说，“你把我的马都吓跑了，我们得去把它找回来。”

待他把狼拖到路上的时候，他已经累得精疲力竭了。那马站在一百码开外的一条挡畜沟里，正在吃草。见他过来，抬头望了望他，又弯下头去吃草。他把狼的系绳拴在了栅栏的一个柱子上，从他的腰带上解下最后的一根小绳，用它把系绳在狼脖子那一端的小圈圈扎紧在系绳上，将活结变成了死结，这样狼就不致松套。然后站起身，穿过草场拾起他的上衣并收拾起那个捕夹。

当他再回到这边时，看见这狼因为来回乱挣，把系绳都卡在了栅栏铁丝网上，缠得一团糟，而这狼自身也半吊在栅栏上，差点要窒息了。他赶紧丢下捕夹，跪地解开拴在柱子上的系绳，再把纠缠在铁丝网上的系绳全部绕下来，再次把狼从这缠乱的纠纷中解脱出来。这狼直了直身子，又一头坐在了泥污的草丛里，狂野地朝路上、山上看去。一团团白沫从它口中生出，顺着枝棍滴落下来。

“你真是狗屁事都不懂！”比利训斥着。

比利站起来，穿上衣服，把两个C形夹钳塞进口袋，抓着铁链把捕夹甩到肩后，用绳子拖着狼走到了路中间。这狼四腿僵硬地被拖行着，在泥沙间拖出了一条细长的小径。

那马抬起头来注视着他们，一面反复咀嚼着，随后也转过头来上了路。

比利现在有两个兽物要管束了。他先看看马，又回头看看狼。远处，他又能听得见那位农场大叔开的A型小卡车的轧轧声。他突然想到，这狼不久前一定也听到过这种声音。他于是把手中的系绳缩短了些许，顺着挡畜沟把它拖了过来。他牵着狼站在栅栏旁，注视着卡车翻过小山，伴着一路的尘土和马达轰隆声向他们驶过来。

那位开车的大叔放慢了车速，斜过头来盯视着。狼见到这个铁怪物便不停地抽搐着，不安地扭动着身子，少年只好在它身后用两只手紧紧按住它。等到卡车开到他们面前时，少年已经像是在战场上救护伤员那样卧倒在地，用两腿夹住狼的腰膈，双手抱着狼的脖颈。这位大叔停下了车，让发动机怠速转着。他摇下窗，伸出头来："这是怎么回事？"他问："这是怎么回事呢？"

"您能不能把那响声给关上？"比利先问他。

"是一只该死的狼？"开车大叔问他。

"是的，先生。"

"你们都怎么了？"开车人看着他们的狼狈相问。

"这卡车把她吓坏了。"

"把她吓坏了？"

"是的，先生。"

"孩子，你有毛病了吧？那东西要是脱了套，还不把你给活吃了呀！”

“是的，先生。”

“你准备怎么处置他？”

“是她。”比利纠正着开车大叔。

“是什么？”

“是她。她是一只母狼。”

“去他妈的吧，管它公的母的，还不都是狼吗！你到底打算怎么处置它呢？”

“准备把它送回去。”

“送回去？”

“是的，先生。”

“送狼回家？这还他妈的翻了天了！”开车的大叔喊着。

“您不能把那东西先关上吗？”比利还是对卡车的马达耿耿于怀。

“这玩意儿关了可不那么容易再发动啊。”

“那我能不能麻烦您开车到那边帮我把马抓回来。我想把她挂紧了，可她自己昏头昏脑地在铁栅栏上缠得乱七八糟。”

“我倒很想帮帮你,省得你被这狼给活吞了,”开车大叔又说，“你把它送回去干吗？”

“这故事说起来就长了。”

“那我倒很想听听呢！”

少年朝着路那边看了一眼，那里马儿正在吃草。他又转回看着这大叔。“好吧，”他简叙着他和狼的故事，“我爸爸说，如果我抓着了这只狼，就回去叫他，可是我不想让这狼单独留下。因为有几个骑马牧人总爱在那地方吃饭，我恐怕他们看见这狼会开枪崩了她。所有我就决定把她一道带回去。”

“你一直都是这么傻乎乎的吗？”大叔实在觉得这孩子荒唐可笑。

“我不知道。反正我以前从来也没碰上这么难的事。”

“你今年多大了？”

“十六岁。”

“十六岁了？”

“是的，先生。”

“嗨，你的脑筋还赶不上上帝给一只鹅的好呢！你知道吗？”

“可能是这样吧。”

“你觉得你的马能受得了这一大堆蠢事吗？”

“我要能把他抓回来的话，那就由不得他了。”

“你打算把那家伙牵在马后面走吗？”

“是的，先生。”

“你又怎么能指望它那么听话呢？”

“这也由不得她。”少年十分执着。

开车的大叔坐在车里看着这个固执的孩子。他无可奈何地从车里爬出来，关上车门，整了整帽子，走到了挡畜沟边上。他穿着一条帆布裤子，同样是帆布但带着毡里和灯芯绒领子的上衣，脚踩着一双带轻便鞋跟的靴子，头戴着一顶全狸皮的斯特森式帽子。

“我能靠近它吗？”开车的大叔问。

“想多近都行。”比利担保着。

这大叔迈过沟走到狼身边看着它。他一会儿看看少年，一会儿再多看看那狼。

“它快要下崽了吧？”

“是的，先生。”

“你把它抓住可太好了！”

“是的，先生。”

“能碰它吗？”

“是的，您可以碰她。”

开车的大叔蹲下来，把手放到狼的身上。狼不自在地弓起背，扭动着身子，他吓得把手抽了出来。过一会儿，他又去摸了一下狼。他紧张地看着少年。“这就是狼啊。”他说。

“是的，先生。”

“你打算怎么处理它呢？”

“我不知道。”

“我猜你会去领政府奖金，再卖掉狼皮。”

“是的，先生。”

“它不大喜欢人们动它，是吧？”

“是的，先生。她不喜欢。”

“我们以前赶着牛群从谢内加泉那边进山谷时，头一夜我们会走到加文门特沟谷并在那儿扎营过夜。嗨，你满山谷都能听到狼叫声，就是在刚刚暖和的那几夜。在我们过夜的那地方，你整夜都能听到狼嚎。这么多年我再也没有听到过了。”

“她是从墨西哥跑过来的。”少年说明道。

“这我信。所有可恶的东西都是从墨西哥跑过来的。”

开车的大叔站起身朝着路那边看去，马儿还在那里吃草。“要我说呀，”他出着主张，“你那套子里不是有杆枪吗，你要是下不了手，我来干，我一枪打在那畜生的眉心，结果了它。”

“只要您帮我把马抓回来就行了。”少年说。

“那就随你便吧！”

“我就想这样。”少年毫不动摇。

大叔无奈地摇了摇头。“好吧，”他说，“你等在这儿，我去把马抓来。”

“我就在这里等着。”少年答道。

开车的大叔走回卡车钻进去，把车开到马儿站立的地方。当这马看到卡车开过来，它一个大步跨过了挡沟，紧紧倚在栅栏旁。大叔钻出了车，追着马沿栅栏走了一段路，最后他抓住了马拖在地上的缰绳，把马牵回到路上。此时，少年坐在地上按着狼。四周很静，所能听到的只是从路上传来的马蹄踏在沙石上的嘚嘚声，和路边开车的大叔定在怠速上空转的卡车发动机的轧轧声。

当比利把狼用绳拖到路上时，这马朝后退着，紧张地面对着它。

“也许你应当把马拴住才对。”大叔说。

“要是您能再把马拉住一会儿，我就没问题了。”

“我也不知道到底是应该拉住马还是拉住狼了。”

比利把手中的挽绳放松了一大截，让狼可以跑到沟边，但是跑不到栅栏。他把绳子再次套上马鞍的前鞒，然后又把狼放松了一截。这狼又以为有了机会，赶紧用三条腿疾步跑向沟边，它又一次冲到了绳头，被绳子拽得直立弹跳了起来，又落在了沟里，伏在里面不动弹了。比利看完了它这场小闹剧，转身从大叔手里接过马的缰绳，抬起一个手指放到帽边。

“我很感谢您能帮忙。”他对大叔说。

“没什么。不过这是蛮有趣的一天。”

“是的，先生。可是我这一天还没完呢。”

“是没完呢！你当心别让它把捆嘴的绳子给松了。它会在你身上咬下一大块肉来，大得连帽子都装不下！”

“是的，先生。我会当心的。”

比利把左脚踩进镫子，翻身上马。他先检查了一下马鞍前鞒上的绳套，然后把帽檐向后推了推，对大叔点点头。“我很感谢您。”他说。

比利策马上路，那狼一下子就被拴在马鞍上的绳子拖出了壕沟。它歪歪趔趔地瘸着上了路，把一条伤腿提吊在胸前。由于动作不灵便，马一走快，这只三条腿的动物简直是在后面被拖行，那僵直的样子看起来就像是一个活标本。比利停了一下转回头，那大叔正站在路上望着他们。

“先生。”比利称呼他道。

“什么事？”大叔问道。

“您要是能先过去把车开走最好了，省得您从后面赶过我们时，这东西又要受惊。”

“你说得也对。”这大叔现在比较理解他了。

开车的大叔走到前面去，上了车并转过头来回望着他们。少年向他举起了手。大叔看起来好像要对他喊些什么话，但他没有，只是抬了抬手，便转回头去开车上路，驶向克洛弗代尔。

天气大变。比利他们人畜兽一行在路上迎着风艰难跋涉。阵阵狂飙掀起了路面上的尘土。比利不禁从马背上转头看狼。只见它用三条腿蹒跚跛行，低垂着头，眼睛乜斜着，似要避开这迎面袭来的呼啸的砂石流。他停了停马，母狼赶紧向前小跑几步，以松出系绳好转回路边的壕沟。比利不太明白它的意思，正准备打马再行，发现它已蹲在沟里，正在小便。它解完小便，转过身来嗅嗅四周，并用鼻子去探测一下风向，然后跛着脚走到路上，夹着尾巴站立下来。狂风在它的毛发中犁出道道垄沟。少年在马上看了它好大一会儿。随后，他下了马，把缰绳扔在地上，从马鞍上取下挂着的水壶，走到狼站立的地方。它本能地拽着绳子倒退着。少年把水壶搭到肩头，一只脚迈过绳子，两膝夹着绳子想将狼拉过来，但它扭着身子原地不动。少年只好伸手抓住它脖子上的绳套，用拳头拧了一圈迫使它趴倒在路边的草丛里，并顺势骑在了它身上。他只能如此迫它就范。他一个晃头把肩上的水壶甩过来，用牙齿转开水壶上的旋盖。那马儿在路上不安地跺着脚，少年对它说了几句安抚的话。然后，用手抓住狼嘴边上伸出的枝棍制服它，使它乖乖地把头靠近他的双膝。此刻，少年歪举着水壶，慢慢地将水灌进它的嘴里。它静卧下来，眼睛不再乱转。少顷，它开始吞咽这宝贵的荒漠之水。

大半的水都流到了地上，但他还是继续顺着那绿枝让水滴流进它的牙缝。等水壶倒完了，他松开那枝棍，这狼便静卧着喘气。他站起来，从它身上退出去，但它并没有动。他用链子将水壶盖甩上来拧死，然后走回到马身边，把水壶挂在马鞍的皮罩上，又回过头来看狼。狼也正在看他。办完这件事情，他踩镫上鞍，催马登程。当他又回头看时，这狼还是被绳子拖着跛行如前。他走它动，他停它也止。又走了一小时，他们这一行停歇了一阵子。他们已经来到了罗伯逊牧场的横栏前。前方，再有一小时的路就到达克洛弗代尔和去北方的路。南边，伸展着广阔的原野。枯黄的草叶在疾风中统统倒向　侧，阳光赶在大片流云的前面投下温暖，慷慨地流淌在大地上。马儿不知为何摇晃着脑袋，踩着地面，驻足不前。“算了，”他说道，“算了吧！”

他掉转马头，越过壕沟，骑上了广阔的原野。这原野在他面前向南延伸，一直接上了远处墨西哥的群山。

中午时分，他们一行越过了瓜达卢普山脉最东边一个支脉的低矮山口，骑下了一个开阔的山谷。他们能看到远处的平原上有骑马的人，但那些骑者看见他们并未停下。后半下午时，他们通过那片火山地区的最后一簇锥形小山。又一个小时，他们来到了这个国家境内的最后一道栅栏。

这是一道东西走向的横栅栏，在栅栏那边有一道泥径。他掉马朝东沿着栅栏走。在栅栏这边也有一条牛畜小径，但他故意骑开一绳之远，这样牵在后面的狼就不会从铁丝网底下钻过去。不一会儿，他们来到了一幢牧场的房屋前。

他骑上一个小高坡观察着这幢房子。因为看不到一个可靠的地方来拴狼，他又往前骑，走到前方一个栅栏门。他下马解开门上的链子，推开门，牵着马和狼进去，关上门，又骑上马。此时，那狼弓着背立在路上，浑身的毛都挓挲起来，就像是从一根管子里被提着后腿倒拉出来的样子。当他打马上前时，这狼却刹住了脚朝另一侧滑去。他转头看了看它。“要是我吃了这些人们那么多的牛，我也没脸再上门来拜访。”他自言自语地说。

他正要再打马向前，突然从房子方向传来了大声的嗥叫。他定眼一看，三条大号的猎犬已经贴着地面倏地窜到了路上。

“他妈的混蛋！”他骂着。

他滑下马，把缰绳拴在栅栏最上方的一道铁丝上，从套子里抽出了来复枪。伯德的大马眼骨碌骨碌急转着，它恐慌地在路面上跺着蹄子。那狼倒不动声色地站着，但尾巴和全身的毛发都竖立起来。这马猛然转身，头拽着缰绳拼命后退，拴绳的铁丝被拉弯了。接着他听到在这场混乱中一个大 U 形钉从栅栏上爆裂的声响。突然，就像是陷入一场噩梦中，他看到马像一个精灵飞速跑向平地，身后的绳头还拖着那只狼。猎犬们在后面狂追。缰绳即断，他眼疾手快，一个箭步上前，神速地抓住拴在鞍鞒上的那根系绳，拉住了马。马在原地转着圈子，气恼地四蹄捣地。他手提着步枪，用绳子拽着狼转过身来避开猎犬。

但周围这一群狗，连嗥叫带龇牙加白眼，在他眼前乱成一团。

它们在路面的泥土里乱转乱爬，围着他狂吠。他只好把狼用力拉到自己跟前。他一面厉声斥喊着，一面用枪管去击退它们。有两条狗的项圈上拴着断下来的铁链，还有一条连项圈都没有。在这一片喧嚣和混乱之中，他能感觉到贴在自己身边的母狼周身触电般的颤抖，和它的心脏咚咚的捶打声。

这是一批牧场用犬。尽管它们又冲又叫，但他知道它们不会真正攻击在人掌管之中的任何东西，哪怕这是一只狼。他并不慌张，从容地随着它们转身，并用枪管敲中一只狗的面部。“滚开！”他喊道，“滚开！”此时，有两个男子已经快跑着从房子里出来。

他们呼叫着狗的名字，有两条狗被喝住了，立在原处朝后面的路上看着。第三条狗却隆起背，横走着碎步，朝着狼龇出牙，继续示威了一阵才退后站着嗥叫。其中一个男人的衬衣领口上还悬挂着一条餐巾，已经累得直喘大气。“听着！朱莉，”他朝着第三条狗喊，“给我滚开！该死的。”他又转对仆人喊：“RL[1]，去找根棍子之类的东西来！天哪！”

被称为RL的男人闻声解开自己的皮带扣，从裤腰上抽出皮带，开始用皮带头上的金属扣在周围胡抽乱打。立时间，这几条狗都狺狺地叫着，疾步退走了。这时那年长的男人站在那里，

---

[1] RL为一个人名字中的名及姓的首字母。在美国，有人愿选择此种方式被称呼以示特别。

双手撑着臀部大口喘气。他看着男孩想说话，但又看到了自己领口的餐巾，便一把拉下来先擦擦额头，再把它插到自己后裤袋里。“能告诉我你到底要干什么吗？”他问男孩。

“就想不让这些该死的狗靠近我的狼。”

“别用这种蠢话来回答我。”主人觉得男孩的回答怪怪的。

“我没有。我们走到这儿，被你的栅栏挡住，想找个门过去而已。没想到这里会乱得一团糟。”

“那你就没有想过会发生什么事吗？”

“我不知道这里有好几条狗。”

“嗨，你不是看见这里有房子嘛！”[1]

“是的，先生。”

男主人斜着眼睛细看着男孩。“你是威尔·帕勒姆家的孩子，对吧？”

“是的，先生。”

“你叫什么名字？”

“比利·帕勒姆。”

“听我说，比利。这让你听起来可能是个愚蠢的问题，但我真想知道，你到底打算怎样对付那东西？”

“是我抓住它的。”

“我猜是你抓的。你把它的嘴巴捆起来，嘴里还塞着棍子。那你准备把它带到哪里去呢？”

---

[1] 美国人好养狗看家，尤其美墨边境一带地广人稀，有房子就有狗。

“我是准备回家的。”

“不，你没有。你是朝着远地方走的。”

“我开始是打算往家里走的，后来又改变了想法。”

“你打算怎么个改变法呢？”

比利没有马上回答。那几条狗还在不安分地遛来遛去，背上的毛还都紧张地竖着。

“RL，把狗赶到房子那边拴起来。告诉妈妈我马上过去，”他又转向男孩，“你打算怎么把你的马弄回来？”

“去把它牵回来呗。”

“嗨，从这儿到第一道挡畜的栅栏足足有两英里路呢！”

比利牵着狼站在那儿沉思不语。他朝着路那边看去，马就是朝那个方向跑掉的。

“那东西能坐车吗？”这男主人指的是马。

比利奇怪地看着他。

“好吧，”男主人说，“你们听我说，RL，你能不能把他带在车上去找回他的马？”

“行啊，先生。他的马难抓吗？”RL 回问。

“你的马难抓吗？”男主人问他。

“不难，先生。”比利答道。

“他说不难。”主人告诉 RL。

“好吧。除非他自己想坐车去，我想我可以给他把马带回来。”

“你不想带着狼一起坐车跑一趟吧？”主人又问。

“不是我不想，而是我不打算这么做。”比利答道。

主人又转回 RL，诙趣地说：“我是想说，因为这狼会从卡车后甲板上跳出去，你可以请它和你一起坐在驾驶室里，然后这孩子可以骑马在后面跟着。”

RL 用拖在地上的链子把两条狗拴好，又用刚才打狗的皮带把第三条无链的狗和它们拴在一起。他一面打诨地回应着主人的笑话：“这下子我可以拍电影了！一路开车，带着一头狼坐在我的驾驶室里边，想看多清楚就有多清楚。”

男主人的眼睛一直没有从狼的身上移开。他伸手想去整整帽子，但头上并没有戴着帽子，所以他又改成挠头。一会儿，他转回来看着男孩说：“这回我可认识这山谷里所有的疯人了。这地方新鲜事也太多了，你连认识你的邻居都来不及。你吃晚饭了没有？”

“没有，先生。”

“走，进屋里去吧。”

“那她怎么办呢？”

“她？”

“我说这只母狼。”

“我看哪，就让它在厨房里随便找个地儿躺着吧，一直到我们吃完饭。”

“在厨房里躺着？”比利诧异。

“跟你开玩笑，孩子。我的天！咱要是把那东西带到厨房里来，我老婆就会吓得没命了。不用电话线，你在阿尔伯克基都能听见她的大叫。”[1]

“但我不想把她放在外面，总会有什么东西惹她的。”

“我知道。好吧，我不会把它放在外面让人去看的。要是那样，他们就会把我当疯子一样用捕网抓起来的。”

他们把狼锁进熏火间，而后都向厨房走去。男主人看见男孩带着枪，但没说话。当他们走到厨房门口时，比利把步枪竖在墙边上。主人拉住门，他们都进了屋。

女主人事先把晚饭放在炉子上热着，此刻她把东西都拿出来，并给男孩放了一个盘子。房子外头，他们能听到 RL 发动卡车的声音。他们传递着饭菜，有成碗的土豆泥、杂色豆，还有大盘的炸牛排。当比利的盘子里盛满了各色食物，他有礼貌地抬头看看主人，主人朝他的盘子点点头。

“我们刚才已经做过晚饭祷告了，”主人说，“要是你不上厕所的话，就赶快吃吧！”

“是，先生。”

他们接着吃晚饭。

“妈妈，”男主人说，“你能让他告诉我们，他要带着这只大灰狼去哪里吗？”

“如果他不想说，就不必勉强。”女主人说。

“我要把她带到墨西哥去。”少年回答了。

---

[1] 阿尔伯克基：新墨西哥州最大的城市，在新墨西哥州中部，距说话背景的西南边陲有六七百公里。

男主人一面伸手去取黄油，一面说："听起来像是个好主意。"

"我要把她带到那儿去放掉。"少年又补充道。

主人点着头。"把她放掉。"他重复着少年的话。

"是的，先生。"

"她是不是在那边有些小狼崽子呀？"

"不是的，先生。她还没有呢。"

"你知道吗？"

"是的，先生。她正怀着崽呢。"

"看看你都准备了些什么东西去对付墨西哥人！"

"我没有准备什么东西去对付墨西哥人。"

"你想想看，此后他们那里就会多了几只狼。"

少年用刀切下一块牛排并用叉子叉起来，男主人看着他。

"你觉得他们那里响尾蛇还不够多，还要再送去几只狼吗？"

"我又不把她送给什么人，我只不过是把她带到那儿放回去，因为她就是从那里跑过来的。"

主人一面用刀子熟练地把黄油在切开的面包上抹了一圈，然后把面包的上盖合上去，一面看着男孩。"你真是个特别的孩子，你知道吗？"

"不，先生。我觉得我跟别人是一样的。"

"你和别人不一样。"主人下着结论。

"一样的。"男孩不服气。

"告诉我，你是不是就打算把那只东西扔到边境那边去？要是那样，我就拿上枪跟上你，然后替你把它给毙了。"

“我打算把她放回到山里去。”男孩更正着。

“把她放回到山里去。”主人一面重复着这话，一面看着面包思索着，然后慢慢地咬了一口。

“你们全家是从哪里来的？”女主人问道。

“我们是查科斯的。”

“她是说在那以前。”男主人补充着。

“以前我们在格兰特县。再以前住在德巴卡。”

男主人点点头。

“我们在这里已经住了很长时间了。”男孩又说。

“有多长时间了？”

“差不多十年了。”

“十年了，”男主人说，“时间过得好快啊！是吧。”

“快吃饭吧，”女主人说，“别光顾说话了。”

他们又继续吃饭。不一会儿，听到卡车开进院子经过房子的声音。女主人立即从桌旁站起身，从炉子上的温热器里取出RL的饭。

饭后，他们走到院子里，已经是黄昏了，天有些凉意。太阳低低地挂在西方的山峦上。伯德被找回来，用绳制笼头挂在院门上，马勒和缰绳都挂在马鞍前鞒上。女主人站在厨房门口，看着这帮男人朝熏火间走去。

“我们要小心开门，”男主人说，“如果那东西扯开了嘴套，咱们就等于是和一条鳄鱼躺在一个澡盆里了。”

“是的，先生。”男孩答道。

男主人把打开的锁从铁扣里提上来，男孩小心翼翼地把门推开一条缝。狼站在里边，朝屋角后退着。这间泥砖小屋没有窗户，当门外的光线射进来时，它被照得直眨眼。

“她没事儿。”比利说。

于是他把门全部推开了。

“可怜的东西。”赶过来的女主人看到狼的惨相，顿时起了恻隐之心。她立即转身跑开去。

男主人耐着性子转过身。”简·埃伦，”他问，“你要干什么去？”

“她那条腿看起来好可怕啊！我去找贾米来。”

“你要去干吗？”男主人仍未明白。

“你们等在这儿。”女主人又补了一句。

她一面快步跑过院子，一面把搭在肩上的外衣扯下来穿上。男主人倚在门边不住地摇头。

“她去哪儿了？”男孩问道。

“疯上加疯，”男主人叹道，“都得了流行传染病了！”

他站在门口，卷了一支烟。男孩在一旁用绳子管束着狼。

“你不抽烟吧？”主人问男孩。

“不抽，先生。”

“那很好，可别学抽烟。”

他一面抽烟，一面看着男孩问：“你打算用它赚的钱做什么呢？”

“她不卖的。”男孩回答。

“如果它卖钱的话，你打算干什么呢？”主人追问。

“我不干什么，因为她不卖的。”男孩很坚定。

女主人转来时带着一个墨西哥老头。他腋下夹着一个马口铁制的绿色小盒子。他用手推了推帽边向男主人打着招呼，就走进了这熏制肉食品的泥砖屋。女主人跟着他也进去了，她手里抓着一卷干净被单布。墨西哥人向男孩也点了点头，并用手碰碰帽边，便单腿跪立在狼的前面，查看它的伤势。

“你能按住她吗？”他问男孩。

“能。”男孩答道。

“需要一些亮光吗？”女主人问他。

“是的。”墨西哥人答道。

男主人走到院子里，扔掉烟头，用脚将它踏灭。其他几个人将狼移到门口见光的地方，他们开始为狼疗伤。先由男孩按住狼，墨西哥人抓住狼的右前腿的肘关节，细细查看着它小腿上的伤情。女主人把那个小铁盒放在地上打开，从里面取出一瓶专治炎症、瘀伤用的金缕梅树皮汁，撕下一片被单布在里面蘸过，然后把它递给墨西哥人。他接过来后看着男孩，说：“准备好了吗？年轻人。”

“准备好了。”男孩回答。

比利又抱紧了狼，他索性跨立在狼身上，用两条腿夹住它。墨西哥人便抓住狼的伤腿，开始清洗伤口。

狼受不了这种压制，发出一声嗥叫，并立起后腿，在男孩的夹抱下扭动着身子。倏地，它把伤腿从墨西哥人手中抽了回去。

“再来一次。”墨西哥人说。

他们又重新开始。

第二次尝试中，狼的反抗更强烈。它使出蛮劲把男孩在屋里顶来顶去。墨西哥人迅速后撤，女主人见势不妙早已退后。男孩很快被顶倒在地，但两只手仍紧紧抱住狼的脖子，身子却躺在狼的下面。狼站在那里，激动得满嘴都是起泡的涎水，这些白沫在它齿间涌出涌进。站在院子里的男主人已经在卷第二支烟了，但听到这些响动，他立即将烟叶包塞回口袋，整了整帽子，喊道："挺住。该死的！你们先挺住。"他跌跌撞撞闯进门来，伸手抓住狼脖子上的系绳在手里拧了一圈，把狼制服。

"人们如果听说我给一头该死的狼做急救，我就别想在这地方待下去了，"男主人气急败坏地说，"好吧，你们接着干你们的大事吧！干吧！"

他们赶在太阳下山之前做完了这狼的手术。墨西哥人把它那伤腿上剥落下来的一块皮肤贴回原位，坐在地上用夹在一把止血钳上的弯针仔细地缝合着。缝合术完毕，他在那伤处涂了一些花冠消炎药膏，外面用被单布包扎好。RL 吃罢晚饭从厨房里出来，一边剔牙，一边站着看他们。

"你给她喝过水吗？"女主人问男孩。

"是的，太太。不过给她喝水是挺难的。"男孩回答。

"我想，你要是把那绳套拿掉，她会咬人的。"女主人说。

男主人从狼的身上一步跨过去，走到院子里。"咬人！"他叫道，"我的天哪，你们还知道狼会咬人！"

半小时后，当比利离开这家人时，天几乎全黑了。他把那个捕狼的夹子交给男主人替他保管。女主人为他用一块布包起了丰盛的饭食让他在路上吃。他把这饭包放进了马鞍上的皮套里，还有刚刚做手术剩下的干净被单布、一小罐花冠药膏。主人家又给了他一床旧的萨尔蒂约毛毯，打了卷捆在马鞍后面，有人还为他那破烂的马勒套具更换了一些新割的皮带条。狼的颈子上也戴了一个用马具革制的脖圈，上面挂一铜牌，牌子上压印着这家牧场主人的名字、RFD[1] 号码及新墨西哥州克洛弗代尔的字样。主人陪他走到栅栏门口，打开锁，推开门。男孩牵着马，拉着狼走出去，然后骑上鞍。

“你一路上要小心，孩子。”主人说着。

“好的，先生。我会小心的。谢谢您了。”

“我本想把你留在这儿，派人把你爹找来的。”

“是的，先生。我知道您是这样想的。”

“他会为这事用鞭子抽我的。”

“不，他不会的。”男孩很感激他的关心。

“好了，还要当心土匪。”

“好的，先生。我会的，我谢谢您和太太。”

主人点着头。男孩抬起一只手道别，然后转过头，拉动马勒，骑上这黑沉沉的大地，拴在后面的狼也跛行了起来。主人一直站在栅栏门边望着他。抬眼南望，只是一线黑黝黝的山影。这就是他们要骑去的地方，是他极目也无法看到的地方。只有片刻，他们便被夜色吞没，马和骑马的人都消失在这越降越浓

[1] RFD：Rural Free Delivery，美国当时对不设邮局的乡村实行的免费邮递。

的夜幕中。在这晚风吹拂的荒原上，他所看见的最后一点东西是狼腿上缠着的白色绷带。这个白点无规则地、断断续续地移动着，像是一个苍白的小神灵，在逐渐加深的寒冷和黑暗中显得十分古怪。最后，这个小点也消失了。于是，他关上了栅门，走回了房子。

他们一行在这深沉的夜色中穿越了以山岭镶边的火山平原。这些山岭在蓝蓝的夜色中现出深蓝色的影子。马的圆蹄在荒漠的砾石上不时发出清脆的敲击声。夜幕是从东天拉下来的。这迅速地笼罩了一切的黑暗，让你在一丝突然的冷寂的呼吸中感觉到了它。黑暗在迅速地向西推移，好像黑暗本身也有个灵魂，此刻正执行着一个罪恶的使命，充当着谋害太阳的杀手，凶狠冷酷地一直追杀到西天。这种说法曾经有人相信过，今后还会有人相信。在这天最后的一线日光中，他们越过了一段被风雨严重侵蚀的丘陵梯形地，登上了一片平地。在这里，他们又穿越了一道栅栏，或说是曾经有过一道栅栏的地方。栅栏上的铁丝网已经坍塌，颓然卷曲着，拖迤着。那些光秃的、瘦小的牧豆树的杆子无尽地延伸进夜里，活像一排佝偻的、屈辱的乞食者成单行站着队伍。他们在黑暗中又骑过了一个山口，在那里他立住马，注视着一道闪电劈向南天，一直劈到墨西哥的平原。夜风抽打着山口的树枝，在风中还夹带着雪霰的细粒。他选了山口南坡下一个干涸的小溪谷的避风处扎营。他四处捡了一些柴枝生起一堆火，先给这狼喂足了水，把它拴在一棵三角叶杨树被水冲出的一弯树枝上。然后走回来给马卸了鞍，把马腿缚住。把这一畜一兽安排停当，他才打开毯子，披在自己肩头，拿下鞍架上的皮套走到火堆旁坐下来。这狼蹲在他下方的干沟里看着他，一双倔强的眼睛在火光中闪着红色。不时地，它想用边齿去试探那条伤腿上的绷带布。但由于嘴里衔着那枝棍，它无法如意。

他从皮套里拿出一个牛肉三明治和一个松软的小面包，坐下来吃夜餐。弱小的火苗在夜风中锯齿般地来回抖动，雪粒从黑暗中伸出细长的脚随风斜踢在他们身上，一些也嗞嗞地栽进火堆里。他一边吃着东西，一边观察着狼。狼正竖着耳朵，转着身子，凝神向黑夜里看去，但是该过去的都已经逝去了。过了一会儿，狼又转头凄凉地看着这片它被迫来到的土地。它原地转了几圈后终于侧卧下来，只看火堆，尾巴一直翘到鼻子上。

他整夜冷得不能入睡，只好起来一次次地添火。这狼也不曾入眠，每次都在注视着他的行动。每当火焰再次升起，它眼睛里的火也燃烧起来，像两盏通往天国极乐世界的门灯。这是一个在不可知的空虚彼岸燃烧着的世界，是一个从血和血的溶剂以及血的内核和外壳中诞生出来的世界，因为只有血才有力量回答那个时时刻刻都在威慑着要吞噬这个世界的恐怖的空虚之魔。他紧紧把自己包裹在毯子里，与狼的双眼对视着。当这双眼睛和它们作为见证的狼的国度最终带着它们的威严消失，从而归本回源的时候，或许还会有其他的火焰、其他的见证、其他的世界在其他的地方出现，但它们都不会再是这一个了。

在黎明前的最后几小时里，他睡着了。因为困倦已极，顾不得冷与不冷了。在灰色的晨曦中他起了身。他把毯子包在身上，跪在火堆前竭力吹着气，想让死灰复燃，但火终于没有再燃起来。他只好走到一片开阔地，仰望东方，盼着日出。斑驳的飞云层已经浮现在浅灰色的大漠上空。风已经消停。这里的黎明静悄悄。

他想到了给狼喂水。这次他提着水壶靠近它时，它不再翘首拱背表示对抗了。他用手去碰碰它，它也只是侧着身子移动一下。他抓住它的脖圈将它拉低，然后和它并排坐着给它喂水。水从水壶里徐徐地注入它的牙缝，它的舌头抖动着，喉头痉挛着，一双带着寒色的眼睛歪斜地看着他的手。他用一只手托住它下颌的另一侧，不让水空流到地上去。就这样，它将水壶喝空了。不知怎的，他想把它当作一匹马来抚摸。当他的手滑向它的肚腹时，它本能地挣扎了一下，眼睛有些狂野地转动着。于是他轻柔地对它说着话，之后又把手掌放到它温热、赤裸裸的乳头间。很长时间他没有把手抽回来，然后他感觉到狼的腹内有东西在动。

他们再度动身，穿越山谷，继续向南。山野里的草经历了寒冬还未返青，在朝阳下呈着金黄色。在东边约半英里之外的平地上，羚羊正在吃草。他转回头看那狼是否对这昔日的猎物动了兴趣，但它现在似乎毫无感觉。它跟着马以一种机械的动作一路跛行，那样子又很像是条忠实的家犬。他们就这样一路不停地走着，在日近中午的时候越过了国境线，进入墨西哥的索诺拉州。这地方和他们刚刚离开的那个地区在地形地貌上无大区别，却透出一种全然的异样和奇特。他立住马，观察着面前的红色山丘。朝东他可以看到一个方形的水泥碑，这是国境线的标志物。在这片漠漠的荒芜之中，它给人的感觉像是一次失败了的远征的伤心纪念碑。

两小时以后，他们走出了这个山谷，开始攀越低矮的群山。这里只有稀疏的荒草和墨西哥的刺木，几头瘦弱的牛在他们前方慌张地跑开去。不知不觉间，他们已经走到了卡洪博尼塔山谷，这是向南穿越山脉的主径。沿着这条途径走了又有一个小时，他们来到了一个小牧场。

他站住马，用绳把狼拉到跟前，向里面叫了一声，看看是否有狗，但是没有回应。他又慢慢向前骑着。这里有三幢墙皮剥落的泥砖房，一个衣衫褴褛的男人站在一幢房子的门口。这地方看起来像一个废弃坍败的铁路小站。他前骑几步，停在这个男人面前，双腕交叉地搭在马鞍前鞒上。

“你要去哪儿？”这男人问他。

“要到山里去。”他回答道。

这男人点点头。他用衣袖擦擦鼻子，朝刚刚提到的山的方向看着，好像在这以前他没有正眼看过一样。他又转回脸依次看着男孩、马和狼，最后看着男孩。“你是个猎人？”

“是的。”

“好，”这男人说，“好。”

这日虽然太阳高照但还是很冷。这男人却是半裸着身子，屋子里也没有烟火。他看了看男孩带着的狼。“你这条母狗也是个好猎手？”

男孩看了看他的狼。“是的，”他答道，“相当好的猎手。”

“它是不是很厉害？”

“有时候是的。”

“好，”这男人重复着一个字，“好。”他转问男孩有没有烟、有没有咖啡、有没有肉，但男孩都没有。这男子似乎已经习惯接受这种一成不变的事实了，他懒散地倚门站着，眼睛呆板地瞅着地面。过了一会儿，男孩意识到他是在自言自语。

“好，”男孩赶紧结束这场会面，“再见吧。”

这男人抬起一只手，他的破衣衫飘摆着。

“走吧。”他还是呆呆的。

男孩又向前骑行，当他偶然回看时，那男人还倚在泥屋的门口，还在呆望着他们来过的小径的方向，好像又在守候着下一个过路人。

后半下午途中小歇时，他又一次提着水壶去给狼喂水。这次它乖乖地像一只马戏团里的动物低伏在地上，侧卧等待着。杏黄色眼睛睁开着，双耳在一开一合地扇动着。他不知道它到底需要喝多少水，只是一个劲地向它口里灌注着，并注视着它的眼睛。他触摸着它带皱褶的嘴角。他凝视着它那有脉纹的平滑柔软的口腔，一股带着水声的细流向里面倾注着。他又开始对它讲话。马儿从自己的尾侧转过头，一面吃草，一面偶尔回眼看着主人。

饮完狼，放完马，他们又上了路。这乡间全是起伏的荒漠高地，这路径从山脊的顶部穿过。尽管有人走过的踪迹，但此时却看不到一个人影。在山坡上生长着星星点点的刺槐、矮橡树，还不时有杜松的开阔林地。傍晚时，一只野兔出现在他前方约一百英尺的路中间。他立时勒住马，迅速把两个手指放进嘴里吹了一声尖亮的口哨，把兔子给吓僵了。他又极其连贯地下马、从套里抽出枪、扳起击铁、举枪开了火。

这马听到枪声惊慌地逃逸，他赶快抓住那甩起在空中的缰绳，降住马并使它镇静下来。那狼早已消失在路旁的灌木丛里。他把枪提到腰间，退出那粒用过的子弹壳，又压上一粒新的子弹，用大拇指放下击铁，使枪处于保险状态。然后他把马的缰绳扔到地上，收拾起狼的系绳，回身到路边去找狼。

由于绳的牵制，它伏在接近一丛缠绕的杜松的草棵里颤抖着。在他走近时，它向绳头跳跃挣扎着，身子在猛烈震动。他把枪靠在一棵树旁，牵着狼沿绳走回去。他用手按住它，向它说话，但仍不能使它平静下来，它全身还在不停地颤抖。过后，他回去取了枪，走回马旁，把枪插回套里，便走上路径去寻找那只兔子。

路径的中线有着来复枪弹丸犁出的一道长的辙道。兔子已经被打进了灌木丛中，刚死的兔子看来是被打破了肚子，灰色的肠子正一圈一圈地流淌下来。它差不多被打成了两截。当他把这两截身子合并拿起来时，它在手里的感觉还是热乎乎的，只是脑袋已经完全下垂。他把兔子拿出灌木林，找到一截被风吹断的树干，用靴子跟把上面的干松的树皮踢光，然后用手拂几下，再用口把表面吹干净。这时，他把兔子搭在去皮的树干上，取出刀子，骑坐在树干上开始给兔子剥皮、开膛，取出内脏，最后把头和脚都切掉——这兔子就算是杀好了。他把兔子的肝和心用小刀在树干上切成小方块，看了看这野外厨房的手艺实在不大像样。他在枯草丛中擦干净手，又进一步把这剥皮去头脚的兔子沿着背部和大腿加工成肉条，再把它们切成块，直到有了满满一把，他便用剩下的兔子皮将它们包起，再把刀子折回去收好。

他退回身去把死兔子的残体挂在一截折断的树枝上，再走到狼蜷缩的地方去。他蹲下来伸手去摸它，但它胆怯地退到绳子头上。他拿了一小块兔子肝递给它，它只是小心翼翼地嗅了一下。他观察着它的眼睛及其中透出的疑思。他又看着它那皮质浓厚的鼻口，它仿佛挨蜇似的把头扭向一边。但他再次递上那块兔肝，它又向后退去。

“大概你还不饿吧，”他说，“但是你会饿的。”

他在山脊向风一侧下面的一块低地扎营。借着风势他生了一堆火，然后把残剩的兔子吊在一截假紫荆树枝上，放到火上烤着。等他来得及看顾马和狼的时候，吃了一惊，他发现狼腿上的绷带不见了，又发现狼嘴里含的那段树棍也不见了，还有用来捆绑它口鼻的绳带都不见了！

它照直地对着他站着，颈上的毛沿着背部全部竖了起来。拴在它脖圈上的系绳卷在地上的一小段已经磨损和浸湿，显然是它用牙刚刚咬过的。

他停在那里完全愣住了，但又立刻反应过来了。他沿着系绳退到马的身边，把系绳从马鞍的前鞒上解下来，但他做这一切时眼睛一时也不曾离开过它。

他拿着系绳的另一头开始围着它转圈子。它一面用眼睛盯着他，也在原地转着圈子。他转到了一棵小松树的后面。他尽量以一种随意的方式活动着，但是他觉得自己的动机还是暴露无遗。他弯起系绳把它搭上这松树的一个高枝，拽着绳头后退几步把绳子拉紧。绳子松在地上的几个卷随之被抻开，穿过枯草及松针拉住了它的脖圈。它无奈地低下头，跟着绳子向前走。

当它随着绳子走到了高枝底下，他拉紧了绳子直到把它的前腿几乎吊了起来。然后他又把它松下了一些，把系绳在高枝上打了结，后退着看着它。它朝着他露出牙齿，扭着身子想跑开，却不能。它显得真的束手无策了，只好抬起那条伤腿，用舌头去舔舐。

他走回到火旁，把所拾来的全部木柴都加上去。然后又提了水壶，从鞍架皮套里拿出一个三明治，剥去包装，把这包装纸和水壶一起带到狼的身边。

它注视着他在松软的草泥地上挖了一个小坑，它又注视着他用靴后跟将坑底压紧、踏平，然后把那张油包装纸铺进凹坑，上面用一块石头压住，最后用水壶里的水把坑灌满。

这个小工程完成，他把系在高树枝上的绳结解开，一边松绳一边后退着。它一直伫立着看着他的每一个动作。他又后退了几步，蹲在地上，手里握着系绳。它看了看火，又看了看他，坐下来舔着自己那早已干渴燥疼的口腔。他站起来，又向坑里多加了一些水，并用手把水朝外撩了一些。然后把水壶盖旋盖好，把水壶立在水坑旁，退到一边坐下。他们就这样互相注视着。天色已晚，它站在那里，用鼻翼轻推着面前的空气，好像在试探着什么。然后，它开始向前挪步。

走到水坑边时，它还是犹豫地嗅了一下，并抬起头来看他，又转头去看着火堆，看着火堆那边马的身影。它的双眼在火光中发亮。它又低下头去嗅着水坑，眼睛却没有从他身上移开，也没有停止在火光中燃烧。当它终于低下头喝水时，看到自己的两只眼睛从黑水坑里反映出来，好像是有另外一个自我存在于这个世界上，或守候在每一个隐秘之处，甚至会来到像这样的一个假造的水坑里。狼便更加坚定了自己的存在，坚信自己不会被这个世界完全抛弃。

他双手握着系绳蹲在那里守望着它，就像是一个人受托付看管一件他自己也不知道用途的东西。当它把水坑里的水喝干，它舔舔嘴，看看他，又倾过身子去嗅那水壶。水壶被碰倒了，它急忙抽回身子，又回到原地，坐在那段高枝下方，又反复地去舔那条伤腿。

饮完水后他又把头顶高枝上的绳子拉紧，打结，把狼管制住，然后走到火堆旁。他把烤叉上的兔子肉翻转了一下，拿起包在兔皮里的一撮小肉块，走回去放在它的面前打开。接着他解开那高枝上的绳结，将系绳放松一段，手牵着绳头退到一边。

他观察着它。

它斜着身子嗅着空气。

“这是兔子肉，”他说，“我想你以前没有吃过兔子吧。”

他等着看它是否靠上前去，但它并没有。他根据柴烟的飘动判断了一下风向，然后包起兔子肉块，挪到它的上风处，用一只手递过去，另一只手一直抓着系绳。他放下这包兔子肉块后又退后等着看，但它仍没有动静。

他又走回松树下，把系绳如前一样在高枝上扎好，然后回到火边。烤叉上的兔子肉一半已经烧焦，另一半却还是生的。他坐下来胡乱吃了一阵。而后便掏出小刀，用他自己的皮带和从马鞍护件上割下的两根长皮条制作了一个皮口笼，他在这个皮笼上留了槽口，并联结了皮带。他一边做一边观察着狼的口鼻部位。此时它蜷伏在火光中。

“我猜你一定想着在我睡着后好逃走，是吧？”他对它说道。

它抬起头看着他。

“喂，我在对你说话呢！”

当他把这个口笼做好，他把它放在手里转着检查，尤其是扣子部分。看起来已经很满意了，于是他折起小刀，把这口笼塞进后裤袋，再从马鞍皮罩里掏出最后几根中粗的水桶绳拴在自己裤袋环上，又抓起缚马腿用的绳带塞进自己另外一个后裤袋里。最后，他带着满身的装备走到系狼的地方。见到他过来，狼站起身，等着下一步的事情。

此时他大胆地用手抓住它的脖圈，将它慢慢提起来。但它不肯就范，又用前爪抓绳，又用牙去咬绳。他厉声训斥着，想使它安静下来，但这一招似乎毫无用处。于是他又用树枝上的系绳将它拉吊起来，并快速在枝上打结将它悬定在这个上身直立的状态。这次它的脖子被勒得挺紧，头部几乎快要碰上搭绳扎结的高树枝。第一步处理完毕，他一步落地，弓着身子几乎是爬到狼后腿站立的地方，用一根缚腿绳把它来回扑腾的两条后腿捆绑起来，又把那系绳自由端长出的部分转圈绕在这根缚腿绳上打结系住。作为第三步，他一骨碌从狼的身下翻滚出来站起身，把刚刚快速在高树枝上打的结解开，用一只手松下来一段绳子好让狼落地，同时用另一只手去拽着狼的被捆绑起来的后腿往自己这里拖。“要是有人看见我们这样子，”他对狼说，“他们肯定也要用一样的办法把我带到疯人院去的。”

当他把狼完全拖倒在地上，便用另一根缚腿绳把它的后腿绑在他一直用来作为系缆柱的那棵小松树树干上。然后他把那根系绳的自由端从它后腿上解开，绕了绕搭在自己的肩头上。当它感觉到有根绳子松开了，便挣扎着想站起来，并用嘴去咬捆在后腿上的绳子。他又一次将它拉倒，然后叉开双腿，防卫地绕着它走，直到他能够得到搭着系绳的那截高树枝。他把自己肩头上搭的那段系绳甩回到高枝上去，拽着绳头，后退一下，随即将它完全拉倒在地。

“我知道你想着我是要杀了你，”他对狼说，“但是我不是。”他又把系绳的自由端挂在了另一棵短叶松树上，然后从自己的腰带上抽出一根水桶绳走近了它。它躺在地上紧张地抖动着，被钳制在头尾的绳缆之间大口地喘着气。他用这水桶绳做了一个活结想要套住它的口鼻，一次未成。第二次再试时，它用嘴咬住了绳子。他索性跨在它身上，等着它松出绳子。但它却固执着，一双杏黄色的眼睛盯视着他。

“松开绳子。”他命令道。

他用手抓住绳子，试图把它拉出来。

“行了，”他说，“别跟我傻斗了。”他又对自己说：“要是让它制住了你，它能把你吃得连一个皮带扣也剩不下。”

因为它死也不肯松掉那根水桶绳，他便伸手抓住它脖圈上的那根系绳使劲一拉，直到它几乎窒息，这下它才放了口。他一手捞过那根水桶绳，一手仍然握紧系绳。抓住这个机会，他赶紧把水桶绳的活结套上它的口鼻，把它的嘴刹紧，接着用绳子绕了三圈，飞速打了结，才松掉手里的系绳。他松了一口气，坐回在地上。火堆将熄，只闪烁着一点火光。“好了，”他对自己说，“你没输，妈的！十个指头一个也没少。”

还剩下最后的一步了。他从后裤袋里掏出自制的口笼，套上它的鼻子，竟然很合适。只是鼻羁太松。他拿下这口笼，掏出小刀又重新修整了一番，然后再套上去，看看合适了，便在它的耳后扣上了扣子。试试不算紧，他又紧上了一个扣眼。最后，他把两根从口笼上拖下来的带子拴紧在它的脖圈上，大功告成。现在，捆在它嘴上的水桶绳已无必要。于是他用小刀伸进去把它们切断，取了出来。

被松掉了捆嘴的绳子，它第一件事便是长长地吸进一口气，接着它就想去咬那皮套。但他用的是硬实的马鞍皮，围在它的鼻子上，它无论任何也不能把它咬到嘴里去。他又给它的后腿松了绑，自己退到一边。好不容易得以站立，它便拽着那条系绳又跳又扭。他蹲在堆积的松针里观望着它。等到它放弃了这种无谓的发泄，他站起来，解开了树上的系绳，把它牵到了火堆旁。

他觉得它可能会害怕他要处置它，但它并没有显出什么恐惧来。他把系绳的中段拴在马鞍的前鞒上，好让前头那截被狼嘴咬过的地方靠近火堆烘干。他又找出绷带布及那罐花冠药膏，骑坐在狼的身上，给它的伤腿清洗，敷药，并重新包扎好。他想，即使戴着口笼它也会想咬他，但它也没有。当他把这一切做完，便把它放开。它站起来走到绳端，嗅了嗅腿上的绷带布，平静地卧下来看着他。

夜已深了，他便取下马鞍子当枕头睡觉，同时拴狼的绳子也是系在这鞍子的前鞒上的。但有两次他都由于头下的鞍子被拉动而惊醒，于是他用手抓抓系绳对它说话。他又调整了一下姿势，把双脚对着火堆睡。这样，如果它在夜里想拖着绳子转到火堆那边把绳子烧断，它必须把绳子拖过他的身子，这样就会弄醒他。他已经领教了它的聪明——比任何一条狗都更精明，但不知道它会精明到什么程度。小土狼们在他们下面的小山里嗥着。他转过头来看看它是否注意这叫声，但它做出睡着了的样子。但一旦他的眼光落到它身上，它就会睁开眼睛。他把眼光移开，等过了一会儿再悄悄地试验一次，那双杏黄色的眼睛仍睁开如前。

他禁不住打着盹儿睡着了。火堆上的火焰已经悄然退进了炭心。他被冻醒了，发现它还在盯着自己。但他再次醒来时，月亮已经西沉，火堆真的要熄灭了。天气真冷。寒星被嵌在各自的位置上，就像是旧式马口铁提灯罩上透亮的无数个洞眼，他爬起来给火堆添了柴枝，用帽子把火再扇起来。小土狼们已经停止了嗥叫，四周是一片漆黑和寂静。他做了一个梦，在梦里他看见一个信使从南方的平原上过来，手里拿着一张账单，上面写着一些东西，但他都看不懂。他想看清这个信使，但那张脸却隐在阴影里面模糊不清，连形状都消失了。他知道那信使只是一个信使，无法告诉他所携带的消息的任何内容。

早晨，他又被冻醒，赶紧爬起来培了火，但还是裹着毯子蹲在火堆旁打了一阵子抖。他拿出牧场女主人为他做的最后一个三明治吃了，然后从鞍架皮套里取出那个兔皮小包，走到狼躺卧的地方。见他走近，它立即站起。他打开了这稍稍变硬了的兔子皮，递到它面前。它先是嗅了嗅，又向他看了一眼，然后围着这包东西走了几步，又站下看着，两只耳朵微微朝前倾斜着。

“我想，你这次会吃的。”他对它说。

但是要想个办法透过口笼让它吃到。他走出几步，找到一截断下的树枝，用小刀把它切成合适的长度并把一头削成小铲刀的形状。然后他走回来坐在地上，伸手抓住狼的脖圈，把它拖到自己跟前，一直按住它直到它不再挣扎为止。他把兔皮包全部摊在地上，用小木铲舀了一些已经变黑的内脏肉块，按住这头母兽，把小木铲来回在它面前晃动，让它闻那上边的荤味。

随即他用一只手罩住它长长的鼻子，用大拇指掰开它上唇那奇异的黑皮褶层。它只好张开嘴。他立即把这小木铲透过口笼的皮带和它的牙缝送进它嘴里，并顺手将木铲一翻，在它舌头上擦干净，接着抽了出来。

他猜想它可能会去咬那小木铲，但它没有。它闭上了嘴巴，但通过腮帮子他看见它的舌头在搅动，它的喉头在痉挛着。当它再次张开嘴巴时，它已经将这些肉块全部吞咽了。

等到它把这一小包兔肉都吃完，他就把这张兔子皮扔掉，把小木铲在草上面擦了擦，塞进了口袋里，然后走开去找马。这匹马已经下到半山坡的一片长满冬草的低湿地里，他手提缰绳遛着它回到了宿营地。照例他给马上了鞍子，把系狼的绳子拴好在马鞍前鞒上，再骑马登程。他们一行向南沿着卡洪博尼塔谷走进了深山。

他们在山里行走了一整天。这狼对这山野显得饶有兴趣，它不时地抬起头瞭望着这远近长着黄草和野莴苣的起伏、辽阔的草岭，但这些植物在他们向西走往马鞍似的凹形山脊时逐渐稀疏减少了。每当走到一个小山顶的时候，他都会停下来让马喘喘气。这狼也总会藏匿在路边的野草丛中蹲下来小便，然后转过头来嗅嗅这一片湿处。在这天上午他们遇到的第一批旅客是一帮赶着满载的驴子艰难北行的人，他们在离比利一行一百码开外处就停下来让到路的一边，他们十分谨慎地向比利打着招呼。狼一见到有生人过来，立即伏下身蜷伏进路边的高草之中，颈毛紧张地竖了起来。然而，领头的一头驴子还是嗅到了狼的气味。

这头牲口的鼻孔洞开着，像是一团湿泥中的两个窟窿，它的两个大眼球如同瞎子似的全变白了，它的耳朵还向后扁张着。它突然弓起背，抽出两个后蹄，用一只脚踢到了后面的一头驴子。受到突然的袭击，这第二头驴子嘶叫着翻倒在路旁。在这令人心惊的一瞬间，天下大乱，所有的无序和喧嚣都爆发了！好端端的一队驮驴突然挣脱了羁绊，向着四面八方拼命逃窜。它们狼狈不堪地冲下山坡，像一群硕大而无翅的松鸡。赶驴人气急败坏地在后面死命追赶。一道上，这批乱军为了侧身躲过树木而摔倒、翻滚着。当它们爬起来再跑时，驴背上的那些粗木驮架已经断裂，驮架上的驮篮破碎，里面盛装的打了包的皮货、牛皮、毛毯及家具杂物等统统滚落在山坡上，一片狼藉。

他的马受了这场动乱的惊吓正在重跺着蹄子，不停地跳着脚。他用缰绳勒住它，使它安静了一些，然后他伸手解下鞍韂上的系绳去找狼。这狼已经跑下山好一段路，绕着一棵树把自己藏了起来。他骑上马下去把它带回。待到他把这只四脚僵硬、失魂落魄的狼拖回来时，路径上已平静如初，一切骚乱都过去了。只见一位老年妇女和一个年轻姑娘坐在路边的草地上传递着烟叶，切着玉米皮，在卷香烟。这女孩看起来比他自己小一两岁。她用一个土打火机点着了烟，吸了一口递给了老妇人。她自己则吐着烟气，扬起头，大胆地看着他。

他卷起了系绳下了马，把缰绳扔在地上，又把那卷系绳套在马鞍前韂上。他抬起两个手指碰了下帽边。“早安。”他问候道。

她们对他点着头，年长的女人回答了他的问候。那女孩还在看着他。他沿着系绳走到狼蜷伏的野草丛，跪下来对它说了一些话，然后拉着它的脖圈带它回到路上。

“他是个美国人。”老妇人对女孩说。

“是吧。”女孩应道。

老妇人狠狠地吸了一口烟，隔着烟气眯着眼斜视着他。

“这只狗很凶，是吧？”

“是够凶的。”

她们两个穿着家制的衣服和补缀着皮片与生牛皮的平底皮凉鞋。老妇人肩上披着一条黑围巾，而那女孩几乎是赤身穿着一件薄薄的布衫。她们的皮肤像印第安人一样黑，眼睛黑得像炭块。她们吸烟的恶相就像穷人吃饭那样俗不可耐，也像是一种绝望乞生时的急祷动作。

“这是一只母狼。”他对她们说。

“什么？”老妇人问。

“这是一只母狼。”

老妇人看着狼。女孩则看看狼，又看看老妇人。

“真的吗？”老妇人似乎不相信。

“是真的。”

女孩听了有些害怕，像是要站起来后退似的。但老妇人笑话她胆小，对她说，这骑马人只不过是跟她们开玩笑。老妇人把烟架在嘴角上去招呼狼。她用手在地上拍着唤狼过来。

“它这脚有什么毛病吗？”

他耸耸肩，告诉她们说它的脚被兽夹夹着了。此时，在他们下方的远山坡上，可以听得到那帮赶驴人的叫喊声。

老妇人给他让烟，但他谢绝了。老妇人遗憾地耸耸肩。他听着那些赶驴人的叫声，很抱歉地对老妇人说他很对不起他们。但老妇人说这些赶驴人自己没有本事，连自己的牲口都把握不好。她又说，革命把这个国家的好男人都杀光了，只留下一些白痴。她还说，更糟糕的是傻瓜生傻瓜，眼前这就是个明证。因为只有蠢女人才会和这些傻男人在一起，而他们所生的孩子就要糟上两倍。她又狠狠地在快要烧完的烟头上咂了一口，然后把它丢在地上，仍然是斜着眼睛看着他。

“明白我说的话吗？”她问他。

“当然。”

她注视了狼一阵子，又看着他。那半闭的眼睛仿佛是由于什么伤残而致，但这却给了她一种逼人的坦直神情。

“她要生崽了吧？”她问道。

“是的。”他答道。

“就像这女孩子一样。”她加了一句。

他转头看看那女孩，但她不像是怀孕的样子。她正背对着他们抽烟，眼睛望着前面的山野。尽管还有几声微弱的叫喊声越过山坡飘送过来，但看不到什么东西。

“她是你的女儿吗？”他问这老妇人。

她摇摇头。她说这女孩是她的儿媳妇。他们已经成亲，但因为没有钱付给神甫，所以他们没有在教堂里结婚。

“这些神甫都是些贼。”女孩突然说话。这还是她首次开口讲话。老妇人朝着女孩点着头，转动着她的眼珠子。“革命者啊，”她说，“这些不能记住战争流血的人，总是那些最爱打仗的人。”

他听完这些话后对老妇人说他要走了。老妇人并未在意。她接着说，当她还是孩子的时候，她亲眼见到一个神甫在阿松森村被枪杀。他们逼他靠着他自己的教堂的墙壁站立，用来复枪打死了他便走了。这时村子里的女人们都跑过来，跪在神甫面前扶他起来，但神甫已经或快要死了。一些女人便用手帕蘸了这神甫的血来为自己祈福，好像这是耶稣基督的血一样。她又说，当年轻人看到神甫当街被杀，他们对宗教的看法便改变了。她说，现在的年轻人不管是对宗教、对神甫，还是对家庭、对国家，甚至对上帝都一概不在乎了。她最后又说，她感觉这个国家已经被诅咒。她问他有什么看法，但他说他对这个国家所知甚少。

“是诅咒，”她说，“这是确实的。”

此时，坡下赶驴人的叫声完全消失了，四周只有风儿在吹拂着。女孩抽完了烟，站起身把烟头扔在路面上，用她的皮凉鞋踩在上面，使劲把它搓进泥里，好像那里隐藏着什么邪恶的生命一样。风撩起了她的头发，也撩起了她薄薄的衣衫，显出了她那黑黑的身躯。她看着男孩，她说，这老妇人总是爱谈论诅咒和谈论死去的神甫，她有些疯疯癫癫的，叫他别理她。

“我们懂得我们知道的事情。”老妇人自辩道。

“是啊，”女孩嘲讽着，“但那又算些什么！”

老妇人伸出一只手，手掌朝上对着女孩，好像托出这个女孩作为她方才所说的话的一个证据似的。她要求男孩注意观察那些知道真理的人。女孩不以为然地扬起头，她说什么真理不真理，至少她知道谁是她未来孩子的父亲。老妇人举起手，十分遗憾地叹着："唉，唉！"

男孩用绳把狼拉到跟前，说他真的要走了。

那老妇人朝着狼伸出下巴，她说这母狗的分娩期快到了。

"是的，我也这么想。"男孩附和着。

"你应当把她的口笼拿掉。"女孩插话道。

老妇人看着女孩。女孩又接着说，如果这母狗在夜里下仔，它要舔它们的。她还说，他起码不应当在夜间给它带这口笼，因为谁知道它哪时候就生崽了呢？她说这母狗是要舔崽的，所有的人都知道这事的。

"这是真的。"老妇人也说。

男孩用手碰碰帽边。他祝她们一天愉快。

"这狗是不是很厉害？"女孩又问。

他说它是挺厉害的，对它要分外小心。

女孩说，她真想要一只这狗下的小崽，因为它会长成一只好看门狗，谁过来就咬谁。"不管是谁过来都咬。"说完她把手一挥，这手势包进了眼前的一切：这松林，这松林间的风，这消失了的赶驴人，还有这披着围巾看着她的老妇人。她意犹未尽，又说，这样的一只狗在夜里也会叫，不管是窃贼来，还是任何一个讨厌的人。

"唉，唉。"老妇人又在叹着，眼珠子不停地转动。

男孩这次真的动身要走。老妇人便祝他与上帝同在，而女孩只说如果他想走就走吧。他牵着狼走上路面，拉过马，把系绳再拴上鞍鞒便骑上去。当他回头看时，女孩又坐在老妇人身旁，她们并未说话，只是并肩坐着，等着那些赶驴人回来。他沿着山脊走到小径的第一个转弯又一次转头回看，但她们还是一动未动。在远处看去她们好像都被定了身，好像他的离去也带走了她们的魂魄。

这山地的景致还是那么单调无异。他们徐行着。西南方的高山在这一天结束时还是那么遥远，未有丝毫的接近，还是他们眼中辽远的一个影像。向晚，当他们骑上一丛矮橡树林时，他无意中惊起了一群火鸡。它们一直在他下方的林间觅食，被他这一惊，纷纷起飞，越过一个浅水滩，消失在远处的林子里。他立住马，仔细观察了一下。而后他骑下了路径，下了鞍拴好马，又解开了鞍上的系绳，把狼拴在一棵树上。他抄起了来复枪，拉开拴，看到里面有一颗子弹。于是他一面提着枪横越着跑过小山谷，一面用一只眼睛瞅了一眼太阳。阳光已经低斜地从西边的沟头向这片树林扫过来。

这群火鸡落到了一片林间的小空地。在黄昏的余晖里，它们在布满条沟的树干间来来回回地踱着步子，光彩得就像是游戏团台子上的展览鸟似的。他蹲下身来定定神，开始缓缓地向它们摸近。当他在这约一百码的距离中移动了一大半时，有一只雌鸡走出了斑斑条条的树影，停立在空旷之地。它伸了伸颈子，又向前迈着步子。他悄悄扳起击铁，用左手抓住一棵小白杨树的树干，把枪管架在左手食指关节上，再用拇指背部把枪管顶靠在树干上，瞄准着这只母禽。他估量了这个距离的弹道下弧线，又朝着斜阳投射过来的光线侧转了一下枪管，就扣下了扳机。

沉甸甸的枪身振动了一下，枪声的回响在山野间跳荡。这只火鸡扑棱着翅膀，歪歪扭扭地跌在地上。其他的火鸡被枪声一惊，纷纷像箭一样钻出林子，四面八方逃窜，有几只几乎是擦着他的头皮飞过的。他立即站起身，朝着那只中弹落地的火鸡跑过去。

树叶堆里溅满了血，这只火鸡歪躺在一侧，它的双腿还在树叶中扑动，它的脖子怪异地向后折着。他攫住了它，把它按到地上抓了起来。这一枪打在它的脖根处，把一只翅膀的肩头都打开了，差一点没打中。

他和狼分吃了整只火鸡，然后并排着坐在火堆旁。这狼紧紧地靠在绳子上，每次炭块迸裂时它都会惊吓发抖。当他去触摸它的皮毛，它的身子就会像马一样抖动。他也像对马一样地对它讲述自己的生活，但这并不能平抚它的惧怕。后来，他索性对它唱起歌来。

翌日早上当他们骑在路上时，他们遇见了一队骑马的人。这是他在这一带头次看到马队。他们一共五人，都骑着好马，而且都带着枪。他们停在他前方的路上，他们向他打着招呼，但样子很滑稽。他们的眼睛滴溜溜地审看着他的行装：他的衣着、靴子、帽子、马和枪，还有残破的马鞍，最后，他们打量着那狼。它早已避开路，跑到荒野里的一丛羊齿草里去了。

“那是什么东西？”他们叫了起来。

他没有言语，只是坐在马上，双手交叉着放在鞍轿上。他斜了一下身子，吐了一口唾沫。他从帽檐下面也警惕地审视着他们。他们中的一个打马上前想清楚地看看狼，但他的马踟蹰不前。他前倾着身子用手拍打着马的面颊，并且粗暴地用缰绳拽来拽去。那狼平卧在地上，双耳在绳头处向后竖着。

“你这只狼要卖多少钱？”这人问他。

他把系绳松弛的一段收紧，在手中结了一下。

“这狼是不卖的。”他答道。

“为什么不卖？”

他盯了那人一眼。“这不是我的。”他说。

“不是你的？那是谁的呢？”

他看了看那只卧地发抖的狼，又看了看南方那蓝色的山脉。他说这狼是有人托他照管，这不是他的狼，因此他不能卖它。

那人一只手松松地握着缰绳坐在马上，另一只手放在大腿上。他转头吐了一口口水，但眼睛却不离开男孩。

“那这是谁的狼？”他又追问道。

比利看看他，又看看其他等在一边的骑者。他说这狼是一个大牧场主的财产。场主要他好生照管这只狼，不能出事。

“这个场主，”那人问，“他是不是住在莫拉莱斯领地？”

男孩说，他确是住在那里，也住在别的好几个地方，他的地盘大得很。那人注视了他好长一段时间，然后无奈地打马开路，其他的骑手们也都几乎同时开了步，就好像他们被某种无形的条规或是法则联结着。他们骑过去了，而且是按照年资、级别排列的。最后一个骑过的是一个最年轻的人。在他骑过时，他看了男孩一眼，举起食指碰碰帽边。“祝你好运，小伙子。”他给了一句好话。全体五个人都骑走了，没有人再回头看他一眼。

山里的天气真冷。在高山口以及在谢拉卡巴耶拉山岭一带还有未化的积雪。在卡巴耶拉山谷的上段，积雪的路径竟达大半英里。路径上的雪还是新下的。在这里，他惊奇地发觉有不少旅客的足迹印在雪地上，同时他也在思忖着，那些在这个荒山野岭里艰难跋涉的旅人，在见到有骑马人接近时会不会吓得落荒而逃呢？他又仔细地察看着地上的足迹。有男人和驮驴的，也有女人的，有一些穿靴子的，但更多的是穿轮胎底无跟皮凉鞋的。他们在这个高寒的崎岖荒野上留下了不可思议的足印。他也看到了当天上午他遇到过的骑马人留下的马蹄印。更加使他惊异的是，雪上有儿童的小鞋印和赤脚人的足印！他们一行向前走着。他一边骑行一边注意看那狼是否显示出异相——发现路边某处有旅人蜷伏藏身。但那狼只是踩着碎步跟在马后，鼻子甩来甩去嗅着空气，把自己的爪印留在雪地上，让高山的行人去诧异吧。

那夜，他们在一个岩石峡谷的平坦处宿营。他先放狼到身下岩石间的一个死水潭去饮水。他手握着系绳，看着狼跑下去，把头低下去喝水。它每一次抬头，他都可以看到它喉头的活动及顺着颌部流下来的水。他坐在岩石间手握绳子看着下面。这岩缝中的水在不断加深的蓝色暮霭中现着黑色，狼的呼吸在黑色的水面上明显地喷出白气。它不停地低头吸水，仰头咽水，远看它这喝水的动作就像一只大鸟。

他的晚饭是几张玉米饼卷菜豆。这是他那日遇见的唯一的一小队人马给他的。他们是一帮孟诺派教徒[1]，带着一个小姑娘取道向北去寻医问药。他们看起来就像是一个世纪以前的画上描绘的乡下人。他们说话很少，甚至没有说这女孩生的是什么病。他们给的玉米饼坚韧粗糙，菜豆已经开始发酸，但他只有勉强充饥。狼在看着他吃。“这可不是狼吃的东西，”他对它说，“别看了。”

他吃完了东西，把水壶里新装的水一饮而尽，然后生了一小堆火，又借着这火光在周围转悠着把所有能烧的东西收拾过来。他在离开小径一段路的一个下坡处扎营，但火光从很远的地方就能看见。他有点指望赶夜路的旅人们能循着火光过来和他为伴，但一夜无人。夜越来越冷，他包着毯子坐在火旁。流星燃烧着划过天际，落在南方黑黝黝的崇山峻岭中。他想，那一定就是狼群生长栖息的地方。

第二天他们继续行路。在一个南向的山谷里，他开始看到有蓝色的小花长在岩石间。到中午时分，他们穿过了山间一个宽大的裂缝来到了巴维斯匹河谷。他驻足瞭望，看见有一片淡蓝色的烟雾悬浮在脚下之字形的山路上。他感到十分饥饿，他

[1] 孟诺派教徒（简称 Menno），1523 年起源于瑞士的基督教新派，反对婴儿洗礼、誓约、就公职、服兵役等。

坐在马上嗅着空气，狼在一旁也在做着同样的动作，而后他们便小心翼翼地前行。

这烟是从山路下方的一个沟谷里升上来的，有一帮印第安人正在那里吃午饭。他们是来自西奇瓦瓦矿井里的劳工，在他们窄窄的额头上还留着背负重物的带子印痕。他们一共有六个人，正翻山越岭赶回他们在索诺拉州的村子。他们是在运送一个死去同伴的遗体，这个工友摔死在一个鹰架下面。他们已经走了三整天，但还有三天的路程横在前面。总算老天保佑，天气还不错。这具尸体被安放在一个铺着生牛皮的杠抬棺架上，停在离他们几步远的一堆树叶中。尸体全身用帆布包裹着，外面用草绳捆扎，这帆布寿衣上装饰有红色和绿色的彩带，上面覆盖着山冬青的枝叶。有一个印第安人坐在旁边守护着死者，或者说是陪伴着他。他们会说一点西班牙语，他们便用这几句话不拘礼节地请他过来一起吃饭。热情待客是他们这个国家的风俗。对于那狼，他们根本不在意。他们身着薄薄的家制衣衫，蹲在那里用彩绘的铁碗喝着一种辣肉玉米粥。粥很浓，他们便用手指头来帮忙。他们还用一只小桶传递着用他们喜欢的草药烧煮的茶水。吃完粥，他们用嘴吮吸着手指头，再在袖子外侧蹭干净。饭后，他们用玉米皮卷着淡味烟草抽烟。没有人问他是干什么的，也没有问他从哪里来，要到哪里去。他们向他讲述他们的叔伯和父亲们为了逃避墨西哥人强加于他们身上的战争而逃亡亚利桑那的事情。为了看看这个地方，他们中间有一人还去了美国。他翻过大山，穿过沙漠，走了整整九天到了亚利桑那，又走了九天再回到这边。他问这美国男孩是不是从亚利桑那来的，男孩说不是。于是他点点头，对男孩解释道，男人们在一起惯常谈论他们自己的家乡，甚至吹牛皮。

这夜，他在一个草甸的边上安营露宿。从那里他可以看到大约十英里以外，在巴维斯匹河畔的一个居民点里，有房子里的黄色的灯光透过来。草地上长满了花，它们在暮色中皱缩起来，然后随着月光的清辉又张开了。他没有生火，他和狼并排坐在黑暗中，注意到有某种东西的影子出现在草地上，这些暗影移动着，疾跑着，消失了，过会儿又回来了。狼的耳朵朝前竖立着，它在注视，它的鼻子不断地在空气中校正着什么，好像是对这世间的生活做出什么煽动的表示。他把毯子围在肩上坐着，一直也注视着那移动的暗影。月光已经升起在他身后的群山之上。远处巴维斯匹河畔的灯光一点一点地熄灭，直到一片昏黑。

次日早晨，他骑在马背上观赏着这一带的地形。脚下是河边的沙石滩，一条宽阔的大河携着清凉的水流朝前奔去。前面的一个激流险滩上，朝阳投下碎金般的光，再向前，河流转了一个弯，水面上的晨光也随之折转出去。他解开马鞍上系狼的绳子下了马，牵着这一畜一兽走进了浅水滩，三者都畅饮着清洌的河水，河水清凉但带着一股石板的味道。他抬起身，抹抹滴水的嘴巴，顺着山野向南看去，那里皮拉雷斯台拉斯山脉险峻的高峰矗立在金色的初阳中。

他必须渡河南下，却找不到一处浅水区可以让狼走过去。但他又一想，狼是可以浮在水上的。于是他又溯流骑回到方才的沙石滩上，选择此处让马下水。

他还没有骑进多远，狼就开始泅水了，但马上他就发现它陷入了困境。可能是由于那口笼妨碍它呼吸，它拼命在水中挣扎，用四脚狂乱地击水。它那条伤腿上的绷带布被水一泡开脱了，随着它脚爪的乱动在水面上上下抽打着。这个景象把它吓坏了，它妄想逆着系绳朝回游。他即时拉住马。马儿侧转过身立在水中，河水通过它的四条长腿像是峡沟里的激流。马鞍上拴着的系绳被那狼拉得紧绷。他见状只好丢下缰绳翻身下到河里，河水直流到他大腿部。

他沿着系绳走到狼身边，伸手抓住它脖子上的皮圈把它拉起来，一面全力在急流中站稳。他伸出另一只手插到狼的胸下将它向上托，他的手触到了它那些凉冰冰的裸出体毛的奶头。他想使它镇静下来，但它只是掉了魂似的踉跄着朝岸上爬游回去。那根系绳被水冲着朝下游的方向打了一个大弧圈，但还是紧紧拽着狼的脖圈。他把它托出水面后，赶紧回身向马走去。河底的圆石头在他脚下滑来转去，河水在他的腿间起伏着。他解开马鞍上的系绳，让这一端绳子漂散在水上。绳头在水中松解开来，伸直了，随着水流摆动着。狼腿上的绷带布已经完全松开，追着水流跑得无影无踪。他回头看看离岸很近了。这时，马儿从他身边涌过去，小跑着过了浅水区，跑上了沙石滩。它转过身来，在清晨的寒冷中喷着白气，然后一边甩头，一边朝下游走着。

他几乎是双手拖着狼蹚水往回走，同时托着它的头跟它说话。当他们蹚到了浅水区，狼的四脚够着地了，他就放开它让它自己走。他从水中走出，站在沙滩上，将系绳从水里拉出来盘了一下，搭在肩上。此时狼也出了水，站在沙地上抖着身子，甩着头。他又转身去找他的马，突然一抬头，看见沙滩下游处有两个人骑在马上正盯着他。

他一眼看上去就不喜欢他们的样子，立即越过这两个人去看他的马，马儿正在那边的柳丛间吃草，马鞍边的枪套里，来复枪的枪托子伸在外面。他又去看狼，那狼也正在看着这两个不速之客。

这两个人穿着邋遢的斜纹棉布裤，头上戴着帽子，脚上蹬着靴子。腰带上还拴着黑色的皮枪套，里面插着美国政府出的0.45英寸口径自动手枪。他们已经打马上前，那样子很是轻慢无礼。他们骑到他的左边。一个停了下来，另一个骑过了他，停在他的后面。他转过身，面对着他们。头一个骑者对着他点了点头，然后又转身朝下游方向看看他的马，再看看他的狼，又回过头来看着他。

“你是从哪里来的？”他问这少年。

“美国。”少年直答。

他点点头。他朝河对岸看了看，斜着身子吐了一口唾沫。“你有证件吗？”他又发问。

“证件？”少年反问。

“是的，证件。”他重复着。

“我没有什么证件。”

这人注视了他一会儿。“你叫什么名字？”他又问。

“比利·帕勒姆。”

他朝下游方向甩了一下下巴。“那是你的马吗？”

“当然是的。”

“请拿出买据。”

少年朝另外一个骑者看着，但阳光从他的身后射过来，他的面目是一团黑暗。他又看着这位盘问者。“我没有这些纸头。”

他问道：“那你有护照吗？”

“没有，什么也没有。”

这人坐在马上，两手松松地交叉在腕间。他朝另一人点点头，那个人就单骑到沙滩那边，抓住缰绳把马带了过来。比利瞅空坐到沙滩上，一只一只脱下靴，把里面的水倒出来，再把它们穿上。他坐在那儿，两手撑在膝上。他先看看狼，又越过河流看着伫立在阳光中的皮拉雷斯高山。他知道，他们这一天准到不了那里了。

他们三人沿河下骑。领头的那人把少年的来复枪横在自己的马鞍上骑着；少年骑在他后面，把狼紧紧地牵在马后；另一个骑者离少年约一百英尺的距离殿后。这条路渐渐岔开河畔，穿过一片宽阔的草地，那里有一群牛畜在啃青。这些牛抬起头来看着这些骑者，大嘴巴侧向一边慢条斯理地嚼着草棵，然后又低下头重复它们的动作。三个人骑过了草地，骑上一条转向南边的路，一直骑进了一个居留地。这是紧靠路边的一簇泥砖房子，年深日久已经有些颓败了。

他们正直着骑过一条多车辙的泥街。一大群狗在半晌午的骄阳下懒散地蹲伏在各处，见他们走来，纷纷爬起身列队似的跟在后面，鼻子还乱嗅着什么。他们在小街尽头的一处泥砖房子前下了马。少年把狼挂在停在那里的一辆运货马车的斜撑杆子上。然后三个人都进了屋。

房间里弥漫着一股霉气。几面墙上残留着褪了色的壁画，还可以看得出彩绘护壁的残迹。头顶桁木上裱糊的亚麻天棚早已多处开裂，一条条地垂荡下来。铺地面用的大块素烧泥砖像墙砖一样凸凹不平，歪七扭八，而且由于马踏过的原因，残破不堪。只有南墙和东墙上有窗口，但窗洞上没有玻璃。有几个是上着窗板的，但透过其他几个空洞洞，风照样肆意地将土刮进来，甚至还有燕子从这里飞进飞出。在屋子的一头，放着一张旧式的餐桌和一把高靠背的、华丽的雕刻椅子。椅子后面靠墙立着一个铁皮保险柜，它上端的抽屉曾被斧子砍开过。在肮脏的泥砖地上到处可见鸟、鼠、蜥蜴和狗、猫的爪印及粪便，好像这房子对于住在四周的居民也是一座紊乱的迷宫。几个骑马人此刻就站在从天棚上青苔般垂悬的布条下面。那个领头的骑马人一只胳膊拎抱着少年的枪走到屋子一侧的双扇门前，他敲了敲门，叫了一声，就摘下帽等在一边。

几分钟后门开了，一个青年男仆出来了，他和那领头的骑者说了几句话，那骑者朝着外面点了点头。男仆朝站在大门口的另一个骑者及少年看了看就回了里间屋，关上了门。他们又等着。外面街上的狗开始聚集在这座房子前，透过开着的门可以看得见好几条。它们蹲坐着，一会儿看看被拴住的狼，一会儿互相看着。有一条四肢瘦长的灰色杂种狗在它们面前来回踱着步子，它的尾巴神气地翘起来，背上的毛也刚直地竖起来。

从里间出来的是一位体格强壮、精神矍铄的警官。他简捷地看了少年一眼就转向拿着少年的枪的那个人。

“狼在哪里？”他问那人。

“在外面拴着呢。”那人回答。

他点点头。

他们两人戴上帽子穿过了房间走到门口。拿枪的那个人将少年朝前推了一把。警官又看了他一眼。“你多大了？”

“十六岁。”

“这是你的枪吗？”

“这是我父亲的。”

“你不是个窃贼、杀人犯吧？”

“不是。”

警官用下巴朝那人努了一下，示意他把枪还给少年，然后迈出了门。

在房子前面的这条路上已经聚集了二十几条狗和差不多同样数量的小孩。狼在运货马车下面爬起身来，背对着房子的墙壁。透过自制的口笼的网络可以看清它的每一颗牙齿。警官蹲下来将帽子朝后推了推，两手平放在大腿上，细看着这只狼。他又看看少年，问他这狼是不是很凶猛。少年回答是的。他又问少年这狼是在哪里逮着的，少年回答是他在山里抓的。警官点点头。

他站起身来对他的助手们说了几句话就转身走回了房子。助手们有些心怯地朝狼看了好一阵子。

后来他们终于壮着胆子解开了系绳，把狼从马车底下拖了出来。这群狗见状开始嗥叫并来回地踱着步子。那只大灰狗突然冲过来朝着狼的后腿上就是一口。这狼急转过身子弓起背，愤怒地站在路上。助手们赶紧将它拉开。大灰狗绕了一圈又准备第二次进犯。一个助手转过身用靴子给了它一脚，这一脚正踢在它的下颌，“啪”的一声把它的嘴巴给关上了。这一动作引得看热闹的孩子都笑了起来。

此刻那男仆已经拿了一把钥匙从房子里出来，他们一伙便拖着狼过了街。他们用钥匙打开了一个泥砖棚的门，把狼推进去又锁上了门。少年问他们准备怎么处置这只狼，他们只是耸了耸肩没有答话。而后他们各自上马，掉过头来骑下这条小街。他们把马勒来勒去，然后放开马脚，昂首阔步，神气活现地骑向前去，好像有很多妇女们正在夹道观看他们的英姿一样。那男仆对着这帮人摇了摇头，随即拿着钥匙走回了房间。

他在房子的大门口一直站到中午。无事可干，他就把来复枪里的子弹退出来擦干，再把子弹装进去，最后把枪插回枪套。他喝了一些水壶里的水，把剩下的全部倒进帽子里，用它饮了马。那群围在泥棚前面的狗很讨厌，他便过去把它们统统赶开。街上空荡荡的。这一天虽然晴朗但却清冷。到了下午，那男仆才又出现，他说他奉命来问这少年想要什么。少年回答说他想要回他的狼，男仆点点头回去了。当他再度出来时，他说他奉命来告诉他这狼已被作为违禁品扣下了，但少年本人可以走了，多亏警官宽宏大量，考虑到他年幼不予追究了。但少年反驳说这狼不是违禁品，而是交托给他看管的私人财产，他必须把它要回来。男仆听完他的话又转身走回了房间。

他坐在外面等着，但没有人再出来见他。直到后半下午，才见到警官的两个助手中的一个带着一列杂七乱八的队伍过来了。紧跟他身后的是一头瘦小的黑骡，是他们那个地区在矿井里使用的那种。黑骡后面拉着一辆旧式的两轮拖车，破烂木头轮子都已经被补缀修理过。骡车后面是附近的一群杂乱的居民，有妇女、儿童，尤其多见小男孩。他们全部赤着脚，有好多人携着包裹或提着篮子或桶。

他们在关狼的泥棚前停了下来。警官助手下了马。赶骡车的人也从他那粗糙的木制座位上爬下来。他俩站在当街，共饮着一瓶麦斯卡尔酒。过了一会儿，那警官的男仆从房子里出来，打开了泥棚的门锁，警官助手从门上的狭长木槽口里把闩门的铁链哗啦哗啦地拉出来，猛地把门推开了。

那狼端伏在泥棚的远角落里，见有人闯进来，它连忙爬起身，站着直眨眼睛。赶车人从门口退后几步，脱去自己身上的外衣，把它盖在小黑骡头上，把两个袖子在它的颌下扎起来，然后用手抓住骡的颊带牵住骡子。这时警官助手进了泥棚，抓起地上的系绳把狼拖到门口。人群吓得后退。由于酒力壮了胆，更因为人群的敬畏而激起了勇气，这助手抓住狼的脖圈把它拉到了路上。然后他一手抓住脖圈，另一只手抓住狼的尾巴，半蹲着用一个膝盖顶在狼的腹下，像一个惯常装卸麻袋的壮汉那样用力把狼举上了骡车的后车板上。他把系狼的绳子从车厢一侧穿出，把它系在车厢前的挡板上。路上观望的人群紧张地注视着他的每一个动作，尤其那些日后要向别人讲述他们非常见闻的活跃人物们更是全神贯注。安顿完毕，这助手向赶车人点点头，赶车人把扎在骡下巴底下的袖子解开，拉掉了那件蒙着骡头的外衣。他把骡脖子底下的缰绳收拾起来，站在一侧牵着骡子看看它有何反应。这黑骡微微抬起头，嗅了嗅周围的空气。它觉得不对，有一股可疑的气味从后面传来。于是它扬起后蹄，穿过皮缚带，一脚蹬在后车厢的挡板上，那正是狼被拴的地方。这狼被一脚蹬了出去，滑出了车厢的后开口，车子开始向前跑，拖着那条拴着系绳的破板条。狼在地上滚爬着。人们尖叫着四处奔逃。那头骡子也尖叫着朝一侧歪去，它冲断了这一侧的车辕杆，倒在路上，四蹄乱蹬。

这赶车人虽粗壮却也敏捷。他一个跳步骑在了黑骡的脖子上，用牙咬住骡子的一只耳朵，腾出双手再次用自己的上衣把它的头蒙起来。他四下看着，喘着大气。已经骑上马准备出发的警官助手此时也下到地上，他抓住拖在地上的系绳，猛然把狼抽了一记。他从那段断下的木板条上解下绳子，把板子扔掉，再次把狼拖进泥棚锁好。“你们看我的车！”赶车人一面半趴在路上双手按住蒙着骡头的外衣，一面叫着。他朝这破车挥着手：“看看吧！”警官助手听了只是朝泥土里吐了一口唾沫，然后横过街路，走回房子。

他们叫来了一人用板条和生牛皮修理那断掉的车辕杆，等到这人修理好这辆拖车，天色已晚。这伙跟着骡车来到这个小镇的人早已散开了队伍，坐在街路两侧房子的荫凉里吃着他们带的饭，喝着柠檬水。到黄昏时分，这辆骡车又准备停当，但那警官助手却不见影了。一个男孩被指使着到房子里去探问。又一个小时过去了，这位警官助手才露面，他整整歪歪的帽子，看了看西天的太阳，便蹲下来检查这修复的辕杆，好像他是被委派来专检这项工作的。查完后，他就走回了房子。一会儿，他和警官的男仆一起出来，他们横过街道，走到泥棚，开了门锁，解开门链，那助手再次把狼牵了出来。

赶骡人把蒙好眼睛的小黑骡的脑袋拉到自己胸前站着等候命令。警官助手用眼睛审视了他一下，然后开口招呼一个当地男青年。一个小伙子迈出人群，助手让这个小伙子牵住骡子，又命那赶车人进入后车厢里。赶车人带着几分顾虑放开了骡子，他尽量避着那只尽管戴有口笼的母狼爬进了车厢。他解开了拴在一个柱子上的系骡缰绳，站在一侧等待着。警官助手又一次把狼举进车厢里去，这次他把它紧紧拴在后面的板子上。赶车人无奈地看着这头野兽，又看看警官助手。他的眼光扫过了那群此时又聚拢起来的人们，最后与那个曾是狼的主人的美国少年的眼光相遇。警官助手朝着那个牵骡的小伙子点点头，小伙子便拉下赶车人蒙在骡子头上的外衣并退到后面。这骡子一旦能看见了便疯狂地朝前跳跃。赶车人一下子被闪向后方，幸亏他灵活，及时抓住了车厢的顶板，竭力不倒在狼的身上。这狼也被猛地甩向后方绳头，发出一声野性的哀号。警官助手大笑着踢马向前。他从小伙子手中抓过那件赶骡人的上衣，在头顶像甩套索似的甩了一圈，然后把它扔在赶车人的身后。他在路上勒住马继续狂笑着。与此同时，骡和车和狼和赶车人这一团糟疾速地冲出了小镇，带着巨大的木板碰撞声和漫天扬起的尘土。

人们纷纷拿起他们的行包。比利也赶紧从房子一侧抓起他的马鞍给马上好，又把枪套扣在鞍旁，骑上马，掉转马头，骑上满是车辙的道路。这些赤脚人看到马的影子过来，纷纷躲闪到路的一边。他朝他们点点头："你们这是去哪里？"他问他们。

他们抬起头看着他。老妇人们戴着头巾，年轻姑娘们手挎着篮子夹在她们中间。"去集市。"他们答道。

"集市？"比利重复着。

"是的，先生。"

"在哪里？"比利问。

"在莫累洛斯镇。"

"那里远吗？"比利又问。

他们回答如果骑马并不远。"不是太远。"他们答道。

他下了鞍，牵着马和他们并排走着。"那个人带着狼去了哪里？"

"当然也是去了集市。"

他又问他们那人把狼带到集市上去做什么？但他们看起来

是不知道，他们只是耸耸肩而已。他们在马身边重步行走着，交谈着。一个老妇人说，那狼是从山岭那边抓来的，它在那里吃掉了不少学生呢。另一个女人说，这狼被抓的时候，有一个小男孩跟它在一起做伴，那小男孩赤裸着身子就钻进了树林。第三个人说，那些把这狼从山岭那边抓来的猎人们一直被其他的狼群跟着，这群狼在黑暗里对着他们的火堆嗥叫了一整夜。有的猎人还对她说过这些狼不是一般的狼。

道路渐渐离开了河流和河畔的沼地，又穿过了一个宽阔的山谷向北延伸。暮色中这帮人在一块地势高的草甸子上散开。他们生起了一堆火，围着火堆烧晚饭。比利拴好了马，独自坐在草丛里，既没有和他们坐在一堆，也没有离他们太远。他拧开水壶上的盖子，喝完里面最后的一点水，然后把盖子拧上，拿着空水壶坐着。过了一会儿，一个男孩走过来请他到火堆那边去。

他们对他极其客气。尽管他只有十六岁，他们却都称他为骑士。他把帽子推向后边，双脚交叉着吃着菜豆、仙人掌和用羊肉干、鸡蛋、土豆捣在一起的辣味食物。这种为旅行而准备的食物尽管撒着红辣椒面但还是已经变味发臭，而且看起来脏脏的。“你喜欢吃吗？”他们问他。他回答说他很喜欢。他们啧啧地交换了一下眼神对他说，离开家这么远他一定感到十分难过。

在暮色中，这片草地看起来就像是流浪者或难民的一个营地，他们的人数随着从路上陆续赶到的旅客而增多着。草地上又燃起了几个新的火堆，在不断加深的黑暗中人影子在来来回回地移动着。草地上有驴子在吃草。在深紫色的天空下，草地向两边倾斜下去。那些卸下驴子的二轮货车辕杆撑地斜立在草地上，一辆接一辆，就像是一排矿车，形成一幅十分生动有致的剪影。营地里的男人也多了起来，他们在传饮着一瓶麦斯卡尔酒。到了次日拂晓，仍然有两个喝了一夜的男人坐在已经熄灭了的冷火堆旁。女人们早早地爬起来做早饭。她们重新把火生起来，着手用泡好的玉米粉浆烧拍玉米饼。她们用的是用屋顶铁皮制成的扁平烤锅。她们还要服侍那两个醉鬼及收拾驮鞍，鞍上搭着那些需要风干的毯子。她们做这一切事情都带着一种冷漠无惊的神情。

待到这支旅行队伍再度登程时，天已经半晌午了。那些醉得不省人事的汉子受到十分周到的呵护，驴车上特意挪开杂物用品为他们腾出地方躺着。好像灾祸已经降在他们身上，而且可能会轻易地去造访其他任何人。

他们所走的道路实在太荒凉，沿途旷无人烟，也没有遇到一个旅人。他们脚步不停地一直走到中午，但很快在穿越了一个山口后，看到山下约两英里远处有一条河流淌着，而河畔上就是莫累洛斯镇，它那稀疏的房屋沿着四条街交叉而成的井字形排列着，远看就像是孩童在地上的尘土里划出的格子一样。

当大家忙着在小镇南边的冲积平原上扎营时，他单独骑马顺河而下，想看看能不能找到他的狼。这条路由于车轮的反复碾压到处起着皱沟，而且泥土干硬得连马蹄子都踩不碎。这河从北边的山岭里流出来，流到小镇这里向东打了个弯，又围着小镇，沿着皮拉雷斯的西山脚再流向南方。他骑下了路，顺着一条小径走到河边一个浅滩上饮马。河水又清又凉。有一个老头赶着一匹驴子正在收集那些冲到浅滩上来的漂流木。那些被水浸泡得发白和扭曲的杆木架在驮驴的背上，看起来像是由一些兽骨拼成的立体画。他饮完马便逆河而返，马蹄吃力地踩踏在河边圆圆的卵石上。

他所踏进的这个小镇是有着百年历史的摩门教徒[1]的一个老居民点。他走过了一些装有铁皮屋顶的砖房，一个门面饰有人造板的砖石商店。在商店对面的林荫道上，彩色的小旗帜悬挂在拴于树间的绳子上。一个小型铜管乐队的乐手们坐在一个音乐台上，仿佛是在等待什么显贵人物的来临。在路边和林荫道上，一些小摊贩们在叫卖着各色当地食品。有落花生，有涂着红辣椒面的蒸熟的玉米，有油炸甜蛋奶糕、牛奶蛋糊和装在圆筒形纸包里的水果。他下了鞍，拴好马，把枪从鞍旁的套中拿出来以防被偷，然后走向林荫道。在这个由干泥巴地和羸弱的树木构成的小公园里，塞满了来逛集市的人们。这里看到的异乡客们显得比他自己更偏远陌生。有整家的身着破衣烂衫的人呆张着大嘴在缀着补丁的帆布帐篷间撞来撞去。一些孟诺派教徒戴着草帽，穿着带围兜的工装裤，装扮得就像是搞卖药表

[1] 摩门教：约瑟 · 史密斯于1830年在美国东部创立的一个耶稣基督教派，后因遭受迫害而将教区重心迁至美国西南部。该教因早期先知摩门及特有的经文圣典《摩门经》而得此称号，其正式名称为耶稣基督后期圣徒教会。

演的村夫。有一帮孩子惊奇地滞立在一张炫耀着光怪离奇的畸形人的彩绘帆布画幅前。塔拉乌马拉族和雅基族[1]的族人们，背着弓，携着箭筒在漫游。还有两个脚穿鹿皮靴、长着阴郁的黑眼睛的阿帕切族[2]男孩，来自他们山岭那边的营地。那儿，他们部落的最后一批游离族民像是他们祖先的幽灵似的隐居着。所有这些人们都带着一种特别严肃的神情来观看表演，好像这些其实很糟糕的娱乐节目对于他们会成为刚刚领受的极其新奇的壮观教仪一样。

他很容易就找到了那只狼，但他却拿不出十分小币[3]看狼的门票钱。他们匆匆用布单在一个两轮囚车的上方搭起了一个临时帐篷。在帐门前面挂出一个牌子，上面讲着这只母狼的历史及已知被它吃掉的人数。他站在那里看着稀稀拉拉排队进出的观众。他们对于所见所闻似乎无动于衷。当他向他们问起狼的情况时，他们耸耸肩说，一只狼就是一只狼而已。他们不相信它曾经吃过什么人。

坐在帐篷门帘处的一个高凳上收钱的人弯下头来听这少年讲述了他的处境。他抬起头来看着少年的眼睛说："进来吧。"

这狼卧在车板上铺着的一堆草上。他们已经把它脖圈上系的那根破烂绳子取掉，换上了一条铁链子，并把这链子穿过车底板系起来，这样狼便只能有站起来的余地。在它身边的草上

[1] 居于墨西哥北部的两个印第安部族。

[2] 居于美国西南及墨西哥北部的印第安部族。

[3] 拉美国家的最小货币单位。一百分等于一比索。

摆着一个泥碗，里面大约盛着水。一个男孩站在囚笼旁，把胳膊肘搭在车顶，肩上斜斜地架着一根赛马骑师用的棍子。当他看见有一位付钱的观众进来，立即站直了身子，开始用那棍子隔着笼板去戳狼，并对它发出嘘嘘的声音。

它并不理会这棍子，只是侧卧着静静地喘息。比利看着它那条伤腿，他把枪竖在车旁，对它叫着。

听到他的声音狼立即爬起来，它转身站立着看他，两只耳朵竖了起来。手拿棍子的男孩从车顶上看着他。

他对它讲了好长时间的话。由于那看管狼的男孩不懂他讲的是什么，他对他说，他讲的是他自己心里想的话。他对它许下诺言，并保证要实现这诺言。他说他一定要把它带回深山里，在那儿它可以找到它的同伴们。它仍是用那双杏黄色的眼睛看着他，在那双眼睛里面看不到绝望，仍只有他所熟知的深不可测的孤独，这无边的孤独好像要把整个世界都掏空。他转身看着男孩，当他正要对他说话时，那拉场的广告人俯身钻进了帐篷并对他们发出嘘声要收摊。“他来了，”那男孩急忙示意，“他来了。”

“他妈的。”男孩一边骂一边丢下手中的棍子。接着男孩便和那拉场的一起动手把布单扯下来，把拴帐篷的绳子从他们打进泥地里的桩子上解下来。当那布单一落下来，那赶车人便小跑着穿过林荫道过来，帮他们一起干。他一面用手抓着布单子，一面催他们快点。接着他们把那头蒙着眼睛的小黑骡退进囚车的两根辕杆之间，套上挽具，到处绑扎好。

“还有那块牌子。”赶车人又叫着。男孩又抓起扔在地上的那招牌塞到一堆绳子和布单的底下。赶车人看看一切装妥，便登上骡子向那拉场子的叫了一声，于是那拉场的把蒙布从骡眼上拉下来。又一次，骡、车、狼、人这一团杂烩嘎拉起来，嘚嘚地跑上了道路。来逛集市的人纷纷在他们面前急速闪避着。赶车人一面疯狂驾车，一面转头朝后面的路上看，警官和他的大批随从们正从南边进了城紧跟这骡车而来。警官率着他的手下、仆人、朋友、搬运工及马厩小工，携着他们在阳光底下闪闪发亮的装备用具及奔跑于马腿之间多达二三十条的凶悍猎犬，浩浩荡荡护驾而去。

少年早已转身跑回街道去找他的马。待他解开马，鞘进枪，跨入鞍，跃上街时，警官和他的队伍已经四人一行、六人一排地行进在林荫大道上了，他们彼此叫喊着。很多人身着北方人或墨西哥牛仔的俗丽的盛装，满身披挂着闪光的小金片并饰以银色的穗带，裤缝上还镶着银色的甲壳。他们的骑鞍也涂成银色，粗圆的前鞒有盘口大。有些还醉骑于马上，摘下他们硕大的宽边帽，以一种怪诞的威仪朝着那些被马队压到房檐下或压进门洞里的妇女们招手。只有那些在他们身下奔跑的猎犬显得清醒和自制。它们有条不紊地跑着，不乱方寸，对那些兴冲冲地窜出来尾随其后的本地狗不屑一顾。它们经历过多种场面，其实对什么东西都不惊于色。它们有的是黑色，有的是棕褐色，但大多还属于多年前由北方带进本地的彩斑猎犬，有一些和斑皮马的形态及色泽十分相近。在它们放慢脚步时，你可以看到它们几乎是从同一张皮子里剪裁出来的，马儿们忽而侧步行走，忽而跳跃着，忽而扬头嘶鸣着，骑手们不得不用缰绳来回勒制它们。而猎犬们脚步稳健地跑在马的前面，仿佛它们才是真正有头脑的领导者。

少年勒马等在路口让马队过去。有的骑手向他点着头并道着日安，对他行着骑手间的礼节。但如果那警官骑经这里看见他骑坐在马背上，是不会向他这样致意的。当这马队、狗阵及一切通过之后他才策马上路，跟在他们后面，跟在那逆河而上早已消失在远方的骡车的后面。

他们已经骑进了大门的这个庄园位于这条大路和巴托皮托河的交错编织的河滩之间的一片平坦的原野上，它的名字和他们这帮人刚刚骑过来的、东边的那群山的名字一样。在朦胧中伸向远方的是一排又长又细的用稀石灰粉刷过的房墙。罩着这排房子的是带有尖塔似的树冠的翠绿的柏树。沿河而下是一片片排列有序的果树和山核桃树的园子。当这个狩猎队般的大军在他前方开进了庄园入口的大门，他驱马转进了牧场的车道。在场内的田野里伫立着一群杂交的牛。它们生着长长的耳朵和隆肉的驼背，是引进这个乡间的新品种。地里干活的农人直起了腰，手握短把锄看着他骑过。他抬起手来向他们打着招呼，但他们没有反应，只是弯下腰继续干活。

他骑进了入口的大门，但没有看到那帮马队。一个男仆过来牵了他的马，他便跨下马把缰绳交给他。这个男仆看了看他的衣着便朝着厨房那边点了点头。几分钟以后他便被安排到一张桌子上，和到达不久的那个马队的仆人们坐在一起。他们总共有几十个人，他们大口撕咬着肥厚的炸牛排，就着菜豆和刚刚从平锅上揭下来的热面饼。在长桌的一头坐着那个赶骡车的人。

他站起身，端着盘子跨出条凳坐了过去，赶车人对他点着头。但当他问起狼时，赶车人只是说那狼是用来赶集的，再多的情况他就不说了。

用完餐后，他端着盘子走到餐具柜旁，问那厨娘主人在哪里。她只是看了他一眼，便用手横扫了一下。这一扫包括了沿河向北几千公顷的土地，当然也包括了整个庄园。但他还是用手碰碰帽边谢过了她，然后走出厨房，穿过了大院。在大院的另一头建有马厩和谷仓或是酒窖，还有长排的泥砖房，场工们便被分配居住在里面。

他发现狼被铁链拴在一个空出来的马栏里，它屁股朝后站在一个角落里。有两个男孩倚在栏门口，朝它发着嘘声并比赛着向它吐口水。他走下马舍的廊道去找他的马，但马厩里根本一匹马也没有。他又走出马厩，走回大院。从河的上游追狗回来的警官和他的人马正返回房子这边来。在房后的院子里，赶车人已经把他的小黑骡又套上拖车，然后登上他的御车座位。甩缰那单调的噼啪声在大院里穿过，就像是远处传来的枪声。骡和车仿佛听到了起跑的枪响，立即出发了。骡车刚刚跑出大门口，那班师回营的马队和狗阵便横在了他们前方的路上。

如此庞大的阵营是不会给一部骡车让路的。于是赶车人把他的破车拉到路边的草丛里停下来，让大队人马通过。他站在驾座里，摘下帽子向队伍挥舞着，并用眼睛在挺进的骑手中间寻找着警官的身影。大军过后他又抽响了缰绳，小黑骡郁郁不乐地蹒跚而行。拖车倾斜着，吱吱呀呀乱响着，沿着路边的坑洼地嘎啦嘎啦地跛行。当人马通过时，领头的狗抬起了鼻子，在风中嗅到了骡车上的异味。它发出一声深长的吠叫，转过身子绕到骡车后面。小黑骡见状吓得拖着车子歪下了路面。此时其他的狗也都从四面涌了上来，它们在空气中晃动着口鼻，肩颈上的毛直竖起来。赶车人回头一望，大惊失色。他这一慌，小黑骡更惊了，发了疯似的奋起四蹄拖着车子狂奔进了田野。一大群狗嚎叫着紧追其后。

此刻警官和他的宠臣们也在后方脚踩马镫，立在马上起着哄。他们狂笑着，尖叫着。队伍中有几个年轻的骑手用马靴上的小齿轮刺马突进，追逐着跑出去的骡车，他们向赶车人呼叫着，大笑着。这赶车人一手紧抓着车板，身体斜向一侧，用帽子抽打着那几条跳起来抓车的猛犬。但车高挡不住狗勇，它们还是跳了进来。三四条狗在车厢的那堆草里翻寻着，咆哮着，最后竟然抬起一条后腿撒尿。车子颠簸着，它们在车里边东倒西歪，竟然把尿撒到赶车人的身上，更是互相之间乱撒一通。撒完尿它们又彼此小打了一阵，然后把前脚搭在车侧板上，朝着跑在车两边的狗狂吠。

那几个年轻骑手很快便赶了上来，他们并不减速，绕着骡车转着圈子。其中一人掏出绳索，一下子套在小黑骡的头上使它停了下来。他们又尖叫着，彼此呼喊着，用绳子的双头打退那批狗，把骡车引退到路上。那群狗被驱进了田野。在那里劳作的妇女和姑娘们尖叫起来，纷纷把手挡在头顶，而男人们便把锄头抓在手里面当棍子防身。骑马立在路上的警官向赶车人招呼了一声，从口袋里摸出一枚银币，极其准确地向他抛过去。赶车人一伸手接住了银币，并用它在自己的帽边碰了一下。然后他下了车，站到路上开始检查他的破车和粗粗地开销修补过的木轮子、挽具以及刚修理过的辕杆。警官越过众多的骑手一眼看到了站在路上的美国少年，他从口袋里摸出另一个银币旋转着抛了过去。

“给美国人的！”他边抛边叫了一声。

没有人去接。银币落进了土里。警官坐在马上，他向少年点点头。

“这是给你的。”他说。

骑手们都看着少年。他弯下身来捡起了银币。警官点着头笑着，但是他既没有听到感谢的声音，也没有看到碰帽边的动作。少年走到警官面前递上银币。“我不能要这个。”

警官扬起眉毛，重重地点了点头。“拿着，”他对少年说，“拿着。”

少年站在警官的马镫旁，手里仍然举着那枚银币。“不！”他坚定地说着。

“不要？”警官问道，“为什么不要？”

少年说他要他的狼，他说他不能卖它。他又说如果对他有罚款，他愿意干活来付，或者如果进这个国家要收费交税，他也愿意用干活来偿付。但是他不能丢掉狼，因为这狼是托他来保管的。

警官很沉着地听他讲完这番话便接过那枚银币，又把它扔给了站在一旁观看的赶车人，因为这银币一旦出手便不能再收回。然后他一句话不讲，掉马上了路面，他招呼了一下他的人，把狗赶在前面，统统向庄园骑去，很快消失在入口的大门里面。

少年站在那里看着赶车人。赶车人已经又爬上了他的破车，他解开缰绳，朝下面看着少年。他说警官把那第二枚银币也给了他。他又说如果少年想要那枚银币，应当当时收着。少年回答说他不论当时还是现在都不想要那个人的钱。少年又说也许赶车人愿意为这样的人干活，但他却不会。但赶车人只是点点头，好像是说他并不指望少年此刻会理解他，但愿有一天会理解。“没有人知道他自己是为谁在干活。”他说，说完用缰绳在骡屁股上抽了一鞭驾车离去。

比利走回到那些人用铁链锁住狼的马厩。一个从警官房子里被遣来的老男仆在看守着狼不让别人骚扰。他在黑影里背靠着马厩门坐着抽烟。他的帽子放在身边的草堆上。少年问他能不能看看那狼。老男仆深深地抽了一口烟，好像是在考虑少年的这个要求。半晌他回答道，没有庄园主的同意任何人也不能去看狼，再说这里连亮光都没有怎么看呢。

少年仍站在马厩门口不走，但老男仆再也不同他说话了。

过了一会儿，他只好转身走出去。他穿过大院走到那所房子，站在西班牙式的内院门口朝里看着。里面有很多男人在说笑着，吃喝着。在内院尽头的墙下，一头小牛正被架在火上炙烤。在沙漠的绵长的蓝色薄暮中，数盏篝灯冒着烟气点燃着。篝灯的下面是数张大长桌，桌上堆满着点心、糖果和水果，足够几百人享用。他对这一切兴味索然，便转回头绕到房子的那头去找一个管马厩的人看看他的马。大院里，一个墨西哥流浪乐队在他身后奏响了音乐。新赶到的客人还在大门口络绎不绝地下马。他们从东边那黑黑的山影里骑过来，一路上有狗紧随蹄下。门柱旁好几根粗铁管打进地里，管子上端燃着熊熊的火炬，火光不断地把到客人的身影投向这边。

像他这样无足轻重的客人的马都被拴在马厩后尾的一根长条栏柱上。在这里，他找到了他的伯德。它背上还上着鞍，马勒和缰绳还挂在鞍轿上。它正把头伸在一个用两条木板夹成的V形食槽里吃草料，食槽是用铁皮包面钉在墙上的。当比利对它说话时，它抬起头来一面朝后看着，嘴里一面在咀嚼着。

“这是你的马吗？”马夫问他。

“当然是的。”

“一切都还好吧？”

“都很好，谢谢。”

马夫们在这一排马旁一路忙碌着：卸马鞍、刷马身、往槽里加料。少年要求他们不要给他的马卸鞍，他们回答说按照客人的意愿办。他又看了一眼伯德。“你在这里待得挺舒服，是吧？”

他对马说。

他转了一圈又回到关狼的那个马厩。他从另一头进了厩门站住了。厩道里一片昏黑，受命看狼的老头好像已经睡着了。他找了一间空栏进去，用靴子踢平角落里的一堆草，躺在上面，把帽子搁在胸前，合上了眼睛。从这里他仍能听到乐队演唱的声音及被链在外面某处一间里的狗的吠声。但困倦已极，只一会儿工夫他便睡着了。

他一直沉睡着并做着梦。在梦里他看见了父亲，梦中的父亲徒步迷失在沙漠中。在那一日将尽的余光中，他能看到父亲的眼睛。父亲站在沙漠里向西边看着。那边，太阳已经西沉，风正伴着黑暗涌上大漠，但它所能吹移的唯一的东西就是这荒凉中的沙堆。荒沙随着野风翩翩起舞，上下左右翻飞着，仿佛笼罩着一股自由流浪的激情，好像在这种最终的粒化松散中，世界寻到了一个逃逸它永恒单调旋转的暂时休闲。父亲的眼睛在向天涯的晚红探究着黑夜的降临，这双眼睛看似以一种异常的沉静在思索着什么。而后，寒冷、黑暗和死寂一起扑上来覆盖了他父亲，一切跌进了深渊，一切都被吞没了。在寂静的休止中，他听到某个地方有孤独的钟声传来，只响了几下便停止了。这时他醒了过来。

一帮人举着火把排着单行走进了马厩，走过了他睡觉的栏间，放大的人影晃动着投在墙壁上。他站起身戴上帽子走了出去。他们拽着链子把狼从那个栏舍里拖出来。狼在烟色的火光中蜷缩着身子后退，竭力贴近地面以保护它的肚腹。有人便操起一把旧耙杆从后面驱赶它。在远处场工住房那边，猎狗们已经又开始了一场新的喧闹。

他尾随着这帮人穿过一片黑地，来到一个走车马的门前，两扇大木门敞开悬挂在两个石柱上。此时猎狗的叫声大了起来。狼吓得后缩着，拼命挣着铁链。几个喝醉了酒的男人步伐蹒跚地跟在后面，不时地用脚踢狼，骂它是胆小鬼。他们走到石头建的酒店，灯光从屋内的顶部透过屋檐和墙壁之间的空当射出来，反射在外墙的上部，同时把屋内椽子的阴影投在院子里。从屋子里反射出来的光看似要把墙壁压弯。在门前的扇形光区里，屋内投出的人影摇晃着，退缩着。这帮人拖着狼踩着夯得很结实的泥地涌进了酒店。酒店里立时一阵喝彩和呼叫声，并马上给他们空出了地方。他们把手中的火把交给了店仆。店仆们当即在泥地上把火弄灭。等人群全都进去，店仆们推上了沉重的大木门并落下了门闩。他在人群的外围移动着。这帮子人杂七乱八，但都是来看热闹的。有附近的镇子上来的商人；邻近的庄园来的场主；有远自阿瓜普列塔和卡萨斯格兰德斯来的小乡绅们，他们穿着紧绷绷的套装，满身的珠光宝气；还有商店老板、猎人；来自庄园和农场的工头、管家、庄园的总管及一些得宠的园工……但清一色全是男人。在酒店里头沿墙设有绑扎在柱子上的几排阶梯看台，酒店的中央有一块围起来的圆形场地，大约有二十英尺的直径，用低矮的栅栏标界着。栅栏上的木板被成千上万次斗鸡喷洒的血所弄黑，这层层叠叠的鸡血厚厚地干结在上面。斗鸡场的中心有刚刚打进地里去的一根铁管子。

他从人群的后面挤到前面去。他们正把狼拖过栅板，拖进斗场。看台上的人纷纷站起来观看。站在斗场内的人把狼链在铁管上，然后把它拖到链头用绳套一下子拉倒，接着上来几个人把少年为狼做的口笼除掉。他们迅即退到一边把拴在狼身上的活结绳套抽去。狼站起身来四下望着。在这众人围观的场合里它显得是那么弱小、可怜，浑身乱蓬蓬的。它紧张得弓起背就像是一只猫。它那条伤腿上的绷带布又不见了。它小心地体恤着伤腿，一边侧移到铁链的尽头，再向后退着，它那一口白牙在头顶的铁皮反光下照得雪亮。

第一批斗狗已经被它们的驯师带进来了。它们激动地跳跃着，拽拉着拴脖的皮带吠叫着，又直立起身子在脖圈上拼命挣着。有两条狗先被带到前面，观众中有人便叫起狗的主人的名字，发着口哨点着他们下注的狗。这两条猎犬看起来像年轻的新手。驯师们把它们推过护栏，放进斗场。两条犬先是绕着斗场转圈子，颈毛紧张得直竖起来，它们朝着狼吠着，不时地互相看着。驯师用嘘声发令进攻，但它们还只是谨慎地围着狼转圈子。狼已经蜷下身子向它们露出白齿。观众有些沉不住气了，开始吹口哨并发出猫头鹰般“唿唿”的叫声，但两只犬就是不敢进犯。过了一会儿，站在斗场远端的裁判用哨声示意停止。于是两名驯师上前抓起拖在地上的链子，把它们拉回来，拉过护栏退下。脱离了险区，两犬又恢复了胆量，又挣着脖圈回身朝着狼吠叫。

此时，狼用三条腿一瘸一拐地踱着步子，然后紧靠着铁管蜷下身子，好像这铁管是它目前唯一的退守之处。它抬起那双杏仁状的眼睛扫视着斗场那边的一圈人脸，又抬起头朝灯光扫了一眼。它蜷伏在后弯的两个前肘上。过了片刻，它又起身绕场跛行着，再回到铁管旁蜷下。立即，它又站起来了。因为第二批狗又被带上来，爬过了护栏。

当驯师们松开皮带，这三条狗便拱起背，滚球似的跳向前去。这批狗确比第一批勇猛。它们伸出犬牙咆哮着，把身上的铁链甩得啪啦啪啦直响，斗场内立时乱成一团。狼十分沉静地应战。三条狗在地上翻爬滚打着，只听得一声尖嗥，一只狗抬着一条被咬着的前腿自转了一圈。狼又咬住了另一只狗的下颌把它摔倒在地，它抽回嘴来又一口咬在狗的喉管上。待它换口再咬时，狗一缩身，这一口从喉头滑回了狗脖子上松弛的皮褶层。

少年又转到了看台处。他倚着一根石柱站着，把帽子摘下来以免挡住后面的人。但一看并没有什么人把自己的帽子摘下来，他随即又戴上了。如果没人插手的话，这狼肯定会把那条狗咬死。但那裁判又吹响了哨子，马上有一名驯师上来，用一根六英尺长的杆子猛戳到狼的耳朵里。狼疼得立时松了口，翻身跳回，支在两条后腿上旋转着。这时驯师们都赶上来，抓着链子把这第二批狗带下去了。好像是要休场了，一个人提着一桶水笨拙地跨过低矮的木障，转着圈子把桶里的水泼洒出去，好像是一名呆板、迟钝的园丁，机械地给斗场的地面灭着尘。狼也一时得以喘息。少年转过身，沿着人群的边走到斗犬们退场的后门口，走到又冷又黑的院子里。这时，一名驯师牵着两条新斗犬迎面跨进了后门。

几个站在酒店后墙外抽烟的男孩转过身来借着后门口的灯光看着他。那边拴狗的屋子里传过来的吠声此处清晰可闻，连续不断。

“你们一共有几条狗？”少年问他们。

靠他最近的男孩看看他，告诉说他们有四条狗。

“你有几条？”他问少年。

少年解释道他是问这里总共有多少条斗狗，但男孩们只是耸耸肩。

“谁知道，”他们答道，“反正足够了。”

他走过他们，走到那间拴狗的屋子。这是一溜装着铁皮屋顶的长条房子。他从一根柱子上拿下一盏提灯，从门搭扣上拔起木销子，推开门，把提灯举过头顶走了进去。沿着一溜墙都拴着猎犬。它们跳着、叫着，在链子头上无谓地冲刺着。这棚屋里的狗总共要超过三十条。多半是北边驯养过来的美洲赤猩[1]和彩斑猎犬，也有来自新大陆血系的无可分类的猎犬及与斗殴专用犬体形差不多大小的杂交犬。在棚屋的尽头与其他狗分开管束的是两条棕色带黑斑点的粗毛大狗。当提灯的光点燃了它们的眼睛时，少年看到了一种神情——一种那么纯粹的顶级恶犬神情，这是斗场里其他所有斗犬所不及的。他不由得向后退了几步，仿佛怀疑那束缚它们的铁链的牢靠度一样。他退出棚屋，

[1] 美洲赤猩：一种猎犬，常用以捕捉浣熊的驯养犬。

关上门，把插门木销落进搭扣里，提灯挂回木柱子。他向墙边站立的男孩们打招呼，然后走过他们又进了那酒店。

在他离开斗兽场的短短时间里，看客的人数显然增加了。在斗场的那一头还站着流浪乐队的乐手们，穿着不合体的白色乐装。透过人群，他可以瞥见那狼。它张着大嘴半蹲着，轮番迎战两只围攻的犬，一会儿扑向这一只，一会儿冲向那一只。有一只狗被它咬穿了耳朵，在它转圈甩头时，血点子溅了两名驯师满身。看到这里，少年不再犹豫，他挤开人群，走到护栏前，一步迈进了斗场。

起初，他被错当成另一名入场的驯师，但他是来找这些驯师的。此刻他们正位于斗场的另一头，半蹲着身子，不断做出进攻和防守的佯攻手势，以期让他们的斗犬立即接受教练的临场指导。他们用高嗓门呼叫着犬名，激励它们上阵冲刺。他们以一种滑稽的姿势在狗的面前模拟着竞技的动作。当较近的那名驯师看见少年进来了，他便直起身去看裁判。裁判先生口含着哨子站在那里，但他对刚刚发生的事情显得不知所措，有些目瞪口呆了。少年越过了驯师，直步走入了最危险的十二英尺周长的中心区。这是直接被拴狼的铁链覆盖的小圆圈，是已经被狼的脚爪刨得千疮百孔的禁区！有人呼喊着警告他。那裁判也已反应过来，吹响了哨子。立时，全场一片安静。母狼站着大喘气。少年经过了它，他走到第一只狗身边，抓住它腰脊部松弛的皮，把它的后身提离了地面，同时他拾起地上的狗链，拉着狗退到驯师那里，把铁链交给他。驯师接过铁链，把又欲冲刺的斗犬拉回自己腿边，问这少年：“发生什么事了！”

但是少年又在对付第二条狗了。此时，一些看客又开始喊叫了。看台上发出了一阵难听的怨言，嫌这少年搅了大家的兴致。驯师们又都看着那裁判。裁判又吹了一声哨子，并用手指着这个侵扰者。只见他沉着冷静地抓住铁链，几乎是吊起第二只狗，让它用两条后腿迈着步子去见它的师傅。然后他才转身去看狼。

狼两腿叉开地站着，两胁由于疲劳和激愤在大幅起伏着，黑色的嘴唇不时翻起，露出极好看的一口白牙。他蹲下来对它说话。他并不知道它是否会咬他。有几个好事的人已经越过木障进入斗场，并且在向他逼近。但他们一走到那十二英尺周边的中心险区，就好像碰到一道无形的墙而停住了。没有人和少年说话，都像是在观看他将要做什么。少年站起身，走到栽着铁管的中心点。只见他将铁链在自己前臂上绕了一圈，然后蹲下来，抓住套环处的那段链子，想把铁管从地里拔出来。人们都怔住了。没有人动，也没有人出声。他又加了一把力气再试，额头上的汗珠在灯光下闪烁着。他又试了第三次，终于没有能够把铁管拔出来。于是他站起身来，转身抓住狼的脖圈，把拴着铁链的一个旋转钩解开了。他把流淌着鲜血和涎水的狼的头颅拉到自己身边站在那里。

这几个步入险区的人注意到，除了它脖子上的项圈外，狼已经完全松了套。他们你看我，我看你，一阵面面相觑。有的已开始撤退。狼立在这个白人少年的腿旁，仍然露着牙齿，两胁还在不停起伏着，但原地不动。

“这是我的狼。”少年宣布着。

看台上的人们又开始喊叫，但是那些站在前排，离着解了套的狼最近的人却在踌躇着从哪里逃出去。最后，有一个人挺身而出了。但他既不是警官，也不是庄园主，而是庄园主的儿子。人们给他让开路。这个年轻人穿着镶了饰带的上衣，衣服上还散发出和他跳过舞的年轻女郎身上的香水味。他跨进斗场，向前迈了两步，叉开两腿站住了。他的双手松松地叉在腰间的蓝色饰带上。他显得很无畏，即使心里有些胆怯，面上也决不表露。

“你想做什么，年轻人？”

美国少年把他以前说过的话重说了一遍，那是他在北部山脉的卡洪博尼塔谷遇到几个骑马人时说过的话。他说他是这狼的监护人，因为他是受托看管这只狼的。但见这位小庄园主苦笑了一下，摇了摇头说道，这狼是他在皮拉雷斯台拉斯用捕兽器捉到的，那山十分原始荒凉。他还说冬贝托的警官助理亲眼看见他在瓦哈卡那里牵着狼渡河，他是想把狼带回到自己的国家来卖个好价钱的。

他几乎是以一种清亮的高音在讲话，仿佛是一个人在对听众演说一样。说完，他把两手交叉在胸前，好像已经为此事做了结论，毋庸赘述。

少年按着狼站着，他都能感觉到它呼吸的动作和紧贴着他的那身体的微微颤抖。他看了看这位年轻的绅士，又看了看灯光下的这一圈面孔。他又继续陈述，他说他来自新墨西哥州的希达尔格县，这狼就是他从那里带过来的。他说他是用一个钢夹子捉住它的。他带着这狼在路上走了六天才进入这个国家，但根本就没有走出皮拉雷斯地区。他们当时正尝试渡河和进入同一个山区，只是因为水流太急而折了回来。

小庄园主把他的手从前面换到身后握住。他转过身子，踱了几步，沉思着，然后转回身来，抬起头来问美国少年："你为什么要把狼带到我们这儿来，有什么目的？"

少年仍然手按着狼站着。所有人都在等着他的回答，但他没有回答。他的眼睛扫视着人群，探究着那些注视着他的眼光。那个裁判仍然伸着手，拿着怀表，呆若木鸡地站着。驯师们都紧紧地抓住手下斗犬的脖圈。提桶洒水的勤杂工也在等着。小庄园主转头看看观众，他笑了笑又转回身对着美国少年。然后他用英语对他说话："你觉得这个国家是你可以随便过来为所欲为的地方吗？"

"我从来没有那样想，我从来没有想过这个国家的事情。"

"不，你想过。"小庄园主反驳他。

"我们只是经过，"美国少年回答道，"我们没有打扰任何人。我们也不想再多去什么地方。"

"是经过还是非法侵入？"小庄园主咄咄逼人。

少年转过身向地上吐了一口。他感觉到狼在紧紧依偎着他。他于是说，狼的脚印是从墨西哥过去的，狼是不懂得边界的。那位年轻的绅士点着头仿佛是表示同意，但是他说的却是，不管狼知道什么或者不知道什么都是不相干的。如果这狼越过了国界，那就更糟，因为国境是不管你知道不知道的。

观众闻此纷纷点着头并互相低语着。他们看着美国少年，瞧他如何作答。但少年只是说，如果让他走的话，他会把狼再带回美国，他也会偿付他应当付的收费。但小庄园主摇着头，他说这一切都已经为时太晚，而且警官已经把狼没收充作罚金。当少年又争辩说他事先并不知道进这个国家还要交费，小园主又说那他简直和这狼没有什么两样了。

他们僵持着，彼此间的敌意开始增长。少年抬起头朝屋梁上看着，那儿悬着的尘灰和烟气在灯光中缓缓地盘卷着。他又在眼前的这些面孔中寻找着任何他可以向之申辩的人，但他看到的只是一片失望。他不再希冀什么，他弯下腰，伸手去把套在狼脖子上的皮项圈也解开了！那几个离得最近的看客吓得转身逃进了人群，小庄园主迅即从腰间抽出了一把小左轮手枪。

“抓住它！”小庄园主喊着。

少年站着不动。另有几个看客也抽出了他们的枪。少年站在那里看起来就像是一个站在断头台上的人，在人群中寻找着和他一样有良知的人。但是看不到一个，即使这些人有一天也会处于和他同样的处境。他又看着那个小乡绅，他知道他会开枪打死这狼的。于是他又弯下腰拾起皮项圈，重新套回狼那鲜血淋淋的脖颈上并且扣上扣子。

“装上链子。”小庄园主下着命令。

他服从了这道命令，弯下腰拾起了铁链的钩端并把它套在狼脖子项圈的铁环上。然后他把铁链子扔在地上，退着离开了狼。

这时那些小手枪如同它们出现时那样又悄然消失了。

人们给他闪出一条道,看着他离去。外面的夜变得更加寒冷。空气中透出一股股柴烟的味道，这是从那些园工宿舍的炉灶里冒出来的。有人在他的身后慢慢关上了门。他方才站立的那块方形的光区也随着门影的扩张而完全变窄变黑，最后听到了木销子落进门搭扣中的声音。他在黑暗中走回拴马的厩棚。一个年轻的马夫站起来向他打着招呼。他点点头走了进去找到了他的马。他解开缰绳搭在木栏上给马系上绳辔。天气真冷，于是他解下鞍后的毯子围在肩上。然后他跨上马骑过其他立在一边的马匹，朝着马夫点点头，碰碰帽边，就朝着那所大房子骑去。

通往内院的门是关着的。他下马打开门骑了进去。他在鞍上弯下腰通过了道上的拱门，一路上脚镫子蹭着墙上的灰泥，啪嗒着躲过一些堆积的铁件。院子里铺着人块泥砖，马蹄踏在上面的声音惊动了正在干活的年轻女仆们，她们手握着桌布、盘子和柳筐站在那里看他。沿墙的一溜油灯仍然在木柱顶上燃着。夜间飞出来觅食的蝙蝠的影子断断续续越过瓦顶，消失了又返回。他骑在马背上穿行在大院里，不时地向干活的妇女们打着招呼。这里有不少食物。他感到饥饿了，于是弯下身子从桌上的大浅盘里抓起一个肉馅卷饼，骑在马上吃起来。马也把它的长脖子伸向桌子,但他把它拖开了。卷饼里塞着调了味的肉，他吃了一个又伸手拿了一个。妇女们继续干着她们的收拾清理活计。他吃完第二个卷饼又从盘子里取了一个甜馅饼吃着，也让马沿着几张桌子走着。妇女们在他面前让开了路，他有礼貌地向她们点着头并道着晚安。他再取了一个甜点边骑边吃。不时飞过的蝙蝠惊吓着他的马，于是他骑出了门，骑上路。随后一个妇女穿过院子，过来关上了门。

当他踏上大路时，他转向南方镇子的方向慢慢骑着。狗吠声在他身后减弱了。半个月亮竖起在东天的群山之上，像一只眼睛在怒气中收紧着。

他都快要到达这片居民地的灯光外围了，又在路上停住了。不久，他拉返马头又骑回了那座庄园。

他又在那座石头酒店的门前停下。他从马镫里抽出一只脚，用靴跟猛踢着门。这门撞击着里面横插的门闩嘎啦嘎啦地响着。隔着门缝他能听到人们的叫喊声和酒店那头棚子里传来的狗吠声。没有人过来开门。于是他又骑到这座石头房子的后面，穿过了酒店和拴狗的畜棚之间的窄窄的墙夹道。几个沿墙而蹲的人站了起来。他向他们点点头，跨下马，把枪从套中抽出，把两根缰绳系在一起套上畜棚角的一根柱子，然后走过这几个人，推开酒店的后门走了进去。

没有什么人留心他的进入。他挤过人群。当他挤到木障前时，看到母狼独自陷在斗场里，显得那么孤独和凄惨。它又退到那铁桩处，倚着这根又冷又硬的铁管，把它作为唯一的依靠。但它的头已经无力地耷拉到泥地上，它的长舌头仿佛断了神经似的垂在泥地上，它的体毛与泥土与血浆都黏结在一起。它那双杏黄色的眼睛已经暗淡无光，不再看周围的世界了。从少年中途离开斗场到现在，它被迫与另两批狗又格斗了差不多两个小时。至此，被带来集市的大部分斗犬都与它交战过了。此刻，在木障的那一头，两名驯师正紧紧抓住那两条彪悍的粗毛大狗。看来，最精彩也是最残暴的时刻到了。小庄园主正与裁判密谈着什么。没有人敢靠近这两条大恶犬。它们在主子手中不安分地站着，一会儿拽着皮带，一会儿露出湿漉漉的大牙，这两个杀手都显出一副急不可耐的狂妄相。场上一片悬念，灯光中悬浮的尘埃像亮晶体一样闪着光。洒水工提着桶又等待着。

没有任何选择了,少年拿着枪跨过了木栏,笔直着朝狼走去。他拉开枪栓，往枪膛里压进了一粒子弹，在离狼约十英尺的地方站住了。他把枪举到肩头，瞄准了它那颗已经血淋淋的头颅开了枪。

枪声的回响在这个封闭的大房子空间里镇住了一切，使之归于寂静。两条粗毛大狗吓得四脚趴地并哀号着，围着驯师的脚后跟爬着。没有人轻举妄动。蓝色的硝烟流淌在空气中。狼四脚伸开，死在地上。

少年放下枪，退出那颗废弹壳，用手接住放进衣袋里，然后再推上枪膛，把大拇指放在重新扳起的击铁上原地站着。他看着周围的人，还是无人出声。有人开始朝后面看，但这次走上前来的不是那位年轻绅士，而是警官的一名助手，就是上次在上游的居民地街路上用衣服调弄骡车的那位。他大步跨过木障，跨进斗场，要少年交出步枪。少年没有理他。这助手便掀开了腰间手枪套上的皮盖，抽出了一把已经扳起击铁的 0.45 英寸口径自动手枪。

“把枪给我。”他向少年命令着。

少年只是看着狼。他又看看观众。他的眼里有泪水在旋转，但他既没有放回击铁，也没有缴械投降。警官助手举起了手枪，对着少年的前胸。在木栏另一头正对着手枪枪管的看客们纷纷躲命，有的蹲下，有的跪着，还有的趴在了地上用双手抱住脑袋。在这寂静中，唯一的声音是一只狗发出的低声哀鸣。稍后，听到了看台上有人说话。“够了，”他说，“别伤害他。”

说话的人正是警官，所有的人都转头看着他。他站在看台上层用木板搭起的排座间，左右坐的人都戴着高档的狸皮帽子。有几个人同警官一样在吸着雪茄烟。他用一只手挥挥说，这事情就算了结了。他让少年收起枪，说他不会受到伤害的。这时他的助手已经放下手枪，藏身躲命的看客们也纷纷从地上爬起来，拍掉身上的灰尘。于是少年把枪管朝后架在肩头，并用大拇指推回击铁。他转身看着警官。警官用他的手背简捷地扫了一下，是对他还是对着人群，他不十分清楚，但观众们都已经放松，又开始一轮新的谈话。有人打开了酒店的门，现出了冷寂的墨西哥寒夜。

已经和警官谈过狼皮交易的人从看台上跨过条板走下来，他绕着这只死狼看着。然后站住了细看，手里还握着一把小刀。少年问他这狼皮值多少钱，他只是耸耸肩，并谨慎地看着少年。

“你想要给多少钱？”少年干脆这样问他。

“你指的是皮吗？”皮货商狡黠地反问。

“我说的是狼，这只母狼。”少年不跟他兜圈子。

这商人看看狼又看看少年，他说他只想要这皮，他可以给五十比索。

“你要这支枪吗？”少年又问他。

商人的眼亮了一下，眉毛微微扬了一下，但很快他便恢复了自制。“是支好枪吗？”他问道。

“当然，44 口径的。”

少年从肩头上拿下枪，把它扔给了商人。商人抬起枪栓看看马上又关上了。他弯下腰拾起被弹在泥地里的子弹，用衣袖擦擦把它填回机匣。他抬起枪，对着头顶的灯光瞄了瞄。这枪足足值那张伤残狼皮十几倍的价钱，但他并不马上开口，而是把枪放在手里掂了又掂，才朝着少年点了头。“好吧。”他说。他把枪架在肩头伸出了手。少年低下头看着这只手，然后慢慢地伸出自己的手。于是，他们在斗场的中央握手成交。此时，众人朝着敞开的大门鱼贯而出。走过少年身边时，他们都用一双黑色的眼睛注视着他。然而，即使他们对这场娱乐节目感到失望，也不会表示什么，因为他们不仅是观众，也是园主和警官的客人，不轻易流露不满也是他们这个地区的规矩。买枪的商人又问少年他还有没有更多的步枪子弹，但少年只是摇摇头，不再理会。少年跪下身，把母狼那柔软的身躯抱在臂中。经多日折磨，它只是一个瘦弱的躯体了。他穿过斗场，跨过木障，朝着房子的后门走去。狼的脑袋在他的臂弯里低垂着，残血一丝丝地滴落在他走过的地方。

他用牧场女主人给他的剩下的布单把狼包起来横放在马鞍

的凹处，跨上马，从房子的阴影里骑出去。院子里塞满了要离去的骑马人及他们的吆喝声。一群狗又聚集在他的马下狂吠着，马惊跳着，跺着蹄子向它们踢去。他骑出了酒店院子敞着的大门，又骑出了庄园的园门，穿过田野朝河骑去，最后的几条恶犬被他在马上用帽子击退。在小镇的南天，节庆的火箭在长长的弧光中作响，散开在黑暗中，又作五彩碎片缓缓跌落。烟花炸响的声音在闪光之后传到他的身后，在每次闪光后空中都吊着这些烟花的涂污了的鬼影。一群野鸭掠过他朝着河下游飞去。他能听到它们翅膀扇动的声音。他还能看到它们在空中蹿起，向西飞过田野。他骑过了小镇及它狂欢饮宴的灯光。灯光沿河投射在缓缓回旋的黑色水流上。在柳丛那边有一个燃尽的转轮焰火在嘟嘟冒烟。他凝视着前方起伏的山峦，看它们在夜色中隐去的身影。从河上吹过来的风闻起来有股湿金属的味道。此时他感觉到了大腿上的狼血，这血透过了布单，也透过了他的裤子。他用手在腿上摸了一把，又用舌头尝了一下这血，它尝起来和自己的血没有两样。焰火已经褪尽，还是那半个月亮挂在山峦的黑色岬角上。

在河流的分岔口他骑过了宽阔的沙石滩，打马进了浅水区。从这里向北看去，河水清清凉凉地从黑黝黝的山野流淌过来。他下意识地伸手想把枪从套子里抽出来以防被河水浸湿，但一下子又清醒过来，于是继续催马在浅水中徐进着。

他能感觉到马蹄的踏声在河床的鹅卵石上已变得柔和绵软，听得见水流在马腿间抽吸的声音。河水已经涨到马的腹部，冰冷的河水也侵入他的靴子里。最后一颗孤独的火箭升起在镇子的上空,照亮了正在河心涉水的人骑,也照亮了他们四周的山野。河畔的树木奇异地显出迷离的影像,间以灰白色的岩石。由镇子上逛荡出来的一条寂寞的狗嗅到了风中送来的狼的气味,一路跟行,在火箭刷亮原野的一时间怔住了,用三条腿呆立在沙滩上。随即,黑暗又吞没了一切,无情地吞噬了这短暂地校阅了山川大地的光明。

一会儿,他们水淋淋地蹚出了河,穿过浅滩上了岸。他回头看看已经沉寂下去的小镇的黑色身影,然后策马向前,骑过了岸边的柳林、苇丛,向西边的山里骑去。他一边骑,一边唱起了父亲以前唱过的一些老歌及祖母教给他的一首西班牙语的墨西哥民歌。歌里唱的是一位勇敢的女战士的牺牲。她的战友倒下了,她接过他手中的枪,在一个古老的死亡荒漠中面对着敌人……

夜色很清朗,后半夜的月亮已经沉落在西山坡,星星开始在黑沉沉的东天闪现。当他们骑上一条干河床时,夜好像因着失去了月亮的温柔而骤然变冷了。他在低矮的群山里骑了一夜,一路上轻轻哼唱着那些歌。

在他骑到皮拉雷斯山的陡崖下第一处岩堆滑坡地时,天已经快亮了。他驱马走到一处长满青草的洼地,下了鞍扔下缰绳。裤子上沾的血已经硬硬地凝住。他把狼抱到地上打开布单。它已经僵冷了,它身上的毛由于血的干结而变得刚硬。他把马牵到小溪边让它饮水,然后在岸上搜寻木柴好生一堆火。小土狼们在南边的山里嗥叫着，它们的叫声端直地从他上坡处的黑色山影里传来，好像这凄惨的叫声不是源自别处，而是直接生于黑暗本身。

他生好了火，把狼从布单里拖出，然后把浸血的布单拿到小溪边，蜷在黑暗中洗濯。洗完，他把布单拿回火旁。从山上砍了几根带叉的朴树枝子，用石头打进地里，把布单搭在树枝架上，让它在火堆旁烘干。在火光中，被单冒着水汽，闪着红光，就像是在这荒野中燃烧的一袭轻薄的棉纱。这荒野中好像曾经有过一群满怀宗教热情的庆典者，被他们的教敌掠走，不然就是在夜间由于惧怕自己的行为而逃走。火堆不敌寒夜，他把毯子围在身上，坐在那里发抖。他等待着天亮，以便能找到合适的地方把狼埋葬。一会儿，他的马从溪边饮水归来，拖着湿湿的缰绳站在火堆旁边。

他伸着两个巴掌坐着睡着了，像是一个打盹的忏悔者。当他醒来时，天还未亮。篝火已经缩成炭心上的小火苗。他摘下帽子扇了一阵子，又把火扇旺了，然后添加了他拾来的全部木柴。他想起来找马，却不见它的踪影。小土狼们还在皮拉雷斯山的峭壁下嗥叫着。东方已经微微现出灰白色。他蹲在狼的身旁，触摸着它的体毛，他触摸着它那冰冷的皓齿。它朝着火光的眼睛已经没有任何神情。他用拇指合上它的眼睛，在它身边坐下。他把手放在它那满是血污的额头上，闭上了自己的眼睛。在冥冥中他看见它在群山间奔跑，在星光下奔跑，那儿草儿青青，露珠儿滚滚。太阳已经缓缓升起，但晨光却未曾把夜间在它面前穿梭而过的丰富的动物景象消灭。它仍然陶醉于那充满了小鹿、野兔、鸽子和田鼠气息的甜美空气中。所有这些可能存在的种族都是由神创造的，它也是其中不可分割的一员。在它所过之处，土狼都噤住了叫声，就像是被关在一扇铁门后面，充满了畏惧和惊讶。他从落叶上抱起它那已经僵直的头并拥在怀里，试图去抬起一个无法抬起的灵魂，那已经奔走于山林之中的可怕却美丽的灵魂，就像是食肉的花朵。这血和骨肉本是由灵魂造就的，它们既不能在任何一个祭坛上生成，也不能透过战争的创伤来制造。的确，如果风和雨都可以做到，那么我们所极信的灵魂也一定有力量去切割，去雕塑，去挖空那世界的黑暗。我们可以抱起一个躯体，但永远不能抱起一个灵魂，因为她不只是一朵花儿，她是一个迅捷的女猎人，以至于风也惧怕她，而且世界都不能失去她。

第二章

一个竭尽全力却终于失败的计划常常把人的生命分为两个阶段——过去和现在。

他把狼的身体放在马鞍上带进了深山，葬在一个高山山口处的一个圆锥形石堆下面。母狼腹中的小狼崽们立时感觉到被来自四面八方地狱之冷的恐怖包围，它们在黑暗之中哑然无声地哭号着。他把它们连同母体一起埋葬了。在上面堆满石块，立起坟头，然后牵马离去。他在山野里漫游着。他用冬青枝削了一张弯弓，又用硬苇子做了一些箭。他想要做一个他从未做过的那个孩子。

他们在这高山野岭中连续骑行了几周，这一人一骑都已是一副瘦削、憔悴的模样。这马只能靠啃吃山中稀少的冬草及岩石上的青苔地衣维生，他则用箭射猎鳟鱼。这些身披彩虹的高山鱼把身影投在水塘里冷冷的石底上。他还生吃胭脂仙人掌来充饥。在一个风天，他们正穿越高山上的一处马鞍形山口时，一只山鹰从阳光下飞过，它在草地上飞掠的身影让马大吃一惊。他抬头一望，那鸟正要高飞而去。他迅速由肩上滑下弓，搭上箭，略瞄一眼便放了出去。他看着这装在箭身上的羽毛杆带着风声腾空而起，在空中做了一个弧线运动，他同时看见那盘旋的鹰突然胸部中箭，扑棱着翅膀急速地朝一边滑了下去。

这山鹰扭动着身子顺风滑去，然后就消失在山的岬角那边了，半途它还落下一根羽毛。他立即骑马追过去寻找，但再未找到。他只看到一滴鹰血干结在岩石上，在风中迅速变黑，其他踪影全无。他下了马，坐在地上听着这呼啸的风声。他感到失意，便掏出小刀在自己的手掌根处切了一个小口，看着那血慢慢滴落在岩石上，算是偿债。又骑行了两日，他来到了一个山口，在这里他眺望着巴维斯匹河。这河水却倒流过来，还有那太阳竟也在东方下落。他草草地在长着杜松的一个挡风处宿营，静等着长夜过去，看看这太阳还有这河流究竟是怎么回事。挨到早晨，当他面前的远山和山谷都明白入目，他才意识到数日的颠沛全是白费——他又转回原地，河水还是沿着锯齿山岭的东麓向北流去。

他继续往深山里骑去。在骑到一个长着杨梅树和白杨树的高坡林地时，他坐在一株被风吹断的树干上，用小刀割了一段绳子。马在一旁好奇地看着。他站起身把绳子穿进裤腰的扣环里，这裤子因没了皮带早已滑落在屁股上。折起小刀，他对侧视他的马儿说："这可不是什么好吃的东西。"

在这荒蛮的山野里，他夜夜都在寒冷和黑暗中度过。睡不着觉，他就听着凛冽的风声，看着渐渐退缩的火堆余烬。那木炭的红心沿着不可捉摸的格栅炸裂着，好像唯有在木柴的燃烧中才能将这些隐藏的几何图形与排列充分显现出来。这也是一种世道常情，秘密只有在黑暗与灰烬中才能藏身。这里也许并不是狼的家乡，因为他没有听到那熟悉的叫声。此时的他，衣衫褴褛，饥肠辘辘；此刻的马也已是没精打采，垂头丧气。就这样他们又咬牙骑行了一个星期，才进入这座采矿小镇埃尔蒂格里。

十几幢矮房子毫无生气地散落在一个小山谷的斜坡上。四处不见一个人影。他立马站在这条泥街的中间，马儿阴郁地看着这座小镇，看着这些粗糙的以生牛皮做门的树枝泥壁房屋。他又拍马徐行。一个女人走到街上，走到他的面前站在马旁。她看着少年那张埋在帽子下面的脸，问他是不是病了。他回答说没有，只是很饿。她叫他下马。他顺从地俯身下马，把弓从肩上滑下来挂在鞍桥上，跟着她进了屋子。马在后面跟着。

他坐在一间小厨房里，房子被遮得一片昏黑，几乎不见日光。他用一把硕大的搪瓷羹匙从一个泥碗里吃菜豆。唯一的一丝光线是从屋顶的烟洞里射进来的。女人跪在一个低矮的火盆旁，在一个泥制的老旧破裂的扁平沙锅上翻弄着玉米饼。袅袅的炊烟又升上熏黑的墙壁，然后在屋顶消失。他能听见外面有咯咯的鸡叫声。在一个用麻袋布补缀起来的门帘后面有一间更黑的房间，里面有人在睡觉。屋子里充斥着烟味和腐臭的油脂味，烟里还夹杂着淡淡的矮松树的消毒气味。她直接用手指头翻起玉米饼，盛在一个泥盘子里端给他吃。他道谢之后卷起一张玉米饼，在豆子里面蘸了一下放到嘴里吃着。

“你从哪里来的？”她问道。

“我从美国来的。”

“是得克萨斯吗？”

“是新墨西哥。”

“是个好地方啊。”

“你熟悉那个地方？”

“不。”

她怔怔地看着他吃。“你是矿工吗？”她又问他。

“不，我是个牛仔。”

“啊，是牛仔。”

他用最后一块玉米饼擦干净碗结束了这顿简餐。女人收拾了碗盘，把它们放进屋子那边的一个桶里。然后她走过来，坐在桌子对面的一条用木粉板制的条凳上端详着他。“你要到哪里去？”她又问着。

他并不知道自己要到哪里去。他茫然地环视着房间。在光裸的泥墙上用木钉钉着一幅 1927 年别克车的彩色挂历，一个身穿皮毛大衣、戴着一顶无边帽的女郎站在车旁。他回答说自己也不知道要到哪里去。他们又干坐了一会儿。然后他朝着那挂着门帘的房间点了点头问：“那里面是你的丈夫吗？”

她说不是，那是她的妹妹。

他点点头。他又看了看这间他第一眼就已经看尽的房间。然后他把手斜过肩头，从椅子后背上拿下自己的帽子，把椅子朝后推推，站起身来。“非常感谢你。”他向女人道谢。

“这是应当的！”女人不好意思地说。

女人的眼睛一直不离开少年，在他感觉，这简直有些怪诞。她不知又叫了一声什么并转身朝着那间挂门帘的黑屋子里看。她竖起一个手指头说：“一会儿。”便起身走进那个房间。几分钟后，她又露了头。她站在门框边，用一种颇具戏剧性的怪谲姿势掀着那块麻袋门帘布。一直在睡觉的那个女人走了出来，站在他面前。她身着一件污迹斑斑的粉色人造丝便衣。她看看少年，又转身看看后面的姐姐。她可能是妹妹，但她俩长得十分相像，就像是一个模子里做出来的。她又看着少年。他手拿帽子局促地站着。她身后的姐姐仍然手握着那卷尘污的、磨损的麻袋帘站在门边。那姿态好像是说，这睡觉的人出现只不过是偶然现象，而她自己最多不过是充当了报信的使者而已。睡觉的妹妹把便衣往身上拉紧了些，伸出一只手在少年的脸上摸了一下，然后又转身回到那间黑屋便再也不见。少年虽不知所以，但还是有礼貌地谢过女主人。他戴上帽子，推开那扇哗啦啦乱响的牛皮门，走到外面的阳光下。阳光里，他的马正伫立着等待他。

他骑上的这条路既无车辙，又无蹄印，亦无任何其他交通工具的迹象。经过之处有两个男人站在门口向他打招呼。他又把那张弓斜挂上肩头。他不禁想到，像他这样背着弓箭，穿着破布条，骑着瘦马，一定是显出一副糟糕、愚蠢的样子，但当他注意一下与他搭话的人时，他立即断言，他不一定比这些人更显狼狈可怜，于是再挺直胸脯向前骑行。

他穿过了这个矿镇的小山谷，向西骑进大山。他也不知道自己在这一带经历了多少天，但路上他在想，经历了所有一切善善恶恶，他再不会惧怕前方的任何事情了。在以后的一些日子里，他不时会遇到一些土著印第安人，他们居于深山，住在用树枝、泥土搭建的简陋小茅屋里。还有更原始的印第安人，至今仍住在洞穴里，但无论多么野生的人都不把他当成正常的人。看到他这副落拓的样子，人们认为他不是疯子就是傻子。这从他们待他的态度就可以看出来。他们喂他吃的，女人们为他洗涤缝补衣服，还用自制的锥子和从鹰脚上抽下来的筋条为他修理靴子。他们之间说着土语，对他则讲蹩脚的西班牙语。他们说他们大多数的年轻人都到矿上、城里或墨西哥人的牧场种植园去干活了。但是他们极不信任墨西哥人，除了有时在河边的小村庄和墨西哥人换东西，及偶尔在墨西哥人的节日里站在他们灯光的外围旁观一下之外，便深居简出。他们说墨西哥人对待他们很不公平，明明是他们自己人犯下罪孽，偏要怪到印第安人头上。他们还说墨西哥人有时喝醉了酒斗殴，杀了人，事后却派人到深山老林里找他们寻衅。当他告诉他们他是从哪里来的，他十分惊诧他们居然都知道这个国家，但只是不愿意多谈论。没有人提出和他做马的交易，也没有人问他为什么要到这里来。他们只是告诫他要避开西边雅基人的住地，因为雅基人会杀了他。分手之前，妇女们为他包起一些干皮似的肉、烘熟的玉米及沾着炭灰的玉米饼以备路上吃。临别，一位老人走上前来，用他勉强能够分辨出来的西班牙语对他说话。他说话时的热切神情一直注进少年的眼里，他用两只手自首至尾地抓住马鞍的前后鞒，以至于少年都快要掉进他的怀里。他穿着奇异俗丽的衣饰，他的衣服上绣着围满几何图形的符号，不知道是一些指令还是游戏图。他佩戴着玉石和白银之类的珠宝，他的头发又长又黑，与他的年龄不大相称。他对这少年说，虽然他是个孤儿，但他也应当停止漫游，在这世界上找到一个安身之处。因为这种漫游会使他养成一种癖好，而这种癖好会使他远离人群，最终也离开自己。他说，只有心里有世界，才能了解这个世界。看起来是人活在世界上，实际上是世界活在人心里。所以要想了解这一点，人必须去了解这些心灵。而要做到这一点，一个人就必须和人群生活在一起，而不是就这样擦身而过。他又说一个孤儿可能会觉得他不再属于人群，但他必须抛弃这种感觉，因为人们是能够看到他心里的博大灵魂的，人们是希望了解他的，世界也是需要他的，正如他也需要世界一样，因为他和这世界本来就是一体的。最后他说尽管漫游本身可能是件好事，就像所有的事情一样，但这也是件危险的事。说完，他把手从少年的马鞍上移开，退回去站着。少年感谢老人的这番话语，但他更正说，实际上他并不是一个孤儿。随后他又谢过了站在一旁的妇女们，掉过马头骑走了。他们都站在原地看着他离去。当他骑过最后一间小茅屋时，他转头回看，这时老人又向他喊。“你是的，”他重复喊着，“你是个孤儿。”但少年只是举起一只手碰碰帽边，然后骑走了。

两天的荒野骑行才把他带上一条马车道，这条道东西方向穿越山岭。路旁长着郁郁葱葱的冬青树和杨梅树，道路似乎已经荒弃不用，一整天也没有见到一个人影。在穿越一个高高的山口时，道路变得很狭窄，被紧紧地挤在两边的岩石间，石壁上残留着马车轮轴刮出的伤痕。翻过山口可以见到一些散乱的圆锥形石堆，这是旧时过路的旅人被印第安土人屠杀的死亡纪念物。这地方不仅荒无人迹，连鸟兽都踪影全无，唯一活在这片死寂之中的是那阵阵的山风。

在行经东山坡的一处峭壁时，他下鞍牵着马小心通过一片突出的灰色巨石板。长在山路边上的低矮的杜松树被山风吹刮得都斜向一边。在悬崖的石壁上他看到了一些古老的绘画遗迹，上面刻画着人、动物及日月星辰，还有其他一些他根本无从辨认的形象，但他想它们曾经都是有过自己的名称和内容的。他坐在阳光下向东俯瞰着这片山野。那宽阔而深长的巴维斯匹峡谷，那被峡流冲刷而成的卡莱塔斯平原，都曾是数百万年前的沧海深渊，还有在古老的奇奇麦卡大地出现的小块山地上，有人种植了绿油油的玉蜀黍。这个地方，牧师走过，士兵行过，传教士们在艰难的跋涉中跌倒过。越过这片平原，峰峦叠嶂的山岭隐没在淡蓝色的薄雾之中。那是一片峡谷地，远远望去，连绵的地穴就像是被一只巨爪一路抓开的一样，由北向南呈出一片硕大的葡萄状阴影。所有这些峡谷和山岭、深沟和峰峦都静静地候在那里，像是世界的一个梦，一个待逾越的梦。他看见一只单飞的兀鹰一动不动地悬在这世界为它选好的航路上。后来，他看到了约四十英里之外火车头冒出的青烟，像一条长龙似的缓缓地在山下的平原上游动。

他从自己的破衣袋里掏出一把矮松树的松子，把它们撒在一块大石板上，用石头砸碎。他早已养成和马说话的习惯，此刻他一边砸松子，一边又在同它说话。待到松子全部脱壳，他一把搂起来递到马嘴前。马儿看看他，又看看那些松子，然后笨拙地朝前移着步子，把它那厚橡皮似的嘴伸到他的手上。

他把马嘴里流到自己手上的涎水在裤腿上擦干，然后又坐下来把剩余的松子砸开吃掉。马立在一旁看着主人吃。吃完，他走到悬崖边扔出那块石头。石块飞旋着下落，在沉寂中消失。他站着倾听，在脚下的深渊里，微弱的石块撞击声哗哗地传上来。他转回身来，仰面朝天躺在一块暖热的斜坡大石板上，把头枕在臂弯里，两眼盯着被帽子遮出来的黑暗。他的家乡已经显得那么遥远，恍然入梦，有好几次他甚至记不清父亲的面孔了。

他在思绪中沉沉睡去，在睡梦中他看见了一些野蛮人拿着棍子向他走来。他们的牙都锉成刺刀尖一样，他们将他团团围住，狰狞地露出杀相，说马上要把他吃掉……他虽被吓醒却躺着不动，还在听着，仿佛这群野人就站在他帽洞的黑暗那边，蹲在岩石间，用石器在岩石上雕凿着他们必须忍受的这个世界，以及那些死于他们手中的生灵。他把帽子从脸上拿开放在胸前，眼望着蓝天，把这梦魇彻底挥去。他坐起来找马，而这马就在离他几步远的地方站着等他醒来。他站起来揉搓一下僵硬酸疼的肩膀，戴上帽子，拾起拖在地上的缰绳，用手顺着马的前腿一直摸下去，直到它把脚抬起来。他把马蹄抱在自己的两膝间细看着。这马脚上的蹄铁已经脱落很长时间了，蹄壳长得很长而且顶部都散裂了。他掏出小刀把马蹄边缘开裂的蹄壳削去。然后他放下这条马腿，转着圈检查这牲畜其他的蹄子，依次削理好。日复一日地在山野里厮磨，被灌木和丛林梳刷，这马已经完全脱去了马厩的气息，散发着一股浓烈的新鲜草根味儿。这马现在长着黑黑的马蹄和厚厚的蹄壳，在它体内也有足够的野性去做一匹山里的马，不论是从形态上还是从倾向上看都是这样。由于他是在牧场马群中长大的，关于马的谈论贯穿生活，因此他知道，这野性能够塑造一个后脚踝关节的形状，能够确定一张马脸的宽窄，它也必定能够决定一个特定种类的内部灵魂。他们在山里的日子愈具野性，他就愈发感觉到这马的内心在冲突。他并不相信这马会弃他而去，但他认定这马已经这样想过了。他修削好最后一只后蹄，便把马牵回到狭窄的路径上去，在这里他重新上马，开始走下眼前的峡谷。

这条小径沿着锯齿山岭的花岗岩陡坡下降，活像钟表里的游丝那么纤细。他十分惊异过去的马车竟然能够通过这些窄细的之字形崖路。在路上不时有塌方的滚石，他只有下马牵着通过。有时，路上横着巨石，人力无法移之。这条路往前穿出了松林又钻进了橡树和杜松林。这是一片较原始的混杂岩层带。绿色的泉水处处营造着峡谷和深渊，在晚光中这绿灰色的水波粼粼闪动，向他们眨着千只细长的眼睛。这条下山的路他们走了差不多七个小时，最后的一个小时已是在黑天里走过的。

那晚，他在一个干河床的沙地上过夜。四周环绕着浓密的藤丛和柳林。清晨起来他沿着河岸继续向北骑行，一直骑到了一个浅水区。在河对岸红色的冲积平原上可以看到一个城镇的废墟勉强地支撑在那里，但大部分建筑都已经颓然陷入当初造就了它们的土石之中。只有一缕孤独的炊烟悬浮在蓝色的空气中。他打马入河，停下来让它饮水。自己也从马背上侧弯下身子，掬起一捧水来洗脸，又掬一捧水喝着。这河水十分清凉。在河的上游有褐雨燕在空中盘旋，而后它们又扇起翅膀低飞着掠过水面。朝阳拂在他的脸上，暖洋洋的。他用鞋跟夹夹马，马从水里抬起了那张滴水的嘴，蹚着河慢慢向对岸走去。骑到河心他又停下来，他把肩上挂的那张弓滑下来扔进了水里。这弓在急流中旋转着，冲撞着，然后逐着水流朝着下游怅然而去。一截灰白色的弯枝，旋转着，冲撞着，在阳光中消失，在水面上消失。这是一位浸在水中的弓箭手、歌手和点篝火高手的传物。他骑过浅河，骑上河岸的柳林和苇丛，一直骑到面前的弃镇。

城中大部分还未倒塌的房子是在远头，他便朝那头骑去。他经过了一辆旧式四轮马车的残骸，这马车的一半身子都已碎倒在一个通口上，两扇门也都塌了进去。他又经过了一个建在院子里的土窑，里面还有几只家禽。他最后来到了一个大型砖坯教堂的废墟上，教堂的顶梁木都已经坍在瓦砾堆里。他看见这里有一个人站在教堂的后门口。这个人的皮色甚至比他还要苍白，这人长着浅茶色的头发和淡蓝色的眼睛。这人先是用西班牙语招呼他，然后又用英语。他请少年下马进去。

他把马留在教堂的后门口，随着这人进了一个小房间。房间里一个家制铁皮炉子里还生着火。房间里放着一张小小的帆布窄床和一张带有用车床旋制的腿的长条松木桌。还有几把带着梯状靠背的椅子，就像是那个地区的孟诺派教徒制作的那种。一群长着各色毛皮的猫在房间四处趴着。这人含糊不清地对猫做了一个手势，好像是以某种方式宽谅了它们的自由与随便。然后他示意少年坐下。少年把肩头上披着的毯子扯下来拿在手里。房间里已经很暖和了，但这人还是弯下腰来打开炉门向里面填着大块的木头。炉台上放着一只长柄平底铁煎锅，一把水壶，几个发黑的盘子，还有一把带有爪状支脚的银茶壶，银壶已失去光泽并带有深深的凹痕。另外还有一些其他的厨具奇特地配在一起。他立起身用脚把炉门推上，然后伸手拿下两套瓷器茶杯和托碟放在桌子上。一只猫立起身走到桌子上，依次朝两个茶杯看了看又坐下来。这人从炉子上提下茶壶，斟满茶杯，放回茶壶，然后看着少年。“你浑身瘦得皮包骨头。”他说。

“恐怕真是这样吧。”少年答道。

“请吧，不要客气。想吃些鸡蛋吗？”

“我想是的。”

“想吃几个？”

“三个吧。”

"可是没有面包。"

"那就吃四个吧。"

"你坐好。"

"是的，先生。"

他从炉台上取下一个小搪瓷桶走出这个低矮的房门。少年拖过一把椅子坐下。他随便地把毯子叠了叠放在旁边的一张椅子上，然后拿起一个近旁的杯子，呷着咖啡。这不是真正的咖啡，他也弄不清这是什么。他环视着房间，几只猫也注视着他。不一会儿，这人提着桶回来了，鸡蛋在桶底滚动着。他拿起那个平底煎锅，端着锅把朝里面盯着看，好像是在看一面污垢的镜子似的。然后他把锅放在炉子上，从一个泥坛子里舀了一勺油脂加进去。他看着油脂化开便把鸡蛋打进去，用同一把勺子翻动着。"四个鸡蛋。"他说道。

"是的，先生。"少年应道。

这人转过身来看看少年，又转回去煎着鸡蛋。这一会儿工夫他们一直没有说话。鸡蛋煎好后，他拿了一个盘子把鸡蛋盛进去，又在盘边放了一把发黑了的银叉子，把这一套东西放在少年面前。他又向杯里倒了一些咖啡，再把壶放回炉上，然后坐在少年对面的桌旁看着他吃。"你迷路了。"他说道。

少年叉着一块鸡蛋的手停住了。他在琢磨着这个问题。"我想我没有。"他答道。

"上一个来这里的人病倒了，他病得很重。"

"什么时候的事？"少年问。

这人又含糊地做了一个手势。

“那人怎么了？”少年又问。

“他死了。”

少年继续吃着。“但我没有病。”他表白。

“他被葬在了教堂的墓地。”

少年一边吃一边又说：“我没有病，我也没有迷路。”

“他是很多年以来第一个被埋在那里的人，我可以告诉你。”

“多少年以来？”

“我也不知道。”

“他来这里做什么？”

“他是山里来的一个矿工，一个矿上的清道工。他病了，所以他来了这里。但是已经太晚了，没人能帮他了。”

“另外还有多少人住在这里？”

“没有了。只有我一个人。”

“这么说您是唯一出力的人？”

“出力做什么？”

“出力帮他。”

“是的。”

少年抬起头看看他，又吃着。“今天是什么日子？”他问这人。

“今天是星期日。”

“我是问今天是几号。”

“我不知道。”

“您知道现在是几月了？”

“不知道。”

“那您怎么知道今天是星期日呢？”

“因为每过七天就会是星期日。”

少年又吃着。

“我是个摩门，或者说我曾经是。我生下来就是摩门。”

少年不清楚什么是摩门。他看看房间，又看看那些猫。

“他们很多年以前就来到这里。那是1896年，从犹他来的。他们来这里是因为犹他建州的事[1]。在犹他我是个摩门，后来我皈依了这个教会，再后来我也不知道我变成了谁。最后我就成了我自己。”

“那您在这里做什么呢？”

“我是一个看守人，是一个看门人。”

“您看守什么地方呢？”

“这教堂。”

“但它已经坍掉了。”

“是的，当然是的。它是在一场地震中坍掉的。”

“当时您在这里吗？”

“那时我还没有出生。”

“那地震是什么时候的事？”

“那是在1887年。”

[1] 犹他是摩门教的基地和总会所在地。1896年摩门教总会决定加入联邦政府，建立犹他州，废除多妻制。少数摩门教徒不从，便迁往墨西哥北部，建立了一些摩门居民点，以维持他们的旧制。

少年吃完鸡蛋把叉子放进盘子里。他又看着这人。

“您在这里多久了？”

“六年了。”

“您来的时候它就是这个样子了？”

“是的。”

少年站起来喝完了他杯里的咖啡，把杯子放进碟子里。“谢谢您这顿早饭。”他对这人说。

“不客气。”这人回答。

看少年的样子，好像他准备站起来离去。这人又伸手到衣袋里掏出烟叶和一个小布夹包，里面装着用玉米皮切成的卷烟纸。一只卧在床铺上的猫立起来伸着懒腰，先伸后腿，再是前腿。然后它悄悄跳上桌子，走到少年的盘子边闻了闻，弯曲着两条前腿蹲下来，开始灵巧地挑食着叉齿上残留的鸡蛋渣。这人把烟叶捏到纸片上，坐在那里来回卷着烟。他还把卷烟的材料推到少年跟前。

“谢谢您，”少年说，“我从来不吸烟。”

这人点着头把卷好的烟转进自己嘴角，然后站起来走到炉边。他从地上的一个罐头盒里抽出一片狭长的木屑，打开炉门，倾过身子点着了木片，又用它点着了烟。而后他又吹灭了木片，把它放回了罐头盒，再关上炉门提着那水壶回到桌旁把少年的杯子加满。他自己的杯子里还是黑黑的一满杯咖啡，已经凉了。他把水壶放回炉台，回到桌子旁照旧坐着。那只猫又站起来在盘子的白瓷面上照着自己，然后走开去坐着打呵欠，并开始梳理自己的绒毛。

“您当时来这里干什么？”少年问他。

“那你呢？”这人反问。

“什么，先生？”少年不明。

“你来这里是做什么？”

“我并没有要来这里，我只不过是路过。”

这人抽了一口烟。“我也是一样，”他说，“我也一样。”

“您六年来一直在路过？”少年不明白。

这人用一只手扬了一下。“我来这里是作为一名异教徒逃避先前的生活，我是逃出来的。”

“您来这儿是为了逃避？”

“我来这儿是因为一场毁坏。”

“什么，先生。”

“一场毁坏，地震的毁坏。”

“哦，先生。”

“我是来寻找上帝的手留在这个世界上的证据的。当时我深信那只手是只愤怒的手，我认为人们并没有尽其所能地去查问那场奇迹般毁坏的原因。一场如此重大的灾难！我想一定会有被忽略了的证据。我想上帝不会煞费苦心地去擦掉他每一处手印的。我是那么强烈地想要探知那原因和证据，我想上帝总会给我们留下一点线索吧。”

“什么样的线索呢？”少年似被引起了兴趣。

“我不知道。但总应当有点什么东西吧。某种不可见的东西，不在位的东西，甚至是不真实和不完满的东西。像是泥土中的痕迹，跌落下来的小玩意儿。但却不是什么原因，我可以这样说，绝不是什么原因。因为原因是可以随意扩大的，它们只能引起混乱。我想知道的是上帝的意思，因为我无法相信他会无缘无故地摧毁他自己的教堂。”

“您没想过也许住在这儿的人做过什么坏事情吗？”

这人抽烟沉思着。“我想过它的可能性。是的，这完全可能。就像是在平原诸城所发生的一样[1]。我想总会有一些不便说明的事情的证据，于是上帝便只好挥起手把它消灭。是某个碎石堆里的东西？泥土里的东西？椽子下的东西？还是黑暗中的东西？谁又说得清呢！”

“那您发现了什么没有？”

“没有什么。只有些玩具、盘子、骨头什么的。”

他倾斜着身子在桌子上的一个泥碗里将烟头捻灭。

“我之所以在这里是因为一个人。我是来追寻他的旧迹的。也许是想看到没有什么别的路径可选择。在这里能够寻到的并不是一个物件。物件如果离开，它们的故事就没有意义了。它们只会有形态、特定的大小和颜色以及特定的重量。当它们对我们失去了意义的时候，它们甚至不再有名称。另一方面，故事永远不会从它在这个世界上的位置消失，因为那是它的位置。

[1] 平原诸城：参见《旧约 · 创世记》第 19、20 章中谈到的因上帝愤怒索多玛与蛾摩拉两座城市中的恶人而将其毁灭的故事。

这就是我需要在这里找到的东西，一首民歌、一个传说，而且像所有的民歌一样，它们最终都是讲述着一个故事，因为只有一个可讲述的故事。”

几只猫转着身子并起来走动，炉火在噼啪作响，在外面的一片废墟上，只有完完全全的寂静。

“那是一个什么样的故事呢？”少年追问。

“在奥尔塔尔河边的卡波尔卡城里曾经有一个老人，他生在卡波尔卡，也死在卡波尔卡，但他一度曾在这个城里住过，在维夏切皮卡城。

“关于维夏切皮卡，卡波尔卡能知道些什么呢？而维夏切皮卡又知道卡波尔卡的什么事呢？它们是不同的两个地方，我们承认。但即使这样，我们还是只有一个世界，而且每一件可以想象的事情对于这个世界都是必要的。因为这个世界虽然看似是由石头、花朵和鲜血组成的，它也不是一个物件，而是一个故事。它全部的内容都是故事，而每一个故事都是一些小故事的总和。这些故事都是完全一样的，都包含着所有的内容。因此每件事都是不能遗漏的，每一件小事都不能。这可是门难懂的课程。什么都不可省免，什么都不可轻视。因为那些缝隙是难以看见的，你知道吗？像那细木工活的接缝。这就是世界被创造的方式。我们无法知道什么可以被取消，什么可以被省免，我们也无从知道什么会站立，什么会倒塌。这些看不见的接缝当然是藏在故事里面，而这故事是没有居所的，它只有在讲述中活着。讲述就是故事的家乡。因此，我们永远也不可能讲完一个故事，故事也永远不会结束，不论是在卡波尔卡，还是在维夏切皮卡，也不论是在叫其他什么名字或没有名字的地方。我再说一次，所有的故事都是一个，只要你会听，所有的故事都是一个。”

听了他这段长篇议论，少年看了看他杯子里并非咖啡的黑色液体凝成的圆面。看看这人又看看那群猫，它们好像都听得睡着了。少年不禁想到，这人的声音对于这些猫已经没有什么新意，因为在外界所有天赐的耳朵都已消失了的时候，他要么对自己说话，要么就是对着猫说话。

“您讲的那个在这里住过的人又如何呢？”少年又追问。

“好，你听我讲。这个人的父母在卡波尔卡的教堂里被一枚加农炮弹炸死了，那是在和其他人一起逃避一批入侵的美国歹徒的时候。也许你知道一些关于这个国家的历史。当石头和砖瓦被清理了之后，人们发现这孩子躺在他死去的母亲的怀里。这孩子的父亲就躺在旁边，他想说话，人们就把他架起来坐着。血从他的嘴里涌出来，人们俯下身子去听他要说些什么，但他什么也说不出来了，他的胸部已经被压碎，血已经吸进了他的肺里，他用尽最后一点力气抬起一只手，好像在诀别，然后便倒下死了。

“后来人们把这个孤儿带到了这个镇子。关于卡波尔卡他记不得什么了，他只记得他的父亲和一点琐事，他记得他的父亲曾双手举着他在杨树林荫道上观看木偶表演。关于他的母亲，他记得更少，几乎没有记忆。他生活的细节都是些很奇怪的事情。

这是一个很不幸的故事，至少我看是这样。但故事并未结束。

“在这里他长成了一个男人，就在这座城里。在这里他娶了一个妻子，而且在神所赐的恰好时间里他有了一个儿子。

“在1887年5月的第一个星期，这个人带着他的儿子出了门。他要先到巴维斯匹把儿子留在儿子的教父——也是儿子的一个叔叔那里。从巴维斯匹他再赶到巴托皮德，在那里，他要做一笔生意，把一个种植园产的糖卖到南方去。他只打算在巴托皮德待一个晚上就返回。这是一个我多次回想起的伤心之旅，这次旅程和这个人。他还很年轻，也许三十岁还不到吧。他骑着一头骡子，儿子坐在他身前的鞍子里。正是阳光明媚的时候，沿河的草地上开满了野花。他还答应要给他年轻的妻子带回一件好礼物。他看见她站在那里，他起程的时候她还向他挥手再见。他除了在心里有她的影像之外，连一张她的肖像都没有。想想看吧！可能她在哭泣，站在那儿目送他远去，就站在这座注定要倒塌的教堂的阴影里。生活就是一场记忆，当这记忆也消亡的时候，所有的法则都会写在一粒种子里面流传下去。”

讲故事的人弯起手指头在桌子上摆出当时的情景，他用一只手在桌子上左右指点着人和物的位置：太阳是在什么方向；这男人骑着骡子带着儿子停在哪里；他的妻子又站在哪里送行……好像他在少年的眼前又重塑出当年那难忘的一幕。

“在巴维斯匹，那天正是个集市，有一个流动马戏团来演出。这个人站在一个纸灯笼下面，把他的幼儿用双手高高举过头，好让他看清这热闹的光景，就像当年他自己的父亲举着他一样。那里有小丑和魔术师的表演，还有一个人赤手空拳盘弄着毒蛇……第二天早晨，他把儿子留下，独自骑去了巴托皮德，像我先前告诉你的一样，但留在巴维斯匹的儿子却死掉了，被一场地震砸死了。儿子的教父把儿子揽在怀里痛哭。但不远的巴托皮德却幸免于难。直到今天你还可以看见河对岸的山壁上有一个巨大的裂口大张着，像一个邪恶的狂笑。当天在巴托皮德的人们只知道巴维斯匹地震的消息，但详情不得而知。次日在赶回巴维斯匹的路上，这个人遇到一位步行的旅人，才知道那儿发生了惨剧。他不敢相信那人的话，于是催骡快行。当他赶到巴维斯匹时，路人的话应验了——满城一片废墟，到处都是死亡。

“他一进城就已经胆战心惊。他听到了枪声，看到狗从瓦砾堆上的尸体旁跑下，在他面前跑过。男人们提着枪跑出来站在街上喊叫着。在杨树林荫道上，死者被摆放在芦席上，一些年纪大的妇女们身着黑衣，在停尸地来回走着，用生棕榈树叶驱赶着苍蝇。儿子的教父向他走过来，站在骡子旁边流着泪。他哽咽得说不出话来，只能手牵着缰绳啜泣。林荫道上躺满了遇难的人们，有商人、农人和他们的妻子，有幼小的学生，他们都躺在巴维斯匹林荫道的芦席上。这儿我们还看见一条戴着狂欢节面具的狗，一个马戏团的小丑，但这里面最年轻的却是他的儿子，也被活活砸死。他爬下骡子，跪下来把儿子血肉模糊的身体抱在胸前。那年是 1887 年。

“他会是怎么样的痛苦呢！又有谁会不为他而感到悲伤呢？

他把儿子的遗体放在骡背上驮回维夏切皮卡。这孩子是上帝恩赐给他家的幸福，在维夏切皮卡等着他回家的就是惨死的孩子的母亲，这就是他带给她的礼物吗？

“他就像是一个迷梦者，刚从一场噩梦中惊醒又陷入了更大的悲伤之中。他心爱的一切现在都变成了他的痛苦。对他而言，宇宙转轴上的轴钉都被拔去了，什么东西都必须盯得死死的，你一旦把眼光移开，它就可能会遁走。这样的一个人已经从我们身边迷失了。他四处游历和演说。但他自己却比他所见的所有影像都更微小，这世界上根本就没有他的形象，书页上最小的一个标记都会夸大他的存在。

“谁会愿意和这样的人为伍呢？那存活在我们的心里彼此交流着的良知，那超越着语言、动作和手势而说‘这是我心里的感情’的灵性，所有这些宝贵的东西都离开了他。就是这样的。”

少年注视着他。他的眼里闪着亮，他把一个手掌朝上放在桌子上，好像里面正是那个失落的东西，然后他合上了手掌。

“人们有许多年没有看见他。他把妻子遗弃在这个城的废墟上。他的很多朋友都死去了。关于他的妻子，更是杳无音讯。他去了危地马拉，他去了特立尼达。他怎么能够返回呢？如果他不曾保留着被埋葬了的生活中的一些部分，也许根本就没有必要伴着鲜花和悲伤而归。但事实上，他把生活已全部埋葬了，他怎么还能回来呢？

“在大灾大难中幸存下来的人经常能在他们的获救中感觉到命运的安排及一双天佑的手。这个人也在自己身上看到了他也许忘记了的东西。很久以前他就曾被从芸芸众生之中拣选出来，现在要求他思考的是为什么他会两次被从灰烬、尘土和瓦砾堆里召唤出来，为什么呢？但你不要认为这样的拣选是幸福的事情，因为它们不是。在他的赦免中，他发现自己被从祖先和后代中分割出来，他只是一个短暂的存在。他希求一个普通人的生活的要求变得微弱了。他只是一棵无根无枝叶的空树。也许有过一个片刻他会到教堂里去祈祷，但是教堂已经是地面上的一片断垣颓瓦，而且在他心中，在那残黑的圣坛里，那地面也在动摇着、碎裂着，也是一片废墟，在他的灵魂里张开着一片荒漠。也许他又清楚地看到，他自己恰似那教堂一样，不过是一件泥物。也许他认为教堂不会再站起来了，因为要完成这样的工程首先人们心中要有上帝，上帝只是在那里才存在，也只有心里的力量才能将之重建。于是他变成了一个异教徒。

“经过了初期多次游历之后，这个人来到了首都，在那儿他工作了一些年。他做了一个信差，他整天背着一个带锁的帆布和皮革混料邮包。他不知道那些邮件里都是什么内容，他也没有兴趣关心它们。他每天穿梭其间的那些楼房的石料正面墙上还有着早先炮火的痕迹。在人手不及的高处，每每残留着巷战中机关枪扫射出的铅弹的淡淡的、奖牌形状似的伤痕。他每天会站在等着取信的房间里，就是那些被拉出去枪毙了的高官们用过的地方。人们还用得着问他是一个不问政治的人吗？是的，他不过就是一个邮差罢了。他已经不相信人们能够自主地明智行事的力量了。他确信每一个行为都会很快地逸出它的鼓动者的控制，而这种控制将被那不可预见后果的喧闹热潮冲刷得荡然无存。他深信在这个世界上还有另外一种日程，另外一种秩序，和这种力量一起存在的是他所持有的看法。同时他也等待着一种全然不知的考验。”

讲述者稍稍向后倾着身子，他抬头看着少年微笑着。“请不要误解我，”他说，“这世界上所发生的事件与这世界是不可分割的，这世界本身也不会对事件持有短暂的世俗的观点，它没有理由去偏袒某种计划。军队的行进和荒漠上的飞沙是一样的，这里没有什么偏袒。你看，怎么会有呢？又受谁的支配呢？这个人还信着上帝，他还没有接受新派对上帝的看法。这儿有着一个上帝，还有一个尘世。他知道这世界会忘记他，而上帝是不会的。那正是他所希求的。

“显而易见，除了悲伤没有什么事情能使得一个人抱有这样的观点。而这种无可治愈的悲伤就不再是悲伤了，这只是某个穿着黑色悲伤衣裳的姐妹在巡游。人们是不会这么轻易地背离上帝的，你要知道，不那么容易。每个人在内心都知道这世界上还有某种东西了解他们的存在，是的，而且这种存在是无可逃遁和藏匿的。除此之外的其他想象都只能是一些不可名状的东西。这个人从来没有停止相信上帝。更正确地说，他开始相信一些与上帝有关的、糟糕而可怕的事情了。

“此刻他已经是墨西哥的一名养老金领取者了。他没有朋友。白天他在公园里坐着，他的脚下正是掺和着先人血液的土地。他观看着路过的人群。他开始确信，人们所想象的他们的行动被赋予的目标和目的，其实不过是一些用以美化这些行动的手段而已。他还认为，他们的行动实质上是那些格局未知的更大运动的诱因，而依此类推，这些运动又会导致其他运动。他在这些思索中片刻也得不到安宁，我可以告诉你。他看着这世界消逝，包围着他的是无边无际的空虚，空得没有一点回响。就是在这个时刻，他开始了祈祷。可能没有什么纯净的动机，可这动机又能是什么样子呢？上帝是可以哄骗的吗？他是可以被恳求或要求去看一眼一个人的争辩的理由的吗？他自己手里出来的造物能有什么方法去讨他的欢心吗？他会有惊奇吗？在内心深处，这个人已经开始反对上帝，只是他自己还没有意识到而已。他直到开始梦见上帝才知道了这一点。

“谁能梦见上帝呢？这个人就能。在他的梦境里，上帝十分忙碌。你跟他说话，他不回答；你叫他，他也听不见。这个人看见上帝在专心工作，但他好像是透过一扇玻璃在看，并不十分清楚。上帝坐在他自己发出的光环里编织着世界。在他的手里，这世界流出无源，流去无踪。这世界之河永无休止，永无休止。这里有一位值得你去思索的上帝，一位好像是他自授责任的奴隶的上帝，一位把一切都屈从于一个不可探知的意愿的、法力无边的上帝。混乱无序亦不能自由横行于这个基体之外。在上帝编织的那张大挂毯上演绎着这世界的创造和毁灭，在那上面有一根线，那就是他。梦到此处，这个人醒过来并哭泣着。

“在某一天早晨，他醒来后把自己的个人物品收拾在一个几年来一直保存在床下的旧皮箱里，最后一次走下了楼梯。他把《圣经》挟在腋下。像个旅居国外的某个小区牧师。三天之后，他来到了卡波尔卡城，这是他有着悲情记忆的地方。他站在河边，逆着太阳斜眯着眼睛朝上看着。那儿，卡波尔卡圣母净念教堂的残坊袖廊上方的圆屋顶还悬浮在纯净的沙漠上空。就是这样的。”

这人慢慢地摇着头。他又抓起桌上的卷烟材料开始卷另一支烟。他非常仔细地卷着，仿佛这烟的构造对他也是一个谜。他站起来走到炉旁，用刚才用过的那根烧黑了的小木片点着了烟。他察看了一下炉火，关上了炉门，走回桌旁，像刚才一样坐着。

“也许你已经知道了卡波尔卡城。那座教堂是很美的。但由于多年的河水泛滥，很多地方都被毁坏了，像内殿和两个钟塔、中殿后部和南袖廊的大部分。残存的部分都站在三只脚上，可以这么说吧。那圆顶悬浮在空中真像是一个神迹，而且它已经悬挂了多少年了。真是太不可思议了！任何高明的石匠都设计不出这样的结构。多年来卡波尔卡城的人都等着它的最终倒塌，这好像成了他们生活中一件未了的心事。后来，那些结果难料的事情都以这个教堂圆顶的倒塌与否为据而做决定。再后来，人们传说，当城里几位年高德劭的老人去世时，这圆顶就会倒塌。可是老人们死了，他们的孩子们也已经死了，这圆顶仍然悬浮在那纯净的空气中。以至于后来这圆顶的倒与不倒在那城镇人们的心中具有如此神圣的意义，人们反而不去轻易谈论它了。

“这就是他来到的地方。也许他根本没有想过他怎么会被带到这里来，但这正是他所寻求的东西。在岌岌可危的屋顶下面，他搭了一个草床，生起了一堆火。在这里，他准备好了去接受那个逃避了他的东西，不管他叫什么名目。这里，在教堂的废墟中，七十年前他就是在这些灰尘和瓦砾中被救出来，被推上了生活之路的。事情过去是这样，现在是这样，而且将来还会是这样。”

讲述者慢慢地吸着烟。他注视着上升的烟雾，好像这烟雾中展现了他所叙述的一段历史。这是一个梦，一段记忆，一个纪念碑。他把烟灰弹进泥碗里。

“城里的人都来了。他们站在周围，离他有一些距离。他们都想看看上帝会怎样对待这样的人。也许他是个疯人，也许他是个圣人。他对他们毫不在意。他踱着步子，喃喃念叨着他的《圣经》，一边用拇指翻着书。他头上的拱形圆屋顶上装饰着一系列的壁画，描绘着他沉思的一些非常事件。在圆顶的西墙，燕子的泥巢在壁画上圣徒们褪了色的衣服上筑了起来。在他转圈踱步时，他会一次又一次停下来，高举起书用指头在上面重击着，任意地对着他的上帝说话。这就是大家所看见的，一个苍老的隐士，一个没有来历的人。有人说这是一位圣人来到他们中间；有的说这是一个疯子；更多的人感到骇异，他们从未听到上帝这样地被人训导过，更没有看到过上帝在他自己的屋宇里被人公然地藐视着。

“大家觉得这个人所企望的似乎是和上帝做交易，讨价钱，在论证一种疆域和界限，在评定一种双方都承认并遵守的疆界。谁能认为这种评估是可能的呢？世界的疆域是上帝自身设定的，在上帝面前根本就不可能有这种评估，你在和谁讨价还价呢？

“人们找来了本城的神甫，神甫要和这个人对话。神甫站在教堂外面，而这位孤独的教区居民站在里面，站在危险的拱顶阴影里。神甫对这个误入歧途的人讲述了上帝的本性、圣灵和圣愿以及在人们生活中上帝的恩典。这位老人一直听完了神甫的讲话，在听到一些突出点时还不住地点着头。但当神甫结束时，这老人高举起书对着他喊道：“你什么都不懂！’这就是他喊的：‘你什么都不懂！’

“人们都看着神甫，看看他会怎么回应，只见这神甫注视了这老人一阵子，然后就走掉了。老人说话时的定论震撼了他的心，他掂量着老人的话的分量，感到十分忧虑，因为老人的话显然是正确的。如果老人已经知道了自己的虚弱，那么他还需要知道别的什么东西吗？

“神甫第二天来过，第三天也是如此。人们仍然赶来观看，还有城里的学者，都想来听听各方的辩论。这老人仍然在拱顶的阴影中踱着步子；那神甫也还是避开危殿站在外面。老人以极端的熟练翻阅、引述着书，就像是一部点钱的机器。这位神甫从正典《圣经》、教会法的高度给予反驳，尽管他掌握了一定的自由度，但是双方还是互相指责异端到了极点。”

讲述者又前倾身子捻灭了烟头。他竖起了一个指头，好像是在应许一个告诫。太阳从南窗射了进来，几只猫站起来伸伸懒腰，改换了一下卧姿。

“因为有这种差异，”讲述者说，“因为有这种差异，神甫便没了下注的资本，因为他无险可冒，他没像那疯癫的老人一样站在这样危险的地面上，也没有站在危险的阴影里，而是选择了站在他自己的教堂的有危险的大厦之外。通过这个选择，他便在众人面前抛舍了他自己话语的力量。

“这位老人不管是出于什么本能，在这地面上立即获得了力量并使人觉得不好对付。这是他做出的选择，这也是他所做的姿态。所有的人都认为他的见证是有力的，他的说服的力量对于众人是显而易见的。在他的话语里没有什么分寸，也没有什么限制。他的新生活生发了宗教的自由思想——怀疑论。你应当看见，凭着他的狂妄，他可与任何人交战。在那片危险的地面上，他把自己做成了那儿从未有过的唯一的见证者。如果你在他的眼睛里看到那种近乎疯狂的执着，你还能期望在那里找到别的什么东西吗？这是一个在上帝亲自选择的地面上指责了上帝的人。因为这片地面总是危险的、短暂的，你就必须立即证明你的立场，要么就逃脱。

“我们再来看看这位神甫。他的原则算是宽容的，观点也属宽宏了，甚至可以说是个慷慨大度之人了，多多少少像一个哲学家了。然而人们会说，他在这个世界上的处世哲学是如此广泛，以至连一条具体的路也没有开辟。这位神甫在内心对这世界怀有极大的敬畏，他在林间风声的低语中听到了上帝的声音，连石头都被这声音神圣化了。他是个通情达理的人。他相信上帝的心中有爱。

“但实际上他没有上帝的声音，上帝也没有透过林间的风声向他低语。上帝的声音是不会被听错的。当人们听到这声音时，他们会跪倒在地，他们的灵魂会为之震颤，他们会向他呼喊，他们的心里不会有惧怕，只有那心灵的旷野会在这种渴慕中跃起。他们呼喊着想留住他的脚步，因为他们知道，虽然那些不信神的人在他们的离乡背井路上可能会过得自如，但这些与神有沟通的人们如果失去了上帝就不会期望再有生命，而是无边的黑暗和绝望。而树木和石头与上帝的声音是无关的，就是这样。这神甫在他的精神发扬出极端慷慨大度时，站进了致命危险之地而不知。他相信上帝是广大无边，没有定位的。凭着这种无形，他试图去解释上帝，这就是他的讨价。在他的慷慨大度中他放弃了一切阵地，而在这个讨价中，上帝却没有机会说话。

“不论好事、坏事，事事都见到上帝等于根本见不到上帝。我们度过一日又是一日，日复一日，日日相同。然而某日里我们偶遇了一个人，或说我们看见了这个人，我们也许已经认识这个人。他和众人大同小异，但他自己的行为却是在天国里为自己积累着德操。在他的德行里，我们感知到有种东西活在我们心里，不会被遗忘，也不可能被忘记。正是这个时刻，你看，是同一个时刻。这正是我们渴求而又不能勇于追求的，但只有它才能拯救我们。

“神甫又走了，他回到了城里。这老人也回到了他自己的实证中，回到他的踱步和辩论中。他变得有点像个律师。他熟读这些神圣的记载不是为了光大他的创造者的荣耀，而是为了寻据来反对他，从一些细枝末节中找出黑暗，如虚假的恩典、琐细的欺骗、随意抛弃许诺、过于轻率的惩罚……他要找出理由反对他。你看他懂得那神甫不懂的东西。那就是，我们所寻求的是强有力的敌手。我们出击是要与那恶魔一般的铁网格斗，我们渴求的是有坚实的东西来抗衡、制约我们，来限制我们的双手。不然的话，就不会有疆界来规定我们的存在，而我们也必定会无限地扩大我们的索取，直至一切都失掉了它的含义，直至我们最终被空虚吞没，而那是我们最不情愿的。

“卡波尔卡的教堂继续屹立在那里。连神甫也看到，那位在碎石残瓦中扎营的衣衫褴褛的养老金领取者仍然是这教堂唯一的教区居民。他走掉了，他把那老人独自留在他的声明中，留在那悬浮着的圆顶的阴影中。那圆顶，有人说在刮风的时候能眼见它在空气中偏摇着。他甚至想讥笑老人那可怜的处境。上帝对于这教堂的坍塌到底有什么启示呢？人们甚至会附和那阴风的奇思怪想——这摇摇欲坠的圆屋顶到底会是这位神经错乱的老隐士的庇护所呢，还是他的坟墓？但是一概不知，一切未变，到头来一切一如既往。

“行为只有在见证中才有存在。没有见证人，谁能去谈论它们的存在呢？最终，我们甚至可以说行为无足轻重，只有见证才是一切。那位老者可能在他的角度上看到了一些矛盾。假如人们都是他所想象的懒如雄蜂的群氓，那么他是否是从神那里接受了指派而去反对神呢？就像许多哲学家的情况一样，一些起初看似无法反驳的反对意见，渐渐地会变成他自己理论的重要部分，到最后更成为他理论的核心。他看到这世界正由于多样性的引证而进入虚无，只有那见证及见证的见证屹立不倒。因任何事实也会实在地存在于人们心中，所以永远不可能被所有或任何的叙述而误传。这就是他之后的想法。如果这世界是一个故事，除了见证谁能给予它生命呢？它还能从哪里得其存在呢？他开始以这个观点来理解事物，并且他开始看到神那里有一出可怕的悲剧，那就是因为缺乏这一简单的东西使神的存在陷入危机——对神来说是不可能有见证的。因为没有什么事物是在神之外的；也没有什么事物是神需要用以做见证的；没有任何事物与之分离而可以说我是这个，神是那个，神所在的地方我不在。所以上帝可以创造一切，除了反对他的东西。

“现在我们可以谈论一下疯狂了。现在谈论这个也已经无伤于人了。也许有人会说，只有那疯狂之人才会踱着步子，撕着衣裳去追索上帝对他要负的责任。那么，我们又如何来理解这个人，这个声言上帝不止一次而是两次把他从地面的废墟中保护出来就是为了要造就一个反对上帝的见证的人呢？”

炉中的火在噼啪炸响着。这人坐在椅子里朝后仰着。他把两只手的十个指头互相对称地碰在一起，然后使劲曲腕对按下去，好似是在测试着某种膜状物的力量。一只大灰猫爬上桌子，立下来看着他。这猫的一只耳朵几乎完全没有了，它的尖长的牙齿都龇在外面。这人把椅子朝后推了推，这猫便举步从桌子上走下到他的大腿上，蜷下身子，慢慢躺下，转过头来严肃地审视着坐在桌对面的少年，那神色像一个顾问，更像一位猫律师。这人伸出一只手放在猫身上，好像是要确知它在那儿。他又看着少年说话。“讲述者的任务可不是一件容易的差事，”他说道，“他被要求从许多可能的故事里选择他要讲的一个。当然情况不只是这样，而是还要让他再从这一个故事里衍生出许多的故事。所以讲这个故事的人总是要辛苦地按照听众们的要求去设计出不同的故事，听众们的要求有时是对他说出来的，有时是放在心里的。他们总是说他们以前已经听过这个故事了。他需要考虑故事的类别，因为听众总是喜欢一边听一边把这故事对号入座。但他是明白的，故事本身实际上无类别可言，所有的类别都是一个。万类不离其宗，所有的故事都不会滑落出它的范围之外，所有的故事都只是一个讲述，对此不必怀疑。

“那神甫再也没有造访过这位老人，但故事并未完结。那老人当然决不会停止他的踱步和嘲谑。至少他不打算忘却在他过去生活中所遭遇的不公正，那成千上万次的侮辱，那一连串的不幸。他还记得那些罹难的亲人们。你看，他什么都没有忘记。再说那神甫，和所有其他的神甫一样，他的心智被那接近上帝的幻象给搅乱了，他自认为是在上帝身边，其实没有。但是，又有哪位神甫会为了悔改自救而甘愿放弃俸禄、脱去法衣呢？然而那位老人并没有被他抛之脑后。有一天人们来找他，说那位老者病了，他躺在自己的小草铺上，不和任何人讲话，甚至也不同上帝说话了。这神甫便赶去看他。情况就像人们传说的那样。他还是站在袖廊的外面对老人说话。他问那老人是不是真的病了。那老人只是躺在床上，眼睛凝视着天棚上褪色的壁画，又凝视着那些飞进飞出的燕子。他用一种憔悴而呆滞的目光瞧了瞧神甫便把眼光移开了。这位神甫抓住了别人虚弱无力的机会，以常人的方式继续拾起他在几周前中断的话题，又开始对这老人去论述上帝的恩典。老人急忙用双手遮住自己的耳朵，但神甫却步步逼近。最后老人忍无可忍，挣扎着从他的小床上爬起来从地上抓起一把石头向神甫扔过去，把他轰走了。

“三天以后神甫又回来向老人宣讲，但老人已经听不到他的高谈阔论了。那食物，那大缸的牛奶——这些卡波尔卡城的居民已经习惯地给他放在日晷影子边上的东西——通通没有动过。上帝已经胜过了他。当然，难道还可能有别的什么结局吗？最终，我们觉得上帝扭转了一切——连这老人的异端反叛都被变成了对神的侍奉。这些年来同时在支持和折磨着这位养老金领取者的被神拣选的感觉，此刻以一种他未能预见的方式应验了。在他那迷乱的眼光前面矗立着无比纯净的真理，他看到了他的确已被神选中，而且宇宙之神真比人们想象的更为令人敬畏。他不会再迷惑，不会再被忽略，也不会再受到限制了。千真万确，上帝——这万物之神，在他的胸怀里包容了一切，甚至连否认他为真神的异端邪说都容忍了。

“神甫被他所看到的打动了。这一切都震惊了他。最后他甚至战胜了自己的胆怯而冒险走进了随时都会倾圮的教堂圆顶的阴影，走到老人的床边。也许神甫的这一举动使老人心头一亮，也许在这最后的时刻老人想到神甫会让这房子倒下来，而这是他自己未能做到的。但是这圆顶只是照样悬浮在空中。过了一会儿，老人开始说话。他抓住神甫的手，就像抓住一位亲密伙伴的手。他讲到了自己的生活，讲到它的过去及它的现在。他告诉神甫他知道的东西。最后他说，一个人只有在自己生活终结时才会看清自己的一生，但那时又何从改正呢？这真是神的恩赐将我们都拴在世界的编织线上。他把神甫的手握在自己的手中，要求神甫看着他们交握着的两只手，他说，你看它们多么相像。这肉体只不过是个象征，然而它透出了真理。最终每个人的道路也都是其他人的路。没有什么分离的旅程，因为在旅途中的人都不是分离的。所有的人都是一样的，因为也没有另外的故事可讲述。但神甫只是把他的陈述当作忏悔，所以当老人讲完后，他就开始了他的赦罪文告。听到神甫的这种话语，老人抓住了神甫另一只胳膊的肘弯——在宁静的空气中，在他自己的临终床前，他用眼光制止了神甫，然后他松开了神甫的一只手，举起了自己的手，像一个即将上路的人。'拯救你自己的灵魂吧！'他嘶嘶不清地说道，'拯救你自己的灵魂吧。'说完，他便咽了气。"

外面，长满野草的路上一片寂静。这人用他收成杯状的手拂过腿上那只猫的头，再梳回它的耳朵，一只好的，一只残的。那猫前爪弯曲在胸前静卧着，两只眼睛都闭着。"这是我的勇士猫，"这人说，"但是它是最温柔的，是最友善的。"

他抬起头来看着少年，微笑着说："讲故事人的任务并不是那么简单的。现在你应当已经猜到这个神甫是谁了。或者说他是个神甫，还不如说他是个神甫事务的支持者、神甫观点的辩护者。这个神甫在短时间内还会尽力坚守上帝对他的召唤，但到后来他实在再也承受不住那些前来向他寻求忠告的人们期待的眼光了。这个本来善于辞令的人能给他们什么忠告呢？他连那位老信差当年从首都带来的问题都没有寻到答案。对于那些问题，他思索得越多，它们就变得越困扰，越缠结；他越是企图去理解它们，它们就越是要回避他的尝试。最后他终于发现，它们根本不是那位老退休金领取者的疑问，而是他自己的。

“这老人被埋葬在卡波尔卡的教堂墓地里，和他的亲人们在一起了。这就是神对这个人的安置，也是他所索求的，也许是每个人所索求的。在他临终时，他曾告诉神甫，他对上帝的所有估算都是错的，然而他最终总算是了解了上帝。但他发现他对上帝的要求没有改变，同时这些要求也默默存在于那些最普通人的心里。但他的争斗，他的抗辩，都只存在于卑微的过去。因为世界之路只是一条，不是很多。而且这条道路的任何一个小段都不能变更，因为它是上帝设定的，它在这个世界的行进方向上包含着一切重要结果，离开这个方向，就无所谓道路、结果，什么都没有，也从来不曾有过。最后神甫开始相信，真理经常会被那些他们自身也没有意识到的人们所携带。他们肩负着这有分量、有实体的东西，但对于他们却没有一个可以凭借的名义将它诱发、召唤。他们在从事着传播，但自身却没有意识到他们真正的角色。这些都是真理的计谋，也是它的策略。而后有一日，在一个不经意的姿态中，在一次微不可察的自我奉献之后，他们偶然将一个变化带给了某个卑微的灵魂，以至于使这个灵魂永远地被改变了，永远地在他原先被设定好了的道路上被扭转了，被推上了一条他过去毫不知晓的新路。这个被改变了的新人无从知道他转变的时刻，也不了解其中的缘由。他本身无所作为，完全靠新路的指引，然而他会拥有生活中最重要的东西——也许是他未曾寻求和并不配称的。他会获得一种难以捉摸的自由，这也是许多人拼命追求的东西。

“神甫最后看到的是，生活的课程永远不可能是自身的。唯有见证人有权利去采取自己的行动，这行动乃是因着他人而有的。于是神甫看到了那位老隐士所未能看到的：上帝不需要见证，不论是证明他的还是反对他的。更确切地说，真理表明，如果没有上帝，就不会有见证，因为人们各持己见，而失去了世界的本体。神甫还看到，没有什么被神拣选的人，因为也没有什么人不被神拣选。对上帝来讲，每一个人都是反叛者，反叛者的第一个行为就是离散他的兄弟，这样他就可以轻易地摆脱责任。对神来讲，我们所说的每一句话都是浮华虚夸之言。我们说出的每一个字，如果不是有益于这个世界便都是对神的侮辱。你耐心听我讲，孩子，神能听见你从未讲出的话。对神来说，石头本身也无异于一股气，因为它们有力量打碎的东西从来未能长存。总之，我们所有人最终都要与神立约，做神的选民。除了神的恩典，一切都是假的。”

当他骑上马准备离去时，这人站在脚镫边，在半晌的阳光中斜转着眼睛看着他。“你要骑回美国去吗？”他问少年。

“是的，先生。”

“是回到家里去吗？”

“是的。”

“你有多久没有看见他们了？”

“我也不知道。”

少年沿街看去，阳光沉迷于一排排坍圮的房屋间的荒草之中，被这个地区偶尔的降雨冲塌的泥砖碎片演示着昆虫王国的庞大工程。四处是一片死寂。他从马上朝下看着这人。“我都不知道现在是几月了。”他说。

“你当然不知道。”

“但是春天已经来了。”

“回家去吧。”

“是的，先生。我这就回家去。”

这人向后退了几步。少年用手碰了碰帽边。“谢谢您的早饭。”

“上帝保佑你，年轻人。”

“谢谢您，再见

他掉过马头沿街骑去。在小城的尽头他策马转向河的方向，又回过头来看了一眼，但那人已经不在了。

在第二天的行程中，他骑走的这条路无数次地穿越了这条河流。这条河蜿蜒曲折，一路穿过许多扇形的冲积坡一直伸入山间。进入山谷后，河水变浅，打了一个大弯又向前延伸。他经过了塔米楚巴废城，这城在1758年圣枝主日的前一关被阿帕切人焚烧后夷为平地。在午后他又进入了巴塞拉克城。这是座更老的城镇。它的旧名叫桑塔·马利亚，建于 1642 年。在那儿遇到一个小孩，他自动跑过来，抓着笼头拉住马，领着他走过街道。

孩子领着他进了一个大门，在门口他不得不把身子弯在马颈上通过。他们穿过了一条石灰水粉刷过的通道进入一个内院。那儿有一头拴在柱子上的驴子正在拉着一盘石磨转圈。他下了马，有人递给他一块布洗脸用。然后他被领进屋内吃晚饭。

他坐在一张被擦洗得发了白的木桌旁，同桌的还有两个大男孩。他们俩起劲地吃着烤南瓜，喝着洋葱汤，还有玉米饼和菜豆。这两个男孩比他还小，他们偷偷地用眼睛瞟着他，等着他这个年长的兄弟说话。但他一言未发，于是他们都静静地吃着。他们把他的马也喂饱了。在天黑后他被领到房子后头的一间小屋里，安顿在一张铺着壳荚褥套的小铁床上。他除了道谢外没有和任何人说话。他想，他一定是被错当成别的什么人了。在夜里不知什么时分他醒过一次，他被惊醒是觉得有个影子在门口方向看着他。但定神一看，是一只用来在夜间冷却水的泥瓮悬在半暗中。除此之外再也没有什么，即使是这泥件似的影子。他听到的另一个声响是黎明时分用手拍烤早餐玉米饼的声音。

有个男孩用碟子给他端来一杯咖啡，他走到内院慢慢呷着。从这里可以听到女人们在房子另一头说话的声音。他立在旭日中喝着咖啡，看着眼前的几只小蜂鸟翘首伸嘴上下翻飞，然后又停留在从墙头上垂下的花丛之间。过了一会儿，一个女人走到门口叫他吃早饭。他端着咖啡转过身去，但就这转身之际，他瞥见了他父亲的马从街上走过。

他赶紧穿过通道走到街上，但已经看不见什么了。他向前几步走到街口，朝东西方向的路上看，又大走几步到了城中广场，沿大街朝南北看。但是既无马，也无骑马的人。他只好转身向回走。一边走一边注意倾听沿路的墙后或门内任何马的声音。回到那幢房子，他在门前站了好长时间，才进屋去吃早饭。

他独自在厨房里吃着早餐。周围好像没有人。吃完饭他便起身出去看他的马，然后又回到房子里想向那些女人们道谢，但找不见她们。他喊了几声，但无人应答。他站在一个房间的门口朝里看着，这间屋有高高的天棚，是用蔗秆抹墁起来的，屋里还备有一个由外国运来的古旧深色大木橱及两张染成蓝色的木床。在房间另一面墙上的壁龛里，立着一尊涂彩的圣母马利亚的锡像，雕像面前插着一支纤长的长明蜡烛。在墙角有一张婴儿床，床里有一条小狗崽，睁着模糊的眼睛，抬起头来倾听着来人的动静。他又走回厨房，想找个什么可写字的东西。最后他想出一个办法，把餐具柜里一个碗中盛的面粉撒了一些在木桌上，用手指在上面画出了谢谢的字样。然后他走出去，牵上马，拉着它走过通道，走出大门。在身后的内院里，那头小驴子还在不停地拉着石磨。他跨上马，沿着积满尘土的小街骑行着，一路上向那些他经过的人打着招呼。尽管他一身的破衣烂衫，他骑得仍然很神气，像个年轻的侍卫。他肚腹里盛装的食物的赠礼既支持了他的体力，也对他提出了要求。因为分享别人的食物不是那么简单的事；回馈感谢也是一样，无论是什么样的感谢，不管是用嘴说出来的还是用笔写下来的。

半晌午时分他骑过了巴维斯匹城，他没有停脚。一辆肉铺老板的推车立在教堂前面的集市上。有一位头戴黑色细薄棉布围巾的老年女人正在拾起一些从挂架上垂悬下来的暗红色布条，并以一种奇异的渴慕神情在布条林下仰坐着。他继续骑行。中午时分，他已经到了瓦哈卡，他在那所警官房子前面的路上停住马，悄悄地朝着尘土里吐了一口，再向前骑。第二天中午他又一次经过了莫累洛斯城，在这里他转道向北，骑向奥希托。一整天中，那黑沉的雷雨云都在向北转移。他最后一次越过了这条河。在骑经一片低矮的小山包时，暴风雨追上来先给了他一顿当头冰雹。他和马赶紧躲到路边一所破旧的弃房里避雨。冰雹打完头阵便是滂沱大雨，雨水从屋顶顺着泥瓦到处冲下，马儿立在檐下焦虑不安地动着步子。空气中有一股令人不快的陈旧气味，或许是由于四面墙的封闭而形成的闷气。天已经黑下来了，他把鞍子从马背上扯下来，用他踢起来的一堆草在屋角做了一个床铺。马独自走到外面的雨中去了。他钻进毛毯里侧卧着，透过一面破墙他可以看到马靠路边站立的身影，那立在闪电沉默而怪异的眩光中的身影。暴风雨已渐渐向西移去。他不知不觉地睡去。深夜里他醒过，但把他惊醒的不是雷雨大作，而是它的完全停息。他站起来向外走去。在黑黝黝的山头上，一轮满月大腹便便地在东天缓步徘徊。窄路的那边已是一片汪洋。风也已经停歇，但这片积水在灰白色的夜光下不安地闪烁着，仿佛被什么东西来回拂过一般。水中那被擦伤了的月影颤抖着，摇曳着，又慢慢恢复了自我。然后一切平复如初。

到了早晨，他骑马通过了设在亚利桑那州道格拉斯的边关。守卫朝他点点头，他也点头回礼。

“你看起来好像在那边待的时间比原先打算的长了些。”守卫说。

少年骑在马上,双手搭在马鞍前鞒上。他朝下看着守卫。“你能借半个美元让一个人吃顿饭吗？”他问守卫。

这守卫怔了一下，然后便伸手到口袋里掏钱。

“我住在克洛弗代尔那边，”少年说，“你告诉我你的名字，我会把这钱还给你的。”

“接着！”守卫抛出一枚硬币。

少年把手收成杯状接住了空中旋过来的硬币，点了点头，把硬币放进了衬衫口袋。“你叫什么名字？”

“约翰·吉尔克里斯特。”

“你不是这一带的？”

“不是的。”

“我是比利·帕勒姆。”

“嗨，很高兴认识你！”

“一有人到这边来我就会把这钱带过来。你不用担心。”

“我不担心。”

少年在马上松松地握着缰绳。他看看面前这宽阔的街道，又看看周围那荒芜的群山。他又回头看着守卫。

“你喜欢这个国家吗？”他问守卫。

“很喜欢。”

少年点着头：“我也一样。”并用手去碰着帽边。“谢谢你，”他说，“我真的很感谢你。”然后他用脚跟夹夹这匹野气十足的马，骑上大街，骑进了美国。

他一整日都骑行在道格拉斯通往克洛弗代尔的一条老路上，到晚间他已经进入了瓜达卢普山脉。随着暮色降临，这山口处极为寒冷，阴风在这口子处猛烈地刮向一边。他垂头弯腰地坐在鞍上，两个胳膊肘子侧向一边。他读着许久以来写在岩石上的名字和日期，这都是很久以前像他一样穿越这山口的人，在筋疲力尽倒地而死之前留下的。他身下，在已经被吸进暗影的长长余晖中伸展着美丽的阿尼马斯平原。走下山口的东坡，这马也突然意识到这是什么地方，它撅起鼻子嘶鸣着并加快了步伐。

来到自家的房子时，已经是后半夜了。房子里没有灯光。他先进了马厩把马拴好，但里面一匹其他的马都没有，也没有狗的影子。他横穿畜棚，巡视了还不到一半，就感觉到有什么很糟糕的事情发生了。他把鞍座从马身上拉下来挂好，又从草垛上扯下一些干草饲料，然后关上棚门，走到房子前，推开厨房门走了进去。

房子里空空荡荡。他走过所有的房间，大部分家具都不见了。他自己的那张小铁床孤零零地立在厨房隔壁的小房间里，床上只有一个褥套。在壁橱里只有几个铁条挂衣架子。他走进食品间，找到几个桃子罐头，便摸着黑站在水池旁，用一把勺子从玻璃罐头里取食着桃块。他透过窗户看到南边的草场在高挂的月亮下被蓝色和静谧笼罩着；他看到自家的栅栏向远处延伸，一直伸进山脚下的黑暗中，这栅栏的影子在月光下穿过大地，像是这世界的一个接缝。他扭开水池上的水龙头，但只听到干喘的声音，没有水流出来。他吃完桃子便走到父母亲的房间。他站在房门口，看着那空空的床架、地上的几件被扯碎的衣服。他走到前门，打开它，走到门廊下，然后又走到旁边的小溪边，站着倾听，但什么也没有。过了一会儿，他走回房子，回到自己的小房间，躺在那张小床上，又过了一会儿，他睡着了。

他天一亮就起来了，在食品间的隔板上找吃的东西。只找到一些炖土豆，他便吃了。然后他走到畜棚，找出一把刷子，把马儿牵到太阳地里，站着给马全身刷理了好大一阵子。之后他把马牵回马厩，上上鞍，骑上去，骑出了自家牧场的固定门，向北骑去了 SK Bar 牧场。

当他骑进院子，桑德斯老人正坐在门廊上，仍像上次离开时看到的那个样子。但他既认不出这孩子，也认不出那马了。但他还是请孩子下马进来。

“我是比利 · 帕勒姆。”少年喊着。老人家没有立即回答，而是沉吟了一下，然后他朝屋里喊着。“利昂娜，”他叫着，“利昂娜！”

姑娘跑到门口，用一只手遮住眼睛看着骑马人，接着她跑出来，站在老人身后，把双手放在爷爷肩头上，看她那紧张的神情，好像这位骑手给老人家带来了什么坏消息。

当他再回到自家房子时，已经是下午了。他让马带着鞍站在院子里，自己一边走进房子，一边把帽子摘了下来。他走遍了所有的房间。他怀疑老人精神失常，但如何来解释那姑娘的说法呢？他先走进父母亲的房间便站住了，站立了好长时间。他看见弹簧床垫的条纹布套上印着弹簧圈的许多圆圈锈迹。他朝这些锈迹看了半天，发觉不对头。于是他把帽子挂在门把上，走到床边。在床边他又站了一会儿，然后才伸手抓住床垫，把它拖到地上立起来，让它另一面朝上翻倒在地上。立时间，一大片血迹骇然映入他的眼帘，血迹早已干涸，颜色近黑。这血当时浸泡得如此之厚，以至于现在一动就会像黑色的釉片一样发出爆裂声碎下来。一股淡淡的酸腐粉尘扬起来，他有些站不住了。他伸出双手在空中抓摸着，后来他摸到了床柱，便紧紧抓住以支撑自己。过了一阵子，他才能抬起头。又过了一会儿，他走到了窗前。户外，中午的阳光已经照射在田野上，投射在沿溪发出新绿的三角叶杨树丛中，并在阿尼马斯山峰上闪着亮。他看着这大自然美好的一切，不禁极其痛苦，他双膝跪地，双手抱头啜泣起来。

当他骑马穿出阿尼马斯镇时，背后的房屋似乎就这样与他分别了。他在一家商店门口停住脚，在房子旁边的水龙头把水壶灌满，但他没有进店。那夜，他就在镇子北边的大平原上露宿。既没生火，也没东西可吃。夜间他不断醒来。每次醒来，仙后星座的位置都绕着北极星转了一段；每次醒来，周围的一切一如既往，概无变化。第二天中午，他骑进了新墨西哥州的洛兹堡市。

司法行政官一边从他的桌子上抬起头来看着少年，一边缩拢起他的嘴唇。

“我叫比利·帕勒姆。”少年说道。

“我知道你是谁。进来坐下吧。”

少年坐在司法官桌子对面的一把椅子里，把帽子放在膝上。

“你去哪里了，孩子？”

“墨西哥。”

“墨西哥？”

“是的，先生。”

“你为什么离家出走？”

“我没有离家出走。”

“家里有什么纠纷吗？”

“没有，先生。爸爸从来不允许的。”

司法官在他的大椅子上朝后仰着。他用食指敲着自己的下嘴唇，一边仔细打量着眼前这个穿得破破烂烂的小子——面色苍白，瘦削憔悴，满身灰尘，一根绳子吊着他的裤子。

“你在墨西哥都做了些什么事？”

“我不知道，我只是去了一趟而已。”

“你只是动了个怪念头就跑了一趟墨西哥，其实那里根本没有什么事要你去做。你是不是就想告诉我这些？”

“是的，先生。我想是的。”

司法官伸出手，从桌子边上推过来一摞订起来的纸，用大拇指把它们弄平。他看着少年。“关于这个案子，你知道些什么吗？孩子。”

“我什么都不知道，我就是来这儿问你的。”

司法官坐着注视着少年。“好吧，”他说，“如果你说了什么假话，你可要负责任。”

“我没说什么假话。”

“好，我们派了警员去追踪这个案子。一共有六匹马。桑德斯先生说他认为那就是你们家全部的马，对吗？”

“对的，先生。再加上我的这匹，一共是七匹。”

“杰伊·汤姆和他儿子说，一共看见两个人，在天亮前两个小时左右把全部的马带走了。”

“他们能认出来吗？”

“他们能认出来。”

“那两个人是步行来的吗？”

“是的。”

“那么博伊德是怎么说的？”

“博伊德什么也没有说。他逃走并藏了起来。他在一个冷地方藏了一整夜，第二天挣扎着走到桑德斯家，但他已经失去了知觉。米勒只好跳进卡车，开到那边才发现那片混乱。你父母亲都是被猎枪打死的。”

比利的眼光越过司法官朝街上看去，他想抑制住自己的情感，但是不能。司法官黯然地看着他。

“他们做的第一件事就是把狗抓住，切断它的喉咙。然后他们坐下来等着看有没有什么人出来。他们等了很长时间，其中一个人还去小便了一次。他们一直等到狗不再叫后每个人又睡着了。”

“他们是墨西哥人吗？”

“他们是印第安人。反正杰伊·汤姆说他们是的。我想他是知道的，但那只狗并没有死。”

“什么？”

“我说那狗没有死掉。博伊德给它治好了伤。但它哑得像块石头，再也不能出声了。”

比利坐在椅了上。眼睛瞅着自己膝上那顶油污的帽子。

“他们能从你家里拿到什么样的枪？”司法官问道。

“他们没有什么可拿的。我们家只有一杆枪，是 44-40 的短步枪。我一直拿着它。”

“这种枪对他们也没多大用处，是吗？”

“是的，先生。”

“我们目前没有进一步的证据，你是知道的。”

“是的，先生。”

“你还有什么吗？”

“我有什么？”

“你还有什么没有告诉我的事情吗？”

“你能管墨西哥的事吗？”

“不能。”

“那我说了也没有用。”

“这可不是个很好的回答啊！”

“的确不是，但它和您的回答也差不多啊。”

司法官注视了他一会儿。“如果你认为我对这事根本不关心的话，你就大错了。”

比利呆坐着。他用手臂的背部在两只流泪的眼上各擦了一次，转身又向窗外看去。街上没有车辆。人行道上有两位妇女正用西班牙语交谈。

“你能给我讲讲这些马的情况吗？”司法官又问。

“好的，先生。”

“它们有没有打上烙印？”

“有一匹打了，就是尼诺。因为它是爸爸从墨西哥人那儿买来的。”

司法官点点头。“好吧。”他说。他弯下身子，在他桌子上拉出一只抽屉，从里面拿出一个马口铁小契约箱放在桌子上打开。

“可能我不应该把这些东西给你，”他说，“但我不总是照章办事的。你有没有什么地方来保存它？”

“我不知道。但里面是什么东西呢？”

“都是证书。结婚证书、出生证书，还有买马契约也在这里，但大多数日期都好远了。另外，你妈妈的结婚戒指也在里面。”

“我爸爸的手表呢？”

“这里没有手表，但还有一些东西存在韦伯斯特家里。如果你愿意，我可以把这些东西存放到银行里。他们连一个保管人都没有指定，我不知道还有其他什么办法来处理它们。”

“这里面应该有尼诺和贝利两匹马的证书吧！”

司法官把盒子转了一下，然后把它滑过桌面。比利开始用手指翻看那些文书。

“谁是玛格丽塔·伊芙琳·帕勒姆？”司法官问。

“我妹妹。”

“她在哪儿？”

“她死了。”

“她怎么会有一个墨西哥名字呢？”

“她是随我的外祖母起的名字。”

比利把桌子上的铁盒推了回去，把从里面取出的两张证书沿着原先的边重新折好，然后塞进自己的衬衫。

“就要这些东西吗？”司法官问。

“是的，先生。”

司法官关上盒盖，把铁盒又放回桌子的抽屉里，推回了抽屉。他在椅子里朝后仰着，一面看着比利：“不打算再回那边去了，是吧？”他问。

“我还没有决定要做什么。但是第一件事是找到博伊德把他带上。”

“把博伊德带走？”

“是的，先生。”

“博伊德哪里也不去。”

“如果我走，他也会。”

“博伊德还是个少年，他们不会把他交给你的。嗨，你自己还是个少年人吧！”

“我又不求他们。”

“孩子，可别为了这事去触犯法律啊。”

“我没想那么做，但我也不想让这事来犯我。”

比利从膝上拿起帽子双手握着从椅子上站起来。“谢谢您给了我这些证书。”他说。

司法官把两只手撑在椅子扶手上，好像是要准备站起来，但他并没有。“还有关于马的情况介绍呢？”他又问，“你想把它们写下来给我吗？”

“那有什么用？”比利冷冷地说。

“你走了这些日子在那边没学到什么礼貌吧？”

“没有，先生。我想没有。我倒是学到一些事情，但它们显然不是礼貌。”

司法官朝窗户点点头：“那是你的马吗？”

“是的，先生。”

“我看见那个枪套了，枪哪儿去了？”

“我拿它换东西了。”

“你拿它换什么了？”

“我觉得不好说。”

“你说你不肯说？”

“不是的，先生。我是说我不知道该用什么词来说它。”

当他走到阳光下，把马儿从停车计时器的柱子上解下，街上过路的行人都转过头来看着他。这个像是来自荒山僻岭的野小子，又像是出自过去年间的遗物，衣衫褴褛、肮脏、满脸饥色，一副完全无人照顾的样子。在这个奇异、古怪的人物身上，人们看到了他们又嫉又恨的东西，是的，人们嫉恨他的无拘无礼，但又怜悯他可怜的存在。也许真的会为了一点细小的缘由而结果了他吧。

他弟弟住的那所房子在镇子的东头。这是一所小小的灰泥房子，带有栅栏围起来的院子和一个前门廊。他把伯德拴在栅栏上，推开栏门，走上通着房子的小径。他家的那条狗从房角转出来，朝着他露出牙齿，同时竖起了颈毛。

“是我，傻蛋！”他喊叫着。

当狗听到他的声音，它挺直了耳朵扭转着身子朝他跑来。它没有叫，连低哀的鼻声也发不出来。

“屋里有人吗？”他叫着。

狗在身边缠绕着他。“走开。”他说道。

他又朝屋里喊了一声，然后便走上门廊，在前门上敲了两下便站着等。无人应答。他又转到房子后面。他试了试厨房的门，发现这门未锁，于是他推开门朝里看着。“我是比利·帕勒姆。”他喊着。

还是无人应声，他便走进去，随手关上了门。“喂！”他又喊着。他走进了厨房，站在过道上。他正想再喊时，身后厨房的门开了。他转过身来发现博伊德站在那里。他站在那里，一只手提着个铁桶，另一只手还搭在门把手上。他显得比以前高了，此刻他侧身倚在门框上。

“我想你认为我已经死了。”比利开口说道。

“要是我认为你已经死了，我就不会在这里了。”博伊德答道。

博伊德回手关上门，把桶放在餐桌上。他看了一眼比利便转开去看着窗外。当比利再次对他说话时，他也不去看自己的哥哥，但比利能够看出他的眼眶是湿的。

“你打算跟我走吗？”比利问他。

“是的，”博伊德答道，“我一直在等你。”他俩从这家人的卧室的壁橱里取出了一杆猎枪，又从一个穿衣柜抽屉里发现的白色瓷盒里敛走了一共十九美元的硬币和零票，并把它们统统装进一个旧式的皮质零钱包里。他们还卷走了床上的一床毛毯，又为比利找到一根皮带和几件衣物。另外，他们从后门旁边墙上挂着的“卡哈特”牌夹克里掏出所有的猎枪弹药筒，一枚00规格的中号铅弹[1]，其余是五号及七号子弹。最后他们用一个洗衣袋装满了从食品间找到的罐头、面包、咸肉、饼干及苹果。携着这堆物资他们走出房子，把口袋拴在马鞍的前鞒。然后二

[1] 射猎鹿、羚羊等大中型动物用的铅弹以0的数目来标规格，0为小号，00为中号，000为大号。

人同鞍，骑上了这条小小的沙石街。在他们经过的一个院子里，一个女人嘴里衔着晒衣服用的夹子向他们点着头。他们骑行着穿过了公路，穿过了南太平洋铁路的路轨，转道向西。走到天黑，他们选了洛兹堡市以西约十五英里处的一个碱滩上宿营。在这里，他们借着马的力量从地里拽出来一些废弃的栅栏柱子生了一堆火。在东南向的浅滩上是一片水。两只细腿高脚伫立的沙滩鹤和它们在水中的映像连在一起，在落日的余晖中，就像是它们自身的雕像被立在某个荒弃了的园林中。而往日的灾难已经把园林中其他的景观扫荡一空。在他们四周，因干涸而破碎的小泥块铺满大地，用栅栏柱点起的篝火在风中撕裂着，被他们从水果上揭下的包装纸团随着风一个接一个地大步跑向愈远愈浓的黑暗之中。

他们用从房了里带出来燕麦片喂饱了马。比利又用一截栅杆上的铁丝串起了一溜咸肉架在火上烤着。他看着博伊德，博伊德正怀抱着猎枪坐在地上。

“你和爸爸之间的别扭已经没事了吧？”比利问弟弟。

“嗯，一半没事了吧。”博伊德不十分自信。

“哪一半呢？”

博伊德没有回答。

“你在吃什么？”比利换了话题。

“葡萄干三明治。”

比利摇了摇头。他把水壶里的一些水倒在一个空罐头筒里，把它放到火堆上烧。

“你的鞍子怎么了？”博伊德问。

比利看了看他那个破裂走形的鞍子，但没有回答。

“他们会出来追我们的。”博伊德说。

“让他们追好了。”比利却不在意。

“我们拿人家这么多东西，可怎么还人家啊？”

比利抬起头来看看他：“也许你应该习惯一些做歹徒的想法。”

“就是一个歹徒也不会抢劫收留他们、对他们好的人。”博伊德和他争辩着。

“好了！这样的话我们到底要听多少？”比利不耐烦了。

博伊德不作声了。他们吃完东西，打开铺盖，钻进去睡了。碱滩上的风吹了一夜。它扇旺了火，又燃尽了火中的木炭。那被灼烧得卷成一团团的炽热的铁条，在短暂的时间内呈现出黑夜中一颗硕大的、红亮的、护心的甲胄的奇景！但只有片刻，这一切便消失了。白炽的铁条迅即褪回了黑色，夜风将炭灰吹为灰烬，又把这灰烬在地面上吹刮而去。最后除了那又黑又硬的铁条外，你再也找不到火的遗迹了。整夜里在黑暗中通过的东西，彼此看似并无联系，但在长风的驱赶下却都有一个共同的目标。

“你醒了吗？”在半夜里比利问弟弟。

“嗯。”

“你都跟他们说了什么？”

“什么也没说。”

“为什么没说？”

“说了又有什么用呢？”

风还在刮着。流沙骚动着跑过去。

“比利？”

“什么事？”

“他们知道我的名字。”

“知道你的名字？”

“他们喊着找我来着。他们喊：‘博伊德！博伊德！’”

“这说明不了什么，睡吧。”

“就好像我跟他们是朋友似的。”

“好了，睡觉吧。”

“比利。”

“什么事？”

“你用不着费劲去把事情说得那么轻松。”

比利沉默了一刻，不作回答。

“事情并没有那么轻松。”

“我知道了。好，睡觉吧。”

早晨起来，他们坐在原地吃东西。他们顺着浅滩眺望，发觉远处在干盐湖那钢青色的地面上有什么东西在发出声响。过了一阵，他们看出来那是一个骑马的人。那人离他们大约还有一英里远，他一点点地骑近，还只是一连串细微和摇摆的影像。而在这片片积水的地域上，这影像会突然放大又倏地缩小着向他们靠近。所以这骑者会显得忽而前进，忽而后退，而后又前进了。旭日沿着积云的东岸冉冉升起，托起一线红色的礁脉。

骑者不断地前行，穿过了这片约十英里宽、三英寸深的大盐湖。比利站起身，抓起猎枪，走到后面把它掖在毯子的下面，然后又坐下来。

骑近的这匹马与这片地域浑然一色，要么就是被这地色染成一样。骑者向前穿越着这片浅浅的积水，这马每一步抽蹄，都会有积水立即填入马蹄下的凹穴，这水流在晨光下稍一闪亮便迅即消失，就像铅水陷进了铁桶。他终于骑出了盐湖，又沿着多沙的碱岸，穿过稀疏的草丛一直骑到他们面前。他坐在泥色的马上,从帽檐下的阴影里看着他们兄弟俩。他没有马上说话，而是看完他们又回头看看这一大片盐湖，然后斜着身子吐了一口，再次看着两兄弟。“你们不是我所想的那两个人。”他说道。

“那你把我们当成谁了？”博伊德不禁问他。

骑者没有理睬他的问题，而是继续问他：“你们在这里干什么？”

“没做什么。”

他看看博伊德，又看看他们的马。“你们那毯子底下是什么？”他突然问。

“一杆猎枪。”博伊德即答。

“你们准备开枪打我吗？”

“不，先生。”

“那是你兄弟吗？”

“他自己会回答你的。”博伊德说。

“你是他兄弟吗？”骑者转问比利。

“是的。”比利答道。

“你们在这里干什么？”他又重复他的问题。

“经过这里。”比利回答。

“经过这里？”那人似不相信。

“是的。”比利重申。

“经过这里到哪儿去？”

“我们去亚利桑那的道格拉斯。”

“是吗？”

“我们在那儿有朋友。”

“你们在那儿真的有朋友吗？”

“我们还没有跟城市生活隔离呢！”

“你们就一匹马吗？”

“是的。”

“我知道你们是谁了。”这人说道。

兄弟俩没有回答。这人又回头越过这一片干湖眺望着那远处浅浅的积水。在无风的早晨，那片死水沉重得像是铅湖一样。他又斜身吐了一口，然后看着比利。

“我要去告诉博勒夫先生你们对我说的话。你们不过是两个流浪儿。不过，如果你们愿意，我可以等你们一会儿，你们可以和我一起骑回去。”

“我们不回去，谢谢你的好意了。”

“我要告诉你们一些你们不知道的事。”

“你说。”比利直愣愣地问。

"你们在干一件很难的事情。"

比利没有应答。

"你多大了？"那人又问他。

"十七岁。"

这人摇摇头。"好吧，"他说，"你们要多加小心。"

"告诉我一件事。"比利要求。

"行啊。"

"你从那么远怎么能看见我们呢？"

"我是看到你们影像的反射。在有的时候，你能在大盐湖上看到很远的东西。我们有些男孩说你们不过是幻影，但博勒夫先生知道你们不是的。他对这个地方了如指掌。他知道这地方该有什么，不该有什么。我也一样。"

"那你一小时以后再试验一次，看能不能看到我们。"

"我会的。"

来人向坐在这座狭长小荒岛上的两兄弟分别点了点头，又看了看那条哑巴狗。"这是条不中用的看家狗，是吧？"

"它的喉咙被割断过。"

"我知道，"来人说，"你们都多加小心。"说完，他掉过马头穿过浅滩，涉过盐湖，远远地骑走了。他骑进了朝阳，骑成了一个朦胧的小黑影。但是，尽管太阳已经升高，不再反映在他们的眼睛里，当他们双双上马，沿着浅池的边缘朝南骑开时，他们还是看不到盐湖彼岸的任何东西，没有反射，没有幻影，只有那骑者的完全消失。

半晌午时，他们越过了州界，进入了亚利桑那州。他们骑过一个低矮的山岭，骑下了朝南伸去的圣西蒙山谷。在河边，有一处可爱的三角叶杨树林子，是个吃午饭的好地方。他们缚了马腿，给它饮了水，然后裸着身子坐在沙石底的浅水里。博伊德是那么苍白、消瘦而且灰头土脸，比利一直望着他的弟弟，直到他从水里站起来也看着他。

“你要问我那么多闲事真是没有用。”博伊德说。

“我没想问你什么事儿。”

“你要问的。”

他们又在水里坐下。那狗蹲坐在草丛里望着他们。

“他穿的是爸爸的靴子，是吧？”比利突然说。

“你说对了。”

“算你幸运你没死。”比利说。

“我真不知道这有什么可幸运的。”

“别说傻话了！”

“你是不知道。”

“我不知道什么？”

但是博伊德没有说他不知道什么。

他们坐在三角叶杨树的树荫里吃着沙丁鱼和饼干，然后睡了一觉。到下午时分，他们又继续登程。

“有一回我想你可能去了加利福尼亚。”博伊德说。

“我去加利福尼亚干什么？”

“我不知道，但加利福尼亚是牛仔的地方。”

"加利福尼亚牛仔。"比利咀嚼着这个词儿。

"我不会想去加利福尼亚。"博伊德说。

"我也不会。"比利附和。

"我会去得克萨斯。"

"为什么？"

"我也不知道，我从没去过那儿。"

"你没去过的地方多着呢！干吗就想去得克萨斯呢？"

"我只有这一个原因，就是因为我没去过。"

他们继续骑行。在一条长长的阴影里，有几只长腿长耳兔突然跑出来跳跃着，然后又僵住了，那条哑狗却全然没有反应。

"为什么法律管不到墨西哥？"博伊德问。

"因为这是美国的法律，在墨西哥不管用。"

"那墨西哥法律呢？"

"墨西哥根本没有法律，全是一伙歹徒。"

"五号子弹能打死人吗？"

"如果你隔得近就能。它能打个大窟窿，大得连胳膊都能伸得进去。"

晚间，他们越过了鲍伊东边的公路，踏上了向南穿越多斯卡贝萨斯岭的老路。在宿营地，比利从一条浅浅的石头干河谷边弄到一些木柴，他们生起了火，坐在火边吃着。

"你觉得他们会跟在我们后面吗？"博伊德还是担心。

"我不知道，也许会吧。"

博伊德弓着身子用一根枝子把木炭推紧，然后把木棍扔进火里。比利望着他。

“他们不会抓到我们的。”比利说。

“我知道。”

“说说看你都想些什么？”

“我没想什么。”

“这不是谁的错。”

博伊德直盯着篝火。远处的小土狼又在营地北边的山岭里嗥叫着。

“你这样会把你自己弄癫的。”比利对他说。

“我已经疯癫了。”博伊德回应。

博伊德抬起头来，他那失色的头发看起来那么惨白，他尽管马上十五岁了，但看上去根本不是那个年龄。他坐在那儿似乎是一个幻影，神在他周围造了树木和石头，使他看起来像是自己的转世化身。但定眼一看，他还是他自己的一个可怜存在。但最令人担忧的是，他显得满腹恐惧和悲伤，仿佛他那弱小的心灵已经被那骇人听闻的噩梦震碎，被那并非一次发生、一次酿就，而是整个世界都在滴血的大惨剧所压垮。

第二日，他们兄弟俩骑马穿越了阿帕奇关口的高高隘口。博伊德坐在比利身后，两条细长的腿垂在马胁上。他们骑下山口，眺望着南方的土地。天气很晴朗，迎面有阵阵山风吹来。几只渡鹤借着上升的气流高旋在南坡的上空。

“这又是一个你没去过的地方。”比利打趣说。

“我没去过的地方到处都是，对吧？”博伊德不失大度。

“你看到远处那条线了吗？线那边颜色都变了吗？”

“看到了。”

“那就是墨西哥。”比利指点着。

“怎么还有那么远呢？”

“这话是什么意思啊？”

“这意思就是我们得赶快骑，如果我们想去的话。”

又一天的中午他们骑到了666号公路，沿着公路的沥青路面，他们一直骑出了萨尔弗斯普林斯山谷。他们又骑经了埃尔弗里达镇和麦克尼尔镇。到了晚上，他们已经骑行在边境小城道格拉斯的大街上了。他们在边关的门房停住马。守卫站在门口向他们点着头，他还看了看这条哑狗。

“吉尔克里斯特在哪里？”比利问他。

“他下班了，要到明天早晨才来。”守卫回答。

“我可以把一些钱留给他吗？”

“可以，你可以留在这里。”

“博伊德，给我找出半美元的钱来。”

博伊德从他的口袋里掏出了那个皮钱包，掀开了扣子。里面尽是些五分、一角甚至一分的硬币。他数足了半美元的钱，托在手里，伸过比利的肩头交给他。比利接过钱又在自己手里拨弄着点了一遍，然后才弯下腰，伸出手，把它们交给这守卫。

“我欠他半个美元。”比利解释道。

“好的。”守卫应道。

比利用手指碰了碰帽檐，便打马前行。

“你们要带这条狗去吗？”守卫问。

“是的，如果它想跟着的话。”比利答。

守卫看着他们离去。狗在后面小跑步跟着。他们骑过了国界小桥。墨西哥边防守卫只是抬头看了看，便点头让他们通过。过了界桥便是墨西哥的边城阿瓜普列塔。

“我知道怎么点数。”博伊德在发着刚才的牢骚。

“什么？”比利一下没听懂。

“我知道怎么点钱，你用不着再去点第二遍的。”

比利转过脸去看着弟弟，然后又转回头去。

“好吧，”他道歉地说，“我下次不会了。”

他们在街头小贩那里买了一小桶冰激凌，就坐在路边石上靠着马腿吃了起来。这小城已经开始了晚间的活跃。他们的狗惴惴不安地卧在他们面前的泥地上，因为这镇子上的狗经过这里，嗅到它的陌生味儿便拱起背来围着它转悠。

他们在一家食品杂货店买了饭，又买了一些干炒豆、盐、咖啡粉、水果干、干辣椒。他们还买了一柄小搪瓷煎锅，一把带盖的水壶，一盒火柴及一点零碎用具。最后把剩余的钱全部换成了当地的比索。

“现在你可阔气了！”比利说道。

“像黑鬼一样阔气！”博伊德也打着诨。

“这比我当初来这里时可强得多了！”

“那也没什么舒服的。”

在镇子南头他们离开了道路，沿着河边灰白色的卵石道骑进了沙漠。夜已深，他们就地宿营。比利弄好了晚饭，他们边吃边看着篝火。

“你不要再去想这件事情了。”比利对博伊德说。

“我没有想。”

“那你在想什么呢？”

“什么也没想。”

“那可很难。”

“这事要是发生在你身上怎么办？”

“别老是去想要发生什么事情。”

“如果要发生怎么办？”

“你可以回去。”

“回到韦伯斯特家吗？”

“是啊。”

“在我们抢劫了人家之后？”

“你并没有抢劫他们。我想你当时并没有想到什么。”

“我是没有，但我总有一种不安的感觉。”

比利倾过身子向火里吐了一口。“你会没事的。”

“我已经没事了。”

又是一天。他们整日都骑行在一条干河的石底河床上。傍晚时分，他们骑进了一个路边小镇奥希托。博伊德一直把脸贴在哥哥的背上睡觉，此时他惊醒了。他抬起头，满身是汗，上衣满是褶皱。他从大腿间把压塌的帽子拿起来戴上。

“我们到哪里了？”他问比利。

“我也不知道。”

“我觉得很饿。”

“知道，我也一样。”

“你觉得他们这里有吃的吗？”

“不知道。”

他们看见一个男子站在门口的一片碎泥地上，便停住马，问他镇子里有没有什么可吃的东西。这男子思索了片刻便同意卖给他们一只鸡吃。此后，他们又继续骑行，这条空空荡荡的路一直通向南边的沙漠。不多时，这里起了风暴，整个乡间被乌云笼罩，一片蓝荧荧的。尖细的电光在远处阴森森的山峦上空频频闪烁着，然后无声地炸裂开来，就像是盖在一只大玻璃罩子里的雷电演示。暴雨在天黑之前袭击了他们。这撕裂着一切的大雨把一群沙漠上的野鸽子驱赶得没命逃窜。他们不幸骑进了这个雨区，即刻被浇得像落汤鸡一样。前方一百码处他们找到了路旁的一个树丛，就在这里止住马，看着雨狂泻在泥地上肆虐着。好不容易挨到雷雨过去，他们周围却还似锅底般的漆黑。他们立在这星光全无的黑夜里打颤，听着耳畔树枝上的滴水。

“现在我们该怎么办？”博伊德问他。

“上马再骑呗，我想。”比利答道。

“这马湿淋淋的可怎么往上爬啊！”

“它不嫌我们湿就不错了！”

当他们骑经莫累洛斯镇时，已经是后半夜了。镇子上的灯光已变得很暗，好像它们是和黑暗相伴而生。比利把自己的外衣包在博伊德身上，博伊德头靠他后背正摇摇晃晃地睡着。马儿低下头边走边舔吮着泥地，狗儿在他们前面的积水洼之间左拐右弯地跑动着。在这里他们取道向南，正好是当年开春时比利初来墨西哥随着那批游客去赶集市的那条路。

他们在路边的一个废弃的小茅屋里度过了残夜。天一放亮，他们赶紧生火吃饭，把湿衣烘干。然后又给马上鞍，继续南骑。又经过了三日如此的骑行，总共七天他们都在这个地域奔波。他们沿河经过了一个又一个肮脏的小泥镇，来到了巴塞拉克镇。在一所石灰水粉刷的房子前面的接骨木树下，有两匹马低头站着。一匹是花色杂毛去了势的公马，左臀上有一个新烙的印记；另一匹却是他们家的凯诺，上着一副机制的墨西哥鞍子。

“你看那边。”博伊德对比利说。

“我看见了。快下马。”

博伊德迅即从马后身滑下来，比利随即也跨下马。他把缰绳递给博伊德并从鞍边的套子里抽出了猎枪。狗已经停在路上，回首望着他们。比利拉开枪膛看看里面已经装弹又推上膛，他看着博伊德说：“把马拉到另一边离开路。”

“知道。”

比利看着博伊德拉着马穿过了路，他便转身朝着房子靠近。那狗站在路上不知所措，望望比利又望望博伊德，直到博伊德吹口哨将它召走。

比利围着凯诺走了一圈，用手拍着它的长脖子。这马也认出了小主人，用它的额头去推蹭着他的衬衣，冲着他喷出了一长串甜甜的气息。他把猎枪靠在接骨木树干上，先把凯诺身上的脚镫子提起来挂到鞍轿上，又松开马鞍扎带和后肚带，然后双手抓住马鞍的前后轿，提下来放到泥地上。最后他把鞍褥拉下来搭在鞍轿上。把马具卸干净，他拿起猎枪，解开拴马绳，牵着马穿过路走到博伊德等他的地方。

他把猎枪塞进套子，又朝房子看去。“骑上伯德。”他对博伊德说。

博伊德骑上鞍，朝下看着他。

“把这两匹马带走。远离这座房子。我会在镇南头等你。隐蔽起来，我会找到你的。”比利吩咐道。

“你要做什么？”博伊德不解地问。

“我想看看都是什么人在那儿。”

“要是他们怎么办？”

“不会是他们。”

“那你觉得会是谁在那里？”

“我不知道。但我觉得有什么人死了。你快走吧！”

“你最好拿上猎枪。”

“我不需要，走吧！”

比利看着他骑上这窄窄的土街，然后便转身走回那所房子。

他在门上敲了几下，就手拿着帽子站着等。无人应声。于是他戴上帽子，走到院墙间的一个年深日久的车道门。他用手推了推门，但门是闩着的。他朝墙头望去，一溜碎玻璃头嵌在泥石料中，无法攀越。他于是掏出小刀，把刀尖伸入两扇门间，半寸半寸地拨着那根古老的门闩走动，直到这木闩头脱出托架。这时他推开门，走进去再转身把门关上。地上看不到车马进去的痕迹。树上有几只鸡栖息在天光下。他穿过了内院走到房子后面，站在一个通往狭长门庭的门口。在一个条凳上放着几个种着植物的泥盆，看来刚刚浇过水，盆中的土是湿的，条凳下的泥瓦也是湿的。他再次把帽子摘下，走过门厅，站在另一头的门口。在门厅旁一个黑黑的房间里，有一个女人躺在床上。在她周围跪着几个姐妹样子的女人，都围着黑色的长披肩。在一张桌子上，一支蜡烛在燃烧着。

躺在床上的女人眼睛闭着，手里握着一串玻璃念珠，她是死者。其中一位跪着的女人听到来人的声音便转过头来看他，然后又转头朝房间里比利看不见的一个地方看着。过了一会儿，一个男人一边穿着上衣一边走出来，很有礼貌地朝着站在门口的少年点了点头。

“你是哪位？”他问少年。

他是一个高个子白人，说着带有外国腔的西班牙语。比利退到一边，他们两人都站在门厅里。

“您的马刚才是不是拴在房子前面的？”比利提醒他。

这人立即身子不动了，他的外衣还挂在一个肩头。他看看比利又顺着门厅看过去。“刚才？”他重复着这个时间词。

比利发现博伊德守着马待在镇南头河边的一丛芦草中。

“什么人都能发现你在这里。”他对弟弟说。

博伊德没有说话。比利蹲在地上，把一根芦秆拿在手里折了又折。

“他是位德国医生。他有买马的单据，或者他说他有。他说他的单据是卡萨斯格兰德斯的一个名叫索托的中间商开的。”

博伊德一直握着那杆猎枪站着。此时他把枪重新插进了套子，侧着身子吐了一口。“嗨，”他说，“不管人家有什么单据，都比我们的多。”

“可我们有马。”

博伊德的眼睛越过马看着流淌的河水。“他们会开枪来打我们的。”他说。

“好了，”比利说，“我们走吧！”

“你走进去了吗？”

“是啊。”

“你都对他说了什么？”

“走吧，我们上这儿来不是为了好玩的。”

“你都对他说了些什么吗？”博伊德追问着。

“告诉他实话。告诉他他的马是印第安人偷来的。”

“他现在在哪里？”

“他骑上仆人的马顺河下去抓他们了。”

“他带枪了吗？”

“是的，他带着枪。”

“那我们现在干什么？”

“骑到卡萨斯格兰德斯去。”

“这在什么地方？”

“我也不知道。”

他们用两根绳子把凯诺前后腿都缚起来，又把狗与它拴在一起，都留在一片矮树林里，然后又合骑一匹马返回镇子。在镇子里，他们坐在一个满是尘土的广场地面上，看着一个瘦小的老者蹲在对面，用一根削尖的枝棍为他们在地上画一幅他们要去探寻的地区的地图。老者在地面上草绘着河流、山岬、印第安村庄及山岭等。他又开始画树、画房子、云彩甚至一只鸟。他甚至画出了少年骑手们两人同鞍的情景。比利向前倾着身子，一次又一次地问他们未来路线上某些路段的距离和所需要的时间。为回答此类问题，老者总是转过头去眯一眼他们立在路上的马，然后告诉他们所需要的小时数。整个这段时间里，都有四个身着老式褪色服装的男子坐在几尺外的一张长凳上望着他们。等到老者画完，他在地上的作品已经覆盖了一张地毯大小的面积。他站起身，用手背拍了拍屁股上的尘土。

“给他一个比索。”比利对博伊德说。

博伊德掏出钱夹，掀开盖拿出了一枚硬币。比利将这硬币交给老者，老者以一种斯文和庄重的神态接过来，他把帽子摘下再戴上，然后和兄弟二人都握了手。这位老者把钱装进口袋里，转身走过这个年久失修的广场，消失在街上，连头也没有回过。当老者走后，坐在长凳上的几个男子开始笑起来。其中一个站起来更仔细地看了看这张“地图”。

“这是一张鬼影图。”这男子说。

“鬼影图？”比利诧异着。

“是的，当然是的。”

“怎么会呢？”

“怎么会？因为那老头是个疯子，所以他画的是鬼影子。”

“疯子？”

“是的，一个十足的疯子。”

比利站起来看着这张图。“他画得不对吗？”他疑问。

这男子把两手朝上一扬。他说他所看到的至多不过是这地皮上的一点装饰物而已。但他又说，这还不是一幅好地图或坏地图的问题，而是所有地图的问题。他还说，在那个地区常有火灾、地震和洪水的破坏，因此一个人必须了解那个地区的实情，而不仅仅是地图上的标记。“而且，”他说，“那个老头最后 次去这些山里是什么时间？或者他去了别的什么地方？他画的图与其说是一幅地图，还不如说是一幅旅行图。但这是哪次旅行呢？又是什么时间呢？”

“一幅旅行图，”他说，“一次古老的旅行，过时的旅行。”

他不容置疑地挥起一只手，好像是为此议题下了结论。比利又看着其他三位坐在长凳上的人，他们的眼里也都闪着异样的光。因此他怀疑，自己在这里是否被当成傻瓜了。但是坐在长凳右边的人向前倾倾身子，弹了弹烟灰，对站着的人说，谈到旅行，肯定还有除了迷路之外的其他危险。他说，计划是一件事，旅途又是另一件事。他又说，轻视那个老头想引导他们的善意也是不对的，因为这种良好愿望也会在他们的旅途中给予他们决心和力量。

站着的那个人掂量着这些话，然后用他的食指在空中缓缓地画出一个扇形，仿佛是在把对方的言论全部擦去。他说，年轻的人很难去判断地图上可信的成分。他又说，不管怎么讲，一张坏地图不如根本没有地图。因为它会在旅行者心里产生一种错误信念，而这种错念会使得他们轻易抛弃自己的求生本能，而这些本能如果善加利用是可以引导和拯救他们的。他最后说按照一张错误的地图旅行等于招引灾难。说完，他用手指着地上的草图，好像是请大家来看看它的无用。坐在长凳上的第二个人对他的评论点头赞同，并说这张地图简直是愚蠢之作，简直糟透了，连那街上的狗都会在上面撒尿的。听到这话，坐在右边的那个人只是轻蔑地笑了笑，说就此而言，那狗儿以后还会在他们的坟头上撒尿呢，这又能算是什么理由呢？

那个站着的人又开口了。他说，为一件事辩论和为所有的事辩论道理是一样的。不管怎么说，我们的坟墓除了自己的简单方位之外是不会再作其他声言的，也不会告诉我们如何到达那里，而只是保证我们最终会在这里找到归宿。甚至于那些躺在被玷污了的坟墓里的人——不管是被狗还是其他什么方式所玷污——起码还会有更富于劝诫性的话语，一些帮你在这个世界上更好地生存的话语留给世人。听到这里，坐在长凳左边一直没有说话的人站起来了，他大笑着，做着手势让两个少年跟他过来。于是兄弟俩随着他一起走出广场，走到街上，把那几个辩论人留在了他们质朴的公园长凳聚会上。比利解开马，兄弟俩就站着听他向他们指点着东去的路径。他告诉他们在山里的一些界标，告诉他们这条路径终止在一个名叫拉斯拉马达斯的车站，他还特别叮嘱他们必须依靠运气或上帝的关爱来顺利渡过通往洛斯奥洛科尼斯的分水岭。他与兄弟两人握了手，微笑着祝他们好运。当他们问他去卡萨斯格兰德斯有多远时，他伸出一只手，把拇指弯在巴掌上说“四天”。他朝着广场上还在互相辩论的那几个人看了一眼，告诉兄弟俩说，他们当晚要去参加一个朋友的妻子的葬礼，他们的情绪都有些反常，请不必介意。他说根据他的观察，死亡非但不能让人们变得更加沉静和明智，反而常常会使人们把一些重大的结果归于琐细的小事。他问他们是不是兄弟，他们回答是的。于是他嘱咐他们俩在这个世界上要互相照应。他又朝着远山点点头说肖肖尼人[1]是有着好心肠的，但其他地方的人就很难说了。最后他又一次祝他们好运并吁请上帝和他们同在。说完，他退后几步，挥起手向他们告别。

在和这个人道别之后，他们便走下了这条路，走到河边，沿着河边的路一直走到他们拴马和狗的地方。博伊德骑上了凯诺。此刻他们两人两骑一狗，一起奔向河边的一个浅滩渡河。然后他们取道东去，向山里骑去。

但这条道很快便不像一条路了。在一开始它岔出河边时，

---

[1] 肖肖尼人：北美（尤其在美国西南及墨西哥北部）的一支印第安人部落。

它还有一辆四轮马车的宽度，而且不久前刚被用一棵桉树耙理、整平过，路边的灌木也都被清理过。可一旦这路远离了镇子，人们便不再关心这个路段的维护。他们发现自己已经骑在一条步行小径上，小径沿着一条干河谷一直通向山里。天黑时分，他们来到了一个小居民点，这里有一簇小茅舍，用桩子撑在一溜被石头加固的斜坡地上。他们选了这茅舍地的上方扎营。先把马腿缚起，又生了一堆火。在他们下方，透过矮松树和刺柏树可以看到一盏昏黄的房灯。不一会儿，当他们正用小桶煮菜豆时，一个男子手提着一盏灯走上来。他在路上便向他们打着招呼。比利立即移到他们倚枪的那棵树下，应声等他过来。他走到火旁站住了。他先看了狗一眼。

“晚上好。”他问候着。

“晚上好。”兄弟俩回答着。

“你们是美国人吗？”

“是的。”

他提起了灯，他看见了火堆那头站在黑地里的马。

“骑马的人呢？”

“除了我们没有别人。”比利答道。

这人的眼睛在他们那简陋的行装上游荡着。比利知道他是被差来请他们进屋的，但他谢绝了。他们之间没说上几句话，那人便离去了。他走回到路上，透过树空他们可以看到他边走边把灯提到自己脸前，把外壁上的玻璃罩掀起来，吹灭了火，然后摸黑走回了屋里。

第二天，他们所走的这条路已经把他们领进了深山，在高大的山脉西坡下面，绵延着巴维斯匹山谷。进山的小径十分恶劣。途中不时有被水冲坏的缺口，骑手们就只好下鞍牵马攀爬在曲折狭窄的干溪谷底，呈之字形向上迂回着。在好几处地方，路径像树枝一样分了岔，而正是这样的岔开处，对于行进方向的歧见也会穿过这片茫茫的松树和矮橡树林徘徊而去。那夜，他们在林间一片烧出的空地宿营。周围是空树干的骸骨及一些大圆石的身影。这些巨石在半个世纪前的一场地震中被震裂，带着它们的裂面沿山滚下。滚石的摩擦打出了火，把这一带的林木活活烧死。眼前，这些被截去树头或烧断树身的残干在暮光中显出一片死灰般的景象。在这暗淡的暮光中，一群小猫头鹰在这片被焚黑的林间空地上寂静地飞来飞去。

他们坐在火旁烧着晚饭，他们就着菜豆和玉米饼吃掉了最后的一块咸肉。他们裹着毯子躺在地上，感觉到清风在灰色的树桩间吹过，在他们身上拂过，但没有发出声响。猫头鹰在夜间发出鸣叫，它们那轻柔的叫声听起来那么像鸽子发出的含泪带水的咕咕声。

他们在这高山区域连续骑行了两日。一阵细雨飘落下来，天气变得很冷，他们只好把毯子围在身上骑行。狗迈着小碎步跑在前面，就像一个喑哑而愚钝的向导。马鼻中喷出的气息像羽毛似的散出白茫茫的一片。比利提议他们轮流骑这匹带鞍座的马，但博伊德说他愿意骑凯诺，不管有鞍还是无鞍。比利又提出把他胯下的鞍子换到博伊德的马上，但博伊德只是摇摇头，用脚跟夹了一下他那匹光背的马径自前行。

他们骑过了一个废弃的锯木厂，又骑经了一片点缀着黑色残树桩子的山坡草地。向晚，在太阳的余晖中，他们看到了在山谷的那头有一个废旧银矿的矿渣山。他们还看到，在银矿那些老式的机器之间，一个临时在柳枝搭成的茅舍里栖身的流浪矿工家庭正在废弃了的矿井中采矿。此刻，他们在晚饭的篝火前以各种年龄身材列队而立，注视着两骑手通过对面的山坡，纷纷用手挡在眼上遮住刺眼的阳光，就像是一群刚刚扎营的衣衫不整的士兵乌合在一起敬礼受阅。那天晚上，他用猎枪打了一只兔子。他们在落日时分东边被返照出来的一道长长的水平山光中停下马，就地生起篝火烤兔子吃。他们把兔子的内脏和骨头都扔给狗吃了。吃完，兄弟俩便坐着观火聊天。

“你觉得这些马知道我们在什么地方吗？”博伊德说。

“你说的是什么意思啊？”比利不太明白。

博伊德从火上抬起眼：“我的意思就是你认为它们知道我们在哪里吗？”

“这到底算个什么问题嘛。”比利觉得好笑。

“嗯，我想这是关于马的问题，就是它们知道自己在哪里吗？”博伊德一本正经地回答。

“嗨，它们啥也不知道。它们就知道自己在山里的一个什么地方。你是不是说，它们知不知道自己在墨西哥？”

“不是的。我是说如果我们还在佩伦西洛山或是什么别的熟地方，它们就会知道自己在哪儿。如果我们把它们放出去，它们自己会找到回去的路。”

“你是不是想问，如果我们在这里放它们自由，它们会不会找到回家的路？”

“我不知道。”

“那你在问什么？”

“我在问它们知不知道自己在哪里？”

比利注视着炭灰。“我不知道你到底在说些什么？”

“算了，不提这事了。”

“你是不是说，它们脑子会有一幅咱家牧场的图画？”

“我不知道。”

“就算它们脑子里有，它们也不见得能找到那地方？”

“我并没有说它们就能找到。也许它们能找到，也许找不到。”博伊德仍然固执着。

“反正它们不可能记得住全部的回路。”

“我也没说它们能，我只是认为它们能记住一些地方。”

“看来你知道的比我多。”

“我可没这么说。”

“不，你没说，是我说的。”

比利看着博伊德。博伊德肩上围着毯子坐在地上，他那双廉价的靴子交叉着盘在身前。“干吗不睡觉？”他问。

博伊德斜过身子朝火里吐了一口，然后注视着唾水在火中沸腾。“你干吗还不睡？”他反问着。

第二天早晨他们动身时，天还是灰白色，晨霭还在树间飘荡着。他们早早出骑，想看看这一天能给他们带来什么好运。不到一小时，他们就骑到了大峭壁的东缘。在这里，他们看到一轮红日像一个沸腾的大玻璃球，膨胀着，升华着，高昂着头挺出在奇瓦瓦大平原上，又把世界拉出了黑暗。

中午时，他们已经骑上了这个大平原。平原上生机盎然，脚下的草地是他们见过的最繁盛的，这里还有可爱的野燕麦和格兰马草。骑到下午，他们看见在极远的南方有一道细细的青翠的柏树围起来的屏障和大牧场的一道道细长的白墙。白墙在暑热中闪着光，远看宛如浮在地平线上的一艘白船，那么遥远和神秘。比利回头瞧瞧博伊德，看他是否注意到这个情景。但博伊德也在边骑边看，根本没注意到他的回头。这艘白船闪烁了几下便在热浪中消失了，然后再次出现在地平线上，甚至悬浮在空中。当他再次定神去看时，它竟然消失得无影无踪了。

傍晚，在长长的暮光中，他们下马步行，以便让马背透气凉快一下。不远处看见有一丛树木，于是他们再骑上马，向树丛走去。小狗在前面跑着小碎步，热得张嘴直喘，长舌头都耷拉到口外。渐渐黑下来的平原在他们四周下沉，显出蓝色的凉意。被他们抛却的山影退在远远的后方，在夜空下黑黝黝的，显得高深莫测。

天色已晚，但前方的树仍然透下一些天光。他们一行接近林中的那块空地时，把一群本来休息得很惬意的牛畜赶出了它们的憩息地。这群牛甩动着松弛的脖颈，迈着碎步，走进了黑暗，一路发出怨尤般的哞哞声。随后走进的马，嗅着空气，也嗅着这片被践踏的草地。他们骑进了树林。马儿放慢了步子，停下来，然后小心翼翼地走到外面的黑水潭边。

他们缚住伯德的马腿，又把凯诺拴在自己旁边，这样在他们睡觉时它可以守卫着不让牛畜靠近。他们已经没东西可吃，也就没有生火，只是蜷在毯子里，躺在地上。夜里凯诺吃草的时候，有两次它把拴绳挪到了他们身上。比利便起来把绳子从熟睡的博伊德身上拿开，再放到草地上去。他裹着毯子躺在黑暗中，倾听着马儿啮草的声音，细闻着牛畜醇厚的气息，过后又睡着了。

早晨，他们正裸着身子坐在沼泽的黑水里泡澡时，一伙牧人骑马过来了。他们在沼泽的那一头饮马。他们向这边点头道着早安，他们悠闲地骑坐在喝水的马背上，卷着烟，欣赏着周围的环境。

“你们要去哪儿？”他们喊问着。

“去卡萨斯格兰德斯。”比利答话。

牧人们点着头。他们的马抬起滴水的口鼻，不无平淡地看了一眼这两个蜷在水里的瘦弱的身体，然后又沉下头去喝水。马全部喝完了水，牧人们便祝他们二人旅途顺利，然后掉过马首，骑出沼泽，在骑出林子的时候，马儿们撒着欢小跑起来，一路穿过原野，向南朝着它们来的方向回去了。

他们用沼边的皂草把衣服洗了，然后把它们搭在一棵刺槐树上，有那么多刺钉着，风也不会把它们吹跑。他们的衣裤在这么多日山野里的骑行中已经磨得破烂不堪，但他们又无力去缝补。他们的衬衣磨得几乎透明了，比利的那件从后背中央还裂开了一个大口子。因为等衣服干，他们便把毯子铺在地上，裸着身子躺在三角叶杨树下，把帽子盖在眼上就睡着了。那群牛在这安静的时分又穿过林子走了回来，站在它们昔日的乐园边上看着这两位不速之客。

当比利醒来时，博伊德早已经坐起来，透过树朝外看着。

“那是什么？”比利问他。

“你看那边。”博伊德说。

比利坐起来，眼睛越过沼泽看去。那边有三个印第安小孩蜷在芦苇中观察他们。当他披着毯子站起来时，小孩们快步跑掉了。

“咱们的狗跑到哪儿去了？”

“我不知道，它应该在干什么？”

在树林那边可以看到有柴烟升起，还可以听到人声。比利把毯子围在身上，走过去取下树上的衣物再转回来。

这是些塔拉乌马拉族印第安人。像他们的祖先千百年来一样，他们至今还是个步行的民族。此时，他们正在返回锯齿山的路上。他们没有家畜，没有狗，也不会讲西班牙语。男人们只系着围下体的白色布裙，戴着草帽及一点其他的衣饰。而妇人和姑娘们却穿着色彩鲜艳的衣服，并配着多层的衬裙。一部分人脚上踏着带鞋帮的拖鞋，但大部分人打着赤脚。无论穿鞋的还是光脚的，他们的脚都形似棍棒，既短又粗，脚底部长着厚厚的膙子。他们简陋的行装都包在手织布的包袱里，所有这些包裹都摞在一棵树下，堆在一起的还有五六张白树条做的弓及同样数量的羊皮箭筒，里面插着用硬苇秆做的长长的箭。

在篝火旁忙着做饭的女人们淡漠地扫了一眼这两个白人少年。此刻他们已被邀来坐在空地的边缘，他们身上穿着刚洗过的破衣衫。一位老人和一个男孩在拉奏着他们自制的小提琴，男孩见到他们停住不拉了，而老人还继续拉着。塔拉乌马拉人在这一带生活了上千年，人世间历数不尽的事情在他们眼前穿梭而过。武装的西班牙人、猎人、捕兽人、西班牙的贵族和他们的妻室们、奴隶们以及逃犯、军队和革命者们，已死的和将死的。所有这些被目睹的事情被传下来，所有被传下来的又被记下来。这两个来自北方的，戴着过大帽子的苍白、瘦弱的孤儿对他们来说是容易招待的。他们和其他人隔开一点距离坐在地上，从烫得端不住的铁盘了里吃着　种印第安人的用玉米、肉、豆等合煮的食物，里面他们辨认出有南瓜子、螺丝豆和一点野芹菜。他们把穿着靴子的脚拉过来鞋跟对着鞋跟，把盘子架在两靴的内侧吃着里面盛的东西。在他们吃着这煮食的当儿，一个女人从火堆旁走过来，给他们从一个葫芦瓢里盛出来一种天知道是用什么东西做成的砖青色的胶质食物。他们坐在地上好奇地看着这东西。吃饭间没有饮料，也没有人说话。这个印第安部落的人皮肤很暗，几乎近黑。而他们的缄默和沉静表示着他们对这世界的看法：这是一个暂时的、偶然的、十分可疑的世界；他们对于外界的事物持一种小心的防范和审慎的吸收，好像他们看到过某种危险的结局。他们好像处在一种没有前途、没有希望的警戒状态，像是被困在不知厚薄的冰面上的人。

当兄弟俩吃完饭，他们向印第安人道谢并要起身离开。但对于他们的感谢，无人认可，也无人回应。在他们穿过林子骑出去时，比利回了一次头，但发现连小孩子们也没有在乎他们走与不走。一切都是冷漠的。

这群塔拉乌马拉人当晚又继续他们的返程。被腾出来的林间空地立即恢复了原先的寂静和空旷。比利提着猎枪，带着狗穿过草地走出去，他观察着沉浸在红色水平暮光中的这个乡野。那些精瘦的、泛着脂白色的牛畜从三角叶杨树和刺槐树的缝隙看过来，喷着鼻息，小跑着。除了一些飞来饮水的小斑鸠，这里没有什么猎物可打，但他又不值得为这些小东西浪费子弹。他站在平原上的一个小高地上，看着太阳沉到西山背后。暮色中他空手无获地走回了营地。第二天早晨，他们找回马，给伯德又上了鞍，接着走他们的旅程。

他们在后半下午时到达了华雷斯居民点的摩门教居住地。他们骑过果园，骑过葡萄园，从树上摘了一些苹果塞进衣兜里。在这里他们从窄窄的木板桥上骑过卡萨斯格兰德斯河。在这片小居民点他们看到了有着粉刷过的护墙板的整齐的房子，小街两侧点缀着苍翠蓊郁的树木。居民的房屋都配着果园、草坪，并围着白色的尖桩栅栏。

“这是个什么地方？”博伊德问比利。

“我也不知道。”

他们向前骑到了街路的尽头。接下来便是窄窄的泥路，当他们顺路转弯时，发现自己又进入了沙漠之中，好像方才看到的那座美好小镇不过是一场短梦而已。晚间，在通往卡萨斯格兰德斯的路上，他们经过了古代土城奇奇麦卡的断壁颓垣。这儿，在那些土建院落的迷宫中，不时可见那些占地者[1]们点起的火堆。这些占地人起落着，移动着，火光在暮色中把他们的影子歪歪斜斜地投放到那些废墟上，就像是些喝醉了的管家的影像。月亮也在这座废城上升起，照亮着那阶梯似的城垛，照着无顶盖的地窖和地穴式炉灶，照着畜栏的矮土墙，照着黑乎乎的玩球场子，那儿有夜鹰在盘旋觅食，月亮也照着那早已经平硬了的灌溉水沟，沟里有一些古时的陶器和石器，与它们当时制造者的遗骨一起埋在这破碎的沟底泥块中。

他们越过了墨西哥东北铁道的高路基铁轨，进入了卡萨斯格兰德斯。他们骑过车站，骑上街道，在一个小饭店门前拴好马便进去了。在天花板一个插座上的灯把明亮的黄光投在饭桌上，这还是他们自阿瓜普列塔美国边境以来所看到的第一盏电灯。他们在桌旁坐下，博伊德摘下满是油污的帽子，索性放在地上。饭店竟看不到一个人。过了一会儿，一个女人从挂着帘子的后门里出来，走过来站在他们桌旁看着他们。她既没有拿着写饭菜的便笺，也没有提供点菜的菜谱。比利问她是否有牛排，她点头说有。他们点菜后便坐着等待。从饭店的小窗口看出去，黑下来的街道上站着他们的马匹。

---

[1] 占地者：依法在公地上定居，以图获得对该地所有权的人。

“你觉得怎么样？”比利问博伊德。

“你指的是什么？”

“这一切。”

博伊德摇了摇头，没有说话。他的细长腿懒懒地伸在前面。在街道对面，一个孟诺派教徒家庭走过几家灯光暗淡的店面。他们穿着工装裤，跟在后面的女人穿着日晒褪了色的宽大的长袍子，提着赶集用的篮子。

“你没有在跟我闹别扭吧？”比利问。

“没有。”

“那你在想什么呢？”

“没想什么。”

“好吧。”

博伊德望着外头的街道。少刻，他转过头来看着比利。“我想这件事也太容易了点。”

“哪件事？”

“凯诺呗！我们朝那边一走就找到了它，还带了回来。”

“是啊。可能是太容易了些。”

比利清楚，只有把马带过了国境线才能算是把马找回去，而这事并不容易。但他没有讲出来。

“你什么也不相信。”比利说。

“不信。”博伊德倔强地回答。

“事情在变。”

“我知道，只是有的事情而已。”

“你什么都担心，但那样也改变不了什么，是吧？”

博伊德还是坐着看街道。两个骑马的人穿着像是乐队的服装从街上款款而过，他们经过拴在小饭店门前的两匹马时都不由得瞥上一眼。

“是吧？”比利又重复问了一句。

博伊德又摇了摇头。“我不知道，”他说道，“我不知道如果我不去担心，事情又会变得怎么样。”

那夜，他们在离铁路不远的一片满是尘土的野草丛里过夜。天亮后，他们在一个灌溉渠里洗了脸，然后又骑回镇子，在同一家饭店吃早餐。比利问女店主是否知道一个名叫索托的牲口中间商的办公处，但她不知道。这早，他俩把几乎所有剩下的钱都花了，吃了一顿大餐。有鸡蛋、“口利佐”香肠，还有小麦粉做的不发酵的面饼，这是他们以前在这个国家没有见到过的面食。饱餐之后他们走出饭店，跨上马在镇子里骑着。索托的办公处其实不远，就在饭店南边三个街区的一幢砖房子里。比利注视着砖房玻璃中街道对面的两个骑手缓缓通过的映像。那是两匹枯瘦的老马，仿佛由一堆碎片拼成，它们低头弯脖地通过那有变形魔力的窗格玻璃。但他看到玻璃窗上也出现了他们那条怪怪的残废狗时，他突然意识到：在这个令人讨厌的行列中打头的正是他自己。接着他看到玻璃中，骑手头顶现出的字母写着“牲畜交易商”，再往上一行是“索托和吉利恩事务所”。

“你看那边。”比利说。

“我看见了。”博伊德应道。

“你看到了为什么也不说什么？”

“我这不是在说嘛。”

他们骑坐在马上停立在街上，狗坐在泥地上等着。比利侧过身子吐了一口，回头看着博伊德。

“你愿意我问你一件事吗？”比利说。

“问吧。”

“你这脸到底要绷到什么时候？”

“到我不绷为止呗！”

比利无奈地点点头。他看着他们在玻璃窗里的映像，他好像不能解释他们为什么会在此处出现。“我想你会这么说的。”他对博伊德说，但博伊德完全没有注意到这话。他看到比利在注视着玻璃窗上映出来的这一对破落流浪汉和他们的瘦马相配的生动场面，这人这马都扭曲在牲畜交易商的玻璃窗的迷格子里面，还有那条跟在脚后的哑狗。他也朝着玻璃点着头。“我也在看你看的东西。”他说。因为房子里没人，他们又回来过两次，直到看见里面有人。比利让博伊德照看好马。“别让人家看到凯诺。”他说。

“我又不是不懂。”博伊德答道。

比利穿过街道走到砖房前。他抬起一只手遮住玻璃上的反光向里面看着。这是一间老式的办公室，有着深色的涂了清漆的护壁镶板装饰，深色的橡木家具。他推开门进去。在他关门时，门上的玻璃嘎啦嘎啦响了两下。坐在桌旁的那位先生抬头看着他。那人正握着一部带底座的老式电话机的听筒说话。“好，”

他说，“好。”他一边向比利眨眨眼，一边抬起一只手对比利做了个手势让他过来。比利摘下他的帽子。

“是的，是的，好，”这位交易商说着，“谢谢。非常感谢您。”他把听筒放回到底座上的托架上，把整部电话机推离面前。“好啊！”他骂着，“混蛋，真不知羞耻！”他看到少年进来，便说：“请进，请进。”

比利拿着帽子站着。“我找索托先生。”他说。

“他不在。”

“他什么时候回来？”

“全世界的人都来找他。你是谁？”

“比利·帕勒姆。”

“那是谁？”

“我是从新墨西哥州的克洛弗代尔来的。”

“是真的吗？”

“是的，先生。”

“那你找索托先生有什么事吗？”

比利把他的帽子在手里转了一下。他向窗子看去，这个人也和他一起看过去。

“我是吉利恩先生，”他说，“也许我能帮助你。”

他把吉利恩发成了吉眼，他等着比利说话。

“是这样的，”比利说，“你们卖了一匹马给一个名叫哈斯的德国医生？”

这人点着头，焦急地等着少年把这故事展开。

“我正在追寻这个卖给你们马的人，他可能是一个印第安人。”比利说。

吉利恩坐在椅子上向后仰去，用手指敲着自己的下齿。

“这是一匹去了势的深色红棕马，大概有十五手半[1]高，你们可能会叫它深棕马。”比利形容着。

“我熟悉这匹马的情况，你不用介绍。”这人说。

“但你们可能会卖给他不止一匹马。”

“是的，我们可能会，但我们并没有那么做。你为什么对这匹马感兴趣？”

“我并不怎么关心那匹马，但我要抓到那个卖马的人。”

“街上的那个人是谁？”

“什么，先生？”

“街上的那个男孩？”

“那是我弟弟。”

“他干吗在外面？”

“他在外面待着挺好。”

“你干吗不带他进来？”

“他没事的。”

“让他进来嘛！”

比利看看窗外，他只好戴上帽子走出去。

“我还当你是在看着马呢！”比利说。

---

[1] 一手宽约四英寸，是马场测量马高度的用语。

“它们就站在那儿。”博伊德说。

两匹马立在一个小巷子里，被缰绳拴在一根电线杆上的大钉子上。

“那可不是个存马的好办法。”

“我又没有丢开它们，我就在这里。”

“那人看见你在外面。他想让你进去。”

“进去干什么？”

“我没有问他。”

“你不觉得我们还不如离开这儿去赶我们的路吗？”

“没什么关系的。来吧！”

博伊德朝着代理商的窗户看去，但由于太阳光的反射他看不见里面的东西。

“走吧，”比利说，“如果我们不进去，他会乱想的。”

“他已经乱想了。”

“不，还没有。”

比利看看博伊德，又看着街那边的两匹马。“那两匹马看起来挺可怜的。”他说。

“我知道。”博伊德应着。

比利站在那里，两只手叉在工装裤的背后，用靴子跟踩着街上的泥块。他又看看博伊德。“我们骑得那么辛苦不就是为了来见这个人吗？”他说。

博伊德低头朝自己靴间吐了一口说：“那好吧！”

当他们俩进办公室的时候，吉利恩抬起眼。比利为弟弟拉住那弹簧门，博伊德走了进去。他没有摘下帽子。那位牲口商仰坐着打量着他们两人，一个一个地看着，好像他是被授权来判定他们兄弟的血缘关系似的。

“这就是我的弟弟博伊德。”比利说。

吉利恩打手势让博伊德走上前来。

“他有点担心我们的这个样子。”比利解释着。

“让他自己说说他的担心吧！”吉利恩讲。

博伊德把两个拇指插在腰间的皮带里，仍然没有摘下头上的帽子。“我并没有担心我们的样子。”他说。

这位牲口商人又重新打量着博伊德。“你是从得克萨斯来的？”他问。

“得克萨斯？”博伊德反问。

“是的。”

“你是从哪儿得到这个想法的？”

“你不是从得克萨斯来这里的？”

“我生来还没有去过得克萨斯呢！”

“那你是怎么认得哈斯医生的？”

“我根本不认识他，从来没见过那个人。”

“那为什么会对他的马感兴趣？”

“那根本不是他的马，那马是印第安人从我们牧场偷去的。”

“是你父亲叫你来墨西哥找这马的？”

“他没有叫我们来什么地方。他死了。他们用猎枪打死了他和我妈妈，然后偷走了马。”

牲口商皱起了眉头，他转向比利。“你同意这个说法吗？”他问。

“我和你一样，”比利说，“就等着听下面的事情。”

牲口商又将他俩打量了好长时间。最后他说，他之所以能干到目前的这个位置，就是通过到处去做马的交易。既在他们的国家，也在他自己的国家。他像所有干这行的人一样学会了如何去重现这些人的历史。他和这些人的来往主要就是要帮助他们做出选择。他说，他很少出岔子，也很少碰到意外。

“所以你们对我说的事情是荒谬的。”他说。

“哼，”博伊德不以为然，“随便你怎么想吧！”

牲口代理商在椅子里微微地转着身子。他又用手敲着下齿并看看比利。“你兄弟认为我是个傻子吧？”

“是的，先生。”

代理商扬起了他的眉毛。“你同意他的看法？”

“不，先生。我不同意他的看法。”

“你怎么会相信他而不相信我。”博伊德对比利抱怨着。

“谁能不相信我呢！”代理商得意扬扬。

“我看，你就喜欢听别人说谎。”博伊德反唇相讥。

代理商说是的，他是喜欢如此。他说干他这一行就得习惯这个。他看着比利。“还有另外的事，”他说，“其他的什么事，该是什么事呢？”

“我知道的就是这些。”比利答复。

“但是我们并没有全部谈完。”

他看了看博伊德。“是吧？”他问道。

“我不知道你要问我什么？”博伊德回答。

代理商笑着。他费力地从椅子上站起来，他是一个小个子的男人。他走到一个橡木档案橱边，拉开一个抽屉，翻弄了一阵，然后拿过一个文件夹，坐下来把夹子推在桌子上，在眼前打开。

“你看得懂西班牙文吗？”

“是的，先生。”

代理商用食指查找着那份文书。“那匹马是在3月2日的拍卖会上买的。这是二十三匹马的一次成批购买。”

“谁是卖主？”

“巴比科拉。”

代理商把打开的文件夹转了一下推给比利。比利并没有去看它。“什么是巴比科拉？”他问道。

代理商抬起他那乱蓬蓬的头发。“什么是巴比科拉？”他重复着少年的问题。

“是的，先生。”

“这是一个牧场，归你们的一位同胞所有，一位名叫赫斯特的先生。”

“他们卖出很多的马吗？”

“是的，但没有他们买进的多。”

“他们为什么要卖这匹马？”

“谁知道？但去了势的马在这个国家是不太受欢迎的。你们可能会把这叫作偏见吧，我想。”

比利眼睛朝下看着桌上的销售合同。

“请吧，”代理商说，“你可以看一下。”

比利拿起了文件夹，眼睛扫视着在批号4186项下的马的名单。

“什么是杂种狼？”比利问他。

代理商耸着肩膀。

比利用手翻着夹子里的纸页，眼睛扫视着那些马情介绍：“小杂种”“杂种褐色马”“栗色马”“火烧栗色”……有一半的马色是他从未耳闻过的。母马、公马、去势马、小马……他看到一匹马的记录好像是他家的尼诺，然后他又看到另一匹也像尼诺。他合上文件夹，把它放回到代理商的桌前。

“你怎么想？”代理商问他。

“什么我怎么想？”

“你说过你来这里是因为卖马的人，而不是因为马本身。”

“是的，先生。”

“也许你的朋友是为赫斯特先生工作的，有可能吧？”

“是的，先生，那有可能。”

“在这么大的墨西哥想找到一个人不是那么容易。”

“是不容易，先生。”

“这蒙特牌戏[1]的赌注太大了！”

“是的，先生。”

[1] 蒙特牌戏：起源于西班牙的一种纸牌赌博游戏。

“一个人是很容易消失的。”

“是的，先生。”

代理商坐在那里，用食指轻叩着椅子的扶手，就像是一名刚退休的报务员。“还有呢？”他问，“还有什么吗？”

“我不知道。”比利答道。

代理商向前俯在桌上，他看着博伊德，又朝下看着博伊德的靴子。比利也随着他的目光，他是在寻觅靴刺皮带上的擦痕。

“你们已经离家很远了，”他说，“这还用说吗？”他看着比利。

“是的，先生。”比利应道。

“给你们一个忠告吧，我觉得有这个责任。”

“好吧。”

“回到你们自己家去。”

“可我们连一匹马都没能找回去。”博伊德有些着急。

比利看着弟弟，他一直都没把帽子摘下来。

“你为什么不问问他，为什么他想要我们回去？”博伊德真急了。

“我来告诉你他为什么这样说，”代理商接了话，“因为他知道一些也许你们不知道的事。过去的事已经发生了，你是无法去纠正的。你别觉得别人都是傻瓜。你们待在墨西哥没有什么必要。想想看吧！”

“我们走。”博伊德不愿听他这番忠告。

“事情已经比较清楚了。我也不知道真相到底是什么。我不是个吉卜赛算命人，但是我看到会有大麻烦，很大的麻烦！你应当听你哥哥的话，他比你大。”

“你也比我大。”博伊德不耐烦了。

代理商无可奈何地向后仰坐着。他转过来看着比利。“你兄弟太年轻了，他竟然相信过去的事还没有过去，”他说，“他相信过去的不义的事情在等着他的良方来整治。或许你也相信这个？”

“我没什么看法，我就是来这边找马的。”比利说。

“但是能有什么良方呢？能有什么良医可以医治那不治之症呢？有什么良医看到会有预见的结果呢？又有哪一种行动会承诺一个乐观可知的前景呢？”

“我曾经离开这个国家一次，”比利又说，“并不是什么前景把我又带回这里的。”

代理商把两只手伸到面前，一只在上，一只在下，之间留有距离，好像他握着一个看不见的盒子，里面装着一个看不见的东西。“你们根本不知道你们触动了一个什么东西，”他说，“没有人会知道，没有什么先知可以预见。一个行动的后果和一个人的意愿经常是不一致的。你们必须确信你们心中的目标要大得足以承受一切不利的转折，所有的失败。你们看到了吗？并不是所有事都值得付出如此的代价。”

博伊德已经走到了门口。比利转过身来看着他，又看看代理商。只见吉利恩用手背在空气中挥了一下。“好了，好了，”他说，“走吧。”

在街上，比利回头去看代理商是否在窗户上看他们。

“别回头看，”博伊德说，“你知道他在看我们。”

他们向南骑出这座小城，骑上去圣迭戈的路。他们闷闷地骑着。

那条喑哑且患有脚疼的小狗在他们面前一会儿小步疾跑，一会儿常步行走，交替着姿势在这正午无荫无蔽的路上疲行着。

“你知道他说的是什么吗？”比利问。

博伊德在光背的马上稍稍转了一下身子，回头说：“是的，我知道他说的是什么。你呢？”

他们骑经了这座城市南边的最后一个小居民点。在他们经过的田地里，男人和女人们在灰色的、脆干的棉秆之间摘着棉花。他们在路边的一个灌溉水沟里饮了马，并解开鞍带让马痛快地喘息。在这片缀锦似的田地上，他们看见有一个男子正在使唤一头牛来翻地。那部单人犁的轭杆是直接套在两只牛角上的，这部犁几乎是古国埃及的文物了，它简单得就跟一截树根差不多。马喝完水他们继续骑行。比利偶尔转头看看骑后的博伊德。他在无鞍的马上显得那么瘦削，而他投在路上的影子就更显瘦长。那匹在道路上重步践踏的瘦高浅黑马，甩着瘦骨嶙峋的长拱脖子，在头马扬起的尘土中斜行着，显得比比利自己骑的加鞍马更加真实。时近傍晚，他们在路的坡顶停住马，眺望着眼前这片暗下去的凸凹不平的大地。灌渠的闸门早已洞开，把水输满这块新犁的土地。积水在一道道的犁沟中映着晚霞熠熠反光，像是新抛光的金属杆做成的格栅铺展开去，也像是古代的一扇硕大城门倾倒在沟边杨树林的那侧，在鸣啭的暮鸟旁。

不多时，他们在这条晚间的道路上超过了一个赤脚步行的女孩。这女孩头顶一个大布包，布包的两侧垂下来，就像是一个大大的软帽。当他们嘚嘚地慢骑而过时，她不得不转过整个身体来看他们。他们向她点着头，比利还对她道了晚安，她也回谢了一句。他们接着又朝前骑。骑了一小段路，他们到了一个地方。这里，灌渠中溢出的水积在路旁的条沟里。他们下了鞍，牵着马沿着沟边走，然后坐在一丛草中，欣赏着笨鹅呆板地蹒跚在黑沉沉的田野上。那女孩沿着路走上来了。起初他们还以为这女孩正在哼唱着一支歌，但仔细一听，她却是在哭泣。当又看见马时，她停住了步子。马儿也抬起了头朝着路上看。她继续行走，马儿也低下头继续喝水。当他们牵马回到路上时，看见她那娇小的身影在远远的前方几乎是静止不动的。他们又骑上马向前快骑。少时，他们又一次赶上了她。

比利把马骑到路的西侧。这样，如果他从她身边骑过对她说话时，她就必须把脸转向西边，在晚光中回答他。但是当她听到身后有马蹄声时，她根本就没有转头。即使她答话了，他也没有听见。他们还是向前骑着。又过了大约一百码的样子，他实在沉不住气了，便停住马，下了鞍，站在了路上。

“你要干什么？”博伊德问他。

他朝后面看看那女孩，她已经停在路上。她似乎无路可走了。比利转回身，提起了靠近的那个马镫子把它挂在鞍韂上，然后检查着鞍带。

“天已经黑了。”博伊德提醒他。

“是黑了。”比利应道。

“那我们走吧。”

“我们要走的。”

那女孩又开始前行。她慢慢地挪着步子，尽量走在路的另一侧。当她走到跟前时，比利问她要不要骑马。她没有回答，只是在大布包下摇着头，反而加快了步伐。比利看着她走去。他抚摸着马颈，拿起缰绳，开始牵着马在路上走。博伊德坐在凯诺背上看着他。

“什么东西缠住你了？”博伊德问他。

“你说什么？”

“为什么叫她来骑马？”

“那有什么不对吗？”

博伊德打马上前，骑在他哥哥的身边。“你要干什么？”他又问着。

“遛遛马呗。”

“你到底是怎么了？”

“我没怎么了。”

“那你要干什么？”

“我就是要牵着马走。就像你骑着走一样。”

“不，你不是的。”

“你害怕女孩子吗？”

“害怕女孩子？”

“是的。”

比利抬起头看着博伊德，但博伊德只是摇摇头继续往前骑。

女孩的瘦小身影已经隐没在前方的黑暗之中。野鸽子在向路西侧的田野里飞着。尽管天黑得什么也看不见了，但他们还是能够听到它们在头顶飞过的声音。博伊德在前面骑了一阵便停在路上等着。过不多时比利赶了上来。他已经又骑上了马。此刻他们并肩骑着。

他们骑出了这片水浇地，又骑经了一个扎在路边树丛中的用泥和树枝搭起的小茅屋。那儿有一盏橘黄色的小油灯微弱地亮着。他们想，这儿可能就是那女孩住的地方。但他们意外地又一次在前面的路上碰见了她。

此时天已经是漆黑一片。他们骑过她的身边时，比利放慢了马，问她是否还有很远的路要赶。她迟疑了一会儿，然后才说她没有多远了。比利提出来他可以替她把大布包放在身后马背上驮着，让她在旁边跟行，但她很有礼貌地谢绝了。她用西班牙语称他为先生。她又看了看一边的博伊德。比利突然想到，她本来可以藏在路旁的矮树丛中的，但她并没有那样做。他们又向她道了晚安后继续骑行。

过了不多时候，他们在路上遇上了两个骑马的人。这两人是反方向和他们对骑的，他们在黑暗里简单地对兄弟俩打了个招呼便骑走了。比利勒住马看着他们离去，博伊德也在他身旁停住马。

“你是不是和我在想同一件事？”比利问。

博伊德坐在马上，两只前臂交叉地搭在马鞍前鞒上。“你想等等她？”

“是的。”

“好的。你觉得他们会欺负她吗？”

比利没有立即回答。马儿站在原地扭动着身躯。过了一会儿比利才说：“我们在这里等她一分钟，等她过来了咱们再走。”

但是一分钟过去了她没有出现，十分钟过去了，三十分钟过去了，依然不见她的影子。

“我们回去。”比利说。

博伊德侧身慢慢地朝路上吐了一口，也掉转马头。

他们向前骑了大约一英里，忽然透过坚硬的灌木枝子看到前面某处有火光。道路在这里打了弯，那火光也随之慢慢转向右方，然后随着道路弯回火光也转了回来。又走出了约半英里，他们停住了马。现在看得比较清楚，那火是燃在路东侧的一小丛橡树林里。火光被黑色的树盖挡住，树盖下有人影在前后移动着。一匹马在那边的黑处嘶叫着。

“你想怎么做？”博伊德问。

“不知道，让我想想。”

他俩坐在马上在黑暗中站着。

“你想好了吗？”

“我想没有别的办法，只有骑过去再说。”

“他们会知道我们抄了回来。”

“我知道，但只有这样了。”

博伊德透过树看着火光。

“你想怎么办呢？”比利问他。

“如果我们必须过去，那就过去。”

他们双双下马牵着走。那狗坐在路边望着他们，随后也爬起来跟了上去。

他们走进了树下的那片小开阔地。那两个人正站在火堆另一边看着他们走近。看不见他们的马。那女孩两腿蜷缩在身下坐在地上，两手抓着腿间的布包。当她看见他们时，却将眼睛转开看着火堆。

“晚上好。”比利打了个招呼。

“晚上好。”那两人回答着。

兄弟俩牵马站着。没有人邀请他们上前。他们的狗一接近火堆便怯怯地停下了，然后微微地后退着，站下来等着。那两个男子盯着他们。其中的一个在抽烟，只见他把烟递上嘴唇，轻轻吸了一口，然后向着火堆吹出一股稀薄的烟流。他用手画了一个圈，手指头朝下指着。他要他们把马牵开，牵到后面的树林里。“我们的马也在那边。”他说。

“我看这样子挺好。”比利回答。他站着不动。

那人说这样不好。他说他不希望他们的马弄脏了他们晚上睡觉的地方。

比利看了看这个人，又微微转身看着他的马。在马的一双大眼睛的黑色瞳仁里，可以看到两个男人和一个女孩的轮廓燃烧在漂移不定的火光中。这三人的形象在瞳仁里被弯曲着，就像是一个玻璃镇纸器里的三件一组的雕刻。他从身后把缰绳递给博伊德。“把它们带远点，”他嘱咐着，“别给伯德卸鞍，别松开肚带，也别把它们和他们的马放在一起。”

博伊德牵着马从比利面前过去，又经过那两个人，走进暗暗的林子。比利走上前去向他们点着头，把帽子稍稍向后推了推。他站到火堆旁先看了看火，然后转头看着女孩。“你好吗？”他对她说。

但她没有回答。他的眼睛越过火堆看过去，方才抽烟的那个人正蹲坐在自己的靴跟上，正用他那双湿煤色的黑眼睛透过火堆散发出来的热曲线在注视着他。在他身旁的地上，放着一个用玉米穗轴塞住口的酒瓶子。

“你们是从哪里来的？”那人问他。

“美国。”

“是得克萨斯吗？”

“新墨西哥。”

“新墨西哥，”那人说，“你们要到哪里去？”

比利看着那人。他的右前臂弯过前胸，正好托住了他的左臂肘弯，这样他的左前臂可以夹着烟在身前竖直挺立，在这种地方显现出一种奇特的正规与可笑的典雅。比利又看着女孩，再看看火堆那边的那个人，对他的最后问题未予理会。“我们丢了一匹马。”他说，“我们在找它。”

那人也没有应声。他用两指夹着香烟，抖动着手腕弹烟灰，就像鸟嘴下啄般敏捷。他又吸了一口烟，然后又把香烟高高举起。博伊德从林子里走出来，围着火转了一圈站下了。但那人根本不看他。他把烟蒂扔进火里，然后用两手抱住膝盖，以一种几乎察觉不到的动作前后摇晃着。他用下巴向比利努了一下，问他是不是跟过来想看看他们的马。

“不是的，”比利说，“我们的那匹马很特别，我们根本不用什么光亮就能认出它来。”

但当他这话一说出口，比利就意识到，他对那个人的下一个问题已经做出了提前的可能回答。他看看博伊德，博伊德也感觉到了这一点。那个人一边抱膝摇晃着，一边用眼睛审视着他们。“那么你们想干什么？”他质疑着。

“没什么，”比利说，“我们没想干什么。”

“没什么。”那人重复着这个词，仿佛是在咀嚼它的味道一样。他把下巴朝一侧微微一撇，就像一个人在思忖着可能发生的事情时的表现一样。他在想，两个骑马人在一条黑路上迎面遇见另两个骑马的，再往前骑又遇到一个步行的——可以肯定，在这种情况下，那另两个骑马的早已经在路上看见并超过了那个步行的人。这不是明摆的事情吗？他的牙齿在火光中反着光，他从牙缝里剔出一点什么东西来，查看了一下又把它吃了进去。“你多大了？”他问。

“问我吗？”比利反问。

“还有谁？”

“十七岁。”

那人点着头。“这女孩有多大？”

“我不知道。”

“那你觉得呢？”

比利看了一下女孩，她坐在那儿两眼直视自己的腿膝。她看上去大概有十四岁吧。“她很年轻。”比利说。

“很年轻。”那人重复着。

“可能也就是十二岁吧。”比利故意再说小点。

那人不以为然地耸着肩膀。他伸手从地上拿起酒瓶子，拔出瓶塞喝着，然后手握着瓶颈坐在那儿。他说，如果这些女孩到了流经血的年龄，她们也就到了能杀生的年龄。说完，他把酒瓶子举过肩头，站在他后面的那个人立即上前接过瓶子喝酒。在外面的路上听到有马经过的声音，狗立即站起来倾听。但骑马的人并未停步，马蹄在干泥巴路面上悠然的嘚嘚声渐渐远去，那狗又卧下了。后面站着的那个人又喝了一口酒，然后把瓶递回去。为首的那个人接过瓶子，用手掌根把瓶塞推进瓶颈，用手掂着酒瓶子。

“想喝酒吗？”他问比利。

“不，谢谢。”

他又用手掂了掂瓶子，然后从下手方向越过火堆扔出瓶子。

比利接住瓶子并看着那人。他又把瓶子举到火光下，麦斯卡尔酒的黄色液体在瓶内翻滚着，激起了一道道烟雾似的缓流，瓶底有一条入药的死虫，它蜷曲的躯体，绕着瓶底缓缓漂移着，像是一个游荡的小小胎儿。“我不想喝酒。”他说。

“喝！”那人几乎是命令着。

他又看了看酒瓶子，玻璃瓶上的油手印在火光中闪着亮。他看了看那个人，然后把瓶塞扭出了瓶口。

“去把马牵过来。”他对博伊德吩咐道。

博伊德从他身后上了一步。那人盯着他：“你要上哪儿去？”

“快去！”比利命令道。

“那小子上哪儿去？”

“他不舒服了。”比利应付着他。

博伊德跨过空地，向林子走去。小狗站起来目送着他。那个人又转过身来看着比利。比利举起瓶子开始喝酒，他喝了一口，放下瓶子。泪水从眼里涌淌出来，他用手臂去擦了一下，看了看那个人，又举起瓶子喝了一大口。

当他再次放下酒瓶时，里面差不多空了。他大口吸着气并去看那个人，但那个人正盯着女孩。她已经站起来并朝着林子那边看。大家都可以感到地面的颤抖。那人站起来转了个身。在他身后，第二个人已经从火旁跑开，一边跑一边抬起双手，做出一种无声的告诫。他是想控制住他们那两匹已经从林子里出来的马。两匹马扬起头，侧踏着小步，以免踩在拖地的拴马绳上。

“妈的！”那个人骂着。比利即刻扔掉瓶子，把瓶塞抛进火里，伸手抓住女孩的手。

“快走！”他对女孩说。

她迅速弯下腰，抓起地上的布包。博伊德已快步从林中骑出来。他弯腰俯在凯诺的脖子上，一手握着比利骑的伯德的缰绳，一手抓住那支猎枪，又用牙咬住自己马的缰绳，活像是马戏团里的神骑手。

“快走！”比利发出紧急的嘘声，而女孩早已抓紧了他的手臂。

博伊德纵马几乎从火堆上跃过。接着他勒住凯诺，让它跺着脚，眼珠子狂暴地转动着。博伊德又用牙咬住缰绳，用手把枪扔给比利。比利接住枪，抓住女孩的胳膊肘把她甩上马背。那两个人的马此时已经消失在营地南边的黑沉沉的平原上。那个扔给他酒瓶子的人此时也从一个黑地返身过来，左手拿着一把长长的尖刀。气氛极为紧张，除了马的喘息声和跺地声，别无声响。没有人说话。那狗躲在马的后面,不安地转着圈子。“我们走！”比利急催。女孩已经及时地坐在了马鞍的后鞒上，紧靠着铺盖卷儿。比利从博伊德手中抓过缰绳甩过马头，用另一只手竖起猎枪，像端一把手枪似的。他也不记得这枪装了子弹没有。灌到胃里去的麦斯卡尔酒像可怕的梦魇开始发作了。他一脚踩进马镫子，那女孩立即娴熟地俯下身子，紧贴着马的一胁。他把右腿甩过女孩的身体，然后拉锅般地来回动腿坐稳。那个人已经扑了上来，他立即用枪管戳向那个人的胸膛。那个人躲过这一击并伸手去抓缰绳，但马惊跳起来，比利接着从马镫里抽出一只脚向那人踢去，那人连忙低头躲过，同时一刀划在比利的腿侧，连裤子带靴筒一起划开。比利急忙用缰绳把马拉开并双脚夹马跃出去。那人又扑向坐在马尾的女孩，但只抓着一把撕裂下来的衣衫。伯德载着他们二人咚咚地跑过一片低草的洼地，跑上大路。那里，博伊德正坐在焦躁不安的凯诺背上，在星光下等着他们。比利勒住马，马被迫来了一个蹲伏，然后扬起了头。比利隔着肩头问女孩："你没事吧？"

"是的，没事。"她低声说着。她前倾身子压在那个大布包上，两手伸出去抱着他的腰。

"我们走吧！"博伊德说。

他们沿着这条路两骑并列朝南狂奔，哑狗在后面紧追不舍。当晚没有月亮，但荒郊里星星满天，星光把骑手们的淡影抛向路面。十分钟之后，比利酒力大作，站在路边双手抓膝，朝着河边的草丛呕吐起来。博伊德坐在马上用缰绳替比利牵住马。哑狗从黑暗中跑上来呼哧呼哧直喘气，两匹马看着比利的恶相，在路上踏着步子。比利抬起头来，用水擦着一双泪汪汪的眼睛。他转头看看那女孩，她坐在马上几乎是半裸着身体，两条光腿垂挂在马后腿的两侧。比利吐了一口，用衣袖擦着嘴巴，又看看自己的靴子。然后他坐在路上，把那只被割破了的靴子拔下来看着自己的小腿。皮肉没伤，他便把靴子套上，站起身来，捡起放在地上的猎枪走回马旁。被划开的裤腿在脚踝周围摆动着。

"我们得赶快离开这条路，"他说，"他们用不了那么长时间就能找到他们的马。"

"你受伤了吗？"博伊德问他。

"我没事儿，走吧。"

"我们来听一下。"

他们静听着。

"这条该死的狗喘气声这么大，你什么也听不到。"

“再听一下。”

比利拿起缰绳把它们提过马头，然后把一只靴子插进马镫子，女孩俯下身子，他又一脚甩过她的身体，甩进了靴子。“怪人，”他说着，“我兄弟是个怪人。”

“你说什么？”女孩听不懂。

“再听一下嘛！”博伊德还坚持着。

“你听见什么了？”

“没有，你觉得怎么样呢？”

“和你差不多吧。”

“她不懂英语，是吧？”

“当然不，她怎么会英语呢？”

博伊德坐在马上眼睛顺着路看着远处的黑暗。“你知道，他们会来追我们的。”他说。

比利把猎枪插进套子。“妈的，我当然知道。”

“别在她面前骂人。”

“什么？”

“我说别在她面前骂人。”

“你刚才不是说她不懂英语吗？”

“那不等于你没骂人。”

“你这话太没意思。而且你怎么知道后面那两头公驴身上没带枪呢？”

“我没那么想，所以我才把猎枪扔给你呢！”

比利侧身吐着。“该死的！”他骂着。

“那你准备怎么打发她呢？”

“我也不知道，妈的，我怎么会知道呢？”

于是他们打马离开了这条路，在无树的荒原上骑着。远处黑色的山峦拖着锯齿形的折边在低平的地平线上伸展着。姑娘那小巧的身子坐得直直的，一只手抓着比利的皮带。他们三人在星光下跋涉在东西两道黑色山梁之间，那情景就像是故事书里写的骑士们护送着一位被偷走的偏僻地区的皇后返回她的家乡一样。

晚间，他们选了这片干旱地区的一个高坡宿营。深邃无底的黑夜在四周环抱着他们。他们把马拴牢，未给伯德卸鞍。姑娘一直都没有讲话。后来她独自去了黑处，一直到第二天早晨他们醒来才见到她。

他们在高地苏醒，看见地上已经生好一堆火。姑娘正用水壶向一个铁罐筒里倒水，放在火上加热，她的身影在灰白色的晨光里悄悄移动着。比利躺在毯子里望着她，她一定是在那个大布包里找到了换穿的衣服，因为她此刻又穿着一条好裙子。她在搅着铁罐里的水，但他猜不出那水里是什么。他合上眼睛。又听到他兄弟用西班牙语在说着什么。他睁眼朝毯子外面一看，博伊德正盘腿坐在火边，用他的马口铁杯子在喝东西。

他赶紧爬起身，卷起了铺盖。她给他递过来一杯热巧克力又转回火堆旁。她用他们的长柄小煮锅烘烤了一些玉米饼，在上面舀满菜豆。他们围坐在火边吃着早饭，周围的天色也渐渐变亮了。

“你给伯德卸鞍了吗？”比利问博伊德。

“没有，是她卸的。”

比利点点头，他们继续吃着。

“他那一刀把你刺得厉害吗？”博伊德问他。

“只是一点划伤。不过他把我的靴子可割得够惨。”

“这个鬼地方是很伤衣服的。”

“我算是知道它这个美名了。不过，你怎么想起把他们的马朝那边赶的？”

“不知道，我当时就是想那么做。”

“你听到他说她的那些话了吗？”

“是的，我听到了。”

到日出时分，他们已经收拾了营地，又向南踏上了这片布满碎石和蒺藜的荒原。中午，他们在沙漠上的一处泉水旁吃午饭，这是个小小的沙漠绿洲，有橡树和接骨木树丛生在浅滩上。他们放开马让它们吃草，然后就在地上午睡。比利怀抱着猎枪睡着了。当他醒来时，发现姑娘正坐在地上望着他。他便问她能否骑无鞍的马，她回答说她能。于是，当他们再度上路时，她便骑上了博伊德的那匹光背马，这样可以让马轮流轻松一下。他想，对此博伊德可能会有什么话要说，但是他什么也没说。走了几步，比利回头看时，姑娘骑坐在博伊德身后，两只手紧紧抱着博伊德的腰。后来他再次回看时，姑娘的黑色长发已经飘散在他兄弟的肩头，她俯在他的背上睡着了。

黄昏时，他们到达了圣迭戈庄园。它位于一大片丘陵之上，俯瞰着成片的耕地，一直延伸到卡萨斯格兰德斯河，到彼德拉斯佛得斯。一部风车在他们脚下的平原上转动，远看像是一个精巧的中国小玩具,有狗在远处吠着。在地平线上狭长的晚光中，棕红色的峰峦连着它们折层的阴影粗犷地挺立着。在南边的天空中，十几只秃鹰像丝扎的旋转木马似的轻盈地盘着圈子。

第三章

当他们骑经庄园的主楼时，天几乎要黑了。他们在庄园大道上骑着，骑过带有细长雕刻铁柱的门廊，骑过墙角装饰有红色砂岩石块的粉白墙的房子，骑过了镶有赤陶土装饰物的上端护墙。主楼的前脸筑有三个石拱门，拱门上方是排成拱形的西班牙文大字母雕刻：圣迭戈庄园，拱形字母下面两个缩写字母：L.T.。那高大的帕拉迪奥式窗户[1]装有百叶窗，但百叶窗已经十分陈旧，多处破裂，墙上的油漆和灰泥也比比剥落。那门廊的天棚几剩下光裸的木板条，而且布满水污和翘棱。他们骑过的一个院子面对着像是园工住宅的房子，这儿有炊烟升上夜空。最后，他们骑进了一个固定的木门，来到一个大院，并排着停

[1] 帕拉迪奥式窗户：也叫威尼斯式窗，中间有一个拱顶窗，两边各有一个半顶窗。

住马。

在院子的一角放着一部古旧的“道吉”旅行车的残骸，它的轮、轴、玻璃及座位早就被卸了去。在院子的尽头，一堆篝火燃在地上。借着火光他们可以看到有两辆装饰俗丽的带篷旅行车停在旁边，两车间悬挂着洗晒的衣服。火堆前有穿着袍子和宽大晨衣的男男女女们来回走动，这些人看起来像是一个马戏团的人员。

“这是个什么地方？”比利问。

“这像是个庄园。”姑娘答道。

“这是些什么人呢？”

“不知道。”

比利一甩腿跨下马来。姑娘也从博伊德的马上滑下来，走过来牵了缰绳。

“这是些什么人哪？”博伊德也问。

“不知道。”比利答道。

他们往院子里边去。比利和姑娘步行着，姑娘牵着博伊德的马让博伊德骑在身后。在院子尽头的人并未在意他们的到来。有两个男孩正在火堆旁用带火的木片点提灯，然后用叉杆挑着提灯的拎把递给站在房顶上的一个男孩，这个男孩在暗黑的天空下来回忙碌着，把提灯从护墙上挂下来。随着他的动作，院子里的地面立即变得明亮起来，有一只雄鸡竟然开始鸣叫。其他几个男孩在靠墙的地方堆垛着干草捆。在另一头的院门处，男人们正在展开一卷涂彩的帆布垂幕，由于频繁的旅行，这垂幕已经多处破裂，显得陈旧不堪。

有两个身着戏装的人好像在争吵，其中一个朝后退了几步，挥起两只手，好像在演示一个特大的东西。然后他突然以一种外国语言开始唱歌。四周一切都停止，直到他唱完后才恢复如旧。

“我的马在哪里？”比利想起来问。

姑娘朝着墙外的黑暗处点点头。“在外面。”她答道。

“我们走吧。”比利说。

“我想再看看。”博伊德说。

“你都不懂人家在做什么。”

“总是个光景吧。”

比利从姑娘手中拿过博伊德坐骑的缰绳。他回头看看火堆，又看看那些人。“我们可以再来嘛。”他说，“人家才刚刚搭架子。”

他们出了院子，都上了马，骑到一个有二排长长的土砖坯房子处，这里是庄园园工住的地方。他们在头两排房子之间的通道上骑着，两边夹道示威的是一群毛发竖立、恶声吠叫的杂种狗。这是一个温暖的夜晚，很多家庭都在门外点上火堆烧饭，在柔和的火光中奏响着炊具悦耳的叮当声和手拍玉米饼的清脆的噼啪声。人们在火堆间攒动着，话语声在夜间传送着。再远一点的地方，一把吉他的甜美的乐声流溢在香风中。

他们被安排在一排房子尽头的房间里。姑娘给比利的马卸了鞍，把两匹马都牵出去饮水。比利从衬衣口袋里掏出了一根火柴在拇指指甲上擦着了查看着房间。这是一个两间套房，里面只有一个窗户，但有着枝棍扎成的高高天棚。两屋之间有一个矮门相连，里面的角落里有一个壁炉，壁炉上方是一个小小的供坛，立着一座涂了彩的圣母木雕。旁边有一个插着枯草的大口瓶子，还有一个喝水玻璃杯，杯底残存着一堆团花形的烧黑的蜡。靠墙的地方立着一个用绳和木杆扎成的架子，中间用带着毛的生牛皮带子网着，看起来像是一种很原始的农耕具，但其实是一张床。他吹灭了火柴，走出去站在门口。博伊德坐在门口平台上看着那姑娘。她立在房群尽头的一个饮水槽旁看着马儿饮水，她和两匹马及哑狗被一群坐成半圆形的狗包围着。这些杂种狗生着各种条纹和皮色，但她根本不理会它们。她极有耐心地看着马饮水。马儿时而抬起水淋淋的嘴，时而向四周张望，再沉下头喝水。她既不去碰它们，也不和它们说话，只是耐心地等着，伴了它们很长一段时间。

他们和一家姓姆尼奥斯的人一起吃晚饭。由于旅途劳顿，他们看起来一定显得十分饥困，因为女主人一个劲地给他们加饭加菜，而男主人则伸出手做着手势让他们多吃。他问比利他们从哪里来，而且以一种同情而无奈的神情听着他们的故事，就像是对一类爱莫能助的事情所做的反应一样。他们蹲在地上用勺子和泥盘吃饭。同行的姑娘对于自己的身世只字不提，也没有人去问她。在他们吃饭的时候，一个雄浑的男高音跃过房舍的屋顶冲上夜空，那歌声行高走低连续两次由高昂转而低沉。营地上顿时一片寂静。只有一条狗开始叫。直到这歌声完全停止，园工们才又开始谈话。少时，一阵敲钟的声音从大院某处传来，立时院子里响起一片收拾的叮当声，大家站起来互相招呼着好像要去参加一项什么盛典。

姆尼奥斯家的女主人把烤具、餐具等都收进房间，然后怀抱着婴孩走到门口的灯下。她看见比利还坐在地上便示意他起来。“我们走吧。”她叫着。比利抬头看看她，说他没有钱。但她只是瞅着他，好像没有听懂似的。然后她说每个人都要去的，有钱的人会为没钱的人付费的。她说人人都必须去，根本不能有人留下不去，谁能允许有这种事情发生呢?

他站了起来，想找博伊德，但无论是博伊德还是那姑娘都不见了。此时，那些落在后面的人们急急穿过熄灭火堆的烟雾去追赶队伍。女主人把婴孩换到身子另一侧，伸手去拉比利，好像他也是一个小孩似的。“走吧，”她说，“没有问题的。”

于是他们跟随着其他人走上小山。为了顾及老年人，人群走得缓慢。但老年人又催他们超过去快走，可是没有人这样做。在他们前方，坡顶上的空房子荒凉而昏暗，但音乐却从长长的围墙里面传出来。那里面曾经有过商店、畜棚及工头们的宿舍。灯光从高大的开间门里泄出来，用铁桶改制的油灯或松脂灯在入口处石头拱门的两侧燃着。就在此处，园工们排起队，手里攥着零钱，拖着脚步向前走。在门口，他们把门票钱交给一名穿着打得锃亮的黑皮衣的把门人。有两名青年汉子抬着一副担架穿过人群。担架是用木杆和床单制成的，躺在上面的老人穿着外套戴着领带，手里抓着一串木念珠，目光严肃地仰望着头上的苍穹。比利转头看看女主人怀抱的婴孩，但孩子已经睡着了。走到门口，女主人付了费，那把门人谢了一声便把铜币“咣当”

一声扔进了身边放在地上的一只铁桶里。接着他们便进了大院。

那几辆装饰俗丽的篷车已经被放在场院的远头。在他们前面被夯实的地面上，灯光呈半圆形被排列好，这些灯都是被悬在一根横过空中的绳子上的。灯光朝上照出了一群男孩子的脸，他们沿护墙站立像一排排展示的戏剧脸谱。那些站在篷车辕杆之间的骡子都被刻意装扮过，它们身披天鹅绒骡衣，饰以辫带和金属丝。这些运送了这个小型演出团到这个国家的穷乡僻壤来的骡子和篷车到了夜间还要彩妆一番协同值岗为演出助兴，得不到休息和安宁。这里，灯光闪耀着，人群拥挤着活跃在这个边地的广场集会上，在他们前面有一个人像拎着教堂香炉似的甩着一个钻了洞眼的水桶在来回灭尘。剧团的女主角在灯光打透的车篷里面故意以一种挑逗的姿态更衣梳妆。她不时地转动身躯，展示着妖娆的曲线，好像在照镜子。无人能看见这面镜子，但人人都能想象出它的存在。

他饶有兴趣地看他们演出，但是几乎看不懂。剧团好像在表演他们旅途上的一些奇异经历，他们面对面地唱着歌并且拭着眼泪。剧终时穿着小丑杂色衣服的人用一把短剑杀了那个女人，又连续刺杀了可能是他敌手的那个男人。这时，男孩子们立即抓着幕布的下角跑上来把几个演员关闭起来。几头套着挽具的骡子也从打盹中醒来，不自在地动着身子，原地踏着步子。

台下没有掌声，观众们都呆呆地坐在地上。有几个女人在哭泣。不一会儿，在演出开始前对大家讲过话的庄园大管家穿过幕布走上前来感谢大家的出席，然后退到一边鞠躬。这时，男孩们又拉开了幕布。演员们手拉手地站在观众前面，男的鞠躬，女的行屈膝礼。此刻听到了寥寥的掌声，幕布也就此彻底关闭了。

第二天清晨，天还没有大亮，比利便起身走出了房群，走到了河边。他走上了架在石礅上的木板桥，站在桥栏旁看着桥下卡萨斯格兰德斯河的清凉的河水从山里流出，流向南方。他又转过身来朝下游望去。但就在约一百英尺的近处，他看见剧团的那位女主角全裸着站在齐大腿深的水中。她的头发完全散下来，被水沾湿贴在后背上，美发长及水面。他一时怔住了。女主角扭动着肢体，把头发甩到胸前，然后弯下腰把头发沉到水里。她的双乳在水面上摆动着。他无所适从地摘下了帽子，僵立在桥上，但感觉到心脏在胸内狂跳着。片刻，她抬起头，拢起头发，用手拧着那里面的水。她的肌肤是那样白皙，她肚腹下方的体毛在他看来几乎等于有伤风化。

她又一次弯下腰，向两边摆动着身子，让头发在水中漂拂着。然后又直起腰，把长发甩遍周身，溅起一大团水花。她直立在水中，头朝后仰着，双眼闭起来。太阳越过东边的灰色山岭冉冉升起，照亮了上方空间。她扬起一只手，转动着身体，然后是两只手交叉着拂过胸前。她再一次弯下身子，把长发拢在臂膀中，用一只手束起，又用另一只手拂过水面，好像是在为这水祈福。他看着，看着，但觉得这个他过去随处可见的世界突然被罩上了一层面纱。她朝着太阳转过身去。他觉得她好像要对着初阳歌唱。但她却睁开了眼睛，看见了站在桥上的他。

她有些羞赧地转过身缓缓地走出河水，消失在杨树林的灰白色树身后面。太阳依旧升起，河水依旧流淌。但一切都不一样了，至少在他看来不一样了。

他慢慢地走回房群。在新一天的朝阳下，园工们荷锄走向田间的剪影投在谷仓的东墙上，就像是某部农民戏中的一群角色一样。他在姆尼奥斯女主人那里用过早餐，然后肩头扛着马鞍子，出去套上马，骑到外面去看看这里的乡间。

正午时，这两辆带蓬旅行车就又载着这个小小的歌剧团出门上路了。他们走下山坡，走过小桥，向南走上通往玛塔奥蒂斯、拉斯维拉斯和巴比科拉几地的路。在正午强烈的阳光下，消退的刻字的镀金、剥落的红漆、被日光漂白的缀锦画都像是前夜盛会的败落的优雅。而这些向南方滚动和摇摆的车队，这些在暑热和荒芜中渐远渐小的大篷车看似又充满了某种新的、更为严峻的计划。好像太阳的灵光使他们的思维清醒，又好像由于这灵光而清晰可见的乡野和他们的志趣格格不入。比利从这片起伏丘陵的一个高坡上瞻望着庄园的南方。那儿，野草在疾风中抖动。篷车的渐小的身影在河那边的杨树林间缓慢移动着，负重受压的小骡子在艰辛地迈着步。他看到这些，不由得侧身吐了一口，用脚跟一夹马向前骑去。

下午，他独自在这幢老房子的空房间里踱步。房间里连一些固定装置和枝形吊灯都被拆除，镶木地板也大都不翼而飞。几只火鸡悠然地在各房间蹿来蹿去。整个房子散发出一股潮湿和陈草的味道，水渍肆意侵蚀着下陷和崩裂的粉墙，用乌贼墨汁描绘的线条不规则的大地图还记载着古代的王国、古代的世界。在客厅的一角陈列着一只死兽，只剩下干皮包着骨头，好像是一只狗。他又走到外面的院子里去，粗糙的泥砖多处暴露在围墙上所抹的灰泥外面。在开阔地的中心有一眼石井，远处又听见了钟声。

到了晚间，场院里又活跃起来。男人们抽着烟，聊着天，两人一帮三人一伙地在炉火间闲逛着。姆尼奥斯家的女主人把为他补好的靴子递给他，他在火光下检查着，靴筒上的一片散皮已经用钻子和粗线补上了。他谢过她后便穿上了。女人们跪在夯实的泥地上，几乎是俯在炉火上直接用手在那滚烫的铁板沙锅上翻转着玉米饼，在那未经发酵的饼周上留下了像对等记号那样的黑色手印，而这些黑灰则是她们刚刚在给炉灶加木炭时沾上的。这是一种无尽的饮食典仪的无尽的重复，亦是墨西哥人现世圣餐的无穷传递。同行的那个姑娘帮助女主人备了饭，在男人们都吃饱之后，她靠着博伊德坐下默默地吃着。博伊德似乎对她并不在意。比利提醒博伊德他们两天后就要离开，但通过她抬起眼睛越过炉火看着自己的神情，比利明白，博伊德早已经把这事情告诉了她。

第二天，她帮房东家在地里干了一天活。晚上回来，她用一只大钵和一块抹布在帘子后面简单地洗了身子，然后出去坐在地上观看小孩子们在房子间的泥院里玩球。当比利由外面骑马返回，她站起来，走过去接了马缰绳，同时问他，她能不能和他们一起走。

他下了马，摘下帽子，用手指头抓挠着汗津津的头发，然后戴上帽子，看着她说："不行。"

她站在那儿牵着马，眼睛朝一边看去，但可见到她的一双黑眼睛里充满了泪水。他问她为什么想和他们一起走，但她只是摇着头不说话。他又问她是不是害怕什么，她也没有回答。他转而问她多大了。她说十四岁。他点点头，用脚跟在泥地上戳出一个月牙状的浅坑。他看着她。

"有人在找你？"他问。

她没有回答。

"你不能留在这里吗？"

她摇着头说她不能留下，她说她没有地方可去。

他的目光越过房群看着外面平静的夜色。他对她说他自己也是无处可去的,对她能有什么帮助呢。但她还是一个劲地摇头，说只要能跟他们一起走，去任何地方她都愿意。

翌日破晓，比利就起身备鞍。没想到附近的园工们都带着食品来送他们，他们拿来了玉米饼、红番椒、五香肉干、活鸡，还有整盘的奶酪，东西多得他们都无法携带。姓姆尼奥斯的房东女主人给了比利一把东西便退后了。比利一看，却是包在一块布里捆扎起来的一串硬币。他想还给她，但女主人一言不发，转身走回了房子。当他们骑出房群时，姑娘依然骑坐在博伊德身后的光马背上，两手搂着他的腰。

他们整日都在向南骑行。中午在河边他们从携带的食品中拿出一部分大吃了一顿，然后在树下美睡一觉。日近黄昏时，在拉斯维拉斯南边数英里处去往马德拉的路上，他们的马突然踟蹰不前，只是站在路上喘着大气。

“看那边！”博伊德说。

那边，小歌剧团在路那边一片长满野花的地里扎了营。两辆大篷车并列停靠着，帆布遮篷在两车之间做成个凉亭。荫凉里，那位女主角正无拘无束地躺在一张宽大的帆布吊床上，身边的一张桌子上放着一壶茶和一把日本式扇子。一部留声机从篷车敞开的门里播放着音乐。在他们营地那边的田里，一伙园工正倚在他们的工具上，帽子拿在手里，在聆听着音乐。

女主角听到了路上传来的马蹄声，使在吊床上坐起身，抬起一只手遮在眼睛上方向外看去。尽管太阳在她的背后，凉篷也已遮出了大片阴凉。

“我想他们一定像吉卜赛人一样在野外扎了营。”比利说。

“他们是吉卜赛人。”博伊德说。

“谁说的？”

“人人都这么说。”

马的耳朵竖起来在搜寻着音乐传出的地方。

“他们一定是抛了锚。”

“你怎么会这样想呢？”

“不然他们应当走得比这远。”

“也许人家就想在这里扎营呢！”

“怎么会呢？这儿什么也没有。”

比利侧身吐了一口。“你觉得她就一个人在这儿吗？”

“不知道。”

“那么是什么东西缠住了我们的马？”

“不知道。”

“她拿了一副小望远镜正朝我们看呢！”

女歌手确实从桌子上取了一副长柄眼镜式的观剧小望远镜，抬到眼前朝路上看。

“我们下马吧！”

“好吧。”

他们牵着马沿着路走着，比利差了那姑娘去看看那女人有什么要求。音乐停了。女歌手朝篷车里喊了一声，一会儿音乐又响起来了。

“有一头骡子死掉了。”博伊德突然说道。

“你怎么知道？”

“就是有嘛！”

比利朝剧团的营地看去，周围确实没有牲口的迹象。

“也可能骡子都被拴在那边的橡树林里呢！”他说。

“不，没有的。”

姑娘回来了，她说他们有一头骡子死掉了。

“狗屁！”比利骂着。

“你说什么？”博伊德不满地问。

“都是你们编出来的！”

“编什么了？”

“编骡子呗！她给你打了个暗号什么的。”

“一个死骡子的暗号？”

“就是。”

博伊德斜身狠啐了一口并摇着头。姑娘站在那里，一只手遮在眼睛上面等待着他们。比利看着她，看着她单薄的衣衫，那满是尘土的双腿，还有那脚上穿的用皮条和生牛皮做的平底凉鞋。他问她那些男人们走了几天，她回答两天。

“我们应当过去看看她是不是都好。”比利说。

“她如果不好，你打算怎么办？”博伊德问。

“我怎么会知道！”

“那我们干吗不继续骑我们的？”

“我还以为你是那种愿意到处行侠仗义的人呢！”

博伊德没有答话。他先跨上了马，比利转过身看着他。他把一只脚抽出马镫，弯下腰，一只手伸给姑娘。她把一只脚踩进马镫，他一把将她拉了上来，然后便打马前行。“好吧，我们去，”他说，“如果只有这样做你才满意的话。”

比利跟着他们骑过田野。当地里的园工看见他们骑近，便又开始用他们的短锄在地上挖着。比利赶上几步与博伊德并排骑着。片刻，两匹马并肩停在斜躺在吊床上的女歌手面前。他们向她问好，她点着头，并从展开的扇子上端打量着他们。扇面上彩绘着一些东方景致，扇子的托把是象牙嵌银的质料，十分考究。

“那些男人们是去了马德罗吗？”比利问她。

她点点头。她说他们随时都会返回。她把扇子轻轻放低，向南边的路上望去，好像他们即刻就会出现一样。

比利坐在马上，一时想不出该说什么好。过了一刹那他把头上的帽子摘下。

“你们是美国人。”女歌手说。

“是的，小姐。我想是那个女孩告诉您的。”

“是的，这没有什么可保密的。”

“我们没有什么可保密的东西。我们就想过来看看有没有什么可帮你的事情。”

女歌手惊奇地扬起她那描色的眉毛。

“我还以为你们都被困在这儿了。”比利接着解释道。

女歌手又看着博伊德，博伊德正向南边的山群眺望着。

“我们也是要去南边的，”比利说，“您看要不要让我们为您带个信或什么的？”

她在吊床上微微坐起来，又朝着车里面喊：“停下来。”她喊：“把音乐停下来！”

她坐着听少年讲，一只手搭在桌子上。马上，音乐停止了。她又躺回吊床，展开扇子，从扇子上方看着骑马站在她眼前的少年牛仔。比利朝篷车里看去，心想有人会在车门口露头，但是没有。

“那头骡子是怎么死的？”比利问她。

“那头骡子？”她说，“那头骡子死了是因为它的血全都流在路上了。”

“小姐，怎么回事呢？”

她倦怠地抬起一只手，那戴着戒指的、指尖细细的手指交织着，仿佛是在描绘着那只动物灵魂的超升。“那头骡子是有它的麻烦，但是没人能把它调理好。他们不应当叫加斯帕里托去管那头骡子，他没有那个好脾气去摆弄这样的牲口。现在你知道发生什么事了吗？”

“还不清楚，小姐。”

“他还喝酒。在这种事情上，喝酒是常有的。最后就是骡子死后的恐惧。其他的骡子都尖叫不停，它们都吓坏了。尖声惨叫着，滑倒在血泊中，叫个不停。谁能去安慰它们呢？谁能让它们平静下来呢？”说到这里，她朝一侧做了一个断然的动作，好像朝着这片干热僻地的野风中投掷着一个什么东西一样。归巢的鸟雀在林间空地上鸣叫着，晚上又要到了。“这种动物能再恢复原先的状况吗？根本不可能，尤其是这些剧团的骡子。这些骡子没法子平静下来，没法平静，你明白吗？”

“他到底对那匹骡子做了些什么呢？”比利问。

“他想用割甘蔗用的大砍刀把骡头砍下来。当然啦。不过那女孩是怎么对你说的？她会说英语吗？”

“不会。但她只是说那头骡子死了。”

女歌手怀疑地看看那姑娘:“你们是在哪里发现这女孩的？”

“她当时是一个人在路上走着的，但我觉得你们是没法用一把砍刀砍下骡子的头的。”

“当然不能。只有喝醉的白痴才会去做这种壮举。当那刀砍不动的时候，他就开始去锯。当罗希里奥抓住他的手时，他连罗希里奥都要砍。罗希里奥愤怒极了，愤怒极了！他们两人抱成一团滚在地上。在骡子的血里，在泥里，就在几头骡子脚底下滚着。篷子车都快要被他们顶翻了，人和东西都在里面。真可恶！要是有人正好路过怎么办？要是这路上正巧有人看见这场景怎么办？”

“那头骡子怎么样了？”

“那头骡子？那骡子后来死了。当然是这样。”

“也没有人用枪打死它，好让它少受点罪？”

“有啊，当时有这个情节。我就是，我走上前想用枪把它打死。你猜怎么着？罗希里奥阻止我这样做，他说这会吓着其他骡子。你能想象吗？在历史的这个时刻？后来罗希里奥想解雇加斯帕里托。他说加斯帕里托是个疯子。但加斯帕里托只不过是喝醉了酒，他是从维拉克鲁斯来的一个吉卜赛人。你能想象这一切吗？”

“我以为你们都是吉卜赛人呢！”

她一挺身从吊床上坐起来。“怎么会？”她叫道，“怎么可能？谁说的？”

“人人都这样说。”

“那是谎言，谎言！你们懂吗？”她边喊边侧过身子，朝着土里连啐了两次。

在这个时分，篷车的门也暗下来了，一个个子小小、皮肤黑黑的人穿着衬衫站在门口朝外瞅着。女歌手随即在她的吊床上转过身子看着他，好像他在门口的出现投过来一个可见的影子。他看着这边的来人和马匹，从他的衬衣口袋里掏出了一盒“公牛牌”香烟，抽出一支夹在嘴里，又在口袋里摸火柴。

“下午好。”比利向他招呼着。

“你们认为吉卜赛人也能唱歌剧？”那女主角继续她的话题，“一个吉卜赛人？吉卜赛人能做的事情也就是弹吉他，给马涂颜色和跳他们那种原始舞。”

说完她在吊床上坐直了身子，耸起双肩，摊开双手，接着发出一声长长的尖锐的叫声，那既不是伤痛的惨叫，也不是别的什么类型的叫声。两匹马听到这尖叫都受了惊，并扬起了长脖子。马主人们不得不拉住它们，但它们仍然不安地扭身动蹄，大眼睛骨碌碌地转着。田野里干活的园工们也好像被这声音怔住，一动不动地站在锄出的畦沟里。

“你知道这是什么吗？”女歌手问他。

“不知道，小姐。不过这声音够大的。”

“这叫高音。你们认为吉卜赛人能够唱出这个音符吗？那些算命卜卦的吉卜赛人？”

“我从来也没有想过这些。”比利应付道。

“给我找一个这样的吉卜赛人来，”女歌手说道，“我倒想见识一下这样的吉卜赛人呢！”

“谁又会给马去上颜色呢？”比利疑问着。

“当然是吉卜赛人喽！还能有谁？马画家、马牙医呗！”

比利摘下帽子用衣袖擦拭一下前额又把帽子戴上。站在车门口的那个人走下一级彩漆台阶，坐下来抽烟。他前倾着身子，对着那条哑狗用手指弹着响，狗胆怯地朝后退着。

“那头骡子的事是在哪儿发生的？”

她站起来，用那把折起来的扇子指着。“就在这条路上，”她说，“不到一百米远。我们没法再往前走了。一头驯好的骡子，一头有演出经历的骡子，上着挽绳就被一个喝醉酒的白痴给杀了。”

台阶上坐着的那个人深深地吸了最后一口烟，便把烟蒂朝狗扔去。

“如果我们看见你们的那些人，您有什么口信要带吗？”比利问女歌手。

“告诉贾米我们这里都好，让他不要操心着急。”

“谁是贾米？”

“驼背丑角。他是那驼背丑角。”

“什么？小姐。”

“小丑，是小丑。”

“是小丑？”

“是的，小丑。”

“是在剧里的小丑？”

“是的。”

“他脸上如果不涂颜色我不会认出他的。”

“你说什么？”

“我怎么能认出他呢？”

“你会认出他的。”

“他能让人们发笑？”

“他能让人们做他想让他们做的事。有的时候他还能让女孩子们哭起来，但那又是另一段故事了。”

“他为什么要杀你呢？”比利问起剧中的事情。

女歌手又躺回她的吊床。她细瞧着这个少年，她又看着在地里干活的园工们。过了一晌，她转身看着坐在台阶上的那个人。

“给我们讲讲，加斯帕！为什么那个人要杀我？”

他抬起头来看看她，又看看这两个少年骑手。“他杀你，”他说着，“是因为他知道你的秘密。”

“哈，”女歌手说，“是不是因为我知道他的秘密？”

“不是的。”

“也不管人们是怎么想吗？”

“那是不管的。”

“那么，那秘密是什么呢？”

叫加斯帕的那个人抬起一只脚，转过他的靴子看着。这是一只扎着系带的黑皮靴子，是在那个地方很少见到的样子。“那秘密，”他说着，“就是在这个世界上只有假面具才是真的。”

“你听明白了吗？”女歌手问比利。

他说他听明白了，但他问她这是否也是她的看法。她只是有气无力地挥了挥手。“那个赶骡子的也是这样问的，”她说，“谁知道呢？”

“他说这是你的秘密。”

“嗨，我是没有秘密的。至少，它已经激不起我的兴趣了。

一夜又一夜地被杀，把人的力气都耗尽了——一个人的思维能力。还不如专心于一些小的事情呢。”

“我想，我会认为他是在妒忌。”

“是啊，当然是，但即使去妒忌也是会消耗一个人的气力的。在多兰戈妒忌，在茫克洛瓦妒忌，又在蒙特雷去妒忌；在炎热中妒忌，在雨中妒忌，还要在寒冷中妒忌，这样无穷的妒忌必定会把一千颗心里的怨恨都排空。不是吗？一个人怎么能去做到这些呢？我认为还不如去编排一些小的事情，然后再去演大的事情。在小的事情中，人们容易改进和发展，一个演员的付出也会得到回报。或许就是一个头的姿势和角度，一只手的动作。赶骡人在这些演出中只是一个观众，他看不到对于戴面具的人来说，事情是一成不变的。演员们没有权利去自我行动，只能照着周围人的要求去做。戴不戴面具对他来说都是一样的。”

她捏着托把拿起小望远镜又环视着这山野，这道路，这傍晚时分投在路上的长影。“你们要到哪里去，你们三个人？”她问道。

“我们到这边来是来找寻几匹被偷走的马的。”

“这些马以前是谁来管理的？”

没有人去回答这个问题。

她看了看博伊德，然后展开了折扇，画在扇子的米纸折面上的是一条睁着大圆眼睛的中国龙。她把扇子折上。“你们准备用多少时间去找这些马？”

“不管用多长时间都要找。”

“这可是个漫长的旅程啊！”

“很可能。”

“长途旅行经常会迷乱的。”

“您说什么，小姐？”

“你会明白的。即使是亲兄弟俩一起踏上这种长途的旅程，也不见得是件容易的事。道路都有着它自己的方向和目标。但没有哪两个旅人对于这些情理会有完全相同的理解，如果他们确实能真正理解的话，听一听这个国家的民歌吧，它们会告诉你的。然后你就会看见在你自己的生活中这些事情的代价是什么。也许一切真的都无可隐藏，然而还是有很多人不愿意去看那些明摆的事情。你会看到，路的形状就是这个样子，不会有其他形状的，只有这一种样子。而每个旅程一旦开始就都会完成，不论你们的马被找到没有。”

“我想我们该走了。”比利听完后说。

“快走吧，”女歌手说，“愿上帝和你们同在。”

“如果我在路上看见那个驼背小丑，我会告诉他你在等他。”

“哈，”女歌手说，“用不着浪费口舌了。”

“那么再见。”

“再见！”

比利又看看坐在台阶上的那个人。“再见。”他说。

那人点着头。“再见。”他也说。

比利把马拉转了一圈，回过头来用手碰了一下帽边。那位女歌手用一种极其优雅的下甩手姿势展开了折扇。赶骡子的加斯帕里托双手放在膝盖上，前倾着身子，试着最后一次朝狗吐口水。然后他们统统骑过田野，骑上大路。当他回首去看那女歌手时，她正用小望远镜在目送他们。好像是为了更好地估计这几个小旅人的命运，这几个行走在盖满暮树影条路上的年轻人的命运。在这片明晰的大地上，存着树木、岩石和远处渐黑的山峦，但它们的现出都似无本无源，而它们的消失也无极无终。大地包纳着一切，但也只包纳它所需要的东西，别无其他。

他们选了河边的一个橡树林安营。他们生了一堆火，兄弟俩坐在火边休息，女孩则从那些墨西哥园工慨赠的食品中取出一些做晚饭。当他们吃完饭，她用食屑喂了狗，洗了盘子和锅，然后又去料理马。第二日上午，他们出发较晚。在路上骑到中午他们便把马骑出这条土路，选了一片胡椒田边上的不起灰的小径骑着。他们又骑向树林，骑向河边。河水在炎炎的暑热中静静地闪着光。马儿见河也加快了步伐。小径打着弯，又沿着一条灌溉渠走去，然后下坡进入一片树林，钻出来后又靠上了河边的柳丛，穿过一簇芦苇。河上吹过来一阵凉风，芦苇的白须在风中垂首弯腰，咝咝作响。在一片蕨草的那边，潺潺的水声减弱了许多。

他们从这片苇丛里骑出，踏进了一个被践踩过的浅水区，水是从灌溉渠里溢过来的。在他们上方还有一个水潭，是被从一根老旧的、带波纹状表面的涵管里流出来的水冲成的。沉甸甸的水流气势汹汹地冲下水潭。水潭里有六七个光屁股的小男孩在泼水玩。他们看见了骑马的人，也看见了这姑娘，但他们继续玩着，毫不在意。

“妈的！”博伊德骂着这些光屁股孩子。

他用鞋跟拍打着马的肋部，穿过沙石浅水滩向前快跑。他没有回头看这姑娘。但她正以一种单纯无邪的好奇看着男孩们戏水。过了这地儿，她在后面瞧了一眼比利，用一只手抱住博伊德的腰，大家继续前行。

他们一到河边，姑娘便滑下马，取了缰绳把两匹马都引到水里。她又给伯德松了肚带，看着马儿饮水。此时博伊德坐在了河岸上，手里提着一只靴子。

“怎么了？”比利问他。

“没事儿。”

博伊德一瘸一拐地沿着河边的沙石滩走着，手里提着那只靴子。他找到一块圆石头坐下来，把手伸进靴筒里，开始用那石头敲打。

“靴子里扎了个钉子？”比利问他。

“是的。”

“叫她把猎枪拿过来。”比利说。

“你去告诉她。”

姑娘正站在河水里守着马儿。

“你把猎枪拿过来好吗？”比利叫着。

她看了他一眼，然后便涉水转到比利骑的马的右侧，从枪套里取出猎枪给他送过去。比利抬起手拉开枪膛，退出里面的子弹，然后卸下枪管部分，蹲在博伊德的面前。

“好了，”他对博伊德说，“把靴子给我。”

博伊德把靴子递给他。他将靴子放在地上，伸进手在里面摸那钉子，然后将枪管的尾部伸进去用它的凸起部敲那个钉子。他再伸进手去摸了一下，把靴子交还给博伊德。

“这东西难闻极了。”他说。

博伊德穿上靴子，站起来来回走了几步。

比利把枪管和枪托再集合起来，用拇指把子弹推回枪膛，把枪立在沙石上，坐着握住枪杆。这时，姑娘牵着马正从河里走出来。

“你觉得她看见他们了？”博伊德问比利。

“看见了什么？”

“那些光屁股的男孩子。”

比利斜着眼睛朝上看着博伊德。博伊德正对着太阳站着。“嘿，”比利说，“我觉得她看见了。她又不是从昨天起就变瞎子了，对吧？”

博伊德朝着正在走出河水的姑娘看去。

“她并没有看到什么过去从未看到过的东西。”比利又说。

“你这话是什么意思？”

“什么意思也没有呀。”

“不，有的！”

“我这话是没什么。人们看见别人光着身子，就这么回事。别又对我发火了。妈的，我还看见那个女歌手像只鸟似的光着身子站在河里。”

“你根本就没有看见。”

“我真的看见了。她正在洗澡，在洗她的头发。”

“这是什么时候的事？”

“她洗了头发，然后像拧衣服似的拧头发里的水。”比利继续说。

“你是说她全光着身子？”

“就是一丝不挂。”

“你怎么从来也没有提过这事？”

“你也不需要什么都知道啊！”

博伊德站在那里咬着嘴唇。“你后来还走过去和她说话？”

“怎么了？”

“你走过去和她说话，就好像你什么也没有看到过一样？”

“那么你想让我怎么做呢？告诉她我看见过她的光身子，再开始和她说话吗？”

博伊德蹲在沙滩上唾着口水，然后把帽子摘下来两手拿着它坐下来。他看着流淌的河水。“你觉得我们是不是应当待在那边？”他对比利说。

“待在庄园里？”

“是啊。”

“等着那些马来找我们？”

博伊德没有回答。比利站起来沿着沙滩走着。那姑娘已经把马牵过来。比利把枪插回套子里，看了看博伊德。

“我们可以走了吧？”他问他。

“行啊。”

比利把他的马肚带拉紧，从姑娘手里接过缰绳。当他再看博伊德时，他仍然坐在那里。

“怎么回事儿啊？”他问他。

博伊德慢腾腾地站起来。“没事了，”他说道，“和以前一样，没事了。”

他看看比利：“知道我说的是什么吗？”

“知道，”比利说，“我知道你说的是什么。”

经过了三天的行程，他们到达了一个交叉路口。在这里，古老的马车道从西山里的洛特尼亚通出来，穿过了巴比科拉高地，再向前穿出桑塔马利亚河谷通到纳米奇巴。天气干旱、燥热。骑者和他们的马匹一天下来全部变成了路一样的颜色。他们总要把马骑到河边，比利会把马鞍和铺盖扔到地上，趁着姑娘扎营做饭的时间把两匹马都赶到河里，脱下衣服和靴子，骑上一匹，牵上一匹到河心。除了头顶可以防晒的帽子，全身赤裸地坐在光马背上，看着这一路征尘从人和马的身上随水滤下，一股股浊流注入这清凉的河水中。

马儿时而喝水，时而抬起头来朝下游眺望。过了一会儿，一个老汉用手棒赶着两头牛从河对岸的林子里出来。这两头牛是用一种家制的杨木轭杆套在一起的。经历了长年日晒后，这轭杆几乎褪成白色，看起来就像是一套岁月砥砺出来的兽骨架子横在牛的脖子上。它们操着慢悠悠的摇摆步伐涉水入河，一面上游、下游顾看着，最后看了看那两匹马后才低头饮水。老汉站在河边，看着马背上的赤身少年。

“你好吗，大叔？”比利主动问候他。

“还好，感谢上帝，”老汉答着，“你好吗？”

“也还好。”

他们随后谈到天气，谈到庄稼，在这些方面，老汉的知识真是比少年广博多了。老汉问他是不是骑马的牧人。他说是的，老汉点着头。他称赞这两匹马是好马，任何人都可以看出来。然后他的眼睛转到了上游，那儿有一缕青烟从比利他们的营地冒出来，直立在无风的空气中。

“那是我的弟弟。”比利对老人解释道。

老汉点点头。他穿着一件肮脏的白斗篷。那个地区的村民和园工们通常会穿这种白斗篷下地干活。那神态，那装扮，看起来就像是一伙肮脏的住院病人，从某个精神病院跑出来，游逛了一阵后，最后站下来，以一种木然的动作劈砍着大地，去发泄他们的迟缓、愚钝的怒气。两头牛一前一后地把它们那水淋淋的大嘴从水里抬起。老汉对着它们翘起手棒，好像是在为它们祈福。

“你喜欢它们吗？”他问比利。

“哦，当然。”比利应道。

比利看着牛饮水。他想起来问老汉这些牛是不是干活很心甘情愿，老汉掂量着这个问题，然后回答说他也不清楚。他说反正这些牛是无可选择的。他看到了那两匹马。“那么马又是怎么样的呢？”他问比利。

少年说他认为马是很自觉的，有的马甚至很喜爱它们的工作，它们喜欢去管理牛畜。他说马和牛是不一样的。

一只食鱼鸟飞上河面，它旋转着，啁啾着，然后又翻飞着向上游翱翔着。无人去注意它。老汉又说，不过牛是一种很接近上帝的动物，人人都知道的，很可能牛的沉默和反刍就是一种博大的沉静和深刻思考的象征。

老汉抬起头来看着，他笑着说，至少牛很知道努力干活来避免被杀被食的命运，这也是尽人皆知的事情。

老汉走上前去把牛从河里赶出来。它们沿着沙石岸爬上来，喘着大气，伸长脖子。老汉转过身，手棒架在肩头上。

“这里离你的家远吗？”他问少年。

少年回答说他没有家了。

听了这话，老汉的脸变忧郁了。他说少年一定是有一个家的，但少年说他确实没有。老汉又说，在这个世界上每个人都有一个去处，他会为少年祈祷的。然后他把牛畜赶出了柳丛，赶出了悬铃木树丛，很快便消失在初降的暮色之中。

当比利回到他们的营地火堆旁，天快黑了。狗迎着他站立起来，姑娘也立即上前接过这两匹浑身湿淋淋的滴着水的马。他绕着火堆转了一圈，把竖在地上烘烤的马鞍子转了个面。

“她想到纳米奇巴去看她妈妈。”博伊德对他说。

他站着朝下看着弟弟。“她可以去任何她想去的地方。”他答道。

“她想让我和她一起去。”

“想让你一起去？”

“是的。”

“为什么？”

“我不知道，也许她一个人怕。”

比利眼盯着炭火。“你想和她一起走吗？”他问道。

“不。”

“那我们还唠叨什么？”

“我跟她说她可以骑那匹马走。”

比利慢慢蹲下，胳膊肘支在膝上。他摇着头。“不行。”他说。

“但她没有别的办法了。”

“如果有人看见她骑着一匹偷来的马。嗨，随便一匹什么马！你到底想没想过会发生什么事？”

“这马不是偷来的。”

“是的，是偷来的。再说你怎么把这匹马拿回来？”

“她会把它骑回来的。”

“是把马和司法官一起带来吗？如果她想回家，为什么还要跑出来呢？”

“我不知道。”

“我也不知道。可我们是跑了那么远才找到这匹马的。”

“我知道的。”

比利朝火里啐了一口。“我真讨厌在这个国家做个女人。那么她回来后又打算怎么办呢？”

博伊德没有回答。

“她知道我们现在的情况吗？”

“是的。”

“她为什么不来对我讲？”

“她怕你会扔下她。”

“所以她才想要那匹马。”

“我想是的。”

“我要是不让她骑走那匹马呢？”

“我想她还是要走的。”

“那就让她走呗！”

姑娘安顿完马回来了。他俩便不再谈论这件事，尽管她不可能听得懂他们谈些什么。她在火上调弄好做饭的锅子后又去河边取水。比利看着博伊德。“你是不是想和她一起走？”

“我哪里也不去。”

“到了万不得已的时候呢？”

“我不知道那是个什么时候。”

“如果你想到她一个人走，路上没有人照顾她，或怕有人会欺负她，就像那次那样。你是不是要和她一起走？”

博伊德倾过身子，把两根烧黑了端头的树枝捅进火里，然后在裤腿上擦着手，他没有去看他哥哥。“是的，”他坚定地说，“我想我会的。”

第二天早晨，他们一起骑到了交叉路口。在这里，他们和那姑娘分手。

“我们还有多少钱？”博伊德问比利。

“花得不剩几个了！”

“那你都给她吧。”

“我就知道你要这么干，那以后你打算不吃了？”

“那就给她一半。”

“只好这样啦！”

姑娘骑在光背的凯诺马上，用她一双泪盈盈的黑眼睛朝下看着博伊德。突然她滑下马背，双手抱住了博伊德。比利看着他们俩，他又看着南方布满了乌云的天空。他转过身子干巴巴地朝着路上吐了一口。“我们走吧。”他说。

博伊德把她推上了马背。她转过头来朝下看着他，一手遮住哭泣的嘴巴，然后掉转马头骑上了东去的窄窄的土路。

他们继续沿着这条盖满尘土的路朝南骑行，又一次二人同鞍骑在伯德身上。路上的尘土不时地被风刮起来，路边的金合欢树在疾风中扭动着，发出飒飒的声响。后半下午的时候，天就黑成一片，大雨开始溅泼在土上，嘎嘎地抽打着他们的帽檐。他们掠过了三个在路上骑马的人。这些人骑着蹩脚的马，配着劣质的马具。当比利回头看时，他们其中的两个也在回头看他。

“你还认得我们把女孩从他们手里抢出来的那两个墨西哥人吗？”比利问。

“我不认得了，不过我想他们不是的。你认得吗？”

“我不知道，可能不记得了。”

他们在大雨中前骑。过了一会儿，博伊德说："他们会认得我们的。"

"对，"比利说，"他们会记得我们的。"

这条路在通进山里的时候变窄了。这山野里全是些贫瘠的松木，地上长着的那些瘦弱野草看起来做马的饲料都不足。在那些之字形的盘山小道上，他俩要轮流牵着马走，有时还要护在马边慎行。在这山区寒冷的夜间他们只有在松林里露宿。当他们骑到拉斯维拉斯镇时，他们已经有两天没吃东西了。他们越过了铁路，骑过了几座很大的泥砖仓房。这些仓房围着土坯打的扶墙。招牌上写着："纯玉米，来买玉米！"墙外堆着一垛垛的黄色松木板。空气中充斥着燃烧矮松木的烟气。他们骑过了低矮的灰泥抹墙，铁皮屋顶的小火车站，骑进了镇子。这里的房子都是土坯搭建的，盖着涂了沥青的木屋顶板，院子里堆有一垛垛的木柴，栅栏都是用带着树皮的松木板钉的。一只三条腿的、粗鲁无礼的狗跛行着站在他们前面的街上，扭着身子想把他们吓走。

"骑兵，去把它抓过来！"博伊德对比利叫着。

"狗屎！"比利不屑一顾。

他们在被这个荒野地区称作餐馆的小店里吃饭。一间空屋子里摆着三张桌子，连火炉都没安一个。

"我相信外面比这里头还暖和些。"比利说。

博伊德看看窗外站在街上的马，又看看小店的后部。

"你觉得这地方是不是开门了？"他对比利说。

过了一会儿有一个女人从后面的一扇门进来，站在他们面前。

“你这儿有什么吃的吗？”比利问她。

“我们这儿有山羊肉。”

“还有什么？”

“还有鸡肉末玉米饼卷。”

“还有呢？”

“山羊肉。”

“我不吃山羊肉。”比利说。

“我也不吃。”博伊德也是一副倒胃的样子。

“就来两份饼卷吧，”比利对女人说，“还有咖啡。”

女人点着头退下去了。

博伊德把两手夹在膝间坐在那里，想借此暖暖手。屋外，灰色的炊烟被吹起在街道上。一个人也看不到。

“你觉得冷了难受还是饿了更难受？”他问比利。

“我觉得又冷又饿最难受。”比利答道。

片刻，那女人先把盘子拿过来摆上。她对着小店前面做了一个开枪的手势，那只哑狗正站在窗户旁向里面看着。博伊德见状摘下帽子朝着玻璃一挥，那狗便跑开了。他戴上帽子，拿起叉子等着。那女人走到后面拿了食品过来了。她一手端着两杯咖啡，另一只手拿着一小筐玉米饼。还没咬几口，博伊德就从嘴里拉出来一个什么东西放在桌上细看着。

“那是什么？”比利问。

“不知道，看起来像是根鸡毛。”

他们用叉子捅开玉米饼卷，把里面的东西全摊在盘子上翻看着里面可吃的东西。这时有两个男子进来，向他们看了一眼便走到后面桌子坐下。

“那菜豆可以吃。”比利说。

“是啊。”博伊德赞同。

他们又用勺子把菜豆舀回玉米饼，一边吃着一边喝着咖啡。那两个男子默默地坐在后面等着他们的饭。

“她应当来问问我们这饼卷到底有没有问题。”比利说。

“我看她够戗会来，你觉得人们能吃这些东西吗？”

“不知道。不过我们至少可以把它们拿给狗吃。”

“你打算就当着她的小店把这女人的饭食拿出去喂狗吗？”

“只要那狗愿意吃。”

博伊德把椅子朝后一推站起来。“我出去把小锅拿来，”他说，“我们可以在路上喂狗。”

“好的。”

“我们就告诉她我们把剩饭打包带走。”

博伊德拿着小锅回来，他们便把那些不堪入口的食品全部刮进去，盖上盖，然后坐着喝咖啡。这时，那女人又端着两个大浅盘从后间出来，盘子里的肉看上去油汪汪的，旁边还伴着肉汁、米饭和一些鸡杂。

“妈的，”比利说，“看那个多馋人！”

他喊着付费，那女人过来告诉他一共七个比索。比利付了账然后朝后面努了努嘴，问这女人那两个男人吃的什么。

“山羊肉。”她回答。

他们走到街上，狗赶紧爬起来站着等待。

“别急，”比利说，“到前面再给它吃。”

晚间，在去波奇亚的路上，他们遇到了一伙牧人。这些人松散地放牧着上千头还未调教好的杂种小公牛，一路赶着去一个名叫纳科的边境畜牧场。他们从巴比科拉南端基玛达拖带着这一大片牛畜走了已经三天了。他们一个个蓬头垢面，像异域过来的土人似的；他们赶的牛畜也都是一副又脏又乱的鬼模样。它们在自己蹄下掀起的一片尘海里大号大叫地通过着。那些在它们之中来回巡视充当着宪兵角色的鬼马精们也都已皮色苍白，无精打采，眼睛红肿，脑袋低垂了。有几个骑马牧人向他们招手问好。两个白人少年把马拉到一块高地上，滑下鞍与马并立着，看着这一片灰蒙蒙的混沌团徐徐地向着西大的落日移去，在他们身后的土地上留下了缓缓飘落的烟尘、牧人们最后的呼叫声和牛畜的最后几声呻吟。不多时，这一切都慢慢隐进晚间深邃的蓝色寂静中了。他们再上马前骑。天全黑下来之后，他们在那片高原上经过了一个不设教堂的小村庄。村里的房子全是木头搭建的，连屋顶瓦都是木头的。炊烟和烧饭的味道飘散在寒夜的空气中。他们踩着由亮灯的窗户里泄到路上的黄色影条，继续在夜间的冷寂中骑着。到了早晨，还是在这条路上，他们看到了自家的三匹马：贝利、汤姆、尼诺，它们正从路南边的一个高原小湖里水光水滑地走出来。

它们和其他六七匹马一起爬上了路，所有的马还都湿淋淋地滴着水。在这早晨的清冷中，它们颠着小碎步，扬起头来甩着水。两个牧人骑过来，跟在它们后面，驱赶着这些正在啃啮路边青草的马儿，把它们向前赶。

比利用缰绳把马拉到路的一边，把右脚从前方甩过马鞍前桥下了马，并把缰绳交给博伊德。那一群马一边好奇地看着他们，一边向前走着，它们把耳朵竖了起来。他们父亲骑的那匹马昂起了头，发出了一声长长的嘶鸣。

“碰到大事了吧？”比利叫着，“碰到大事了吧！”

他看看那两个牧人，也是两个男孩，差不多也是他那个年龄。他们的裤腿一直湿到膝盖，他们骑的马也是湿漉漉的。他们也看见了这两个白人少年，看见他们把马拉到一边，因此他们十分谨慎地向前行着。比利把猎枪从套子里抽出，打开枪膛看到里面上了子弹，然后用一个急速的上推动作关上枪膛。这时，那群马停了下来。

“赶快做一个套索，”他对博伊德说，“别让尼诺走掉。”

他一个箭步跨到路上，猎枪揽在臂弯里。博伊德向前一个跃身坐进了马鞍，拉住了套索绳在手里做着套圈。其他的马早已停步，只有尼诺还沿着路边向前走，它的头高抬着，嗅着周围的气息。

“遏，尼诺！”比利喝它停步，“遏，尼诺！”

那两个牧童跟上来在后面停住了，他们坐在马上踌躇着。比利已经横过路面去拦住尼诺，尼诺扬起头被迫回到路上去。

“怎么回事？”两个小牧人叫着。

“你要么套上那个畜生,要么你来拿枪！”比利对博伊德喊着。

博伊德拿起了套索。尼诺都已经估量好了这个徒步者和那个骑马者间的空子，它突然向前冲去。当它看见绳索飞来，妄图抵挡一番，但它在路面上失去了平衡，套索也落了空。博伊德再试一次，正中它的脖颈。他赶紧把绳子拴在鞍嶄上。伯德掉转一下身子在路上稳住自己并来了个后蹲，但绳索飞来时尼诺却意外地停住了。它站住，发出了一声低沉的嘶鸣，并回头去看看那两个小牧童和其他的马匹。

“你们要干什么？”两个小牧人喊叫着。他们好像被定住了似的原地未动。其他的马已经又转过身开始啃路边的青草了。

“拉出一根绳子给我做一个掉马笼头。”比利对博伊德说。

“你打算骑它吗？”

“是的。”

“我可以骑它。”

“我来骑它。你把它做得长点，长点。”

博伊德打着绳环，扎成了一个掉马笼头，然后用小折刀割下多余的绳子，把笼头绳套扔给比利。比利接住绳套先陪着尼诺走了一小段路，轻柔地和它说着话。那两个小牧人开始打马跟上来。

他把绳制笼头滑进尼诺的头部，接着松掉方才的套索。他一边对尼诺说话，一边用手轻拍着它的脖子，然后彻底把套索从它头上扯掉扔在地上。他把这马牵到博伊德骑坐的那匹马旁，地上的那根套索被踢得在尘土中乱转。

两个小牧人又停住马问：“怎么回事？”

比利把猎枪扔给博伊德，用双手在马背上一撑跃上去，一只脚甩到另侧坐稳，然后伸手拿回枪。尼诺在路上跺着蹄子，把头昂得高高的。

“用你的那根两股绳去把那匹老贝利套过来。”比利又说。

博伊德看了看路上的那两个小牧人便打马前去。

“别碰那些马！”小牧人们喊着。

比利把尼诺又拉到路边上。博伊德朝着其他那些正在路边悠闲啃青草的马骑去并掷出了套索。这一掷有点过头，但正当贝利抬起头准备后退时，不巧它把头抬进了套索。比利坐在父亲的马上观看着。“要是我来套，得套九次才行。”

“你们是谁？”小牧人们问着。

比利一边骑一边回答：“我们是这些马的主人。”

两个牧童呆坐在马上。在他们身后，一辆从波奇亚驶来的卡车出现在路上。汽车的声音还远得听不见，但他们一定是从另外两个少年目光的转动中获知了，因为他们也转过身来跟在他们兄弟俩后面看着。没有人动，都在注视着。卡车伴着微弱的但逐渐增大的机器鸣叫声缓慢地爬行着，车轮子卷起的尘土悠悠地飘散在周围田野里。比利把马拉出公路，把猎枪竖立在大腿上坐着。卡车开过来，轰隆着开过去了。司机转头看着这些马和坐在马上持枪的少年。在卡车的后斗里，坐着八到十个工人，他们挤成一团，就像是刚刚应征入伍的新兵。在卡车通过时，他们透过尘土和汽车的尾烟看着后面路上的马匹和骑手们，但一个个毫无表情。

比利用肘跟推着尼诺向前。但当他去找两个牧童时，发现路上只剩下一个，另一个已经朝南穿过大草原回骑了。他径直骑进了站立的马群，把汤姆从马群中分出来，然后把其余的马赶出大路。他转过身看着博伊德说："咱们走。"

他们赶着几匹马朝着那个孤独的牧童走去。汤姆在前面踏着小碎步；博伊德用一根捕绳拖带着后面的贝利。小牧人看见他们靠近便把自己的坐骑拉出了路面，拉进了一片低洼的草地，他就在那儿立住马看着他们走过。比利放眼向大草原看去，寻找那另一个牧童的踪影。但那人越过一块高地已经看不见了。他慢下马，向那个留下来的牧童喊问：

"你的朋友去哪里了？"

小牧人没有回答。

他又策马向前，猎枪竖直地靠上肩头。他回头看看那些路边吃草的马匹，又看了一眼那个小牧人，然后他靠近了博伊德，并列骑着。走了约四分之一英里，他回头一看，那个小牧人竟然也跟在他们后面慢慢骑着。又骑了一小段路，他索性停下来，把马在路上掉转了四分之一的角度，猎枪横放在膝头上。那个小牧人也停住了。当他们再骑开时，小牧人也跟着动起来。

"我们有麻烦了。"比利说。

"我们一离开家就开始有麻烦了。"博伊德补充道。

"那个大男孩骑回去找人了。"

"我就知道。"

“老尼诺不是很好骑，是吧？”

“是不大好骑。”

他看着博伊德，面容肮脏，衣衫破烂，大帽子迎着太阳，小脸儿藏在阴影里。他看起来就像是那个国家在战后或瘟疫后，或是一场大饥荒后幸存下来的某类新型牛仔。

中午时分，当他们看得见波奇亚的庄园的低矮白墙在远处闪烁时，有五个骑马的人出现在他们前方的路上。其中的四个带着步枪，有的横架在鞍座上，有的用一只手提着。走近两个少年，他们猛然勒住马。马儿不舒服地跺着蹄子，被迫在路上侧步。骑手们大声地前后招呼着，尽管他们互相之间并没有隔开几步。

兄弟俩立即勒住他们的马。汤姆竖着耳朵，还在碎步小跑。比利又转身向后看，后面也有三个骑马的立在路上。他们一停，狗便走到路边坐下歇脚。他又看看博伊德，博伊德侧着身子唾了一口，并顺着那没设栅栏的草场向南看着。远处的湖泊淡淡的好似膨胀起来，把天上的云影都拉在自己明镜般的脸上。近旁，有五六头精瘦的暗褐色的小公牛抬起头来瞅着路上的马匹。他看看身后那几个骑马人，又看看比利。

“你想不想跑？”他问比利。

“不。”

“我们有新换的马呀！”

“你不知道他们有什么样的马。再说，伯德无论如何是跑不过尼诺的。”

他注意看着那些骑近的人，把猎枪递给博伊德。“把这个收起来，”他说，“再把那些证明找出来。”

博伊德一手拿着枪，一只手伸向后面去解开鞍袋上的带结。

“别拿着枪坐在那里，”比利说，“快把它收起来。”

博伊德把枪插进套子里。“你对这些纸片看得比我重得多了。”他说。

比利没有答话，他在盯着这些骑手们靠近。他们现在五个人并排着骑过来，除了一人都握着竖起的枪杆。汤姆站在路边上朝着骑近的马群嘶叫着。其中的一个骑手把他的枪入了鞘，接着取下了绳套。汤姆见他接近了便转身跳出路面，但这名骑手刺马向前甩出了那绳套，正好套住了汤姆的脖子。汤姆被这突然一袭僵在路外侧，这套绳的松弛部分刚刚落地，其他四名骑手都上来了。

博伊德把装有尼诺证明的棕色信封递给比利。比利坐在马上手捏着信封，另一只手松松地握着掉马笼头的绳子。他两腿的内侧被马身上出的汗浸湿，他都能闻到那味道。胯下的马跺着脚，摆着头，朝着迎面而来的骑手们发出低低的嘶声。

来人在几英尺外站住了。他们之间年长的那个人将他们上下打量了一番，点了点头。“好啊，”他冷笑着说，“好啊。”他是一个独臂人，他的右臂的空袖筒被压扁了别在肩头。他骑马时两根缰绳是系在一起让他用左手操纵的。他腰带上拴着一把手枪，头戴着一顶在那个山区已不多见的扁冠，脚蹬一双长及膝盖的机制靴子，手握一杆辫式短柄皮鞭。他看看博伊德，又看看比利及他手里捏的那个信封。

“把证明拿给我。”他说道。

“别把那些文书给他。”博伊德急说。

“不给他怎么看呢？”比利回道。

“证明拿过来。”那独臂人下着命令。

比利用肘跟推马上前，把信封递上，然后将马退回两步，坐在马背上等着。独臂人先把信封放在牙缝间咬住，用手将领带夹松开，然后取出证明展开，先细看着几个印章并把它们对着光再看。他又从头至尾地审阅了那几张证明，然后把它们折好，从腋下取出信封把它们装进去，最后把信封交给了他右边的一个骑手。

比利问他是否能看懂这些证明，因为它们都是用英语写的，但那独臂人不予回答。他微微前倾着身子，仔细地将比利骑着的马再看一遍。他说那些证明没有价值。他又说，考虑到他们太年轻，他就不准备指控他们了。最后他说，如果他们想追索这件事的话，他们可以去见巴比科拉的洛佩兹先生。然后，他转过身子对右边的人说了些什么。这个人便把信封塞进了他自己的衬衣里，而后和另外一个人一起向前骑去，左手里都握着枪管朝上的来复枪。博伊德看着比利。

“把马松开吧。”比利对他说。

博伊德仍然握着绳子坐在马上。

“叫你怎么做就怎么做吧！”比利又说。

博伊德弯下身子松开了贝利颌下捕绳的套索，把绳子从马头上抽掉。松了套的马立即转过身，越过路边的水沟，小碎步跑开了。比利也从尼诺上下来，拉掉马笼头，用这绳笼在马的臀部拍了一记，这匹马也跟着另一匹马跑开了。此刻，他们身后的那几个骑手都靠上前来，无须吩咐便随着这两匹马跑去了。那个独臂头领微笑着，他朝着两个白人少年碰了碰帽边，蓦然在路上打了个大旋转。“我们走吧。”他下令。然后他与其他四名带枪的骑手沿着通往波奇亚的路骑回去，这正是他们骑来的方向。在那边的平地上，两个小牧童已经拉下了这几匹松套的马，正在赶着它们再次回到他们本来就打算西去的路上。骤然之间，这一切都过去了，一切都消失在这正午的热光中，只剩下一片无边的死寂。比利站在路上倾着身子唾着。

“你想说什么吗？”比利问弟弟。

“我没有什么可说的。”

“咳！”

“你好了吗？”

“好了。”

博伊德从左镫子里抽出脚。比利接着把左脚踩进去，一跃身坐在他后面。

“要是你问我的话，我满脑子乱七八糟。”博伊德说。

“我还以为你真的没啥可说的呢！”

博伊德没有接话。那条一直在路边草丛中藏身的哑狗此刻已经跑出来等着了。博伊德也坐在马上等着。

“你在等什么？”比利问他。

“等着你告诉我你要走哪条路。”

“那你觉得我们应该走哪条路呢？”

“我们应当在三天以后到达巴比科拉的桑塔安纳。”

“我们可能会迟到。”

“那些证明文书怎么办？”

“没有马那些文件有什么用？你总算看到了在这个国家里文件有什么用。”

“刚才赶着马走的那一个牧童在套子里插着一把枪。”

“我也看到了。我不是瞎子。”

博伊德掉过马头，他们沿着路朝西回骑。哑狗跟上来，在马的右侧小步跑着，身子罩在马的阴影里。

“你是不是想放弃了？”比利问弟弟。

“我从来没有说过放弃的话。”

“这地方也不像我们的家呀。”

“我从来没说过它像。”

“再说用常识想想看，我们离开家这么远跑到这里，空着手回去太不合算了！”

博伊德用靴跟夹了夹马肋，马便跑得快了起来。“你觉得有那么远的地方吗？”他反问道。

他们追寻着那两个牧童和三匹得而复失的马重新回到大路上以后的踪迹。一个小时后，他们又回到了那个小湖上方第一次见到自家那三匹马的地方。博伊德沿着路边慢慢骑着，查看着脚下的地面，直到他发现了那些马蹄印——打掌的和没打掌的——离开了大路，越过起伏不平的高岗草地向北迤逦而去。

“你估计他们是朝着哪里去了？”他问比利。

“我不知道，”比利说，“我都不知道他们从哪里为了这件事跑过来。”

整个下午他们都在朝北回骑。黄昏时分，从一个高坡上他们看到在离他们大约有五英里远处，在浅蓝色的冷寂的大草原上，有牧人在放牧着十一二匹马。

“你估计那是他们吧？”博伊德问他。

“很像是他们。”比利判断。

他们又赶紧向前骑行，一直骑到天黑下来。当四周黑得再也看不见时，他们便停住马坐在上面静听。除了草间的风声没有其他的声响，一颗晚星低低地嵌在西天的帷幔上，在落日的熏染下红彤彤的，像是一个萎缩的小太阳。比利滑下马，从他弟弟手中接过缰绳，手牵着马。

“简直黑得像在牛肚子里一样。”

“就是的，到处一片漆黑。”

“这可是容易被蛇咬的该死的时候。”

“我们都穿着靴子，可马没有。”

他们走上一个小山，博伊德踩着马镫子站直了身子。

“你能看见他们吗？”比利问。

“看不见。”

“你都看见些什么？”

“什么也看不见，什么也没有，除了黑还是黑，一片黑。”

“也许他们还来不及生火。”

“也许他们打算走一夜呢。”

他们又移到一块高地的顶部。

“他们在那儿！”博伊德喊道。

“我也看见了。”

他们从小丘的另一边下去，走进一块低地寻找一个能够避风的地方。博伊德也下了马，站在这个长满青草的斜坡上，比利把缰绳交给他。

“找棵树什么的把马拴住，不能只围马腿，也不能只打个桩子拴它。它会和牧场的备用马群搅在一起的。”

说完，他把马鞍子、毯子和鞍袋都拉了下来。

“你想生火吗？”博伊德问他。

“你用什么来生火呢？”

博伊德牵着马在黑地里走了一圈，不一会儿又牵马回来了。“我实在找不到什么可以拴它的东西。”

“交给我吧。”

比利用捕绳做了一个套索套在马脖子上，把绳子的另一头拴在马鞍前鞒上。

“我要把鞍子当枕头来睡觉，”他说，“只要它走出四十英尺远，就会把我拉醒。”

“我从来也没见过比这更黑的天了。”博伊德说。

“我知道的，我看这是要下雨了。”

第二天早晨，当他们走到高地顶部再朝北看时，既无火堆，也无柴烟。雨云过去了，天又变好了。天空晴朗而宁静。在这片起伏不平的草地上，一片单调和荒凉。

“这可真是个不得了的地方！”比利叹道。

“你看他们是不是逃掉了？”博伊德问。

“我们会找到他们的。”

他们又骑上马。在北面约一英里处他们发现了踪迹。这里有一个冷了的死火堆。比利蹲下来朝柴火里吹了一口气，接着向木炭里啐了一口水，但竟然连一点遇热的嗞嗞声都没有听到。

“他们今天早晨根本就没有生过火。”比利说。

“你估计他们看到我们了吗？”

“不。”

“也不知道他们多早离开这里的。”

“是啊。”

“要是他们藏在什么地方伏击我们怎么办？”博伊德问。

“伏击我们？”

“是啊。”

“你是在哪里听到这个词的？”

“我也不知道。”

“他们没有什么地方可藏的，他们只不过是早早动身罢了。”

他们又骑上马继续走。他们沿路可以看到那些马儿行经草地时留下的足迹。

“我们要小心点，不要走到那些高地的顶上去，只要跟上他们就好了。”博伊德说。

“我想到这点了。”

“我们搞不好会弄丢了他们的踪迹。”

“我们不会的。”

“要是地变硬变成石头地了怎么办？你想过吗？”

“那要是世界末日到了怎么办？”比利说，“你想过吗？”

“是的，我还真想过这个呢！”博伊德说。

在半上午的时候他们看到在东边约两英里处的一个小山脊上，前后排列地走着一队骑马人，前面赶着一个马群。一小时之后，他们骑到了一条东西走向的路上。他们坐在马上观察着周围。在尘土中可见一大群牧场备用马留下的足迹。马群的足迹是沿着路朝东去的，于是他们掉头向东沿着路骑着。到中午时他们已经可以看到在前面偶尔有尘雾飘散在路的低洼处，这是马群刚刚通过后留下的。又一小时后，他们骑到了一个交叉路口，或说是从北边的山里流出来的水冲出来的一条浅沟与这路交叉的一个地方，这条浅沟越过了路又继续穿越了那起伏不平的原野一直向南延伸。在这路口处他们遇到了一位骑在一匹上好的美国加鞍马上的人。此人皮肤黑黑，头戴一顶斯特森名牌帽，看不出确切的年龄。他脚上的那双昂贵的皮靴带着宽大而别致的后跟。他的帽子朝后高高地推在脑门上。他静静地抽着一根香烟，瞅着这两个少年从路上骑过来。

比利放慢了马，他观察着周围的地域搜寻着其他的马匹，其他的骑手。他在靠近此人时停住马，用拇指朝后推了推帽子。“上午好。”他向此人打着招呼。

此人用他的黑眼睛简单地打量了一下他们兄弟俩。他两手松松地交叉在他的马鞍前鞒上，那根香烟也悠悠地夹在两指间燃烧着。

他在马鞍上微微地转转身子，朝着他身后的那条沟沟槽槽的路看去。路面上被驱赶的马群留下的尘埃还微微地浮在空气中，像是夏日风中飘落的花粉。

“你们的打算是什么？”他开口问道。

“什么，先生？”比利不解。

“你们的打算，告诉我你们的打算。”

他抬起香烟慢慢地吸了一口，然后又徐徐地吹出一口烟气。他看起来对什么事情都从容不迫。

“那您是谁？”比利反问道。

“我叫基哈达。我是为西蒙斯先生工作的，我是诺维里奇克牧场的总管。”

说完他又慢腾腾地吸了一口烟。

“告诉他我们在找我们的马。”博伊德对比利说。

“我来决定要告诉他什么。”比利说。

“什么马？”此人问道。

“从新墨西哥州我们家的牧场被偷走的马。”

他又打量着他们俩，然后朝着博伊德伸了伸下巴：“他是你弟弟吗？”

“是的。”

他点点头，又抽了一口烟，然后把烟蒂扔在路上。他的马朝这个小掷物看着。

“你们知道这可是重要的事情。”他说。

“对我们来说是的。”比利应道。

他又点了点头。“跟我来。”他说。

他掉转马头就骑上了路。他也不回头看看他们俩是否跟着，但他们确确实实是跟着走了，而且未敢和他并行。

走到后半下午，他们的身上盖满了前面马群扬起的尘土。尽管看不见马群，但他们可以听到它们在前方的嘶叫声。这时基哈达打马退出大路，快步穿过路侧的松林，然后赶在马群的前面再回到大路上来。这个大牧场的场主正骑在马群的前头，当他看见基哈达时，他抬起了一只手。牧人们立刻打马上前拦住了马群。牧场主骑上前来，和基哈达坐在马上交谈着。牧场主朝后看着两个同骑一匹瘦马的美国少年。他向牧人们喊了一声。此时，路上的这一大群马挤成一团团的，不安地成群乱转。有一名牧人骑到马群的后部把钻进林子里的几匹马轰出来。当所有的马都安顿下来，泰然地等在路上了，基哈达转向比利。

“哪些是你们的马？”他问着。

比利坐在鞍子里转过身子扫视着马群。总共有三十多匹马，有的安稳站立，有的仍然不安分地四蹄交替扭动着身躯，长脖子扬起落下，在被骄阳照成金色的尘埃中不停地攒动着。

“那匹大红棕马，”比利点着，“那匹和它站在一起的浅红棕马，就是马脸上带白点的，还有后面那匹身上有斑点的，就是老虎。”

“把它们都分出来。”基哈达说。

“是，先生。”比利应道。他转回头向博伊德说：“你下来。”

“让我来做吧！”博伊德要求着。

“你下来。”比利又说一遍。

“让他来做。”基哈达说。

比利默然地看着基哈达。牧场主转过他的马，与基哈达并排着坐在马上。比利只好将腿甩过鞍叉，滑下地，退到后面去。博伊德从马背后部一纵身跳进鞍子里，取过绳子开始做一个套索。他双膝夹马向前，然后转头沿着马群的边缘骑向后方。场主和总管坐在马上抽着烟，观看着他。他慢步骑着，并不注意看这群马。他提着套索的右手却悬在马的左侧。突然，他沿着路边的松林低低地反手甩出套索，套索飞过这些骚动的马头，不偏不倚正中尼诺的脖子，然后他高抬手臂将捕绳中部的松弛段提离其间的数匹马的背部，通通是一个连贯的动作。他调整着绳子，弹着舌头对尼诺发出嘚嘚的声响，轻柔地说服它离开马群。场主和总管目不转睛地观看着，静静地抽着烟。

尼诺走出来了，贝利也跟着走出来了。这两匹马圆睁着眼睛，在好奇的马群中跌跌撞撞用肩膀开出一条路。博伊德把它们收在自己身后，又继续沿着路边前骑。他拆开刚才的绳索，又用绳子的另一头制作了一个特别的、拉锯式的套索。当他骑到马的后方，连正眼都没有看一下便把套索扔了出去，正中汤姆的头颈。然后他牵着三匹马沿着路边朝后走着，经过马群。停下来时，这三匹归队的马围着伯德挤来挤去，高兴地起落着它们的头颈。

基哈达转过身对牧场主说了几句话，牧场主点了点头，于是基哈达又转过来看着比利。

“带走你们的马吧。”他说。

比利伸手从博伊德手中接过几根缰绳，站在路上牵着马。“我需要您给我写个条子。”他说。

“什么条子？”

“一个放弃权利的转让证明，一个发票式的凭证，请签上您的名字，好让我们能走出这个地区。”

基哈达点点头，他转过身，松开他马上鞍袋的盖子，在里面翻了一通，找出一个小小的黑皮笔记本。他打开本子，从活页封面一侧的夹子上取下一支笔，坐在马上写着。

“你叫什么名字？”他问。

“比利·帕勒姆。”

他写了下来。当他写完，他把这一页从本子上撕下，把铅笔插回去，合上本子，把这张纸递给站在马下的比利。比利接过来连看都不看便折起这张纸。他摘下帽子，把这张折好的证明塞进帽子里面的一块防汗皮夹层里，又将帽子戴回去。

“谢谢您，”他对总管说，“十分感谢您。”

基哈达又点了点头，他又对牧场主说了几句话。牧场主又对牧人们下了道口令。博伊德弯着身子又从比利手中接过那几根缰绳，慢骑着伯德，带着新归来的三匹马走进了落满尘土的路边松林里。在这里，他转过马头，和那三匹马一起观看着牧人们轰赶着马群又开始走动。马群在他们眼前通过，这几十匹马拥挤着，喷着鼻息，转动着它们的大眼睛。骑在最后面的一位牧人看见博伊德坐在马上，身边的树间站着刚收回的三匹马，他扬起一只手，朝博伊德努了努嘴喊道："再见，先生！"然后他追上马群，沿着这条路进了山。

当晚，他们在一个还带着斧砍痕迹的石灰石筑成的水槽里饮足了马。在他们上方，磨坊的风向标像一匹旋转木马在微风里缓缓地转着，落日中，它那歪斜的长影倾倒在大草原上。他们已经给尼诺上了鞍骑了好大一阵子。比利下了马，给尼诺松了肚带让它透透气。博伊德也从刚骑过的贝利身上下来。兄弟俩先在水管处喝了水，然后蹲下来看着马儿们饮水。

"你喜欢看着马儿喝水，是吧？"比利说。

"是的。"

比利点着头附和："我也是的。"

"你觉得这张纸条的用处大吗？"博伊德问。

"在这片牧场上，我说它顶得上黄金。"

"但是离开这里就不管用了。"

"是的，出了这片地就没有用了。"

博伊德由地上拉起一根草秆放在牙间。

"你怎么知道他会让我们带走这些马？"

"因为他知道这是我们的马。"

"他怎么知道？"

“他就是知道嘛！”

“他也可以不给我们呀！”

“是啊，他完全可以。”

博伊德吐了一口,再把草秆放回牙间。他又看着这些马。“这真是意外的运气，”他说道，“我们这么快又找回了这些马。”

“我也这样想。”

“你估计我们还有多少好运气？”

“你是说再找到另外两匹马吗？”

“对，那件事或别的什么事。”

“我不知道。”

“我也不知道。”

“你觉得那女孩是不是已经回到家了？”比利提到那姑娘。

“我想她已经到家了。”

“是啊，”比利说，“我想也是的。”

他们看到水槽上有几只越过南边的干地飞过来喝水的野鸽子，但一接触到他们的目光，它们便马上从水槽上展翅转向飞走了。水管里流出的水冲在水槽里发出泠泠的金属声。掉在积云背后的西天落日顿时吸走了万道金光，立即将这大地变得淡蓝、冷清、寂静。

“你觉得他们是不是还占着我们家另两匹马？”博伊德问。

“你说谁？”

“你知道我说谁。就是那些从波奇亚过来的骑马人呗！”

“我不知道。”

“但是你也这样想。”

“是的，我也这样想。”

比利从帽子的防汗皮夹层里掏出基哈达给他写的那张纸条，打开看了看又折起来放回帽子里，把帽子再戴上。“你不稀罕这个，是吧？”他问。

“谁会稀罕呢？”

“我也不知道，妈的！”

“你觉得那个独臂老头会干些什么？”

“你知道他会做什么吧。”

博伊德把草秆从牙间拿下来，又把它从他那件烂衬衣口袋上的纽扣孔里穿过去，然后圈起来打个结。

“是啊。不过他现在不能在这里咋呼了，是吧？”

“我不知道。可不知怎么的，我总觉得他说了算似的。”

次日中午他们赶着这几匹马骑进了波奇亚和阿内克萨斯。博伊德守着马，比利则去了一家小店买了四十英尺半英寸粗的草绳做马笼头。柜台上的女人正在从一匹布上量着布。她用下巴和肩头夹住布，便以臂长来测量着。她用直尺和剪刀裁下布折好，然后推过柜台给一个小姑娘。小姑娘数出一些铜币、一些古币、一些比索及几张揉皱了的小票子。女人点了钱数，谢过小姑娘，小姑娘便把布夹在腋下走了。小姑娘走后这女人又走到窗口看着她的背影，她说这布是买给小姑娘的父亲的。比利搭话说，这块布能做一件好衬衣，但女人说这布不是做衬衣的，而是用来做小姑娘父亲棺材的衬里布的。比利不禁朝窗外看去。这女人又说小姑娘的家里并不富裕，她是在为庄园主的太太干活时学到这种奢侈做法的。她把攒下来结婚用的钱花掉了。小姑娘腋下夹着布穿过了灰蒙蒙的街道。街角上有三个男人，当小姑娘走近时他们把目光移开了。当她走过去，其中的两个人又把目光移回她身上。

他们坐在石灰水刷过的泥墙的阴影里，吃着用油腻的牛皮纸包着的肉末玉米饼卷，这是他们从一个街头小贩处买来的。狗蹲在一旁看着。比利把空纸揉成球形，在裤子上擦了手，然后掏出小刀，左右地平伸双手量着绳子。

“我们就坐在这里吗？”博伊德说。

“是啊。怎么，你和谁在哪里有约会吗？”

“我们为什么不到对面的林荫道去坐着？”

“行啊。”

“你想他们为什么不给这些马打上烙印呢？”

“不知道，也许它们被到处转卖吧？”

“也许我们应当给它们打上烙印。”

“那你到底用什么来给它们打呢？”

“不知道。”

比利割断了绳子，把小刀收起来。他在做一个马的笼头。博伊德把最后的一角饼卷塞进口里咀嚼着。

“你猜这些饼卷里放的是什么东西？”他问比利。

“猫肉呗。”

“猫肉？”

“当然是喽！你没看见那狗是怎么上心地看着你吃吗？”

“不，他们不可能放猫肉！”博伊德听了直恶心。

“那你看到这街上还有猫吗？”

“这么热，猫不会在街上。”

“那你看到阴凉地里有猫吗？”

“我想阴凉地里可能会有几只猫趴着。”

“你到底看到哪里有猫没有？”

“你会去吃猫吗？”博伊德说，“连看我吃猫也不会的。”

“我会的。”

“不，你不会的。”

“如果我饿极了会的。”

“你不会饿到那个地步了吧？”

“我以前就饿到过那个地步。你没有吧？”

“也有。不过现在没有。我们没有吃进猫肉吧，天哪！”

“没有，别担心。”

“要是吃到了，你会知道吗？”

“当然会，你也会的。我还以为你真想去那边林荫道呢！”

“我在等你呀！”

“再比如说壁虎吧，”比利又逗他，“你很难把它和鸡肉分出来。”

“胡说！”博伊德说。

他们把马赶过了街，赶到一个树干刷白的林子的阴影里。

比利把绳笼和拖绳接在一起以加长马儿漫步的距离，也是为了防止它们走失。博伊德则躺在被烈日烤得焦干的奄奄无力的草上。他把哑狗拖过来当了枕头，把帽子盖在眼睛上便睡着了。整整一下午街上都是空荡荡的。此刻，比利把几个笼头给马戴上，把马拴好，然后也走到这片草地上来，四肢伸开着躺下。不一会儿，他也睡着了。

近晚，有一个人单独骑着一匹似乎高过于他本人身份的好马，停在林荫道对面的街上。他环视着躺在草地上的兄弟俩及他们的马。看完，他歪着身子吐了一口，然后转身回骑。

比利一觉醒来，他坐起身看看博伊德。博伊德已经翻了一个身，一只胳膊还抱着那狗。比利伸手把弟弟的帽子从土里拾起来。此时，街上骑过来五个人。

“博伊德！”他轻声叫着。

博伊德一翻身坐起来，先找他的帽子。

“他们从那边过来了！”比利说。他一面站起来走到街上给伯德系上马鞍皮带，解开缰绳，一步跨到鞍子里。博伊德立即戴上帽子走到拴马的地方。他急急解开尼诺马的缰绳，牵着它擦过一个铁制的小长椅。他站上铁椅，一抬腿叉上光背的马。所有这些动作一气呵成，甚至连马都没有停步。他转过马头，骑过林子，骑到路上去。那帮骑手们过来了。比利看了看博伊德，博伊德骑在马上，前倾着身子，两只手掌朝下地放在马肩隆上。比利侧身吐了一口，用手背擦了擦嘴。

他们慢慢接近着，甚至没向树下站立的马看上一眼。除了那一个独臂人以外，他们都很年轻，好像也没有带着枪。

“那边是我们的老伙计。”比利说。

“那个独臂老板？”

“我觉得他不像是个老板。”

“为什么呢？”

“老板就不会亲自来，他会派人来。你还认出其他什么人了吗？”

“没有，怎么了？”

“我想知道我们今天在这里要对付的全班人马到底有多少。”

同一个人，穿着同样的机制靴子，戴着同样的扁冠。他把马在他们兄弟俩面前稍一侧转，仿佛他准备就此骑走似的，但他又把马转了回来。他把马停在兄弟俩面前并点着头。“好啊！”他还是那副阴阳腔调。

“把那些文件还给我们。”比利单刀直入。

独臂人身后的几个年轻人互相交换了一下眼色。独臂人又打量着这两个少年。他问他们是不是有点发傻。比利没有理他，只是镇静地从衣袋里掏出那张字条展开。他说他有这些马的发票证明。

“在哪里开的发票？”独臂人问。

“是巴比科拉开的。”

这人转过头一口吐在街上的尘土里，但眼睛没离开过比利。“巴比科拉。”他思忖着。

“是的。”比利从容不迫。

“谁签的字？”

“是基哈达先生签的字。”

独臂人茫无表情地坐在马上。“基哈达又不是执行官。”他说。

“但他是总管。”比利说。

独臂人耸了耸肩。他把两根系在一起的缰绳圈丢在马鞍前鞒上，然后伸出一只手，“给我看看。”他说。

比利冷静地把字条折好放进衣袋里。他说他们这次来是为了找另外两匹马的。独臂人又耸了耸肩。他说他对此爱莫能助，他说他无法帮助年轻的美国人。

“我们不需要你的帮助。”比利回答。

“怎么会呢？”

比利并不答话，而是将马头向右边一掉，打马前行骑进了当街。“待在那儿别动，博伊德。”他说。独臂人也转脸对他右首的人说话，他吩咐他扣下这些马。“扣住这些马。”他说。

“不许碰这些马！”比利喊着。

“怎么会呢？”独臂头领冷笑。“怎么可能呢？”

此时，博伊德从树底下飞身骑出来。

“待在那儿，”比利喊，“照我说的办！”

对方的两名骑手已经朝着被拴的马骑去。第三个人则骑过来阻挡博伊德的马，但博伊德双脚一夹马越过了他，几步便骑到了街上。

“退回去！”比利又喊着。

少年骑手在街上勒住马，他看着那独臂将军。尼诺转动着它的大眼睛，在街面上焦躁地跺着蹄子。独臂人正把缰绳咬在牙间，伸出仅存的左手，企图去打开他腰间手枪皮套盖子上的按扣。尼诺的那双转动的大眼睛一定是向街上的其他马发出了不愉快的信息，因为独臂人的马也开始扭头快跑。比利抓下自己的帽子夹马向前，用它遮在独臂人骑的马的眼睛前面。这匹首领马被这突然一遮惊得后腿直立起来，然后前腿一个下蹲，向后退了两步。马上的独臂人急忙抓住他宽大的鞍前轿。但与此同时，他的马举蹄前行时没有稳住而转了九十度急弯，把自己向后撂倒在地。比利见状勒住马，左右移动着。他的马正踩进独臂人开口朝天的帽子里，然后一扬蹄把这帽子打得满地直转。转身时，比利看到尼诺站立在一边，而博伊德双脚用靴跟踩在马肋上直立在马背上。独臂人的马后腿跪地，前腿乱刨，然后挣扎起来向前冲刺，沿着大街一路跑去，带着悬挂于一侧的缰绳绳圈及来回拍动的 双马镫子。独臂将军躺在当街上，他的眼睛随着头两侧转着，把周围这几匹马的仇恨行动都收进了眼里。他也看见了自己掉在路上的那顶被压得皱皱的扁冠。

他的手枪也躺在土里。独臂将军的部下中，有两个人试图斥退那两匹拴在树下又冲又扭的马，一人下马赶去救援那落马的将军，第四个人转身看见了手枪。博伊德眼疾手快，一步跳下马，同时把缰绳甩过马头，接着把那支手枪踢到路中心。尼诺后腿直立，前腿腾空，企图把主人衔出地面。但博伊德却拉下自己的马，跨到那个骑手的前方切断他的去路，他猛然伸出两个指头插进这骑手的马的鼻孔里去，使得这马疼得拼命摇着头退去。然后他牵着尼诺小跑着跟在他身后，一弯腰拾起地上的手枪塞进腰带里，随即抓住一把马鬃，翻身上马，在原地打转。

比利站在了当街上。对方的另一名骑手也已经下马。此刻两名骑手正跪在尘土里想把他们的首领扶起来。但这首领已经不能坐了，他们把他架起来，但他却像是被抽去了骨头似的瘫软在一边，然后干脆栽进他部下的臂膀里。几名属下一定是以为他们的首领只是被摔糊涂了，因为他们不停地对他说话并轻拍着他的面颊。街道上，一群围观者已经开始聚集。对方的另两名骑手也赶到了，他们下了马，扔掉缰绳急急地跑着。

“已经没有用了。”比利对他们说。

其中一名骑手转过脸看着他问：“怎么会呢？”

“已经没有办法了，”比利说，“他摔断了脊梁骨。”

“你说什么？”

“他的背断了。”

他们俩在镇子北面一英里处离开了大路，然后向西一直走到河边。在独臂将军的骑士们都跪在街上救护他的时候，博伊德把所有的马都赶走了。现在，他俩手头有着双方所有的马匹。天就要黑了。他们坐在一个沙洲上，看着阴冷的天空下站在河里饮水的马匹。小哑狗也蹚进河里喝水，还不时地抬起头回望着主人。

“你现在有什么主意吗？”博伊德问。

“没有，没什么主意。”

他们坐着看着这一群马，总共是九匹。

“他们可能会派出一名老侦探，能从石头缝里把一条四脚蛇都找出来。”

“可能会吧。”

“他们的马怎么办呢？”

“我不知道。”

博伊德又啐着口水。

“也许他们找回自己的马以后就不会再来惹我们了。”

“废话！”

“我想他们不会等到明天早上才动手吧。”

“我知道的。”

“那你知道他们会怎么对付我们吗？”

“我倒是有个好主意。”比利干脆去想下一步的对策。

博伊德把一块石头扔进河里。小狗立即转过身子去看石块飞去的地方。

“我们可没法在夜里就这么松松垮垮地把这些马赶出这个地方。”博伊德说。

“我根本就不想那么做。”

“好了，赶快告诉我你有什么好主意吧！”

比利站起来看着这些饮水的马。“我想我们应当把他们的马分出来赶到那边的高坡上，然后再使劲把它们朝着波奇亚方向轰过去，它们早晚会回去的。”

“好吧。”

“你把那支手枪拿来。”

“你要它做什么？”

“放回那个头头的鞍袋里去。这是他的。”

“他是不是死了？”

“如果没死，也是快死了。”

“那还不还有什么两样呢？”

比利看看河里的马儿，又看看博伊德。“好吧，”他说，“如果还不还都一样的话，那我就要了这枪了。”

博伊德从腰带上抽出那支手枪递过去，比利把它插进自己的皮带。他蹚水下河骑上了伯德，把那五匹波奇亚来的马分出来，把它们赶上岸。

“别让我们的马跟着。”他对博伊德说。

“它们不会跟着的。”

“我离开的时候别让外人来。”

“接着说！”

“不要生火，也别干别的。”

“行了吧，我又不是傻瓜。”

比利骑着马即刻消失在高坡之后。太阳已经隐没，高原上漫长的黑夜接踵而至。另外三匹马也首尾相接地从河里走出来，开始在河岸边的肥美草地上啃啮着。待比利转回时天已全黑了，他的马越过原野直奔他们的小小营地。

博伊德站起来。“你肯定是让马放开跑了。”他说。

“我是放开让它自己跑的，你好了吗？”

“就等着你了。”

“那我们走吧。”

他们整顿了一下马匹便赶着它们过了河向腹地去。周围的原野幽蓝幽蓝的没有一点生气。一弯细细的新月已经轻快地滑到了西天[1]，两头尖尖地上翘着，像是悬在空中的一只圣杯，而那颗明亮的金星正巧挂在它的上面，像是要落进一叶美丽的轻舟中去。他们离开河流在开阔地上放开脚步骑着，整整骑了一夜。快天明时他们在河西约一英里处的高坡上找了一块被烧过的林地做了一个无水营地。周围都是烧黑了的树木死干，参差不齐地群聚在这片高地上。他们下了马，想找一点水的迹象，却一点也没有。

“这个地方以前肯定是有水的。”比利判断着。

“也许被这场火给烧干了。”

“应该有个小泉、地下水什么的。”

“连草都没有，还会有什么呢？”

“这是一场旧火，好多年前了。”

“那你打算做什么？”

“我们就再忍一会儿吧，天马上就要亮了。”

“好吧。”

“铺上你的粗毛毯，我再守一会儿。”

“我倒是希望有一床粗毛毯子铺。”博伊德提醒他说。

“亡命徒是得行装轻松点。”比利自我解嘲。

---

[1] 月亮也是东升西落，但新月让人感觉运行极快，天黑一露面便已在西天。

他们打了桩子拴好马。比利手握着枪在残黑的树桩间坐着。月亮已经西沉，周围一丝风也没有。

“他没有马拿着尼诺的证明干什么？”博伊德问着。

“不知道。也许找匹马来冒充呗。睡觉吧。”

“那些纸片片能有个屁用。”

“我知道。”

“我现在可活像一条饿狗了。”

“你什么时候也学会说这种脏话了？”

“在没东西吃的时候。”

“喝点水吧。”

“我喝了。”

“快睡觉吧！”

东方已经发亮了。比利站起身来倾听着。

“你听见什么了？”博伊德问。

“什么也没有。”

“这真是个鬼地方。”

“是啊，快睡会儿吧！”

比利又怀抱着那杆枪坐下。他能听到马儿在草地上吃草的声音。

“你睡着了吗？”他问博伊德。

“没有。”

“我把马的证明拿回来了。”

“尼诺的？”

“是的。”

“你胡说。”

“没有。我是拿来了。”

“你从哪儿拿来的？”

“它们在那匹马的鞍袋里。我是去放枪的时候发现的。”

“这可真没想到。”

比利手握猎枪坐在那里，他倾听着马儿吃草的声音，听着四周的寂静。过了一会儿，博伊德问他：“你把手枪放回去了吗？”

“没有。”

“怎么回事？”

“我就没放呗！”

“那你拿回来了？”

“是的，快睡觉吧。”

当天已经大亮，比利站起来走到这残林的外边去观察此处的环境和地势。小狗也跟随而去。他走到一块高地的顶部，倚着枪杆蹲下来。在一英里之外的原野上，一群毛色淡白的放牧牛正在边吃草边向北边移动着。此外没有任何可观的景致。比利回到林地，看着还在地上酣睡的弟弟。

“博伊德。”他叫着。

“什么事？”

“可以骑马走了吗？”

博伊德坐起来看着周围的旷野。“可以。”他说。

“我们可以向北骑回那个庄园住宅去，那位大婶会把我们藏起来的。”

“藏到什么时候呢？”

“我也不知道。”

“可我们应该明天和她碰面的。”博伊德提到那女孩。

“我知道这事，可那也没办法。”

“要多长时间才能骑到庄园那边？”

“我也不大清楚。反正走就是了。”

他们朝北奔去，一直到看见了河才停步。在河岸的林子边上，有牛畜在吃草。他们坐在马上回头望着南方那起伏不平的高原草地。

“你能用猎枪打死一头牛吗？”博伊德问。

“要是离得近，可以。”

“那要是用手枪呢？”

“那你得离目标很近才行。”

“要多近才行呢？”

“我们又不去打牛，走吧？”

“我们真得吃些什么了。”

“我知道，走吧。”

他们骑到了河边，在一个浅滩处渡了河，然后想在对岸找一条路，但是河对岸根本没有路，他们只好沿着河边深一脚浅一脚地向北骑着。到前半下午时，他们骑进了圣荷塞小镇——其实就是一簇低矮的灰色泥舍。当他们牵着这小小的马队走过那布满沟辙的街路时，有一些女人从低窄的门口警惕地望着他们。

“这地方怎么怪怪的？”博伊德问。

“我不知道。”

“可能他们把我们当成吉卜赛人了。”

“可能他们把我们当成偷马贼了呢！”

一只山羊从一个低垂的屋顶下探出头来，用一双玛瑙般静止的死羊眼瞅着他们。

“妈的，死东西！”比利咒着。

“这真是个鬼地方。”博伊德说。

他们找到了一个女人要了点吃的。他们坐在泥地上铺的一张手编蒲席上面，用未经焙烧的黏土家制泥碗喝着冷玉米粥。当他们喝完粥，用玉米饼去擦碗底时，饼子上不但粘了沙粒，还染了泥土。他们想付钱给女人，但她不肯要。比利说这点钱是给小孩的，但她说家里没有小孩。

那天夜里他们在河畔的一丛三角叶杨树林里过夜。他们把马儿都拴在河边的草地上，便脱光衣服在夜色中的河里游水。河水清凉丝滑。哑狗坐在岸上注视着他们。第二天一大早，天还未放亮，比利就起身走到草地上去。他解开尼诺，牵着它回到营地，给它上了鞍，然后带着猎枪骑上去。

“你要上哪儿？”博伊德问他。

“出去看看能不能打到吃的东西。”

“好啊！”

“你就待在这里。我一会儿就回来。”

“那我还能上哪儿待着！”

“我不知道。”

“要是有人过来怎么办？”，

“不会有人来的。”

“万一有怎么办？”

比利看着弟弟，他肩上围着毯子蜷缩成一团。在这荒漠里的清冷早晨，他更是显得瘦弱和可怜。他看着弟弟，眼睛又越过三角叶杨树的淡白树干看出去，一直越过出现在灰色晨曦中的似波涛起伏的沙漠草地。

“我猜你是想让我把手枪留给你，对吗？”

“是啊，这是个好主意。”

“你知道怎么开枪吗？”

“当然，这还用说吗？”

“它有两个保险器。”

“我知道的。”

“那就好。”

比利从袋子里拿出手枪递给他。

“枪膛里面有一颗子弹。”

“知道。”

“别用掉。这颗加上弹夹里的就是这支手枪所有的子弹。”

“我不会用掉它的。”

“好吧。”

“你要去多大一会儿？”

“不会多久。”

“好吧。”

比利将猎枪横架在鞍子里沿河骑下。他把枪膛里的一枚猎鹿用的大号铅弹取出来，又在子弹袋子里翻找一通，取出两枚五号铅弹。他把一枚上了膛,另一枚装进衬衣口袋。他慢步骑着，一面骑一面透过林木注视着河流。骑下约一英里远，他看见河水中有野鸭子，于是他跨下马，扔掉缰绳，抓着猎枪，穿过河岸的柳丛开始潜近它们。他摘下帽子轻轻放在地上。就在这时候，马在他身后发出了低鸣，他回头看了一眼并低声骂了一句。他站起身再向河的下游看时，鸭子还在那里——三只黑色的铃鸭正一动不动地凫在水沟里的灰白色的水面上。雾气从河面上升腾起来，像团青烟。于是他又小心地穿过柳树向前摸去，身子蜷得很低。马在此时又嘶叫了一声，鸭子飞走了。他站起身来回头看了一眼。“该死的。”他骂了一句。但那马并未注意他，而是在向河对岸看着。他立即也转过身去看，对岸，他看到有五个人骑在马上。

他立即伏倒在地。他们排成纵列，穿过林子，在河对岸溯流而上。他们没有看见他。那几只野鸭子在初阳中盘旋在他的头顶，然后向下游扑棱而去。对岸的骑手们抬头看着，但没有停下步子。尼诺虽站立在柳林中，但并不隐蔽，可幸他们没有注意到，而尼诺此刻也没有再出声。于是他们鱼贯骑过，消失在河对岸的树丛中了。

他从地上爬起来，抓起帽子压在头上，然后小心翼翼地走回到马站立的地方，尽量不把它惊出声来。他抓过缰绳，跨上马背，把马头甩转了一圈，大步跑出来。

他跑离了河岸，在草原上放开马的四蹄跑起来。三角叶杨树上端的枝叶已经浸在朝阳里。他一面跑一面伸手在身后的鞍袋里摸着，想找出那枚大号铅弹。他已经看不见河对岸的骑者了。当他看见自己的马匹在林间拖着系绳吃草时，才知道自己的营地到了。

博伊德不等他说话便已知道出事了，他立即起身找马。比利一摆身子下了马，抓起他们的毯子卷起来拴在马上。同时博伊德也赶着几匹马从河边跑过来。

“把绳子都解开，”比利叫着，“我们得赶快逃走。”

博伊德转了个身，他抬起一只手似要抓住从林子里出来的第一匹马，突然他背后的衬衣伴着一片血红被冲成一个喇叭形，他接着一头栽倒在地上。

比利事后回想起他当时是见到了这颗步枪子弹，听到了那颗子弹飞过时在他耳际响起的真空的吮吸声和空气的颤动声。在整个世界都被凝住的那一瞬间，在他的眼前飞过去的那枚一侧还闪烁着阳光的小小的、旋转着的金属弹头，那颗被来复枪的膛线摩擦出火花的小小铅丸，在穿过他兄弟的身体之后减慢了速度但仍然比声音要快，带着余劲擦过他的左耳，伴着像是由空洞里发出的飒飒的吸气声及微小的冲击波的震动声。然后这粒弹丸撞击在一截树枝上被弹回，哼吟着掉落在他身后的沙地上。只是一发之差没有夺去他的生命。至此，这一声枪响总算是泄了劲。

这一枪响从河对岸呼啸着过来，又从这岸的沙地上回荡着过去。比利发疯似的在几匹狂乱而歪扭的马间跑着。他跪地把他兄弟翻转过来，博伊德身下的泥土已被鲜血染红。“哦，天哪！”他叫着，“哦，天哪！”

他把博伊德的头从土里抱起来，他的破衣衫即被鲜血弄湿。“博伊德，”他喊着，“博伊德。”

“我痛死了，比利。”

“我知道的。”

“我痛死了。”

来复枪继续发出爆裂声从对岸传来。比利他们的所有的马都已经从林子里跑出来，只有尼诺还站在拖地的缰绳旁跺着脚。比利转身对着枪声挥起一只手大喊着：“别放枪！别放枪！我们投降，我们投降。”

但来复枪还是在响着。他把博伊德放倒跑去找马。在尼诺正要跑开时他及时抓住了拖地的缰绳。他拽着尼诺疾步跑向他兄弟躺着的地方。他一边把他的兄弟抱起来，一边用脚踩着地上的缰绳。然后他转身把博伊德推上去，推进了马鞍。他把缰绳甩过了马头，左手抓住马鞍的前鞒，右手扶住博伊德，一偏腿从后面跨上去，然后一手抱住摇摇欲坠的弟弟的腰，双脚夹紧了尼诺的肚腹。

在他们骑出林子骑到开阔地时，又响起了三声枪响，但此时他已经打马飞奔起来。他兄弟倒在他的身上，浑身瘫软，满身是血。他都以为他已经死了。此时他看见其他三匹马在他前面的原野上跑着，有一匹好像是受了伤，落在后面，那条小狗根本不见踪影。

他超过的那匹伤马是贝利，它的后脚踝关节上中了一枪。当他们越过它时，它已经完全停下来了。当比利回头再看时，它仍然呆立在那里，好像灵魂已经出壳，只剩下一副躯壳。

另外两匹马也已经开始落后了，他在跑出大约一英里路的时候超过了它们。当他回头看时，那五名骑手正在他后方的原野上拼命追赶，一路扬起一股细的烟尘。有几个人四下甩着鞭子，他们所有的人都一手抓着枪，在初升的太阳光里这一切都看得清清楚楚。在他的前方只有片片的野草和零零星星的枣椰树点缀着那伸向远方蓝色山岭的原野。在这片空荡荡的大地上，他却显得无处可逃，无处可藏。他只有用靴子重击着尼诺盲目地疾奔。伯德和汤姆跑着跑着便要开始退却了。他只好转过头来呼喊它们。当他再转回头看时，远方有一个小黑点在从左向右穿越大地，挟着一缕细微的烟尘。他知道那里是一条公路。

他前倾着身子，紧紧抱着他的兄弟。他边骑边向尼诺喊着话，并用两脚使劲戳着它的两肋。就这样，他们重步捣击着这片空旷的地面，脚镫子强有力地里外拍动着。当他再回头时，伯德和汤姆已经跟了上来，他知道尼诺在两人的重荷下已经疲乏了，步伐大大减慢了。但他也发觉后面追赶的骑手已经开始放弃了。其中一人已经停了下来，然后他看见了来复枪发出的一股白烟，之后又听到了抛在这片开阔地面上的一声微弱而沉闷的枪响。这场亡命的追击就此结束了。前方路上的那部车已经消失在远方，只留下一缕苍白的烟尘在地平线上盘旋，标志着它曾出现过。

这条路上尽是些未经整平的粗土，既无边缘也没有路沟来显示它的存在，以至于他踏上一段后才知道上了路。他用缰绳勒住马，把马拉了一个大转圈。伯德已经奋力地跟了上来。他想拦住它，但当他面朝南方时，他看见一辆载着农场工人的老式平板卡车从空荡荡的大草原上轰隆隆地向他这边驶来。他暂时忘记了伯德，赶紧掉转马头，打马向南，沿着公路向卡车骑过去，并挥起他的帽子。

这卡车没有车闸，当司机看见这少年，他便变着挡嘎嘎地降下速来。后车板上的工人们由于惯性向前拥过去，同时看见了马上受伤的孩子。

“抓住缰绳！”比利向他们喊着，“抓住缰绳！”尼诺跺着蹄子，转动着 双大眼睛。 个人伸出手来抓住了缰绳并把它缠在了车后板的一根栅柱上。同时，有好几双手伸出来接住孩子，有几个人还爬下车站到路上帮助把孩子扶上去。鲜血还在从孩子身上流下来，而这是人的生命之源。没有人顾得上去问发生了什么事情和为什么会发生。他们称孩子为金发少年。他们把孩子递上卡车后用衣服的前襟擦去手上的鲜血。有一个瞭望哨站在平板的前沿，把一只手按在驾驶室的顶部，观察着原野远处的那几个骑手。

“快点，”瞭望哨喊着，“快点！”

“快点走！”比利也对司机大声喊着。他倾过身子拉掉了缠在车后板的缰绳并用拳头砸着车门。车上的工人们都伸出手拉那几个下车帮助递孩子的人上车。司机又挂上了挡，车后板上的人都突然朝尾部倾过去。一个工人伸出一只染满血污的手，比利赶忙紧紧地握住它。他们在车后厢的粗糙的木板上用衣服和毛毯为博伊德铺出一块地方。比利真的不知道此刻他兄弟是活着还是死了。这位工人握着他的手说："别担心！"

"谢谢你们，伙计们！他是我兄弟。"

"快走吧！"握手的工人喊着。卡车又发出低低的机器轰鸣声吃力地向前拱去。在草原的那边，五名骑士已经分开，两名分道向北来追赶卡车。卡车上的工人们赶紧朝着还坐在马上立在路上的比利挥手、吹口哨，他们用手在自己的头顶画出大圆圈示意他快跑。他已经向前跳进了博伊德坐过的鞍子里，双脚踩进了马镫子。弟弟留下的血已经渗进了他的裤子里，他双脚夹马前奔。伯德在他前方约一英里处。当他回头看时，那两名追来的骑手离他已经不足一百码远了。他立即俯倒在尼诺的脖子上，要求它全力以赴，冲出险境。

他在草原上骑马追上伯德。但在他超越它的那一刻，伯德在他的眼里恍然是贝利的模样，于是他意识到他已经失去了贝利。他又回首扫了一眼那两名追兵，并朝着和他共过患难的马呼喊了最后一声以给它勇气与力量，然后他便拼命逃奔。他又听到了原野那头传来的一声步枪的不清晰的发射，当他回头看时，一名骑手已经下了马，跪在马旁射击。他再把身俯下，贴着马背飞奔。当他再次回头时，两名骑手已经在草原上缩小，他最后一次回首，他们愈加微小了。但伯德也看不见了。至于汤姆，他从此就再也没有看见过。

半晌午的时候，他独自一人出现在这个地区。他牵着这匹浑身汗透、疲劳不堪的马走在一条卵石底的干河上。他不断对马讲着话，并竭力保持走在石头上，以免留下足迹。当马在河床的沙地上留下脚印时，他会扔掉缰绳，跑回去，用一把草当刷子平复这些痕迹。此时他的裤腿已经由于凝血而变得硬挺。他知道，无论是他还是马都需要尽快地找到水。

他把马的肚带松开让它松口气，自己爬上这河谷的一个断层处，躺下来由东向南观察四周，但没啥可看的。他又回到马站的地方，拾起地上的缰绳，用手握住马鞍的前鞒，看着鞍皮上残留的黑色血渍，把在手腕上绕了两圈，又把手臂放在他父亲这匹被汗沾湿了的马的肩隆上。“为什么这些狗娘养的不把我打死呢？”他问自己。

那日，在蓝色的薄暮中，他看见在极北的天幕上有一个亮点，起初他认为这是北极星。他注视着这颗星，看它是否会升高在地平线上，但它并没有。于是他稍稍转了一下方向，牵着这匹精疲力竭的老马步行着穿过沙漠草地朝着这颗亮星走去。老马在他身后踉跄着，他便退到后面，抓住马笼头上的颊带，与马并列着并对它讲着话。这马浑身盐晶晶的，白煞煞的，在晚霞中闪着银光，像是登上这暗下来的原野的一个奇观。当他把所有要说的都说完，他便给它讲故事，他把孩提时期外祖母用西班牙语给他讲的故事都讲给它听，当他把能记得起来的故事都讲完后，他只好唱歌给它听了。

下弦月的最后一片薄壳直立地悬在西边的远山上。金星已经隐去，群星轻盈而透明地缀满在黑幕上。他猜不出这么多的星星到底有何用途。他又牵着马步行了一个小时，然后站下来摸摸马身已经干了，便跃身上鞍再骑着前行。当他再找那颗亮星时，它已经不在了，他便根据其他星星来确定自己的位置。但不一会儿那颗星又出现了，它在沙漠远处一个黑黑的岬角上，方才也正是这岬角遮挡了它。他的歌也唱累了，后来他想到了祷告，但怎样祷告呢？最后他索性直接向博伊德祷告。“你不要死掉，”他祷告着，“你现在是我所有的一切。”

当比利骑着马，到了这家的栅栏旁时，已经将近半夜时分。他顺着栅栏向东找到了栏门。他下了马，牵着马进了门，回手关上门，又骑上一条灰白色的泥径朝着灯光方向走去。有几条狗跑出来对着他们狂吠。

从门里出来的主妇已不年轻。她和她丈夫一起住在这个小车站上。她说他在一场革命中失去了眼睛。她向狗喝了几声，几条狗便灰溜溜地退去了。当她站到一边让他进门时，她的丈夫已经站在这间天棚低矮的房间中央，好像是起身迎接什么显贵人物。“他是谁？”他问妻子。

她回答说这是一个迷了路的美国人，这男子点点头。他转过身去，那张干缩起皱的脸把油灯的光遮了一会儿。他的眼窝里面没有眼珠子，上下眼睑早已皱缩，所以他带有一种一成不变的自我专注的痛苦神情，仿佛早年的谬误还一直盘踞在他的全身。

他们坐在一张漆成绿色的松木桌旁，这位主妇用杯子给他端来了牛奶。长时间没喝到牛奶，他几乎都忘记了人们曾喝过牛奶。主妇擦了火柴点着了煤油炉子炉膛里的循环输油芯。她调整了一下火力，把一柄锅子架在上面。当水烧开时，她用勺子把鸡蛋一只一只地舀进去，再把锅盖盖上。盲男人僵直地坐在那里，好像他自己是这个家里的客人似的。当鸡蛋煮好，主妇用碗盛着递给比利，自己坐下来看着他吃。鸡蛋冒着热气，他拿起一只，烫得立即又放下了。主妇笑了。

“你喜欢吃鸡蛋吗？”盲男人问他。

“是的，当然喜欢。”

鸡蛋在碗里冒着热气，他们三人对脸坐着。在没有灯罩的煤油灯光下，他们的脸苍白地悬着，像是一副副面具。

“请你告诉我，”盲男人说，“你带来了什么消息吗？”

他告诉他们他是在这一带找寻他家被偷走的马匹，他说他是和弟弟一起出来的，但现在暂时分开了。盲男人斜过头在倾听。他问起了革命的消息，但少年却无话可说。接着这盲男人便说，尽管这乡村里十分宁静，但这不一定是什么好的迹象。少年看看主妇，见她听完便严肃地点着头表示同意，看起来她对她丈夫的话是极其尊重的。他从碗里拿起一个鸡蛋，在碗边敲碎开始剥壳。他一面吃，主妇一面对他讲述起他们的生活经历。

她说这个盲男人出身贫贱家庭。“出身微贱。”她说。她说他是耶稣纪元 1913 年在多兰戈城失去的眼睛。在那一年的晚冬，他骑马东去加入了马克洛维 · 埃莱拉的队伍。在那年的 2 月 3

号，他们在纳米奇巴打了一仗并夺取了那座城市。到4月，他和孔特雷拉斯与佩雷拉所率领的反叛者们在多兰戈城共同作战。在他们夺取的政府军军火库里有一尊法国造的古代加农炮，他就被指派去操纵这门大炮。那一仗他们败了。主妇说他本来是可以逃走的，但是他不肯离开自己的岗位，于是他和其他许多人都做了俘虏。俘虏们被给予一个机会向墨西哥政府宣誓效忠，凡是不肯这样做的人都被带到一堵墙下草草枪毙。在他们之中有很多不同国籍的人，有美国人、英国人、德国人，还有来自人们根本没有听说过的国家的人。但是他们与本地人同样被带到墙根，死在恐怖的步枪排射下，死在骇人的硝烟中。他们并排着无声地倒下，他们胸口迸出的鲜血溅泼在身后的粉墙上。他亲眼目睹了这一切。

在多兰戈战役的捍卫军中，当然没有几个外国人，但是里面有这样一个人，一个叫沃茨的德国人。他是胡埃蒂斯塔的党羽，也是政府军的一个上尉。被俘的反抗者们被用绑栅栏的铁丝像狗一样地拴在一起站在街上。这个德国人便从他们面前走过，弯下头来挨个地盯着他们，注视着他们眼睛里死亡的阴影，因为枪杀就在他身后执行着。这个人西班牙语说得不错，尽管带着一些德国口音。他对着这名被俘的加农炮兵说，只有那些最可怜的傻瓜才会为一个既荒唐又短命的事业去死。这名俘虏听了却朝着他脸上吐了一口，其后这个德国人做了一件十分奇特的事。他非但没有恼怒，反而笑着把这炮兵啐在他嘴边的唾液慢慢舔光。他是一个大块头，长着一双大手。他用两只大手抓住这个年轻俘虏的头，弯下腰好似要亲吻他。但这并不是亲吻。他弯下头，抓着年轻人的脸，对在场的人来说好像他真是要亲吻年轻人的双颊，也许是以法国军人的一种方式吧。但是代之以亲吻的是，他吸足了气，随着双颊深深的凹陷，他把这个年轻人的双眼依次从他的头颅里吸出来，又依次把它们吐出去，让它们只凭着索带悬挂在年轻人的脸上，一对湿漉漉、怪兮兮的眼球，摇晃在这个年轻人的脸上。

年轻人僵立在那里，他的疼痛当然是惨烈的，但是此刻他看到的一个被肢解了的世界，一个再也不能复位的世界所突然带给他的痛苦却是数倍于此。他不敢去触摸自己的眼睛，他绝望地惨叫着，张开双手狂乱地挥舞着。他看不见他敌人的脸，那制造了他的黑暗的歹人，那窃走了他光明的恶贼！他能看到他身下的街面上被践踏的尘土，一大堆乱七八糟的男人靴子，他能看到自己的嘴巴！当战俘们被命令转身走离时，他的朋友们扶着他的双臂领着他走，大地在他脚下癫狂地摇晃着。从来没有人见过这样可怕的事情，他们带着无比的畏惧谈论着。在他的脑壳上，两个血洞像灯盏一样发出惨红的光，好像那里有两股被恶魔吮吸出来的地狱之火！

人们试图用汤匙把他的眼球放回眼窝，但是没人能够办到。于是他的两个眼球挂在面颊上像葡萄一样地干枯了。他的世界渐渐地变得暗淡，无色，最后从他面前永远地消失了。

比利不禁去看那个盲男人，他还是僵直地坐着，毫无表情。主妇稍等了一下，又继续说下去。

有人说这个德国人沃茨算是救了他一命，因为如果不是因为他瞎了，也会被推到墙根枪毙。其他人则说这样可能比死了要好。但是没有人去问这个盲人自己的感觉。他坐在冷硬的石头监狱里，满怀恐惧地等着光明在他的周围消退，直到最终他坐进了无边的黑暗。两颗眼球干枯皱缩了，而维系着它们的索带也要干枯了。世界已经消失了。后来他睡着了。在睡眠中他做着光明的梦。他梦见了山野，这是他在战斗中骑马驰骋过的地方，山野中有颜色鲜亮的小鸟和色彩鲜艳的野花；他梦见了山城里的姑娘赤脚走在路旁，她们的眼睛像充满着希望的潭水又深又黑。整个世界都是这么美好。在这一切之上是墨西哥那明澈的蓝天。在他亲爱的故乡，他看到了人们在排演社戏。人们天天在彩排着人类的未来。那死神头上顶着纸糊的脑壳，身上披着画着骸骨的外衣，在舞台的脚光前面来回迈着大步，高声朗诵着……

“从那以后二十八年过去了，”主妇说道，“世上发生了很多变化，但实际上一切都没有变。”

少年从碗里拿了最后一个鸡蛋敲了一下开始剥皮。这时那位盲男人说话了。他说恰恰相反，什么都没有变，但一切都不同了。世界每天都是新的，因为上帝使之每日更新，但它里面所包含的邪恶仍如以往，无增无减。

反叛者们于 6 月 18 日又打了回来并拿下了多兰戈城。他被从监狱里放了出来。他站在大街上听着炮火从城郊传来的声音，在那里被击溃的政府军士兵正在被追捕和击毙。他站在那里倾听着任何他可以辨认的声音。

“你是谁，瞎子？”人们问他。他告诉他们他的名字，但无人认得他。有人从树上为他砍了一截绿枝棍子。于是拄着这根唯一的所有物，他独自踏上了通往帕拉尔的路。

他像一个膜拜者似的把脸朝向看不见的太阳，凭着一点微弱的感光而辨知一天内的时段。凭着乡村里的声音，凭着夜间的寒冷、清晨的湿气，凭着鸟的鸣叫，凭着照在他脸上的第一丝光热来辨知时间和季节。在他经过的地方，人们从家里给他拿来了水和食物，还给他准备了路上的食品。那些竖着颈毛跑到路上来向他挑衅的狗也不喝自退。他对于失明给他带来的待遇感到惊奇。他简单的生活中好像什么都不缺少。

野外下过了雨，野花在路边盛开着。他慢慢行走着，用那支棍子探着路上的辙沟。他的靴子早已被人偷走，起初的一些日子里，他不习惯赤脚走路，他的心里充满了绝望，这绝望大得他心里都装不下。这绝望盘踞在他的心里像一个寄宿者，一只寄生虫，蛮横得把他自身都逐出了固有的居所，而且占据了他心中原有的全部空间和形状。他觉得这绝望一直哽塞到他的喉头，他甚至不能咽下食物，他只能用黑暗中不知是谁递给他的一只杯子呷水，再把这杯子归还到黑暗中去。从监狱中的解放对于他并没有多大意义，好长一段时间里，他的自由对他来说只不过是一种灾祸的延续。在这种状态下，他动作迟钝地叩着路，向着北边的帕拉尔缓缓走去。

在他行程的第一个阴冷的黑夜里，天下了雨。他孤独地站在旷野中听着，他听到雨声在沙漠上纵横，冷风还夹带着蒺藜丛的苦涩味道。他抬起脸站在路边。他想到，除了风和雨，在这个疏远和隔绝了的世界上，没有什么东西会再来触摸他了。既没有来自爱的，也没有来自恨的。那个把他囚禁在这个世界上的桎梏已经变得又冷又硬。他一移动，世界也移开了，他永远也无法接近它，更无法逃脱它。在雨中，他坐在路边的野草间哭泣着。

野外行程的第三天早晨，他走到了胡安塞沃利奥斯镇。他站在路上举起手杖划着，他听着身旁的声音，并用他那可怖的斜视斜对着这声音。但那些狗又惶惑地溜走了。一个女人站在他的右边对他说话。她说她可以领着他的手走，于是他便把手给她。

“你要去哪里？”她问。

他说他不知道。他说路通向哪里他就去哪里，风吹向哪里他就去哪里，上帝要他去哪里他就去哪里。

“顺从上帝的意愿。”她说，似乎帮他做出最可靠的选择。

她把他领到自己的家里。他坐在一张粗木板的桌子旁。她端来一盘食品和水果让他吃，但不管她如何邀劝，他只是不吃。她问他从哪里来，但是他自惭形秽，不愿意说出自己所遭受的灾难。她又问他是否生来就失明。他思量着这个问题。过了一阵子他才说是的，他生来如此。

在他离开这家时，他的脚上已经有了一双补缀过的带帮旧皮拖鞋，他的肩上搭着一条薄薄的羊毛披毯，在他的破裤子口袋里还塞着一些小铜币。在他走过时，街上的几个谈话的男人立即哑住了，等到他走过去，他们又恢复了谈话。好像他是被黑暗差来的某个役使，到他们中间来刺探什么；又好像被一个瞎子所带走的话语会具有未被考虑到的力量，以后会在世界的某一个地方走了样，变成与说话人意图相反的东西。他在路上转过身，高高地举起他的手杖。“你们这些人对我根本一无所知！”他喊叫着。他们又沉默了。他又转过身继续走他的路。过了一会儿，他又听见他们恢复了谈话。

那天夜里他听到了原野远处有战斗的声音，他便站在黑暗中倾听着。他嗅着空气想闻到无烟火药味的气味，他侧着耳朵想听见士兵和战马的声音，但他所能听见的只是微弱的步枪嘎嘎声和榴弹炮间歇地发射罐筒式炮弹的沉闷声响。过不多久，什么声音也没有了。

第二天清早，他的手杖导引着他在一座桥的桥板上发出嘚嘚的声响。他停了下来。再伸出手杖叩击着前行，他小心翼翼地走在桥板上，走走停停，停停听听。他能够听到桥下流水的十分柔和的声音。

他沿着小河的河岸摸索着走下去。一路上用手推开挡脸的灯芯草，一直走进水里。他伸出手杖碰了碰水，然后朝着水面猛劈乱砍一阵又停了下来，他抬起头来听着。

“你是谁？”他喊叫着。

无人回话。

他把羊毛披肩丢在地上，脱下一身的破衣服，又拿起了手杖，裸着一个瘦弱、肮脏的形体，他走进了河里。

他向河心走去，但担心这河水浅得不够把他带走。他设想着，在他这种永恒的黑夜状态中，他可能已经将通往死亡的旅程减少了一半。这种生与死的转变对他来说不会是像一般人那么巨大，因为这世界已经远远地离开了他，如果这不是他在黑暗中无意间闯入的死亡的地域，那么又是谁的地域呢？

但这河水只到他的膝盖。他站在河里，用手杖稳住自己，然后他坐下了。河水很凉，在他周身缓缓流淌着。他沉下自己的脸去尝那水的味道。他在水里坐了很长时间。在远方他听到有钟声敲响了三次然后停止了。他双手抓膝，头朝前倾，然后脸朝下沉进水里。他把那根手杖像桅杆似的横架在脖后，用双手抓着它，然后在水中屏住气息。就这样他用棍子压住自己的头在水里憋了很长时间，直到实在撑不住了他才吐出一口气，接着他想把水吸进肺里，但未能做到。于是他跪在水里大口地喘气和咳嗽着。其间他把他的手杖放掉了，手杖在水里漂走了。他终于站了起来，踉跄着，咳嗽着，大口吸着气，激愤地用手掌梿枷般地甩打着水面。桥上站着一个人看到此景，认为他一定是神经错乱，企图制服这河水或河里的什么东西。后来他才看见了这人空洞的眼窝。

“*往左边走！*”桥上的人叫着。

盲男人闻声站住了。他双手抱肩，冷得缩成一团。

“*往你的左边走！*”那人又叫了一声。

盲男人拍打着水朝左边走着。

“再走三米，”那人喊着，“你就出来了。”

他东倒西歪地向前走着，双手在前面乱摸。桥上的人一直在为他喊着方位。后来他的手碰到了那根手杖。他一把抓住它，又一屁股坐进了水里借以遮羞。

“你要做什么，瞎子？”那人又喊问。

“不做什么，你别来烦我。”

“我？我来烦你？瞎子啊，你真是个瞎子！”

那人说他以为这瞎子快要淹死了，看到他从水里钻出来满嘴乱喷水沫子时他正想要下去救他。

盲男人仍然在水里背对着桥和路坐着。他闻到了一股烟草的味道，过了片刻他问那人是否可以给他一支烟抽。

“当然可以。”

于是他站起来蹚水上岸。“我的衣服呢？”他问道。

那人告诉他衣服的位置。当他穿好了衣裤，便走到路上去。在桥上他和那人一起坐下吸烟。太阳照在他的背上暖洋洋的。那人说，河里的水根本不足以把人淹死。盲男人点点头。那人又说这里也不是隐秘的地方，别人会看见你的。

盲男人问，这附近是不是有座教堂。那人告诉他这附近没有教堂，而且附近什么东西都看不到。盲男人说他曾听到过钟声。那人便说他有过一个叔叔也是个瞎子，他也是经常听到一些并不存在的声音。

盲男人耸耸肩膀，他说他只是最近才瞎了眼。那人问他为什么会认为钟声一定是发自教堂，但盲男人只是又耸耸肩膀接着抽烟。稍后他问那人除了钟声,教堂还能发出别的什么声音呢?

那人问他为什么想死，但盲男人说这点并不重要。那人又问他是不是因为他失明了，他回答说这只是其中的一个原因。他们默默抽着烟，后来这盲男人对那人谈了他的推论。他说反正失明的人已经是一半地离开了这个世界。他说他实际上已经变成了一个在黑暗中说话的声音而已，而这个黑暗是与我们人生的目的无法相提并论的。他说这世界及世界上的一切内容对他来说都变成了一种传说，一种猜测。他耸着肩膀。他说他并不想变瞎，因此瞎眼的失望使他感到生活的绝望。

那人听他一直讲完。他们又默默地坐着。盲男人听到邻人的香烟头丢在桥下河水中的细微嗞嗞声。最后那人对他说，轻生是一种罪孽，不管你怎么做，这世界还是一如既往，这些都是不可否认的。看到盲男人不说话了，他让这盲男人来触摸他，但盲男人不肯这样做。

“对不起。”那人一边征求着他的允许，一边就主动拿起盲男人的手，把他的手指头放在自己的嘴唇上。盲男人的手指放在那人的嘴唇上，就像是一个人要另一个人安静一样。

“摸呀！”那人说着。但盲男人还是不肯，于是那人又拿起瞎子的手在自己脸上移动着。“摸呀！”他叫着。“如果说这世界只是一个幻觉，那么这世界上的人也只是一个幻觉了。”

盲男人坐在那里把手放在那人脸上，然后他开始移动它。这是一张没有明确年龄的脸。是黑皮肤还是白皮肤？他不知道。他摸到那窄的鼻梁，那粗硬的直发，他触摸着这人闭上的薄薄的眼睑下的那两个眼球。在这沙漠高地的早晨，除了他们两个人的呼吸，听不到任何其他的声音。他触摸着在他手指头下滑动的眼球，那细小而敏捷的抖动就像是一个子宫里的动感一样。他把手抽开了，他说他说不出什么来。“这不就是一张脸吗？”他问，“又怎么样呢？”

那人沉默地坐着，好像在思索该如何回答他。过了一会儿他问这盲男人会不会哭泣？盲男人说任何人都会哭泣的。但是那个人想知道的是像他这样的盲人，是否会在原先有眼球的地方哭出眼泪来。他们能否做到呢？他不知道。盲男人吸了最后一口烟，然后把烟蒂掉进河里。他又重述着，他说他所行走的这个世界与常人所想的完全不同，实际上这根本谈不上是个世界。他说你可以把眼睛闭上，但你不知道什么是失明，就像是睡着不等于死亡一样。他说这不是一个幻象或非幻象的问题。他把那广阔的干旱泥地、河流、道路、远山和蓝天都只当成一种美好的安慰而使自己不会直面现实，这个真实而永恒的现实。他说世界的光明只是存在于人们的眼里，因为世界本身是在永恒的黑暗中运转，黑暗是它的真正本质，真正的状态。在黑暗中，世界以它各组成部分的完美的内聚力而旋转着，但是你什么也看不见。他说世界是极有感知的，是神秘的，是超出人们的想象的，它的本质并不取决于能否看得见的东西。他说他可以盯着太阳看，但那又有什么用呢？

这些话好像使他的朋友又陷入了沉默。他们并排坐在桥上，朝阳暖暖地照在他们身上。最后那人问他怎么会有这样的一些观点呢？他回答说这是他长时间以来一直怀疑的一些事情，而盲人总是有很多问题思索的。

他们都觉得到了该走的时候了。盲男人问这位朋友要走哪条路？那人迟疑了一下，他反过来问这瞎子要走哪条路。盲男子用他的棍子一指。

“我要朝北去。”他说。

“我是朝南的。”另一位答道。

盲男人点点头。他把手伸到黑暗中，他们便握手告别了。

“世界上是有光明的，失明的人，”那人大声说着，“就像以前一样，现在也有光明。”但这盲男人只是转过身，像以前一样走上了通向帕拉尔的路。

主妇暂停了一下她的讲述，她看着少年。少年的眼皮显得沉重，他的头向前冲了一下。

“你没睡着吧，年轻人？”盲男人问着。

少年坐直了身子。

“没有，”主妇答着，“他没有睡着。”

“灯还亮着吗？”

“是的，灯亮着。”

盲男人还是直直地坐着。他的双手掌心朝下地平放在他面前的桌子上，好像是在稳住这世界或是这世界中的自己。

“你继续讲吧。”他对女人说。

“好的，”女人继续讲述，“就像在所有的故事中一样，在他的旅程中我们会遇到三个人。我们已经遇见了一个女人和一个男人了。”她停下来看了看少年。“你能猜猜，谁是这第三个人吗？”

“是一个孩子？”少年说。

“一点儿不错！”

“但这个故事是完全真实的吗？”少年问。

盲男人插话进来，这的确是一个真实的故事。他说他们既不是想给他解闷，也不是想给他说教。他们只想告诉他一些真实的事情，除此之外没有其他任何目的。

比利问他们，他怎么会在去往帕拉尔的长长旅途上只碰到三个人？盲男人随即回答他说，他在那个旅程中确实也遇到了其他的许多人，他还从他们那里得到了很多善意的帮助。但是议论中的这三位陌生人是他对之谈到过他的失明的人物，因此也是这个故事中的主要人物，尽管这个故事的主角是一个盲人，主题是光明。“对吗？”

“他是这故事的主角，这个盲人？”少年重复了一句。

这位盲男人沉吟了一下未立即回答。最后他说最好是等等再看，最好是他自己来判断。然后他对女人做了个手势，她又接着讲下去。

这个盲人如前所述又继续在向北的道路上跋涉着，直到九天以后他到达了位于奥洛河畔的罗德奥镇。沿途每到一处他都得到很多礼物，往往是善心的女人们出来关心他。她们在路上拦住他，硬塞给他一些东西，而且主动要陪他走一段路。她们一边搀着他走，一边向他讲述着村庄、田地和庄稼的收成。告诉他他们所经过的房子里所居住的人家的姓名，陈述着这些人家的家庭陈设的细节或家中老人的病况。她们还告诉他她们生活中的伤心事，朋友的死亡，情人的变化无常。她们甚至还对他讲及自己丈夫的不忠——这使他感到十分困窘。她们还抓住他的胳膊用嘘声表示对那些勾引她们丈夫的淫妇的憎恶。没有人要求他保密，也没有人问他的名字。世界在他的面前以过去从来未有过的面目展开着。

在那一年的 6 月 26 日，一连胡埃蒂斯塔的士兵在他们东去托雷翁的路上经过了罗德奥镇。他们深夜进了镇子，很多人都喝得醉醺醺的，全部都是步行。当他们在林荫道上宿营时，把树下的长木凳都当柴火砍烧了。在第二天灰白色的黎明中，他们包围和兜捕了那些被他们说成是叛乱分子同情者的人。他们令这些人靠着农舍的泥墙站立，给他们每人一支烟抽，然后当着他们亲人的面把他们射杀。他们幼小的孩子亲眼目睹了自己父亲的惨死；他们的妻子和母亲号啕大哭，痛不欲生地抓扯着自己的头发。当这个盲男子第二天到达这里时，他无意中被卷入了沿着灰色泥街排列的送葬行列中。在他还没来得及搞清楚周围发生的事情时，一位姑娘拉住他的手，把他领到了位于城郊的盖满灰土的墓地。墓地里到处歪七竖八地插着粗劣的十字架，放着供奉用的廉价瓦罐和玻璃盘碟等物。这儿停放着三口板条木的棺材，都是用煤焦油和烟灰和在一起凑合着涂的黑，其中的一口已经靠上穴位。一名小号手吹奏起一曲哀伤的军乐，镇里的一位长者代替神甫致了辞，因为这里没有神甫。姑娘抓住他的手，贴近了他。

“他是我的哥哥。”她小声地说。

“哦，我很为你难过。”盲男子说。

他们把死者从棺材盒里抬出来，沉到两名已经下到墓穴里去的男子的手臂里。这两名男子把他放到穴底那湿冷的泥土上，把他原先垂在两侧的手摆回胸口交叉的位置，最后把一块布盖在他脸上。然后这两名粗壮的临时教堂执事抬起胳膊，抓住上面等候好的人的手，被从墓穴里拉出来。接着便有几个男人每人一铲把土撒在死者劣质的衣服上，沙白色的土块沉闷地响着，女人们在心碎地哭泣着……盖完墓穴，这些人又肩起这空棺盒回到镇里去运来另一名死者。盲男子可以听到又有新运来的死者到达这片小小墓地。他被牵开几步，让过肩扛棺盒的人群，再次站着去聆听那简短的乡村演说词。

“这个是谁？”他悄声问姑娘。

姑娘又拉了一下他的手。“我另外一个哥哥。”她低声说。

当他们站着等第三次埋葬的时候，盲男子侧过身问姑娘，她家中一共有几个人要被埋葬？姑娘说这是最后一个。

“也是一个哥哥吗？”

“是我的父亲。”

土块又响起来了。妇人们又开始新一轮的恸哭。盲男子戴上了帽子。

在回镇子的路上他们遇到了另一队去墓地的送丧行列。于是盲男子听到了更多的悲泣，更多的抬棺脚步的拖地声。他们谁也没有说话。当这个行列过去，姑娘领着他回到路上，他们继续走着。

他问这姑娘她家里还有没有活下来的人了，姑娘说除了她自己以外都死了，因为她母亲几年前就死去了。

前一夜下过雨，雨也下在那些杀人者们留下的死火堆上，盲男子都能闻到那湿灰烬的味道。他们走过了泥砖农舍，那儿的墙曾被人血污黑，但都已被镇上的女人们冲刷干净，好像从来也没有过这些血迹似的。姑娘对他讲起行刑的情景，说出每个死者的名字，说着他是谁，他是怎么站着又是怎么倒下的。旁边哭喊的女人们一直被人拽着，直到最后一个人被枪杀，那上尉连长站到一边时，她们才得以冲上前去抱住那些被杀害的男人让他们死在自己亲人的臂膀中。

“那当时你呢？”盲男子问姑娘。

她说她首先跑向她的父亲，但是他已经死了。然后她又依次跑向她的哥哥们，先是大哥，再是二哥，但是他们也都已经死了。她在这些悲痛欲绝的女人间走着。这些女人蹲在地上，把死者的身体拥在自己怀里摇晃着，恸哭着。那一连杀人的士兵已经退走了。街上有过一场犬斗。很快便有男人们推着车子过来了。她手里拿着父亲的帽子茫然地走着，不知道该把它放到哪里。

夜里，当挖墓殡葬工在教堂里看见她时，她仍然握着那顶帽子坐着。殡葬工对她说她应当回家去，但她说她父亲和两个哥哥的尸体都停在自家屋里的席子上，地上还燃着蜡烛，她没有地方可睡。整个家都被死人占满了，她只有到教堂里来。殡葬工听她讲着，然后他与她并排坐在粗糙的长木凳上。时间已经很晚，教堂也空了。他们比肩而坐，手里都握着帽子。她手里握的是一顶草编的阔边帽，他则是一顶泥污的男式软呢帽。她一直在哭泣。殡葬工在叹息着，他自己也显得疲倦和沮丧。他说尽管人们喜欢说上帝会惩罚那些做坏事的人，而且人们总是要用这种方式来说，但他的阅历告诉他，这个说法并不代表上帝。那些干尽坏事的人总是享受着舒适的生活。他们死得也很平静，而且还经常是荣归誉至。他说，在这个世界上对公道和正义有过多的指望是一个错误。他又说，那种认为作恶无好报的说法也是夸大其词，因为如果做恶事无利可图，人们便会逃避它，那么拒绝它、摈弃它也就不算是什么德操了。因为他职业的性质，他和死亡打交道的经历比大多数人都要多。他还说，尽管时间确能治愈丧亲的痛苦，但这需要经过很长的时间和很慢的过程，才能将这些被深爱过的死者从人们的心底抹去，而这是那些死者们在这个世界上唯一的、最后的居所了。死者们的面容会悄悄暗淡，声音会渐渐模糊。“把他们找回来，”殡葬工低声说，“和他们说话，叫他们的名字，一定要这样做，别让这痛苦死去，因为痛苦每每也是一种甜蜜的纪念。”

在他们俩站在农舍的死亡墙前面时，姑娘把当时殡葬工对她说过的话对盲男子说了一遍。她又回忆起头一天屠杀发生过后，很多姑娘跑过来用遇难者的鲜血浸湿她们的手帕[1]。这汪汪

[1] 根据天主教的说法，圣徒死后，他们的血肉里还有着上帝的恩典，活着的教徒如果保存着他们的血肉则可以继承这恩典，死后会比较容易升入天堂。

的鲜血郁积在土中，还沾在她们衬裙折边撕下来的布条子上。女人们在这项使命中忙忙碌碌地跑来跑去，就像是一帮愚蠢的变态护士忘记了她们正当的职责一样。死难者的血很快便浸透了土地，傍晚雨还未开始下的时候，一群群狗跑过来，刨出一撮撮的血土吃掉，然后又咬又叫地闹了一顿便溜走了。到了当天的雨后，这里已经没有前时的迹象了，无论是死亡、鲜血还是屠杀，统统被一场雨冲去了。

他默默地站了一会儿。然后盲男子开始触摸这姑娘，她的脸、颊和嘴唇。他并没有征求姑娘的同意。姑娘静静地站着。他又依次触摸她的眼睛。她问他是否当过兵，他回答说当过。她又问他是否杀过很多人，他说一个也没有。她要求他弯下身子，这样她可以闭上眼睛去触摸他的脸，看看可以得知什么，他照她的话做了。他没有说，对她来讲这感觉会是不一样的。当她的手移到他的眼睛时她犹豫了。

“你摸吧，”他说，“没关系的。”

她摸着他那布满皱纹深陷进眼窝里去的眼睑，她用指尖十分轻柔地触摸着它们。她问他那里有没有疼痛，但他回答说那里只有记忆的疼痛。有时在夜里他会梦到这黑暗本身只是一个梦，他会马上醒来去摸他那已经不存在的眼睛。他说这种梦对他来说是一种折磨，但他却不希望这梦丢失。他说由于对世界的记忆会慢慢淡去，它在梦里也会消退，直到总有一天他怕他会只拥有完全的黑暗，而不再会有这个世界的任何影像。他说他害怕这黑暗所带给他的东西，因为他相信这世界对他所藏匿的比对他所显露的越来越多了。

在街上人们又迈着沉重的脚步拖地而过。“这是耶稣被钉在十字架上的像。”姑娘小声说着。盲男子紧紧地靠着姑娘的手，把手杖倚在腰间，用左手笨拙地在胸前画着十字。送殡的行列过去了。姑娘又抓紧他的手继续向前走。

姑娘从她父亲遗留下来的衣物里找出了适合他穿的上衣、衬衫和裤子。她把家里找到的另外几件衣物塞进一个棉布袋里扎紧，她又把厨刀、一个石臼子及几把汤匙和家里所有的食品包进一条旧的萨尔蒂约披毯里。房子里很冷，发散着泥土的味道。外面，在带有回廊的屋墙及拥挤的寓所之间他可以听到家禽的叫声，还有一只羊、一个孩子的声音。姑娘又提来了一桶水让他洗身。他用一块布擦洗过后穿上了那些衣服。他站在这只有一间屋了的房了里等着姑娘回来。房门朝路上敞开着，街上走过的、去墓地的人们可以看到他呆立在那里。姑娘估计他洗完了便返回了。她抓起他的手说他换上这些衣服显得很英俊。她拿出从街上买来的苹果，他们就站在房间里吃着。吃完他们就把包袱和布袋搭在肩上一起出了门。

主妇讲到这里向后仰了一下身子。少年认为她还会接着讲下去，但是她没有。他们三个人在沉默中静坐着。

“你就是那个姑娘。”少年终于点出。

“是的。”

他看着那位盲老人。老人那张形容枯槁的脸半明半暗地悬在油灯的黄光下。他一定是感觉到少年在注视他：“这是一个被虚构出来的老人，是吧？”

“不，”比利说，“再说，她并没有说这些事情是编造的。”

由于这位盲老人的面部没有任何表情，人们无法得知他什么时候要说话，或是不是要说话。过了一会儿，他从桌子上抬起一只手，用那种古老的祈祷或表达失望的方式伸开。“对我来说，我情愿这是一场噩梦。”

比利看着那位女主人。她还是那样坐着，她两手交叉着放在桌子上。他于是问那盲老人，他是否听说过还有别人也在那个德国人手中遭受过像他这样的灾难。老人说他确实听说过，是的，但他没有亲眼见到或遇到过。他说盲人们是不互相为伴的。他讲了一件在奇瓦瓦的林荫道上发生的事：有一次，他听到有手杖叩地而近的声音，于是他便大声地表明自己的状况，并且问另一个人是否也和他一样失明。但那叩地声立即停止了，没有人答话。过了一会儿那声音又响起来了，却是沿着人行道退出去，消失在街道上的马车声中了。

老人微微向前倾着身子。“要知道这些恶魔还存在着。这个吸眼的恶魔，他和其他像他一样的人，他们并没有从这个世界上消失，永远也不会消失的。”

比利又问老人，这种偷了他眼睛的人是不是仅仅是战争的产物。但老人回答说，由于战争本身就是他们这种人制造的，因此事情不能完全归咎于战争。他说根据他的观点，没有人能够说清这种人的来源，也没有人能够说清他们会在哪里出现，只能表明他们是存在着的。他又说这种偷了别人眼睛的人就是偷了整个世界，这种人自己就要永远地藏匿起来，怎么能找到他们的所在呢？

“那您的梦呢，”少年问，“它们是不是已经变得模糊了？”

盲老人又沉默了一段时间。他可能已经睡着了，也可能是等待着合适的词语来表达自己。最后他说话了。他说，在他失明的最初几年里，他的梦是意想不到的生动活跃，他也十分渴望它们。但是那些梦和记忆却一个一个地暗淡和消退，直到再也没有。而且往日的梦境荡然无存——世界的样子，亲友的面容，最后连他自身也不复存在。他永远不是过去的他了。他说，就像是每一个做完一件事情的人一样，你已经无事可做，只有重新开始了。“我无法记起这个光明的世界，”他说，“有很长时间了，这时间于我只是一个一碰就碎的梦。但最后我终于开始看到一个更加持久、更加真实的世界。”

他谈到在他失明的最初几年里，周围的世界在等待着他的行动。他说，有眼睛的人可以选择他们想要看的东西，但是对盲人来说，世界只是按它自己的意志向你显现。他说，对于盲人，任何事情都是说来就来，根本无须通告它的临近，来源和目标都只不过是一种传闻而已。你想移开时却可能更加靠近了这个世界；你坐在那里不动，它反而退走了。“在我失明的头几年里，我觉得失明简直是一种死亡。但是我错了。失掉了视力就像是做着一个坠落的梦，你觉得你是在一个无底的深渊里，你不停地坠落着，光明向后退去，对于光明的记忆，对世界的记忆，对它的面目的记忆，对丑陋面具的记忆，一切都退去了。”

他慢慢地抬起一只手举在自己面前，好像是在测量什么东西一样。他说，如果这种坠落是一个向死亡的坠落，那么它就是死亡本身，是和人们所想象的不同的。在这个坠落中世界在哪里呢？它是否也带着光明和对于光明的记忆一起向后退去呢？或者它并没有坠落？他说，在他失明时，他曾经确实失去过自己，失去有关自己的一切记忆。然而在那个失落的最深层的黑暗中，他也发现，那儿也有一片立足之地，一个人仍然需要在那里开始。

“在这个旅行中，可以见到的世界不过是一场迷惑，无论是对于盲人还是对于一切人。最后我们知道我们无法见到真正的上帝。我们只有开始倾听。你明白我说的话吗？年轻人？”

当老人说完这番话，少年问他，那么那位殡葬工当年在教堂里对姑娘所说的话是否是错误的。但老人说那殡葬工是根据他自己的理解说的话，因此不应当受到责难。这种人甚至把劝慰死者当作自己的责任，或当神甫、死者的朋友们、孩子们回到他们自己家中后，这种人又替上帝做着亡灵转升的事情。他说那位殡葬工可能是随意谈论了他自己并不了解的黑暗。因为如果他真有这黑暗的经历的话，他就不可能当殡葬工了。当少年又问他，是否这种了解只是盲人才有的一种特殊经验时，老人说不是的。他说大多数人在他们的生活中就像是木匠一样，由于工具迟钝，他们工作得很慢，以至于没有时间去磨快它们了。

“那么殡葬工关于公理和正义的谈论呢？”少年问，“您是怎么看的呢？”

听到又一个发问，主妇便起身收拾盛着鸡蛋皮的碗，并且说时间已经太晚了，她丈夫不能太劳累了。少年说他理解，但盲老人却叫他们不要顾忌太多。他说他对于少年提出的这个问题已经考虑过很多了，就像对在少年之前的许多作此发问的和在少年走后还会发问的人一样。他说即使那个殡葬工也会理解，每一个故事都是一个有关光明与黑暗的故事，否则便不会有故事了。然而人们对于故事还会有进一步的要求，只是他们不提出来罢了。他说恶人们知道如果他们所行的坏事十分恐怖的话，人们便不敢去反对。人们只是对于那些小的坏事有足够的忍耐，也只敢去反对这样的小事。他说，真正的邪恶会有力量去使那些作小恶的人清醒，使他们停止作恶。因为当他沉思那可怕的邪恶的时候，他甚至会找到通向正义的道路。这条道对他的脚步一直是陌生的，但不管他有没有力量面对新生，他只能踏上去。即使是这个人，也会惊愕于邪恶向他显示出来的恐怖而去寻求某种力量去抵抗它们。然而在所有这些事情中，有两件事他将不理解：他将不明白为什么正义的人所追求的秩序不是正义本身，而只是秩序，而邪恶的混乱无序事实上却是邪恶本身；他也将不明白，为什么正义的人时时处处无端又无知地受到邪恶的阻碍，而对于邪恶之人一切都是清清楚楚的，无论是光明还是黑暗。我们这里所谈论的这个人，将试图把秩序和传统强加在那些本不该有它们的事物上。他将会吁请这个世界的本身去证实其实只是他的愿望的真实性。在他最后意欲实现这愿望时，他或许会试图以热血来捍卫他的诺言，因为到此刻，他将会发现这些诺言已经褪色走味，而痛苦却始终常新。

“也许这个世界上是没有公理和正义的。”老人说。但并不是由于那个殡葬工所认为的原因。更确切地说，这个世界的印象是人们所知的全部的世界，而这个世界的状况是危险的。他所得到的、帮助他在这个世界上前行的东西也有能力遮住他真正道路所在之处。打开天堂的钥匙也有力量打开地狱的门。那个被他想象成所有神圣之物的华盖的世界将会归于零，除了他面前的扬尘。世界若想存活就必须日日充实。这个人将被要求重新开始，无论他意愿如何。“我们大家在黑暗中都会感到痛苦——我们大家，你懂吗？无论是能看见的还是看不见的。”

少年注视着灯光下的这张面具。“我们应当认识到的是，”盲老人又说，“一切终究都是尘土——我们所能触摸的，我们所能看到的，在这里面我们有着正义和仁慈的最深刻的证据，在这里面我看到了上帝的最大的赐福。”

女主人站起来了，她说确实太晚了。但盲老人没有动，仍端坐如旧。少年看着他。最后他问老人为什么说这是这样一种赐福呢？但老人一直没有回答，直至最终他才说因为我们所能触摸的东西都将变成尘土。人们不会把这些东西错当成是真实的。充其量它们也不过是那些真实东西存在过的地方的描绘，或许连那也不是。或许它们不过就是在世界最终的黑暗中需要通过的障碍而已。

次日早晨，当他走出房子给马上鞍时，女主人正从一个皮囊里抓出谷粒撒给院子里的鸟禽吃。那些黑色的野鸟也从树上飞下来，大摇大摆地走在家禽之间分食。女主人也同样仁慈地款待它们。少年望着她，他觉得她看起来很美。他给马上好鞍让它立在一边，向主人家道别后便骑出去了。当他回首看时，女主人挥起了一只手，她周围站满了鸟。“上帝保佑你。”她喊着。

他掉马上了路。他还没有走出多远便看见自家的狗从路旁的灌木丛里跑出来，跑到马的身边。它好像经历过一场恶战，身上有伤、有血，一条前腿吊在胸前。比利勒住马，朝下看着它。小狗向前跛行了几步停下来。

“博伊德在哪儿？”比利问它。

小狗竖起了耳朵，转头向四周看着。

“你这个哑蛋！”

小狗又朝着房子看去。

“他是躺在车上走的，他又不在这儿。”

他又打马前行，小狗跟在后面。他们仍沿路向北行。

中午以前，他们走到了向北通往卡萨斯格兰德斯的大道边。他坐在马背上立在这空荡荡的沙漠路口上，向北边腹地方向及南边分别看去，但一概是单调的天空、道路和沙漠。太阳近得好像就在头顶。他把猎枪从罩满尘土的套子里抽出来，打开枪膛，取出子弹，看着弹塞的末端夹的是几号子弹。这是一个五号弹丸筒，他想换进一个大号铅弹，但后来他还是将这五号弹筒放回膛内，关上枪尾，将枪插回套子，然后沿着路向北去圣迭戈。哑狗跟在马蹄边跛行着。“博伊德在哪里？”他不断地向哑狗发问，“博伊德在哪里？”

那天夜里他身上裹着这家主妇给他的一床毯子宿在野外。在离他约一英里远处，河流的断层横过平原，这可能就是那匹伯德马走失的地方。他躺在冷硬的土地上看着星空，看着他身子左边那匹被拴着的马的黑色影像。马把头高高地仰起在远方的山水轮麻线之上，就像是升腾在宇宙星宿间在倾听着什么，接着又把头沉到尘世的地面上吃草。他注视着这些淡淡燃烧的星辰蔓生在那不可名状的夜空，他便想向上帝倾诉他对他兄弟的忧虑，但过了一会儿便睡着了。他睡了一会儿便从一个扰人的梦里惊醒，以后便再也睡不着了。

在梦里他沿着一条山脊，在深雪里向着一所暗下来的房子艰难地跋涉着。身后有一群狼尾随着他一直跟到了房子的栅栏边。它们用那尖细的吻部在彼此的肋腹间蹭磨着，它们在他的膝旁蹿动着，用鼻子在雪里犁出一道道沟，然后又朝天仰起了头。在寒冷的空气中，它们的呼吸汇集起来就像是他周围的一口大蒸锅。在皎洁的月光下，雪野蓝盈盈地伸展向远方。在雪野上，它们的眼睛愈发显得如黄水晶般清澈。它们忽而蹲伏着、哀鸣着，把尾巴高高地卷起来，忽而在靠近房子的时候又摇着尾巴，打着寒战。它们的白牙闪着寒光，它们的红舌耷拉在嘴边。到了栅栏门口，它们不再向前走了。它们转回头去看着群山的黑色影子。他不由得跪在雪地上向它们伸出胳膊去，它们便上前用那野性的口鼻去触摸他的脸，然后又退回去。它们喷出的鼻息是温热的，散发出大地和大地深处的味儿。当它们之中的最后一只走上前时，它们便在他面前站成一个新月形，那一排闪亮的眼睛就像是一溜脚光照射在这井然有序的世界上。之后，它们都转过身，盘旋而去。它们在雪野上放开大步奔驰，携着一团团的白雾消失在冬夜里。在房子里，他的父母已经睡了。当他摸到自己的床上时，博伊德朝他转过身来轻声对他说他做了一个梦，在梦里比利离家出走了。当他从梦里醒来看见比利的空床时，他觉得这是真的。

“快睡觉吧。”比利对他说。

“你不会出走把我留在这里吧，比利？”博伊德问他。

“不会。”

“你保证？”

“是的，我保证。”

“不管发生什么事？”

“是的，不管发生了什么事。”

“比利？”

“睡吧。”

“比利。”

“轻点，你会把他们吵醒的。”

但是在梦里，博伊德只是轻声地说他们不会醒过来了。

黎明姗姗来迟。他站起身走到这长草的沙原上遥望着东方的曙光。在一天的灰蒙蒙的开端，野鸽子的叫声从刺槐窠子里传出来。一阵风从北方吹过来。他卷起毯子，吃掉女主人给他的最后一点玉米饼和煮鸡蛋，然后给马上了鞍，在太阳正从东方地平线上升起的时候骑上了沙原。

不到一小时天就开始下雨了。他把身后马背上驮的毯子打开披在肩上。这雨像一堵灰色的墙快速移动着横扫原野，即刻又像无数根排鞭一样抽打着他正在骑行的灰色泥坡地。马儿步履沉重地走着,小狗跟在旁边。这一人一马一狗在荒原的暴雨中,正像是在异乡的放逐者，饥寒交迫，无家可归，到处被追捕。

一整天他都在河流断层和公路的长长的弯曲线之间的宽阔泥地上向西骑行。雨慢了下来，但没有停，它也整整下了一天。有两次他看见前方的原野上有人骑马，他即停下马，但那些骑者们全然没有反应地继续骑行。到晚间，他越过了铁路路轨，进了玛塔奥蒂斯村。

他在一家小商店门口停下马，他把缰绳松松地挂在一个柱子上后便进了店。在门里半明半暗的地方他听到有一个女人的声音招呼他。他便问她这地方是否有一位医生。

“医生？”她问，“你说是医生吗？”

她坐在柜台那头一把椅子上，怀里揣着一把鸡毛掸子似的物什。

“是啊，在这个村子里？”

她端详着他，似乎是想查明他的病情，或是伤情。她回答说在卡萨斯格兰德斯附近没有医生。接着她突然半立起身，开始发出嘘声并用鸡毛掸子朝着他做了一个开枪的姿势。

“太太您？”比利惊异地问。

她突然又仰回椅子上大笑着，把手放在嘴上摇着头。“不，”她笑着说，“不是你，是狗，对不起！”

他转过身看见那条狗站在他身后的门口。那女人沉重地站起来，一面还在笑着，一面拽着一副老式的金属框眼镜走上前去，她把眼镜架在鼻梁上，抓着他的胳膊把他拉到光亮处。

“金发小伙子，”她说，“你是不是找一个受伤的人？”

“是，他是我兄弟。”

他们沉默着站了一会儿。她并没有松开他的胳膊。他想看清她的眼睛，但她的两个眼镜片反着光，而且其中一个镜片由于尘土覆盖只是一半透明，好像她的那一只眼睛没有视力，也无须去擦拭那一个镜片。

“他还活着吗？”

她说当时他经过她的店门时还活着，人们跟随着卡车一直走到村头。至少在未出玛塔奥蒂斯村时他还活着，但出了这里谁又知道呢？

他谢了她便转身要走。

“这是你的狗吗？”她问。

他说这个是他兄弟的狗。她说她也这样猜想，因为这狗看起来一副愁容。她又看着街上那匹马。

“这也是他的马。”她说。

“是的。”

她点点头。“好，”她说，“上马吧，骑手。骑上马去吧，上帝会和你同在。”

他又谢了她一次，然后走到马旁解了缰绳登上去。他转过身朝着站在店门口的老妇人碰碰帽边。

"等一下。"她叫着。

他坐在马上等着。不一会儿一个小姑娘出来了。她小心翼翼地走过老妇人，走到他的马镫子旁，抬头向上看着他。她十分漂亮也十分害羞。她抬起一只手，但拳头是握住的。

"你拿的什么？"他问她。

"拿着。"小姑娘说。

他伸出手，她把一枚小小的银心放进去。他把这枚小银心对着光看着。他问她这是什么。

"一个奇迹。"她答道。

"奇迹？"

"是的。是给金发白人少年的，那个受伤的少年。"

他在手里转着那枚银心并朝下看着她。

"但他的心里没有受伤。"他说，但小姑娘眼睛转开没有回答。他谢了小姑娘，把银心放进衬衣口袋。"谢谢，"他说，"非常感谢你。"

她从马旁向后退了几步。"他是多么勇敢的小伙子啊。"她说。他同意他的兄弟很勇敢。他又一次碰了碰帽檐，向站在门口仍然抓着那掸子的老妇人挥挥手，然后策马上路，沿着玛塔奥蒂斯村这条唯一的土街向北朝着圣迭戈骑去。

天上布满雨云，黑沉沉的没有一点星光。他骑过了那座小桥，骑上小山朝着房舍奔去。还是那些狗跑出来吠叫着，围着马乱转。他骑过那些灯光暗淡的房门，骑过那些晚炊篝火的余烬。在潮湿的空气里，柴烟悬在房群周围。看不到有人跑出来传递他来到的消息，但当他来到姆尼奥斯家的门口时，那女主人已经站在那里等着他了。人们不断地从屋子里走出来。他立住马朝下看着女主人。

“他在这里吗？”他问。

“是的，他在这里。”

“他还活着？”

“是的，他还活着。”

他下了马，把缰绳交给了周围人群中离他最近的一个男孩，然后摘下帽子走进了这低矮的房门。女主人跟着他走了进去。博伊德躺在房间那一头的一张小床上。他身边的地上摆满了人们送来的食品、鲜花，木制的、泥制的及布做的圣像，还有盛着“奇迹”的家制小木盒，还有土瓮、编篮、玻璃瓶及陶土小雕像。在他头顶墙上的壁龛里立着一尊木制的圣母马利亚的雕像，雕像脚下的一只玻璃杯里燃着一支蜡烛，除此之外没有别的灯光。

“这都是工人们送来的礼物。”女主人小声告诉他。

“是庄园的工人们？”

她说有些礼物是庄园工人送来的，但大部分仍是送他来这里的工人们送来的。她说那辆卡车又回来过，工人们手握着帽子排着队进来，把这些礼物放在他面前。

比利蹲下来看着博伊德。他拉下弟弟身上盖的毯子，推上他身上穿的衬衣。博伊德被细布的带子缠绕着，像是一具包扎起来准备送去殡葬的尸体。他的血已经浸透了缠布，血渍已经干结发黑。他把手放在弟弟的额头上，博伊德睁开了眼睛。

“你好吗，伙计？”比利问他。

“我当是他们抓到了你，”博伊德细声说，“我当是你已经死了。”

“我在这里好好的呢！”

“那匹好马尼诺也没事？”

“对，尼诺也没事。”

他很苍白，额头很热。“你知道今天是我什么日子吗？”他对比利说。

“不知道，是你什么日子？”

“十五岁生日。如果我没记错的话。”

“别操心那个了。”

比利转向女主人。“医生是怎么说的？”

女主人摇了摇头，这地方没有医生。他们差人找来了一个类似巫婆的老太太。她用一种草药膏给他包扎了伤口，又给他一种药茶喝。

“那这巫婆又是怎么说的？这伤严重吗？”

女主人转开了身子。借着壁龛里蜡烛的光他可以看到她暗黑面孔上的眼泪。她咬着下嘴唇没有回答。“该死！我来晚了。”他小声咒着。

当他骑进卡萨斯格兰德斯时已经是后半夜三点钟了。他越过了铁路的高路基，骑上林荫道，直到看见一个小酒店的灯光。他下了马走了进去。在吧台旁的一张桌子边上，一个人正趴在交叉的手臂上睡觉，除此之外这间屋子里什么也没有。

“老兄！”比利叫他。

这人突然惊醒，朝前冲了一下脑袋。站在他面前的这个少年脸上带着一种特别着急的神情。他倦怠地坐起来，两只手平伸在桌子上。

“我找医生，”比利急说，“医生住在哪里？”

医生的男仆开了锁又拉开闩，才打开了装在大木门上的小木门。他站在门里的一条通往内院的通道上，他没有说话，只是等着听求医者的故事。当比利说完，他点点头。“好吧，”他说，“进来吧！”

他退到一边让比利跨进小门，然后又把门关好。

“在这儿等着。”他吩咐道。然后他轻步走上鹅卵石铺的路，消失在黑夜里。

比利在通道上等了很长时间。从通道的后方传出绿色植物、土地和腐殖质的气味。一阵沙沙的风声打破了这沉睡夜间的平静。大门外面，尼诺发出低微的嘶叫。最后内院的灯亮了，男仆出现了，后面跟着医生。

他没有更衣，穿着睡袍便出来了，一只手插在袍子的口袋里，他是一位矮小的不修边幅的人。

“你兄弟在哪里？”医生问他。

“在圣迭戈庄园。”

“枪伤是什么时候发生的？”

“两天以前。”

医生在昏黄的灯光下注视着少年的脸。

“他是不是发烧？”

“我不知道。不过，我想是的。”

医生点点头。“好吧，”他吩咐男仆去发动汽车，然后转身对比利说，“我需要几分钟时间，”他说，“五分钟。”

他举起一只手，伸开五个手指。

“好的，先生。”

“你自然是无钱可付了，对吧？”

“我有一匹好马在外面，我会把马付给您。”

“我不想要你的马。”

“我的马是有证明的，我有马的证明。”

但医生已经转身要走。“把马带进来，”他说，“你可以把马放在这儿。”

“您车上有空可以让我把马鞍子带上吗？”

“马鞍子？”

“我想留下马鞍子，这是我爸爸给我的。我想把它带回去。”

“你可以把它放在马上带回去嘛！”

“您不想要这马？”

“我不要你的马，别担心。”

他牵着尼诺站在外面的街上。这时男仆抽掉门闩打开了大木门。他正欲牵马进去，男仆把他挡了回去，告诉他先等着，然后又转身消失了。过了一阵他听到了汽车开动的声音，男仆驾着一辆旧式的“道吉”两门轿车从通道里开出来。他把车开到街上，钻出来，让车的发动机空转着，然后从比利手中接过缰绳，把马牵进大门，走到后面去。

几分钟后医生出来了。他穿了一身黑色套装，仆人提着他的医药包跟在后面。

“准备好了吗？”医生问。

“好了。”

医生绕着走到车门钻进车里，仆人递进皮包然后关上车门。比利从另一侧车门钻进去。医生打开了车灯，但发动机却熄火了。

医生坐在车里等着。仆人打开车门，伸手到座位底下摸出一支曲柄摇把，然后绕到车头。此时医生把车灯关掉。仆人弯下腰把摇把插进了一个槽孔，他直起身子摇了一圈，发动机又响起来了。医生踩大油门让机器轰鸣起来，然后又把车灯打开，摇下车窗玻璃从仆人手中接过摇把。一切妥当，他把安在地上的挡杆挂上一挡，车子开起来了。

街道很狭窄，光线微弱，汽车头灯的黄光一下子就打亮了街道尽头的一堵墙。此时有一家人刚刚走上这条街道，一个男人走在头里，在他后面跟着一个女人和两个半大的女孩，她们手提着篮子，拎着脏乱的包袱。他们在大灯的强光下像鹿一样僵住了，他们身体的影子被放大了尺寸自动投送到身后的墙上去。那个男人呆直地站着，那个女人和大的女孩都各抬起一只手好像是要保护她们自己似的。医生把木制的大方向盘向左一转，头灯的灯光便甩到一边，于是这几个影子又一次消失在墨西哥夜晚的不可名状的黑暗之中。

“给我讲讲这次事故。”医生说。

“我弟弟胸口中了一颗来复枪子弹。”

“这事什么时候发生的？”

“两天以前。”

“他说话吗？”

“什么，先生？”

“他能说话吗，他还清醒吗？”

“是的，先生。他还清醒，但不能多说话。”

“是的，”医生说，“那是当然的。”他点着了一支烟，在这驶向南方的路上静静地吸着。他说车上有收音机，如果比利想听的话他可以打开，但比利想如果医生想听的话他自己会打开的。过了一会儿，医生打开了收音机，他们听着得克萨斯边境阿库尼利电台播出的美国山地音乐。医生默默地抽着烟开车。在路边的挡畜沟里吃草的牛畜的红红的眼睛随着车灯的起伏好像也漂浮起来了。四处，沙漠在远处的黑暗中延伸着。

他们开过河边的沃土开上了去庄园的路，三角叶杨树干那苍白的身影在车灯的光区里飞速向后跑去。汽车轰隆地开过那座小木桥，开上小山坡，然后开进了园工们住的房群。庄园里的狗在车灯前面来回窜跳着，吠叫着。比利指着路，他们开过这熟睡了的社区的一扇扇黑沉沉的门，然后停在一处昏黄的灯光外，在这间屋子里，他的弟弟躺在一片像供物似的礼品当中，好像是在宗教节日中人们所看到的殉教圣徒一样。医生关掉了发动机，熄灭了车灯，伸手去拿皮包，但比利已经为他提在手上了。医生点点头跨出车，他整了整帽子就走进了房间，比利紧随身后。

姆尼奥斯女主人已经从另一房间过来。她站在供烛的微弱亮光下，穿着比利每次都看到的、唯一的一件衣服向医生道着晚上好。医生把帽子摘下来递给她，然后解开上衣的扣子，把衣服从肩头滑到手上，提起来转了个面，伸手从内袋里摸出他的眼镜盒。他把上衣也递给女主人，然后一左一右解去衬衣袖口上的链扣放进裤子口袋里，再把两只浆过的白衬衣袖子各向上挽了两道，这才坐在低矮的小床沿上，从镜盒里拿出眼镜戴上看着博伊德。他把一只手放上博伊德的额头。“你好吗？”他问，“你感觉怎么样了？”

“简直再好没有了。”博伊德喘息着打着诨。

医生听了笑着。他转身对女主人说：“给我烧些水来。”然后他从衣袋里掏出一支小小的镀镍手电筒向博伊德俯下身。博伊德闭上了眼睛，但医生把他的两个下眼皮依次翻开检查着。医生前前后后、慢慢地晃动着手电筒的光查看着他的瞳孔。博伊德想把头转开,但医生用他的手挡在博伊德的颊边。“看着我。”他说。

医生又拉下他身上的毯子，有一个小虫子从包扎棉布上慌忙跑走。博伊德穿着一件园工们在地里干活穿的白色棉布工装上衣，既没领子，也没有扣子。医生把衣摆推上去，把博伊德的右肘从袖子里拉出来，把衣袖再拉到博伊德头上；然后十分小心地把衣服从他的左胳膊下拉出来并递给比利，但连看都不看比利一眼。博伊德上身缠着棉布带子，他伤口流出的血已经浸透了绷带，血液早已干凝和发黑。医生把手掌从他的绷带底下推进去，把手放在他的胸口上。“呼吸，”他说道，“深呼吸。”博伊德呼吸着，但他的气息很浅而且很吃力。医生又把手移到他的左胸靠近绷带上有黑色血污的地方，又叫他呼吸。医生弯下身子，打开他医药包上的钩扣，取出一副听诊器挂到脖子上，又取出一副端头为铁锹状的剪刀，剪开血污的绷带，提起剪开的两头，但都由于凝血而僵硬了。他把手指放到博伊德裸露的胸膛上，用右手中指敲击左手中指并听着声音。他移动了一下地方又敲击着。最后他把手移到博伊德那凹瘦的灰黄色腹部，轻柔地用手指探查着。他看着孩子的脸。

“你有很多朋友，是吧？”他说。

“怎么会呢？”博伊德问。

“因为你有很多礼物呀！”

他把听诊器上的听筒插到耳孔上，拿起圆锥形的探查器放在博伊德的胸部听着。他把探查器从右移到左。“深呼吸，”他说，“嗬，再来一次，好。”他又把探查器挪到博伊德的心脏位置听着。他听的时候双眼都闭着。

“比利。”博伊德喘息着叫。

“嘘，”医生制止着，他把指头放到嘴唇上，“别说话。”

他把听诊器的听筒拔下来挂在脖子上，然后从他背心的口袋里提着链子取出一块金壳的带盖怀表，用大拇指把表盖拨开。

他坐在床沿用两个手指头压在博伊德颌下的脖侧，把怀表的白色瓷面向供烛的光倾斜着，坐在那里仔细地观察着时间，数着脉搏。只见那尖细的秒针有节奏地在带有小小黑体罗马数字的表面上移动着。

“我什么时候可以说话？”博伊德小声问着。

医生笑了笑。“现在就可以了，如果你想的话。”他说。

“比利。”

“我在这里。”

“你不用守在这里。”

“我没事儿。”

“你要是不想待在这里，就不用守在这里，我也没事儿。”

“我哪里也不去。”

医生把怀表滑进他的背心口袋里。“伸出舌头来。”他说。

他检查了博伊德的舌头，又把手指伸进博伊德的口腔去检查他颊部内侧。然后他弯下腰拿起皮包把它放在床边自己的脚下，他打开皮包把它朝着光斜了一下。这是一只染成黑色的带有卵石花纹的厚皮包，包角已经磨损，角上和边上的皮革已经又变回棕色，铜制的搭扣用了八十年也已经磨得很光。在他之前一直是他父亲在用。他从里面拿出一条量血压用的压缩护臂布，把它缠绕在博伊德那细细的上臂，然后用一个橡皮球去泵压水银柱。这次他把听诊器的探查器放在博伊德胳膊的弯曲部分并用听筒听着。他注视着水银柱降落和弹回。在他那旧式眼镜的镜片里，供烛的纤细而笔直的火焰直立在中央，那么小，但却立得那么稳，像是圣灵之光燃烧在他那日趋老化的眼睛里。他解下护臂布带转向比利。

“家里有张小桌子吗？”

“这儿有一把椅子。”

“好，拿过来。再拿个盛水的东西来，哪怕是只靴子也行。”

“是的，先生。”

“再拿一杯喝的水过来。”

“是，先生。”

“他需要喝水。你明白吗？”

“是的，先生。”

“把门开着，我们需要新鲜空气。”

“是，先生，我会去办。”

比利回来时，一把椅子底朝上，横档套在他的胳膊上，他一只手拎着个盛水的土瓮，另一只手端着一杯井水。医生已经从床沿上站起来，他套上了一条白色的围裙，手里拿着一条毛巾和一块黑黑的肥皂。“好。”他看着比利说。他把肥皂包在手巾里夹在腋下，从比利手中小心地接过椅子把它正过来放在地上，然后把它稍稍转了一下放到合适的位置。他又从比利手里拎过土瓮放在椅子上。他接着弯下腰从皮包里找出一根弯曲的玻璃吸管插进比利端着的杯子里。他叫比利把水端给博伊德喝，但要让他慢慢地喝。

“是，先生。”比利答应着。

“好。”医生说。他从腋下取出毛巾，把两只袖子各挽上两圈。

他看着坐在床沿上的比利。

“别担心。”他说。

“是，先生，”比利说，“我尽量做到。”

医生点点头便转身去洗手。比利坐在床沿上向前倾下身子，端着杯子和吸管让博伊德喝水。“我可以给你把毯子拉上去，”他对弟弟说，“你冷吗？你不冷，是吗？”

“我不冷。”

“给你水。”

博伊德喝着水。

“别喝得太快。”比利说。他把杯子倾斜了一下。“你这身打扮看起来就像一个自耕农。”他打趣地说。

博伊德深深地用吸管喝着水，然后转过头去咳嗽。

“别喝得太快了。”比利嘱咐他。

博伊德躺在床上缓着气，然后又接着喝。比利控制着杯子，等一下再让他喝几口。玻璃管子发出嘎嘎的吮吸声。比利再倾斜一下杯子。当博伊德喝完了所有的水，他躺着又缓了一阵气，然后抬眼看着比利。“看起来事情不太妙。”他说。

比利把杯子放在椅子上。

“我没有照顾好你，是吧？”他抱歉地说。

博伊德没有回答。

“医生说你会好的。”

博伊德躺在床上浅浅地呼吸着。他的头朝后仰着，他望着头顶上天棚上的椽子。

“他说你会恢复得和从前一样好。”

“我没有听见他这样说。”博伊德说。

当医生转回来时，比利拿起杯子站起来端在手里。医生正在擦干他的手。“他很渴，是吧？”

“是的，先生。”比利答道。

女主人拎着一桶冒气的热水进了门，比利迎上去拎着提环接过水桶。医生一面打手势让他把水桶放在炉边，一面折起毛巾放在皮包旁边，又把肥皂放在上面。他坐下来对比利说：“好，来帮我。”

他们一起把博伊德侧过来。博伊德大喘着气用一只手抓住椅子，他又抓住比利的肩膀。

“放松，伙计，”比利对他说，“我知道这很疼。”

“不，你不知道。”博伊德喘息着说。

“很好，”医生说，“这样很好。”

他轻轻地从博伊德的胸部拉掉因血污而发黑的布单，把它提起来交给女主人。他暂时没有去动那两块黑黑的草药敷剂——一块在博伊德的左胸部，一块大的在左肩下方。他朝孩子俯下身，用手轻柔地依次按压那两块敷剂膏，看看有没有类似脓水的东西从下面流出来。他又测试般地嗅着空气，闻闻有没有什么腐烂气味。“好，”他说，“好。”他又用手轻轻地触摸着博伊德胳膊内侧、他前胸后背的两块敷剂之间的皮肤，这个区域已经发青，发肿。

“子弹是从前胸进去的，是吗？”

“是的。”比利回答。

医生点了点头就拿起毛巾和肥皂，他把毛巾在土瓮里的水中浸过，抹上肥皂，开始为博伊德清洗前胸和后背。他很仔细地擦着博伊德两块敷剂周围及腋下的皮肤，然后在水瓮里漂洗一下毛巾，挤挤水，再弯下腰将孩子身上的肥皂擦净，毛巾每擦一下就沾上一块黑污。“你是不是很冷？”他问，“还好受吗？好，好。”

清洗完毕，他把毛巾放在一边，把水瓮拎到地上，然后又弯腰从皮包里取出一条折叠的毛巾放在椅子上。他很敏捷地用指尖打开毛巾，里面又有一条毛巾，用带子捆扎得紧紧的，是在高压消毒锅里处理过的。他轻松地撬松带子，把它扯掉，然后用拇指和食指仔细地捏着边把这条毛巾摊在椅子面上。里面包有纱布块、细布块、消毒巾及绷带卷。他把手抽回来，没有去碰里面的任何东西，然后又从大皮包里取出两个套在一起的小搪瓷盘。他把一个放在皮包旁，把另一个斜拿着一半一半地浸入桶中的热水里，然后用两只手小心地把它放在椅面的边上，与绷带等隔开。接下来他从他的医用器械盒里的分类格子里选出一些他要用的镍钢工具：尖头剪子、镊子及接近一打的止血钳。博伊德盯着看。他把这些工具都放进盘子里，又从那个万能的大皮包里取出一支小小的红色橡皮球洗涤器放进盘子，拿出一小听铋粉、两小根消毒用的硝酸银条，打开它们的锡箔包装，把它们放在盘子边的毛巾上面。最后他又拿出来一瓶碘酊，松开盖后交给女主人，他把两只手举在一个搪瓷盘的上面，叫女主人向上面倒碘酊。她靠上前来，取下瓶盖。

“倒吧。”他说。

她开始倾倒。

“多点，”他说，“再多点。”

由于外门开着，玻璃杯里的烛火摇摆着，扭动着，它所发出的微小的光亮由盈至亏，随时都有熄灭的可能。他们三个人俯身在这个男孩躺卧的小床上，就像是典仪活动上的一批谋杀者。“够了，”医生说，“好。”他抬起一双滴着碘酊的手，它们都已被染成铁锈色。盘子里的碘酊晃动着就像是大理石纹状的血液。他朝女主人点点头。“把剩下的都倒进盘子里吧。”他说。

她把剩下的碘酊都倒进了盘子里。医生用手指在溶液里试了一下，然后很快地从盘子里取出一把止血钳，用这止血钳他又夹了一小包细布块。他把它们在溶液里浸了一下后提起来控控液体。此时他转过来对女主人说：“好，把那敷剂拿掉吧！”

她紧张地把一只手挡到了嘴边，她看看博伊德，又看看医生。

“您动手吧，”博伊德说，“我没事的。”

她在胸前画了十字，然后才俯下身去伸手抓住缚着敷剂的一块布向上提着，又把大拇指伸到下面把它拉掉。这块东西上挤满了乱蓬蓬的草棵，完全被血浸黑，而且粘在身体上不易分开，就像一块吸附在身体上面吸血吃食的魔物一样。她倒退了几步，用手把这块东西折起来赶紧放进肮脏的布条堆里，不愿让众人看到。博伊德躺在摇曳的供烛微光下，在他的左乳头上方、靠左几英寸处可以见到一个小小的圆窟窿。伤口已经发干结痂，看起来十分凄惨。医生又俯过身子用棉球擦拭着伤口，碘酊立即沾染了博伊德的皮肤。血水又慢慢地由窟窿里涌出来，一道细流淌过了博伊德的胸口。医生把一方干净的纱布块压在伤口上，大家看着它又慢慢地被血水浸黑。医生看着女主人。

“揭下另一块敷剂？”女主人问。

“好的。”医生说。

她弯过身子用拇指把博伊德背上的那块敷剂轻轻揭去。这一块敷剂更大，更黑，更难看，在它下面是一个边缘不齐的肉窟窿，红红地挓挲着，周围的皮肉已经结了鳞屑和黑色的淤血。医生放了一束纱布块在伤口上，又放了一方细布块在纱布块上面，然后把指头放在上面压着。慢慢地止血布块都被血水浸黑了。医生又放了更多的布块。一股细细的血水又流过了博伊德的背部。医生又把它擦掉，再用指头压上伤口。

当流血被暂时止住，医生取了一块细布浸在盘子里的碘酊中。在他托住博伊德背部伤口处的包塞材料的同时，他又在清洗两处伤口。他把污染过的棉花棒扔在身边的一个浅盘里，然后用手背将滑下的眼镜朝鼻梁上推了推。他看看比利。

“抓住他的手。”他说。

“您说什么？”

“抓住他的手。”

“我不知道他会不会让我抓。”

“他让你抓的。”

他坐在小床沿上抓住博伊德的手，博伊德紧紧地卡住比利的手。

“你们就使劲干吧！”博伊德小声嘶喊着。

“他说什么？”医生问。

“没什么，”比利说，“开始吧。”

医生用一块无菌布包住小手电筒，打开灯光，把电筒放在嘴里用牙咬住，然后把那块布扔进放棉花棒的盘子里。他弯下腰从搪瓷盘里拿起一把止血钳俯在博伊德身上，他轻轻把他背部伤口上的纱布块拿掉，用手电筒对准了伤口，血水又开始涌出。他把止血钳对准出血处“啪”的一声夹上。

博伊德疼得弓起身子，又把头甩到后面去，但他却没有叫出声来。医生又从盘子里取出另一把止血钳，他一面用布块清擦着血水，一面用手电筒细察着伤口，然后又夹住流血处。博伊德脖子上的青筋在灯光下蹦起来。医生用牙咬住了电筒说：“再有一会儿就好了，再坚持一小会儿。”

他又夹上了两把止血钳，然后从盘子里拿起红色的橡皮球清洗器，吸满碘酊和水的混合溶液，告诉女主人用毛巾托住博伊德的背部。他开始慢慢冲洗伤口，再用棉花棒去擦拭，再冲一次，冲出了一些血块和脓杂物。他又伸手到盘子里拿了一把止血钳夹在一个流血处。

“可怜的孩子。”女主人嗫嚅着。

“再有一会儿就好了。”医生又说。

他又用清洗器冲洗着伤口。他拿起了一根硝酸银条。他一只手用止血钳夹着布块清理着血块和杂物，另一只手用硝酸银条灼烧着伤口。硝酸银条顿时在肌肉组织上留下了灰白色的痕迹。他又上了一把止血钳，再冲洗那地方。女主人将毛巾对折了一次继续托住博伊德的背。此时医生用镊子从伤口里面夹出了一个小东西并举到光下。这是一个麦粒大小的东西。他举着它在手电筒的细小光柱下转着。

“这是什么？”比利问。

医生倾过身子，嘴里还咬着那支小电筒以便让比利看清这东西。“一颗子弹。”他开玩笑地说。但这却是博伊德第六根肋骨上剥落的一块碎片。他说明这是肋骨蚌线边缘上一块微微带金属色的裂片。他把它和镊子一起放在毛巾上。他用手指从前胸到后背地触摸博伊德的肋骨。一面摸，他一面看着博伊德的脸。“疼吗？”他问，“这儿？这儿？”博伊德把脸转向一边。他呻吟着，显得呼吸很困难。

医生又从盘子里拿起一把尖头剪子，看了比利一眼，开始剪掉伤口边缘的坏死组织。比利用两只手抓住博伊德的手。

“他很喜欢狗。”医生说着。

比利朝门口看去，那只狗坐在地上看着他们。

“走开。”他喝着。

“没关系，”医生说，“这不影响我们，是你兄弟的狗吗？”

“是。”

医生点着头。

当他处理完这个伤口，他叫女主人把毛巾接在男孩胸部伤口的下方，然后他又冲洗和清洁了一下。当他再次冲洗后，他用一根棉花棒探查了一遍。最后他仰了一下头把手电筒从嘴里取出并放在毛巾上，然后看着比利。

“你是个勇敢的小伙子。”他说。

“这伤很重吗？”比利问。

“严重，”他说，“但不是十分严重。”

“怎么才算是十分严重呢？”

医生正了一下眼镜，用手腕再朝上推了一下。房间里已经变得很冷。可以微微看到医生的呼吸成扇形喷出，又消失在暗淡的烛光里。一小粒汗珠淌过他的额头。他用手在面前画了一个十字。“那，”他说着，“那就是特别严重。”

医生又拿起了小手电筒。他用一方细布块包住它塞进嘴里，他又把洗涤器充满溶液放在一边。然后从摆在博伊德背部伤口一周的这些金属器具中，他慢慢地松开了第一个止血钳。他十分小心地将它拿掉，然后又松开了另一个。

他拿起橡皮球洗涤器，轻柔地冲洗着伤口，用棉花棒擦拭后又用硝酸银条轻轻地去触碰伤口。他由伤口的上方转到下方忙碌地处理着。当他把最后一个止血钳取下来掷到盘子里去，他把两只手都托在博伊德的背部坐了一会儿，好像是在鼓励他的痊愈。然后他拿起那一小听铋粉，旋开盖子，先后举到两处伤口的上方，把那白色的粉末均匀地振落在伤处。

医生将纱布块放在两处伤口上，又从他的消毒敷料中取出一条小毛巾盖在背部伤口的纱布块上，然后用胶布将它们粘牢。接着他和比利小心地把博伊德搬起来，他便快速地用一卷绷带绕胸为博伊德包扎起来。绷带从博伊德的腋下穿过，一直缠完。医生用两个钢夹子把绷带头卡住，然后把博伊德的上衣套回去，再把他轻轻地放下来。他的头无力地耷拉着，他长长地吸了一口气，发出粗糙刺耳的声音。

“他真是很幸运。”医生说。

“怎么回事呢？”

“他的肺没有伤着，大动脉没有断——就是靠近子弹的那地方，但最主要的是没有大的感染。真是幸运。”

医生把他的器具都包在一条毛巾里放进了他的大皮包。然后他把盘子里的溶液都倒进水桶里，把盘子擦干也放进皮包。接下来他冲洗并擦干双手，站起身来从裤袋里取出袖口上的两个链扣，把袖子放下来卡紧袖口。他告诉女主人，他第二天会再来为博伊德换药，他还会把一些材料留下来，并教给女主人如何使用。他还说这男孩要多喝水，要保暖。然后他把皮包递给比利，转过身来让女主人帮他穿上外衣。最后他戴上帽子谢谢女主人的帮助，便低头走出了这低矮的房门。

比利提着皮包随医生走了出去。他拦住手拿着摇把转到车头的医生，他把皮包交给医生，接过来摇把。“让我来吧。”他说。

他在黑暗中弯下腰，用手在散热器的格栅处摸到了那个槽孔，对准了摇把插进去，然后他直起身摇动把手。引擎轰鸣起来，医生点着头。“很好。”他说。他沿着挡泥板走到车门，放慢引擎速度，然后转回身从比利手里接过摇把，弯下腰把它收到车座底下。

“谢谢你。”他说。

“应当谢谢您。”比利答道。

医生点点头。他看看门口，女主人还站在那里。他又看看比利，然后他从衣袋里掏出一支烟，放到嘴边。

“好好看护你的兄弟。”他说。

“好的。但请您收下那匹马。”

但医生说他不会要他的马，他会让仆人在上午把马送过来。他抬眼望着东方的天空。那儿，第一线曙光已经从周围的黑暗中勾勒出这庄园的轮廓。“已经是早晨了，”他说，“黎明到来了。”

“是的。”比利说。

“好好守着你兄弟，我会把马送来的。”

然后他钻进汽车，关上车门，打开了车灯。此时，园工们已经起床，他们纷纷从屋门走出来，沿墙而立。在车灯的照射下，男男女女显得一片苍白，穿着未经浆洗的白色棉布上衣显得更加苍白。孩子们抓住大人的膝盖。大大小小全都注视着这辆汽车。汽车轮子缓慢地滚动着在他们面前通过，在房群中折行，驶出大院，驶上大路。一群狗在汽车两侧追赶着，吠叫着，它们甚至想拧着头去噬咬那因转弯而微微皱瘪了的车轮胎。

当博伊德在后半上午醒来时，比利坐在他的床边。当他中午和晚间各一次从昏睡中醒来，比利仍坐守在那里。在黄昏的微暗中比利困得直点头摇晃，时而还向前冲一下身子。半睡半醒中他惊异地听到有人叫他的名字。

“比利？”

他睁开眼睛，身子向前倾着。

“我没水喝了。”

“我去给你倒，杯子呢？”

“在这里。比利。”

“什么事？”

“你应该去一趟纳米奇巴。”

“我哪里也不去。”

“那她会以为我们丢开她了。”

“我不能离开你。”

“我没事的。”

“我不能扔下你去那儿。”

“你可以的。”

“这儿需要有人照顾你。”

“听我说，”博伊德说，“我已经熬过难关了。就算我求你去了。再说，你也担心着那匹马呀！”

第二天中午，医生的仆人骑着驴子用绳子牵着尼诺赶来了。园工们都在地里干活。他骑过小桥，骑过一排排园工们的住房，一边骑一边大声叫着找帕勒姆先生。比利闻声出来，仆人即停住驴对他点头。“你的马。”他说。

比利看着他的马。这马已经喂饱饮足，梳洗一净，也养足了精神，看起来完全像是换了一匹马。他对仆人讲了这个感觉。仆人轻松地点着头，从驴鞍上解下他牵马用的绳子，一步从驴身上滑下来。

“你为什么不骑马呢？”比利问他。

仆人耸耸肩。他说因为这不是他的马。

“你想骑骑吗？”

他又耸耸肩，手里拿着绳子站在那里。

比利走到马旁，绕下缠在马鞍前鞒上的缰绳，从马脖子上解下马笼头。

“骑上吧！”他说。

仆人把驴的缰绳绕了几圈挂在驴鞍的前鞒。他绕着马走了一圈，在马身上拍了一下，然后接过马的缰绳，一脚踩进马镫子翻身上去。他掉过马头，沿着排房间的步道骑出去，放马快步疾走，骑上小山，骑过庄园，在那儿转过头来，因为他不想远出别人的视线。他先打马后退，然后掉过头来骑着八字路线，接着让马四蹄离地飞奔起来。他大步骑下小山，在比利站立的门前突然停脚，让马来了个后腿蹲踞，同时一脚跨下，一连串利落的动作。

“喜欢吗？”比利问他。

“当然喜欢。”仆人答道。他倾过身用巴掌拍拍马的脖子，然后朝比利点点头，转身跨上驴沿着步道骑出去，连头都没有回。

当比利离开这里时，天已经差不多黑了。姆尼奥斯女主人想让他等到第二天早晨再走，但他不肯。后半下午时，医生来过，他给女主人留下了一些换药的敷料和一包泻盐。女主人也为博伊德熬好了汤药，是用一种西班牙白酒、山金车属植物和燕子灌木的根熬成的。她用一个旧式的帆布袋为比利装好了路上的食物，比利把它搭在鞍韂上，跨上马，掉过头来朝下看着她。

“我们的手枪在哪里？”他问她。

她说手枪在他兄弟的枕头底下。他点点头。他顺着路朝小桥和河流看着，他又看看她。他问她以前有没有什么人来过庄园。

“有，”她说，“有过两次。”

他又点点头。“这对你们是挺危险的。”

她耸耸肩。她说生活就是危险的；但对于普通人来说，生活是无可选择的。

他笑着问：“我的兄弟是不是个普通人？”

“是的，”她说，“当然是。”

他沿着人路朝南骑行，穿过河边的三角叶杨树林，骑经玛塔奥蒂斯镇，把月亮骑出天空，骑到它清冷的最高点。以后他岔开大路，找到一处合适的树丛度过余夜。他用一床羊毛披毯裹身而眠，把帽子搭在立在地上的鞍顶，一觉睡到天明。

第二日，他骑了一整天。极少有车辆通过，也没有见到骑马的人。向晚，那辆把他兄弟载往圣迭戈的卡车又沿着路从北方轰隆着开过来了。在一阵路面尘土的徐徐降落中，卡车嘎嘎地响着停下来。后车厢里的工人招着手大声向他呼喊。他赶紧骑上前去，把帽子向后一推，朝着他们伸出手去。他们聚到车厢的一侧，也纷纷向他伸出手。他便从马上倾过身子去与他们每一个人握手。他们说他一个人单独上路是很危险的。他们并没有问博伊德的事。当比利开始告诉他们关于他兄弟的伤情时，他们挥手表示都已经知道，不必再讲了，因为医生来的那天他们都去看过博伊德。他们说当时博伊德刚吃过东西，还喝了一小杯龙舌兰酒以养神补血。他所有的迹象都显示出好转的趋势。他们说唯有圣母马利亚的神手能够支持他挺过这样的重伤。“那伤真是很重，”他们说，“很可怕，伤口真是很难看。”

他们谈论着他的兄弟枕枪而睡的情景，大声耳语着。“他那么年轻，”他们说，“那么勇敢，伤得那么危险。就好像是一只受伤的小老虎躺在自己的洞穴里。”

比利看着他们，又看着西边已经开始变凉的山野。地上拖着的斜长影条，金合欢树丛中的野鸽子发出了鸣唱。工人们坚信他的兄弟在波奇亚街和阿内克萨斯街路口上的一次枪战中击毙了那个独臂人。因为那独臂人无缘无故地开枪打他，而这独臂人又是多么愚蠢地小看了白人少年的勇气。他们催着要他讲讲细节——他兄弟是如何从地上的血泊中站起来抽出手枪击毙了骑在马上的独臂人。他们带着极大的敬意对比利说话，他们问，他们兄弟俩是怎样走上这条正义之路的。

他环视着他们的面孔，他在这些眼睛里所看到的东西使他非常感动。司机和坐在驾驶室里的另外两个工人早已走出来站在卡车后部的车厢旁，都等着听他的讲述。后来他告诉大家那场冲突的描述被夸大了许多，他兄弟只有十五岁，他自己应当受责，因为他没有照顾好自己的弟弟。他不应当把弟弟带到一个陌生的国家里像狗一样被打倒在街上。但他们只是惊讶地摇着头，互相重复着博伊德的年龄。“十五岁。”他们说着。“多么帅的小伙子，多么热忱的青年啊！”最后他感谢大家对他兄弟的关照，并向他们碰帽致意。此时工人们又聚拢过来向他伸出手，他又一次握过了他们的手及司机和另两名站在车旁的工人的手。然后他掉转马头，向前骑过卡车，骑上向南的路。他听到身后卡车车门关闭的声音，听到司机挂上了挡，卡车又隆隆启动，在它扬起的尘土中慢慢驶过他的身旁。车厢上的工人们又挥起了手，有的还挥起了帽子。有一个人站了起来，一只手扶住同伴的肩膀稳住自己，另一只手举在空中握成拳头向他高喊：“世界上还是有正义的！”然后车和马都向南奔去。

这夜，他被身子底下大地的震动惊醒。他一骨碌坐起来先找马。那匹马正抬头昂立迎着沙漠的夜空朝西眺望，那里有一列火车正在向南行驶。它那圆锥形的淡黄色光柱缓慢而沉静地钻射在大漠上，它那众多排轮所发出的遥远的咔嚓声在这寂静的黑漠中听起来呆板而怪异。铁龙游过了。最后，列车末尾守车小窗所投下的小方光块一路追逐着。还有那淡白色的锅炉喷烟悬游在沙漠上，以及一声回荡在荒漠上空的长长的、孤寂的汽笛鸣叫，它呼唤着奔向拉斯维拉斯。

中午时分他骑进了波奇亚，鞍鞒上横着那杆猎枪。这里死气沉沉的，他没有看见什么人。他又取道南去圣安娜德巴比科拉。快天黑时，他开始在路上遇见骑者，他们是向北骑去波奇亚的。这些青年男子和男孩的黑头发散乱地滑落在脑壳上，他们的靴子擦得锃亮。他们穿的廉价的棉布衬衣显然是用烧热的砖头熨过的，看上去很不得体。这是个星期六的晚上，他们是去参加一个舞会的。他们见了比利很严肃地点着头。他们都骑在驴子或由矿里借出来的小母骡子上。他向他们点头回礼。他的眼睛注视着他们的每一个动作。他的猎枪枪托插在大腿内侧倚在他身上。他骑的骏马张大了鼻孔对着这些骑驴骡的人。当他骑过位于桑塔马利亚河谷上的一片杜松林高地的拉品达村时，月亮出来了。当他骑进圣安娜德巴比科拉，已经是半夜了，镇子里又黑又空。他在一处林荫道上饮了马，然后取道向西去纳米奇巴。一小时后他骑到了一条小溪，它是桑塔马利亚河源的一部分。在这里他转马下道，在溪畔的青草地上缚了马腿让它吃草。自己裹进了披毯，倦倦睡去，一夜无梦。

当他终于醒来时，太阳已经升起好几个小时了。他提着靴子走到溪边，站在水里弯腰洗脸。当他抬头找马时，那马正站着朝路上看。几分钟后，一个骑马的出现了。比利一眼便看出这是他母亲骑过的那匹马，坐在马上的正是那个女孩。她穿着一件新的蓝布衣服，戴着一顶小草帽，帽上的绿丝带垂在她背上。比利看着她骑过。当她已经走得看不见时，他一屁股坐在草地上，瞅着一双立在地上的靴子，瞅着小溪的流水，瞅着晨风中的小草不断地被吹弯又直回身子。然后他伸手拉上靴子，站起来走到马旁，给它勒上绳子，上了鞍子，翻身上马。骑上了路，骑在她后面。

当她听到身后的马蹄声，她把一只手压在帽顶，转身回看，接着她停住了马。他放慢了马向她靠近。她用一双黑眼睛凝视着他。

“他是不是死了？”她问，“他死了吗？”

“没有。”比利回答她。

“你别骗我。”

“向上帝起誓。”

“感谢上帝，感谢仁慈的上帝！”她一步滑下马背，扔掉缰绳，穿着新衣服就跪在起了干辙的泥地上。她先画了十字，然后闭起眼睛，交叉起双手做着祷告。

一小时之后，当他们经过圣安娜德巴比科拉往回骑时，她仍然一言不发。日近中午，他们骑上了一条土街，经过了几排几近坍塌的低矮的土坯房子，和六七棵组成了林荫道的刷白了树干的树，又穿过了一片荒漠高地。他在这个小镇里没有看到像商店的房子，即使有，他也没有一点钱买任何东西了。她沉稳地保持着十几步的距离骑在后面。他回过一两次头，但她既没有笑一下，也没有以任何方式打过招呼，他便没有再回过头。他知道她不可能从家里出来什么东西都不带，但她不提，他也没有提及。走出镇北一段路后，她在后面说了话。于是他停住步子，在路上掉过马头。

“你饿了吧？”她问他。

他用拇指将帽子向后顶了一下看着她。“我现在能吃下一头大麋鹿的任何部件。”他说。

“你说什么？”她没有听懂他说的这句英语。

他们在路边的一个刺槐林里吃午饭。她铺开了她的披毯，把玉米饼放在一块布上，另外摆上的还有几个用棱条分明的玉米皮包着的角黍，一小罐菜豆。她旋开盖子，里面还插着一把小木勺。她打开另一个布包，里面有四个肉馅饼，两穗蘸着辣椒面的冷玉米，四分之一轮羊奶酪。

她两腿交叉着坐着，她转了一下头好让帽檐遮住脸。他们静静地吃着。当他问她想不想知道博伊德的情况时，她说她已经知道了。他望着她，在她那薄薄的衣衫里，她显得那么脆弱。在她的左手腕上有一处变色的皮肤，除此之外她的皮肤如此完美，甚至不像是真的，好像是精致地上了色。

“你怕男人吗？”比利问她。

“什么样的男人？”

“所有的男人。”

她转过头来看着他，然后又垂眼下视。他以为她是在思考这个问题，但她只是用手拂去披毯上的一只甲虫，然后伸手拿起一块肉馅饼，十分得体地咬了一口。

“也许你是对的。”他说道。

“也许吧。”她应道。

她转头看着站在路边青草地里的两匹马，它们的长尾巴拂尘似的挥动着。他以为她不会再说什么了，但她却开始讲述她的家庭。她说她的祖母由于革命而失去了丈夫。她又嫁了人，但一年之内又守了寡。她又第三次嫁，但又第三次守了寡。以后就再也没有嫁人，尽管有足够的机会再嫁，因为她是个一流的美人而且年龄还不到二十岁。当她的最后一个丈夫在托雷翁倒下——这是他的叔叔传讲下来的故事——他把一只手放在胸口上好像是在做着忠诚的盟誓，手里紧握着一颗步枪子弹像握着一件礼物。他的佩剑和手枪被放在一片扇形大棕榈叶上，在沙地上，永远无用地离开了他。他的失去了骑手的战马在枪林弹雨的激战中，在人们的厮杀声中徘徊着，带着翻扑的空镫子小跑着，片刻又跑回到主人身边，像一个影子似的彷徨着。还有许多匹同样无主的战马在死者的躯体间，在这片麻木了的土地上游荡。此时，黑沉沉的夜幕已经降临在亡人和遗马的身上。此刻，那些被战火逐出它们在灌木丛中的巢窝的小鸟返回了。它们飞旋着，悲啾着，仿佛找不着家。月亮像一只盲人的白眼盲目地悬挂在东天。一群群的豺狼跳着小欢步得意地登场了。有这黑幕的掩盖，有这盲月的照明，它们要大快朵颐，尽享一餐人肉的盛宴。

她说她的祖母怀疑这个世界上的许多事情，但她最怀疑的莫过于男人了。她祖母说在除了战争以外的任何行当中，有才能、有活力的男人总是成功的，但是在战争中，他们是要死去的。她祖母经常会对她谈起男人，而且每每谈及总是十分认真。她老人家说，冲动男人对于女人是一个很大的诱惑。像其他许多事情一样，这简直是一个灾祸，却无药可救。她祖母说做一个女人就意味着要生活在困苦和伤心之中。那些对此有其他说法的人根本就是不想面对事实。她说既然事实如此，而且无法更改，一个女人最好是听天由命，随遇而安，而不能强求安乐，因为它并不存在。强求安乐就是迎接痛苦，而自己还不知所之。

她说这是所有女人都知道的事情，只是她们不说罢了。最后她说，如果女人们被那些冲动男子所吸引，那只能说明在她们秘密的心底，她们知道一个能为她们去杀人的男人对她们所具有的意义。

女孩吃完了饭，两手交叉着放在大腿上坐在那里。她所说的一堆事情和她所表现的泰然自若极不协调。道路上无车马，山野里亦无声响。他问她是不是相信博伊德会杀人。她转过脸来审视着他，好像他是一种与之说话需要审视的人，以便使他们之间的理解能够调和。最后她说消息已经在这个地区传开，人人都知道一个白人少年杀了那个从拉斯维里达斯来的管理人，这个人背叛了索科罗·里维拉，把他自己的人民出卖给了巴比科拉的白卫军。

比利听她讲完这一切后说，那个独臂人是自己从马上摔下来跌断了背，他亲眼目睹了这件事。

他等待着她说话。过了一会儿她抬起头来。

“你还想再吃点别的什么吗？”她问。

“不了，谢谢。”

她开始收拾野餐剩余的东西。他看着她，但没有出手去帮她。他站起身来。她把剩下的东西都放在披毯里面拢起来，再用绳子把毯口扎紧。

“你对我的兄弟一无所知。”他说。

“也许吧。”她应道。

她把裹着食物的披毯搭在肩上站着。

“你为什么不回答我？”他问。

她抬眼看着他，她说她已经回答了他。她说在每一个家庭里都有一个成员与众不同，其他人认为他们了解这个成员，但其实他们并不了解。她说她自己就是这样的一个人，而且她知道自己在说什么。然后她转过身，走到正在路边灰蒙蒙的草地上吃草的马旁。她把毯包拴在马鞍后韧的后面，紧了紧马肚带，一脚踏进了马镫子。

他也骑上了马，快步超过她骑到路上。他停住马回头看着她。他说有关他兄弟的事情只有他的家庭才可能知道，现在家人都死去了，只有他一个人知道了。包括任何事，比如博伊德小时候生的任何一场病，或某一大他被蝎子蜇了，觉得自己要死掉了，和后来他们移居到那地区的另一个地方的事情——博伊德自己都几乎不记得的事情，包括他的外祖母和双胞胎妹妹去世，葬在一个他可能永远都不会见到的地方。

“你知道他有一个双胞胎的妹妹吗？”他说，“知道她才五岁的时候就死掉了吗？”

她说她不知道博伊德曾经有过一个双胞胎妹妹，而且死了。但这已经不重要了，因为他现在有了另外一个妹妹。说完，她便打马向前，经过他身旁骑上路。

一小时后，他们超过了三个步行的姑娘。其中的两个姑娘共同拎着一个大篮子，上面盖着一块布。她们是去索托梅内斯村的，还有一段路要走。当她们听到身后路上的马蹄声时即回头张望，然后笑着挤成了一团。当比利他们二人骑过身边时，她们更是你推我、我推你地推到了路边，一面用机敏的黑眼睛朝上看着，一面用手捂着嘴笑得更厉害了。比利很有礼貌地碰碰帽边继续前骑。但这女孩却停住马，等她们走上来和她们并行着。当比利回头看时，她正在和她们讲话。她们比她小不了多少，但她却正以她那惯有的低平却果断的声音在训斥她们的无礼。后来她们停住步子退到了路边的灌木丛前，但她却不肯善罢甘休，干脆也停住马继续对她们讲话，直到了结。然后她转过马头打马向前，不再回头。

他们终日骑行。当他们进入拉波基亚镇时，天已经黑了。他这次骑经这个小镇时仍像他上次来时一样把猎枪竖在身前。当他们经过那个独臂人落马摔死的地点时，女孩在胸前画着十字并吻了自己的手指。他们又继续前骑。林荫道上稀疏的刷白的树干在附近房屋窗口射出来的灯光映照下惨白如骨。有的窗户上镶着玻璃，但大部分的窗子只是用包肉的油纸钉在框子上而已。在这些窗纸后面既无动作也无人影，只能见到些许淡黄色的方块浮在墙上，或是羊皮纸，或是过时无用的地图，上面的地形或路线的印记早已被岁月褪去了。在镇落的边缘，有一堆火在路外燃烧着。他们放慢了马步小心地骑过。但这堆火看来只是一堆垃圾火，周围亦无人照料。他们继续向西骑进那黑沉的旷野。

那夜，他们在湖边的一处洼地宿营，他们分吃了她带来的最后一些食品。当他问及她是否会害怕夜间独自在这种地方骑行时，她回答说，果真需要如此也无办法，只有把自己交托给上帝来看顾了。

他又问上帝是否总是在照顾着她。她听后一直注视着火心。炭火在湖风吹拂下，忽明忽暗地闪动着。最后她说，上帝是看顾一切的。一个人既不能逃脱他的审判，也不能逃避他的关爱。她说即使坏人也逃避不了上帝的博爱。他看着她，他说他自己对上帝没有这样的观念，因此他几乎都不对上帝祷告了。她听了只是点点头，眼睛仍是不离火堆。然后说她知道的。

她拿着她的毯子沿湖走去，另处宿营。他看着她走开便脱去靴子，裹上毯子，开始了一场不安的睡眠。他在夜里或是天明前醒过一次。他转头看看火堆以便知道他已经睡了多久，但那堆火几乎都要凉了。他又朝东方看去，寻觅黎明的迹象，但那里只有夜空和星辰。他用棍子戳了戳火堆的余烬，有几颗发红的木炭竟然又从火堆的黑暗深处发出火苗，显得有些神奇和难以置信，就像是一片被侵扰的鬼眼，最好还是别去碰它们。他站起来围着披毯走到湖边。他看着湖里反射出的星光。风已经停歇了，黑水静谧地安卧着。它卧在那里像这大漠高地上的一只水眼，把群星都拉进了它的泪水之中。总是有什么东西把他惊醒，他想也许是他听到了路上有骑马的声音。是因为有人看见了这边有火？但这里火堆已经已近熄灭。他又想也许是那女孩醒来走到火边，站在他的火边？也许？他还记得脸上尝到雨滴，但是此刻没有雨，周围也没有下过雨的迹象。然后他想起了他的梦。在梦中他是在一处别的地方，那跪在他身旁的女孩也不是这个女孩。他们跪在雨中一个天黑了的城市。他怀里抱着将要死去的兄弟，但是他看不见他的脸，也叫不出他的名字。

在黑沉沉、水淋淋的街道上的某处，一只狗在吠叫。这就是梦的全部。他朝湖里看去，那里无风吹来，只有静悄悄的黑水和群星的倒影。但他却好像觉得有冷风吹来。他打着冷战蜷在湖边的芦苇丛中。他意识到他担忧前面的世界，因为那里会有人们所不希望的事情要发生。他好像在一幅慢慢展开的挂毯上看到了往日已见过和未见过的影像在缓缓通过。他看见了那只母狼死在山里；他看见了那只鹰隼的血滴在石头上；他看见一架玻璃灵柩盖着黑色的布幔，被仆人们用杆子抬着在街上走过；他看见那张被遗弃的弓像一条死蛇一样漂流在巴维斯匹河的清冷水面上；他看见那个孤独的教堂执事在一场地震之后站在城市的荒墟中；他看见那位衰老的隐士立在卡波尔卡教堂的残破的袖廊下；他看见雨水从旋进一座仓库的铁皮墙上的一个灯泡上往下滴落；他看见一只长着金色双角的山羊被拴在一块泥地里……

最后他看见他的兄弟站在一个他无法触及的地方，一个他永远无法到达的世界的窗口。当他看到他在那里，他知道过去他在梦里也这样看到过。他知道他的兄弟会向他微笑，他也等着他这样做。他等待着这个他曾呼唤过的微笑，却也是他无从得知其意的微笑。他怀疑是否他最终得到的竟是他永远无法表述的，因为它们在消失之前乃是来自所有那些仅只是表象的东西。他在那里一定跪了很长时间，因为黎明已经给东面的天空带来了曙光，群星在渐渐变白的湖水里也终于沉没。湖的对岸，晨起的鸟雀又在鸣啭，世界又复苏了。

这日，他们起程很早。只吃了最后剩下的几张干得边角发硬的玉米饼。她骑在他的后面，他们一路无话。就这样，在中午时分他们骑过了那座小木桥，躲进了拉斯维拉斯。

镇上几乎无人。他们在一家小店里买了菜豆和玉米饼，又从街上的一个老妇人那里买了四个角黍。老妇人推的车是用一个铁油桶装在木架子上，配上矿车上卸下来的铸铁轮子而成的。女孩付了钱后他们便坐在小店后部的一堆矮松木柴上默默地吃着。角黍无论闻起来还是吃起来都有一股木炭的味道。他们正吃的当儿，一个人朝他们走过来，又笑又点头。比利看着女孩，女孩正看着那人。那人已经在看他们的马及伸出在马鞍下套子里的枪托。

“你们不认得我了？”这人说。

比利又看了他一眼，再看看他穿的那双靴子。他想起来了，这是在圣迭戈南边路旁的小树林里，在小歌剧团的大篷车的台阶上看到的那个赶骡人。

“我认得你，”比利说，“你还好吗？”

“好，”那人看看女孩又问比利，“你的兄弟呢？”

“他已经在圣迭戈了。”

赶骡人似很睿智地点了点头，好像他知道什么情况似的。

“你们的大篷车呢？”比利问他。

他说他不知道。他说他们一直在路边等着，但是没有等到一个人返回。

“怎么会没人呢？”

赶骡人耸耸肩膀。他用手掌根在空中做了一个劈砍的动作。“他跑了。”他说。

“带着钱？”

“当然了。”

他说他们被抛在那里，没有任何财力和办法再旅行了。在他自己也离开的时候，他的女老板——那位女歌手卖掉了所有的骡子，只剩一头。他们还发生了一场争吵。当比利问起那位女歌手怎么样时，他只是又耸耸肩膀。他转头看看街道，又回首看看比利。他问他能不能给他几个比索好让他买点东西吃。

比利说他没有钱，但那女孩却已经站起来朝马走去。转回时她给了那赶骡人一些硬币。他连谢了她好几次，又鞠躬又碰帽檐，然后把钱放进口袋，祝他们旅途愉快。接着他转身沿街走去，很快便消失进这个高地小镇唯一的一家小饭馆里了。

“可怜的人。”女孩说道。

比利一口啐进干草里。他说这赶骡人大概是在说谎，而且他还是个酒鬼，她不应该给他钱。说完他便站起来走到拴马的地方。他扣上鞍带，拿起缰绳，跨上马便骑过镇子，朝铁轨和北去的路骑去，甚至都没有回头看一眼她是否跟上了。

在长达三天的赶往圣迭戈的骑行中，她几乎都没有讲话。在最后的一晚，她说她希望连夜不停地骑到庄园，但他没有答应，于是他们在玛塔奥蒂斯南边几英里的一个河边宿营。他在河边的一个沙滩上用捡来的漂流木生起了一堆火。她用残剩的干菜豆和干玉米饼做了一顿饭，这是他们在离开拉斯维拉斯后最后的口粮了。他们隔着火堆对坐着。火势渐小，一直烧成了一个篮子形状的木炭空框。月亮已经升上了东天。在他们头顶极高处他们可以听到南飞鸟群的极微小的叫声，还可以看到它们飞展成细长的队形，擦过西方浓浓灼烧的绚烂天际，飞进黄昏，飞入前方的黑夜。

“看，有仙鹤在飞呢！”她叫了一声。

他抬头望着。仙鹤也在向南飞。他遥望着它们纤细的梯队伸展在那看不见的空中之路，这些路一代一代地印在它们的血液中总有十万年了吧。他望着它们直到再也看不见了。但最后一声细微的鸣叫像儿童吹的喇叭声飘落下来，好像是报告着黑夜的来临。然后，她站起身来，挟着披毯沿着沙石滩走进了三角叶杨树林。

第二日中午，他们骑过了那座小木板桥，骑到了这座古老的庄园。人们此时应当在田里干活，却都站在自己住房的门前。他意识到这是日历上的某个宗教节日。他骑过她，在姆尼奥斯家门前停住马。他跨下马，扔掉缰绳，摘下帽子，一弯腰便迈进了那低矮的房门。

博伊德正坐在小床沿上背对着墙壁。供烛的火焰在他头上方的玻璃杯里跳动着。他上身仍用布单缠裹着，僵坐在床边就像是一个死人突然起尸一样。那条哑狗一直卧在他旁边，此刻也立起来在他身旁扭动。“你一直都在哪里？”博伊德问。但他不是在对他的哥哥说话，而是对着那女孩。她正嬉笑着跟在比利的身后走进房门。

第二日比利沿河骑下出去了一天。高天上细长的野雁队在朝南飞行。寒叶纷纷坠进河里，柳树和三角叶杨树的叶子在水流中盘绕着，旋转着，它们的树影掠过河边的石滩像是神笔在白板上疾书。当他回来时，天已经黑了。像是被派出巡视守夜人篝火的骑哨，他在马上穿过柴烟，从一团火光走向另一团火光。其后的几天里，他都在帮牧人干活，把羊群从山上赶下来，通过高高的圆拱形门楣进入房群大院。羊畜们被圈在一起乱挤乱转，撂起蹄子互相乱抓。剪毛工手操着大剪子立在那里就准备开剪了。他们六只一组地把羊赶进一间天棚高高的破烂储藏室里，剪毛工便依次将它们按在自己双膝间咔嚓咔嚓地剪毛。几个小男孩即把剪下的羊毛从地上因雨淋而翘弯的板子上抱起，塞进一只只长长的棉布袋里，再用脚踩实。

初冬的晚间已经很冷。饭后他就坐在火堆旁和园工们一起喝着咖啡。身旁，院子里的狗三三两两地在火堆间溜达着寻觅剩食。这时博伊德已经可以在晚间骑马出门了。他僵直地坐在马上，让马慢步走着，那女孩则骑着尼诺马紧伴一旁。他在那场枪伤中把帽子掉在了河边，现在戴着一顶别人给他的旧草帽，穿着一件条纹被套料改做的衬衣。在他们散步回来以后，比利便会走到房下拴马的地方，光背骑上尼诺走到河边，让马涉进那暗黑色的浅水滩里。这里就是他那次见到女歌手裸身沐浴的地方。马儿则悠然地饮着水，不时抬起它湿淋淋的鼻口。他们一起倾听着河水淙淙的流淌声、野鸭子呱呱的叫声。偶尔还可以看到高天上成之字形飞翔的仙鹤，这种候鸟还在陆续南迁着。在暮色中他沿着对岸骑下，他可以看见杨树间的河泥上有博伊德的马留的蹄印。他跟着这踪迹看看他们曾去了哪里，想猜出留下这些足迹的骑手们的想法。当他回到房院时，天色已晚。他走进矮门，坐到博伊德正睡卧的小床边。

“博伊德。”他轻声叫着。

他兄弟睁开眼，转过头，在微明的烛光下看着他。由于泥墙上渗出的白天的余热，房间里很暖和。博伊德裸着上身，他已经除去了胸部的包扎布。此刻他显得比比利任何时候所见的都要苍白，他更显得瘦弱。肋骨的骨架僵硬地贴在白皮上，清晰可见。当他在微红的烛光中转身时，比利瞥见了他左胸上的残存的小伤洞——只是一瞥，他立即把眼睛移开，就像一个人无意间瞥见了某个秘密，对此他既无权力亦无准备。博伊德把布单拉上去又躺下了。他看着比利。他一直未剪理的淡色长发满头蓬散着，他的脸被长发罩着，瘦削无比。“什么事？”他问。

“跟我谈谈。”比利说。

“该睡觉了。”

“我要你跟我谈。”

“谈什么？一切都是好好的。”

“不，并不是的。”

“你总是担心很多事，可我好好的啊！”

“我知道你好好的，”比利说，“但我不是的。”

三天以后，当他早起出屋，发现他们已经离开了。他走到房子头，朝河那边看。他父亲的那匹马正站在地里抬着头看着他，又转头顺着路看着河、木桥及桥那边的路。

他从屋子里收拾出他的东西装上马，给马上了鞍便骑出去了。他没有向任何人道别。他骑着马在河边杨树林那边的路上走着。他看着西南方的群山，又看着西方的天际。那儿，雷雨前的圆块积云站在齐齐的地平线上像是被修剪下来的毛团。他最后看着那深蓝色的天幕紧绷绷地笼罩着整个墨西哥，这片古老的土地千百年来依附着岩石，依恋着万物的胚芽，存活在人们的精气之中。他转过马头沿路南下，在这条阴沉无影的路上，把猎枪横在马鞍的凹处，阴郁地骑着。因为那日，这世界又一次明显地和他作对，这种敌意冷酷而且不见改善，尤其对那些除了自身本能外，别无信念可去抵御它的人更是如此。

他一连数周寻找着他们，但除了阴影和流言一无所获。在他的牛仔裤的表袋里他掏出了那枚心形的奇迹。他先用食指勾着链子把它吊起来，又把它放回掌心，他把这枚银心端详了好长时间。他向南一直骑到瓜蒂莫科，他又向北骑到纳米奇巴——这女孩的家乡，但那里却没有一个人说认识她。他向西最远骑到了拉诺尔西亚和分山岭。在这风尘仆仆的漫长旅途中他又变得消瘦和憔悴，却从此再未见到他们。黎明时分，在布恩那奔杜拉的交叉路口，他坐在马上注视着水鸟从河上，从这些偏僻的小湖泊上展翅飞过，鲜红的旭日更衬托出它们黑色的流线般的流畅。他又向北骑过了平顶山上的小泥房，骑过了阿拉莫和加里亚纳。这都是以前他来过的居民点。在这些地方，他的返回被村民们谈论着。他自己的旅行倒生出了一些故事被人流传。虽然只是12月初，但高原的夜晚已很寒冷，而他几乎没带什么御寒之物。当他再次骑回卡萨斯格兰德斯时，他已经有两天没吃东西了。时间已经是后半夜，一阵冷雨扫了下来。

他在走廊的外门上敲了很长时间。靠近房子后面，有一条狗在吠叫着。后来一盏灯亮了。

当那个男仆打开大门看见他牵着马站在雨里，他并不感到意外。他问起比利兄弟的伤情，比利告诉他博伊德已经痊愈，但是他已经失踪了。比利为这么晚前来打扰道了歉，但他说希望能见见医生。男仆听后说，时间早晚已无所谓了，因为医生已经去世了。

他没有问仆人医生是何时去世的，是什么原因。他站在那里，两手捏着帽子放在身前。“我很难过。”他说。

仆人点点头。他们默默地站立着。后来比利戴上帽子，转过身，一只脚踩进马镫，跨上鞍子。他坐在又黑又湿的马上朝下看着那仆人。他说医生真是个好人。他沿街朝镇子的灯光看去，他又看看那仆人。

“这世界上谁也不知道谁会发生什么事情。”仆人说。

“这是真的。”少年答道。

他朝那仆人点点头，用手指碰碰帽边，然后转过马，沿着黑漆漆的街道朝回骑着。

第四章

他在新墨西哥州哥伦布市的边防进入美国。门房的守卫简单打量了他一下就挥手让他通过，因为这些日子他多次见到这个人，根本用不着再盘查了。但比利还是停下马。“我是美国人，”他说，“也许我看起来不像。”

“你看起来像是存了不少钱在那边。”守卫打诨说。

“我可没有发财回来，这是真的。”

“我想你是回来报名的吧？”

“我是这么想，要是能找个地儿要我。”

“你用不着担心，你又不是平脚板，对吧？”

“平脚板？”

“是啊，你要是有平脚板，他们就不会要你。”

“你到底在说什么呀？”

“说参军的事呗！”

“参军？”

“是啊，参军。你离开美国有多久了？”

“我也不知道，我都不知道现在是几月了。”

“你不知道发生了什么事情？”

“不知道。发生什么事情了？”

“可不得了，小伙子！这个国家要打仗了。”

他沿着又长又直的土路朝北骑向德明市。天气很冷，他只好把毯子围在肩上。他的两膝已经从破裤洞里露了出来，他的双靴也已裂开大口。原先还被线头吊在衬衣上的口袋早已磨烂，被他扯掉了。那和衬衣分过家的背面用龙舌兰绳[1]凑合地连着。外衣的领子已经开脱，那扯碎的贴边围在他的脖子上像是某种奇特的花边，让他看上去倒像个怪诞的落魄公子。有几辆车从这条窄路上通过，但都给他留足了距离。人们都透过马蹄搅起的尘土回头望他，好像他在这片土地上完全是个异物，是人们听说过的古代骑士或是书上读到过的一种什么人。他骑了一整天，在晚间越过了佛罗里达山脉的一些小山丘。他继续前骑，骑过一片高地，骑入了黄昏，又骑进了夜晚。在夜色中，他迎面遇见一纵列五名骑手，正朝南向他来的路骑过去。他用西班牙语向他们道着晚上好，而他们每人在与他擦身而过的时候也都十分和气地回答他的问候，好像黑夜的临近和道路的平直使

[1] 龙舌兰：美洲产石蒜科草本观赏植物，叶纤维坚韧、耐腐，可编绳缆。

得他们结成同盟，或者似乎只有在这种地方才能找到盟友。

他在午夜骑进了德明市。他从大街的这一头骑到那一头，未上掌的马蹄单调而沉闷地敲击在寂静中的柏油路面上。寒夜冰冷刺骨，一切店铺都关着门。他在云杉街和黄金街街角的一个汽车站里过夜。他躺在冷冰冰的瓷砖地上，把自己裹在脏兮兮的毯子里，用麻布袋当枕头，一顶油污的帽子盖在脸上。那汗污的马鞍子立在墙边和插在套子里的猎枪放在一起。他穿靴而睡，夜里两次起来出去看马。他把它用系绳拴在路边的一个灯杆子上。

早晨，附近的一家咖啡店开了门。他走到了柜台，问那女店主在哪里可以报名参军。她回答说征兵办公室设在南银街的军械库里，但她说他们不会这么早就开门。

“谢谢您，太太。”他说。

“你想要咖啡吗？”

“不，太太。我身上没钱。”

“坐下吧。”她说。

“好的，太太。”

他坐在一张凳子上。女店主用一个白瓷杯给他端来了咖啡。他谢过她后便开始坐着饮用。过了一会儿，她从烤架那边端来了一盘鸡蛋和腌肉，还有一盘烤面包。“别说你是从哪儿得到的。”她嘱咐道。

当他赶到征兵办公室时，还没有开门，他就在门前的台阶上等着。一起来的还有两个德明市的小伙子和一个从边远牧场赶来的青年。这时，征兵的军士到了，他打开了门。

几个年轻人站在他的办公桌前。他打量着他们。

“你们有谁还不到十八岁吗？”他问。

没有人回答。

“通常四个人里面会有一个人不到年龄的，现在我面前正好有四个人。”

“我只有十七岁。”比利回答了。

军士点了点头。“好吧，”他说，“你得让你妈妈给你签个字。”

“我没有妈妈了，她已经死了。”

“那你爸爸呢？”

“他也死了。”

“那你得找一个最近的亲属，像叔叔什么的。他需要做一个经过公证的说明。”

“我也没有什么近亲。我只有一个兄弟，他比我还小。”

“那你在哪里工作？”

“我没有工作。”

军士在椅子上朝后仰着。“那你是从哪里来的？”他又问。

“我是从克洛弗代尔那边来的。”

“你总得有什么亲戚吧？”

“我真的不知道我有什么亲戚。”

军士用铅笔在桌上敲了敲。他朝窗外看了看，又看着其他的青年。“你们都想参军吗？”他问道。

他们互相看了看才说：“是的，先生。”

"你们回答得不太肯定嘛！"

"是的，先生！"这次他们大声齐答。

军士好笑地摇了摇头，在他的转椅上旋了半圈，然后把一张印好的表格塞进他的打字机里。

"我想参加骑兵，"来自牧场的那个青年说，"我老爹在上一次战争中就是骑兵。"

"好吧，孩子，等你到了布利斯要塞的时候，你就告诉他们你想干什么！"

"是，先生。我要不要把我的马鞍子带上？"

"你什么都用不着带。他们会像你自己的母亲一样照顾你的。"

"是，先生。"

军士把他们的名字、生日、近亲和地址一个一个地记下来，签了四张餐券先发了三个人，然后又告诉他们去医生办公室的方向，他们要在那里做身体检查，他一并将体检表也发给他们。

"你们做完体检，吃完午饭就回到这里来。"他吩咐。

"那我呢？"

"你等一下。其他的人现在可以走了，我们下午在这里见。"

当三个青年离开后，军士把表格和餐券发给了比利。

"你看看第二张表的下面，"他说，"那是父母同意的表格。如果你想要进入我们这支军队，你最好带着你妈妈的签字交回来。如果她需要从天上下来为你签字，我这里是没有什么问题的。你明白我说的话了吗？"

"是的，先生。我猜你是想让我在那张纸上签上我死去的妈妈的名字。"

"我可没那么说，你听到我那么说了吗？"

"没有，先生。"

"去吧，午饭以后到这里见我。"

"是，先生。"

比利转身走了出去。门口又有不少人在等候。他们让出道给他通过。

"帕勒姆。"军士喊他。

他转回身去。"到！先生。"他答道。

"你下午要到这里来，听见了吗？"

"是，先生。"

"你反正也没有什么地方好去。"

他走到街的对面解开了马骑上。他顺着银街骑回，又骑上了西云杉街，手里捏着那几张表格。这城市里所有东西向的街都以树来命名，所有南北街都以矿物命名。他在汽车站斜对过的曼哈顿咖啡店门前拴住马，隔壁是维多利亚土地和家畜公司。在人行道上有两个戴着窄边帽、穿着一般地主惯用的步行靴的人站着说话。当他经过时，他们转头看着他，他向他们点着头，但却未得到任何反应。

他轻步走进餐馆的小隔间，把那一摞纸放在桌子上，去看那菜单。当女侍者过来时，他要求点一客午餐，但她说午餐要到十一点才开始，她说他可以要早餐。

"我今天已经吃过早餐了。"

“可是我们没有哪一条城市条例规定你可以用几次早餐。”

“那我可以吃多少早餐呢？”

“你想吃多少早餐都行。”

“我有一张征兵办公室的餐券。”

“我知道，我看见那儿摆着呢。”

“我可以要四个鸡蛋吗？”

“只管告诉我你想要什么样的，老一点还是嫩一点的？”

她用一个椭圆形的陶器大浅盘端来了他的早餐，里面有四个煮得老一点的鸡蛋、一片煎火腿肉和一些玉米糁加白脱油，她还端来了一盘小软饼和一小碗肉汁。“还要什么就告诉我。”她说。

“好的。”

“想要点甜面包吗？”

“好的，小姐。”

“想要再加些咖啡吗？”

“好的，小姐。”

他抬眼看着她。她大约有四十岁，长着一头黑发，但牙齿很不整齐。她朝他咧嘴笑笑。“我最喜欢看男人吃饭。”她说。

“噢，”他说，“我相信你现在看着的这个人一定能让你满意。”

吃完早餐，他一面喝着咖啡，一面细看着那张应该由他母亲签字的表格。他一面看，一面想。过了一会儿，他问那女侍者能否借给他一支自来水笔用用。

她拿了一支笔递给他。“别拿走，”她说，“这不是我的。”

“我不会的。”

女侍者走回了柜台。他便俯在表格上在母亲签字那一栏写下了“露易莎·梅·帕勒姆”。但他母亲的真名是卡罗琳。

当他走出时，另外三个青年正走上人行道朝餐馆走来。从他们说话的亲密神态看，好像他们从来都是好朋友。当他们看见他时便停止了说话。他向他们打招呼并且问他们一切都好吗，他们回答说一切都很好，说完便一起走进了餐馆。

医生的名字叫莫伊尔，他的办公室设在西松树街上。比利到那儿时已经有六七个人在等着了，大部分都是青年男子或十八九岁的小伙子，手里都捏着报名的表格。他向坐在桌旁的护士报上了名字，然后坐在一把椅子上和其他人一起等着。

当护士终于叫到他的名字时他已经睡着了。他头猛地一动惊醒过来，他朝四下看看，都不知道自己在什么地方了。

“帕勒姆。”护士又叫一遍。

他站起身来。“是我。”他应道。

护士递给他一张表格并让他站在门厅里。她拿着一张卡片挡在他的眼睛上叫他读墙上的字母表。他一口气读到了最底下的小字母。护士又检查了他另一只眼睛。“你有一双好眼睛。”她说。

“是的，小姐，”他说，“我的眼睛一直很好。”

“我相信是这样的，”她说，“通常人们的眼睛不会先坏后好。”

之后他走进了医生办公室。医生让他坐在椅子上，他先用手电筒查看他的眼睛，然后把一个凉凉的金属仪器插进他的耳朵，通过这仪器查看他耳朵内部，最后他叫他解开衬衣的扣子。

“你是骑马来的吗？”医生问。

“是的，先生。”

“你从哪里过来？”

“墨西哥。”

“哦，是这样。你们家庭有什么得病的历史吗？”

“没有，先生。他们都已经死了”

“哦，是这样。”医生又说。

他把听诊器的凉凉的圆锥形探头放在少年的胸部听着，他用他的指端敲着少年的胸部，然后他又把听诊器放回他的胸部闭上眼睛再听。他坐起来把听头从自己耳眼里抽出来，身子朝后仰着。“你有心杂音。”他说。

“那是什么意思？”比利问。

“它意味着你不能加入军队。”

他在公路南边的一个马厩里干了十天活，晚上就睡在畜栏里，直到他凑足了钱买了衣服和去埃尔帕索的车票。他把马留下来交给这家主人保管，便穿着一件新的猎鸭布工装上衣和带有珍珠形纽扣的崭新蓝衬衣乘车东去。

在埃尔帕索的这一天，天气阴冷，狂风大作。他找到了征兵办公室，工作人员又为他填写了同样的表格，然后他和一大帮男子排队等候。他们每人都把衣服脱去放进一个篮子里，每人都给了一枚写着号码的小铜牌，然后裸着身子，手拿着表格排成队伍。

当他赶到体检站时，他把体检表交给了医生。医生先是检查了他的口腔和耳朵，然后依然是把听诊器放上他的胸膛。前胸听完，医生又叫他翻过身去，把听诊器又放在他的背部听着，然后他又听了一遍前胸，这才从桌上拿起一枚印章在比利的表格上盖章并签了字。他拿起这张表递给了比利。

“你没通过。”他说。

“我有什么问题？”

“你的心律不齐。”

“我的心脏没有问题。”

“不，它有问题。”

“我会死吗？”

“将来会的。可能没有那么严重，但它妨碍你参军。”

“只要您想让我通过，您就可以通过我。”

“我是可以，但我不会。他们以后还是会发现的，只是早晚而已。”

当他出了门走在圣安东尼奥大街上的时候还不到中午时间。他沿着南埃尔帕索大街走到了华丽餐馆，吃了一客午餐。然后又走回了汽车站，天黑以前就回到了德明市。

早晨，当他去牲口棚的栏间时，钱德勒先生正在马鞍室里整理马具。看到比利，他抬起头来。“喂，”他说，“你参军了吗？”

“没有，先生。我没参上军，他们把我刷下来了。”

“唉，我真觉得遗憾。”

“是的，先生。我也是。”

“你打算怎么做呢？”

“我想再试试他们在阿尔伯克基的征兵站。”

“孩子，他们在全国各地都设了征兵站，人们总可以在那里找到出路的。”

“我知道的。我打算再试一次。”

他又把活干到了周末，领了工钱就搭上了星期天早上的汽车。他一整天都在路上。车一过索科罗北面的天就黑下来了。此时天空上几乎布满了水鸟，它们盘旋着扑落在公路东侧的河边沼泽地上。他把脸贴在冰冷发暗的车窗玻璃上看着。他想听到水鸟的叫声，但汽车发动机的轰鸣声遮盖了一切，他根本无法听到。

他在阿尔伯克基的基督教男青年会过了夜。早上一开门他就进了征兵办公室，但中午前又坐上了南返的汽车。他问过医生有没有什么药可以治他的病，但医生说没有。他又问有没有什么药吃了以后能让心脏暂时跳得好一阵子。

“你是从哪里来的？”医生问。

“新墨西哥的克洛弗代尔。”

“你试过多少个不同的征兵办来参军了？”

“这是第三个了。”

“孩子，即使我们有位耳背的医生，我们也不会让他用听诊器来为新兵检查。我想你应该回家去。”

“我没有家可回。”

“我记得你说你是从什么‘代尔’来的，它是哪里？”

“克洛弗代尔。”

“哦，克洛弗代尔。”

“我是从那儿出来的，但是我已经没有家了。我没有什么地方可去，我就想参军。如果我反正要死，干什么不用我呢？我又不怕死。”

“我希望我能帮你，”医生说，“可惜我不能。这不是我说了算的事情，我得像别人一样遵守规定。我们每天打发走不少好小伙子呢！”

“是的，先生。”

“谁对你说的你会死的？”

“我不知道，可他们也没对我说我不会死。”

“嗨，”医生说，“就算你的心脏像一匹马的一样强壮，他们也不会说你不会死的。”

“是的，先生。我想他们不会的。”

“走吧。”

“什么，先生。”

“你该走了。”

当汽车开进德明汽车站的后院时，只有凌晨三点钟。他走到钱德勒先生的马厩，进了马鞍室取了他的鞍子，又走到畜栏里把尼诺牵到栏间把鞍褥扔上马背。天气特别冷，畜棚是用橡木板搭成的，借着从外面的一盏灯透过板条缝隙射进来的光，比利可以清楚地看到马喷出的鼻息。马夫鲁伊斯走进来站在门口，肩上围着毯子。他看着比利给马上鞍，他问比利是否顺利地参了军。

“没有。”比利说。

“我很遗憾。”

“我也是。”

“你现在要去哪儿？”

“我也不知道。”

“你会回墨西哥吗？”

“不会。”

鲁伊斯点点头。“旅途顺利。”他说。

“谢谢。”他把马牵出栏间，牵出棚门，跨上鞍骑走了。

他骑出这座城市，骑上南去埃尔玛纳斯和阿奇塔的一条老路。这马新上了掌，又经过这些日子的谷物喂养，体力颇好。他们凌晨出骑，骑到太阳东升，骑了一整天，骑到太阳西沉，又一直骑到夜里。他裹着毯子睡在高原野地，天明之前便瑟瑟冻醒，然后再骑马登程。他在阿奇塔以西便弃路入荒，他骑马超越了小哈奇特山脉的山麓丘陵，骑到由南边的费尔普斯·道奇冶炼厂通出来的铁路，他越过了路轨，在日落时分骑到了浅盐湖。

浅滩的积水一望无际，落日把这片静水染成了红彤彤的一个大血泊。他想打马骑进去，但这马由于看不到彼岸而在这片茫茫的水泊边逡巡不前。他只好转过马头，向南沿着浅滩的边缘走。吉莱斯皮山被雪覆盖，在更远处，阿尼马斯山峰挺立在一天的余晖中，凹壁的积雪在夕阳中粼粼泛红。在极远的南方，古老而昏暗的墨西哥群山统辖着那个可见的世界。他骑到了一道废弃了的旧栅栏处下了马。他把几根细长柱子上的U形大铁钉扭下来，用这些木头生了一堆火。他双脚叉立地坐在旁边，眼睛盯着火苗。那马立在黑夜的火堆旁，两眼凄切地凝视着这片荒凉的大盐滩。"这可是你要选的地方，"少年对它说，"我可一点儿也不同情你。"

他们在次日早晨涉过了这片大盐湖，中午以前便到达了老普拉亚斯路，沿着它西行进了山。山口处有积雪但看不到有什么足迹。过了山口他们骑下美丽的阿尼马斯山谷，然后取道向南，在天黑后两小时左右骑到了桑德斯牧场。

他在栅栏门外就开始喊叫。这家的姑娘闻声走到门廊下。

"我是比利·帕勒姆。"他叫着。

"谁？"

"比利·帕勒姆。"

"进来，比利·帕勒姆！"她叫着。

当他走进客厅门，桑德斯先生已经站在那里了。他显得更苍老、更瘦小、更虚弱了。"进屋来吧！"他说着。

"我身上太脏了。"

"你尽管进来，我们还以为你死了呢！"

"没有，先生。我还没有死。"

老人家握着他的手紧紧不放。他又越过比利看着门口。"博伊德在哪里？"他询问。

他们一起在餐厅里吃晚饭。姑娘照应好他们后也坐下了。他们吃着烤牛肉、土豆和菜豆。姑娘递给他一盘盖着一块亚麻布的面包，他拿了一块玉米面包涂上黄油。“这真是太棒了！”他说道。

“她是个好厨师，”老人家说，“我希望她不要结婚扔下我。如果我自己来做饭，连猫都要跑光了。”

“哎呀，爷爷！”姑娘嗔怪着。

“他们一开始也要把米勒算在四 F[1] 里面，”老人家说，“是因为他的腿。后来他们在阿尔伯克基接收了他。我想他们在那里通过了大批的人。”

“可他们没要我。他们会把他编到骑兵里去吗？”

“我想不会，我想他们那地方都不会有骑兵的。”

比利一面默默咀嚼着，面朝桌子那边看过去。在横压枝形吊灯的黄色灯光下，餐具柜上方那些旧时的照片和肖像看起来就像是从某次古代的变迁中抢救出来的物件。甚至桑德斯老人都显得和他们相隔久远，和那些深褐色的锯木板屋顶的房子，和那些骑在马背上的人格格不入。照片上的男人们坐在照相馆的纸板仙人掌之间，他们身穿西装领带，马裤的裤腿插进长靴的靴筒中，来复枪竖直地立在身前；女人们都穿着老式的连衣裙。他们眼睛里所现出的谨小慎微和惴惴不安的神色，使人联想到

[1] 四 F：美国军队征兵时所定检查级别之一，指生理、心理或神经上不适合服役的应征者。

在枪口下拍照的情景。

“照片头上的那个人就是约翰·斯芬特。”

“哪一个？”

“右上角最后一个，就是站在米勒毕业文凭下面的那个。那就是在他家门前照的。”

“那个印第安小女孩是谁？”

“那是阿帕切·梅。他们是从被他们袭击的一个印第安营地把她带回来的。因为那帮阿帕切印第安人老是偷牛畜，他们就在1895或1896年袭击了他们，就在那一带。他可能杀死了几个印第安人，但把她带了回来。她当时真是个可怜的小家伙，穿着用选举广告布做的一身衣服。他把她带回来当成自己的孩子一样抚养。他简直对她爱极了。可惜就在照这张相后不久她死在一场火灾中了。”

“你认识他吗？”

“认识。有一段时间我给他干活。”

“你杀过印第安人吗？”

“没有。但有一两次我差点杀人，是为我干活的印第安人。”

“骑骡子的那个人是谁？”

“那是詹姆斯·奥特里。他从不在乎骑什么东西。”

“那个在驮马上抱着一头小美洲狮的是谁？”

老人家摇摇头。“我知道他的名字，”他说，“但我不能说。”

他喝干了他的咖啡，站起身来从餐具柜里拿出香烟和烟灰缸。这烟灰缸是从芝加哥世界博览会得到的，是用铸铁制造的，上面写着："1833—1933，一个进步中的世纪。""我们去那边吧。"他说。

他们进了客厅。在他们经过之处有一部镶着橡木板的脚风琴倚墙而立，有一条饰了花边的琴罩在上面。墙上挂着一幅装了镜框的人工着色的肖像，那是老人家的妻子在年轻时候的样子。

"那个物件已经不好弹了，"老人家说，"再也不会有人去弹它了。"

"我外祖母过去就弹过它，"比利说，"是在教堂里。"

老人家弯下身子用大钳打开炉门，把火捅大了些，然后塞进另一块劈好的木头并关上炉门。

坐在客厅里，老人家对他讲述着许多往日的故事：有他年轻时在墨西哥血气方刚艰苦放牧牛畜的往事；有比利亚[1]在1916年率部对新墨西哥州哥伦布边关的进犯；有县司法行政官率地方警队追击逃往边境的亡命徒远至靴跟地带[2]的故事；有那场大旱灾造成的八十六头牲畜大批死亡的故事，他们拖带着廉价买来的一批尚存活的牛畜穿越了焦干如火的高原，逃出那片受灾地区。老人家说，那时的牛畜几乎瘦得精光，当黄昏时分它们从燃烧在沙漠西岸的落日前通过时，你都好像能看透它们的身体。

"你准备做什么呢？"老人家问比利。

"我也不知道。我想无非是上哪儿找活干呗。"

---

[1] 比利亚（1877—1923）：墨西哥革命领袖，世称 Pancho Villa。

[2] 靴跟地带：美国新墨西哥州西南角一块向南凸出的方形边境地带，形似靴跟。

“我们这里也快要关门了。”

“是的，先生。我不能在您这儿找活干。”

“这场战争，”老人家说，“没法估计会有什么结果。”

“是的，先生。没法估计的。”

老人家想留他过夜，但他不肯。他们站在门廊下。天气很冷。四周的大草原一片死寂。马儿从栏门处朝他们嘶叫。

“你满可以待到明天早晨再起身的嘛！”老人家说。

“我知道您的好意，但我得早点走。”

“好吧。”

“再说我喜欢骑夜路。”

“是啊，”老人家说，“我年轻时也喜欢。一路小心，孩子。”

“是的，先生。我会小心的。谢谢您。”

那天夜里，他就在广阔的阿尼马斯平原上露营。夜风在草原上低声倾诉着。他用那床披毯和桑德斯老人送给他的一床毛毯裹住自己席地而卧。他生了一小堆火，但因木柴不足，火在夜里熄灭了。冻醒后他便凝望着星空。有几颗冬日的星辰倏然滑出它们的轨道，朝着黑暗疾步趋向死亡。他可以听到马在缚绳中小步踱动的声音，听到青草在马嘴里轻声被撕扯、咀嚼的声音，马的呼吸声、扬尾的抖动声。他看到在哈奇特山脉那边的远南方，雷电闪耀在墨西哥上空。他知道自己不会被埋葬于这片流域，而是会在某个辽远的地方长栖于陌生人之间。他望着在寒冷的星光下抖动于疾风中的草地，好像是大地本身在不知不觉地低头疾奔。在他再次入睡之前他轻声自语："在人们声称他们了解的所有的事情中，有一件事你是知道的，那就是任何事情都没有一个确定必然性，包括战争的来临及任何事件。"

他在哈什奈夫牧场找到了活干，不过这已经不是原先的哈什奈夫牧场了。他们把他分配到位于小科罗拉多的牧场外围帐篷屋。在三个月的时间里他总共见到过三个人。3月份拿工钱时，他去了温洛斯的邮局寄还了桑德斯先生借给他的二十美元。然后他走到第一街的一家酒吧，坐在高凳上，把帽子向后推了一下，点着啤酒。

"你要哪种啤酒？"酒吧侍者问他。

"哪种都行。我无所谓。"

"你根本还不到喝酒的年龄嘛！"

"那你为什么还问我要哪种酒？"

"这无关紧要，反正我不卖给你。"

"他喝的是哪种啤酒？"

比利点头指向的那个男人坐在酒吧另一头，他打量着比利。"这是生啤酒，孩子，"他说，"你就告诉他们你要生啤酒。"

"是的，先生。谢谢你。"

"不客气。"

他顺街走到另一家酒吧，坐上高凳子。侍者沿着吧台晃过来站在他眼前。

"来一杯生啤酒。"比利说。

侍者沿吧台走回去，把生啤酒灌进一只大圆玻璃杯，端过来放在吧台上。比利把一美元放在台上。侍者拿着它走到现金出纳机旁把钱打进去，然后走回来把七十五美分硬币拍在台子上。

“你从哪儿来？”他问。

“从克洛弗代尔那边，我在为哈什奈夫牧场打工。”

“那儿已经没有哈什奈夫牧场了，巴比特把它卖了。”

“是的，我知道。”

“是卖给了一个牧羊主。”

“是的。”

“你觉得那事怎么样？”

“我不清楚。”

“可我清楚。”

比利扫视着酒吧间，除了一个看起来喝醉了的士兵，这里空无他人。这士兵正在看他。

“不过他们从没有把牌子卖给他，是吧？”侍者问他。

“没有。”

“没有。所以不再有哈什奈夫这块牌子了。”

“你想往自动投币唱机里扔个钱吗？”当兵的问比利。

比利看着他。“不，”他说，“我不想。”

“那你就坐那儿吧！”

“我是要坐在这儿。”

“你那啤酒有什么问题吗？”侍者问比利。

“没有啊！我想没有的。难道有很多人抱怨吗？”

“我只是注意到你根本没有喝它。”

比利看看这啤酒。他又沿着吧台看过去。那士兵微微转了转身子，一只手搁在膝上坐着，好像在决定是否站起来。

“我是想也许那啤酒有什么问题。”侍者说。

“嗯，我觉得不会，”比利说，“如果有问题，我会告诉你的。”

“你有烟吗？”那当兵的问比利。

“我不抽烟。”

“你不抽烟？”

“不。”

侍者从他的衬衣口袋里掏出一包“幸运财”香烟，在吧台上用手掌压住一推，把它滑给士兵。“给，当兵的。”他说。

“谢谢！”士兵说。他用手指敲着烟包震出一支烟，用嘴抽出来，然后从衣袋里取出一个打火机点着了烟，把打火机放在吧台上，再把那包烟滑给侍者。“你衣兜里那是什么？”他问道。

“你和谁说话？”比利问他。

士兵把烟气吹过吧台。“和你说话。”他说。

“哦，”比利说，“不过我想我口袋里有什么东西是我自己的事。”

士兵没有再出声，只是坐着抽烟。侍者伸手从吧台上拿起烟包，抽出一支点着，然后把那包烟放回衣袋。他双臂交叉着倚在后台上，指间夹着那支慢烧的烟。此时谁也没有说话，好像都在等着什么人的到来。

“知道我多少岁了吗？”侍者问。

比利看着他。“不知道，”他说，“我怎么能知道你多少岁了？”

“我到 6 月就三十八岁了，6 月 14 日。”

比利没有搭腔。

“所以我没穿上军服。”

比利看看那士兵，士兵还是坐着抽烟。

“我试着去报名，”他说，“试着谎报我的年龄，可他们根本就不相信。”

“他无所谓，”士兵插话道，“军服对他根本无所谓。”

侍者狠吸了一口烟，朝着吧台吐出烟气。“我敢说这有所谓，如果你军服领子上镶个太阳升符号，十个人一排上第二大街游行受阅，我说肯定是有所谓的。”

比利端起啤酒杯一气饮干，把杯子放回吧台，站起身把帽子朝前拉正，朝那士兵看了一眼便转身走上了大街。

他又在一个名叫埃贾的牧场干了九个月的活。在他离开的时候，他已经又有了一匹用工钱折来的驮马、一套像样的铺盖卷、一床粗毯和一杆旧的 0.32 英寸口径单发史蒂文斯来复枪。他向南骑过索科罗西部的高地，骑经玛格达莱纳镇，穿越了浩浩的圣奥古斯丁平原。当他骑进银城时，天在下着雪。他登记住进了“宫廷旅馆”，坐在房间里，望着窗外的大雪纷纷扬扬地落在街道上。这个时分到处看不到一个人。过了一会儿他走出了旅馆，沿着布拉德街走到一家饲料商店，但商店关着门。于是他找到了一家食杂店，买了六盒早餐麦片回来喂马。他把两匹马拴在旅馆后院后便在旅馆餐厅里吃了晚饭，然后回到楼上房间去睡觉。第二天早晨下楼时他竟是唯一的餐厅顾客。饭后，他走到街上想买些衣服，所有的商店却都关着门。街上灰蒙蒙的，冷清清的。一股强风由北方吹来，连一个人影都看不到。他推了推一家杂货店的门，因为里面有灯亮着，但它竟然也不开门。当他走回旅馆，问那服务员这天是不是星期天，但服务员说这天是星期五。

他朝外面的街道看着。“怎么商店都不开门？”他问。

“今天是圣诞节，”服务员说，“没有商店在圣诞节开门的。”

他漂泊到了得克萨斯北部的锅把形地区打工。次年的大部分时间他在为马塔道斯牧场干活，也为T宝石牧场干。他又辗转到南边打零工，在很多小牧场也只能干上一两周的样子。到了战争第三年的春天，在整个国家，几乎没有一家牧场住宅的窗户上不悬挂金星[1]，最后他在新墨西哥州玛格达莱纳镇外的一个小牧场里干了三个月。最后一天他领了工钱，给马上好了鞍，把铺盖卷拴上驮马，又骑回南方。他越过了斯坦斯东面最后的一条沥青公路，两天以后骑到了SK Bar牧场。这是个春寒料峭的日子，门廊下桑德斯老人戴着帽子坐在摇椅上，膝上放着一本《圣经》。他身体前屈，探着头看是谁过来了，好像多接近一尺，他就能把前方的骑者对上焦点，他看上去更衰老、更虚弱，比比利两年前看到他时更显萎缩了。比利叫着他的名字，老人家便叫他下马。比利走到台阶底部，伸出一只手扶住油漆剥落的栏杆柱子，抬起头来看着老人。老人家把《圣经》合上，但

[1] 金星：颁发给阵亡美军官兵家属的一种荣誉标志。

留一个指头在里面标记着位置。“是你吗？帕勒姆。”他问。

“是的，先生。我是比利。”

他走上台阶，摘下帽子与老人家握了手。老人家的眼睛已经褪成暗淡的浅蓝色。他握住比利的手一直不放开。“谢谢你能来看我，”他说，“我常常在想你啊！来，坐下来我们好好聊聊。”

比利拉过一把藤底的旧椅子坐下，他把帽子放在膝上，他看着草场和远山，然后回看着老人家。

“我想，你知道米勒的消息。”老人家说。

“不，先生。我没什么他的消息。”

“他在太平洋西部的夸贾林环礁被打死了。”

“听到这个消息我简直太难过了。”

“我们这里只是粗略地知道一点，太粗略了。”

他们默默地坐着。一阵微风吹过原野。从门廊角的檐边垂吊下来的一盒石刁柏草轻轻摇动着，它的影子也同步在门廊地板上晃动，缓慢，无规则，也无定位。

“您还好吗？”比利问他。

“哦，我还好。去年秋天我做了一个白内障摘除手术，但我恢复得很好。利昂娜走掉了，她背着我结了婚。现在她丈夫当兵去了，她自己住在罗斯韦尔，不知为什么？也许找了个工作？我想劝说她回来，但你知道有没有用。”

“是啊，先生。”

“按理说我再活下去也没有什么意思了。”

“我希望您健康长寿。”

“那我可消受不起。”

他合上了《圣经》，朝后仰着。“雨朝这边来了。”他说。

“是的，先生。我想是的。”

“你能闻到味儿吗？”

“是的，先生。”

“我一直都喜欢那味儿。”

他们静坐了一会儿。比利问他：“您现在还能闻到吗？”

“闻不到了。”

他们又静坐着。

“你听到博伊德的什么消息了吗？”老人家问。

“我什么消息也没有。他再也没从墨西哥回来，如果他回来过，我也不知道。”

老人家好长时间没有接话。他在注视着南边黑下来的田野。

“我在亚利桑那有一次看到柏油路上下雨。有半英里长的路，那雨只下在白线的一边，而另一边却是干干的，正好被中心线给分开了。”

“我信，”比利说，“我也看到过这种雨的。”

“这可真是奇怪事。”

“我还见过暴风雪时打雷，”比利说，“打雷加闪电。但你根本看不见哪是闪电，到处一片闪亮，白得像棉花阵似的。”

“我有一个墨西哥工人有一次对我讲过这种事，”老人家说，“我当时还半信半疑呢！”

“我也是在墨西哥时看到的。”

“也许我们这边没这样的事。”

比利笑了笑。他双靴交叉着踩在门廊的地板上，眼睛远望着无垠的田野。

“我很喜欢你的靴子。”老人家说。

“我是在阿尔伯克基买的。”

“它们看起来像好货色。”

“希望如此，我花了好价钱。”

“这一打仗，什么东西的价钱都涨得天高，凡是你能想起来要买的。”

几只鸽子从远处飞来，越过草场朝房子西头的鱼塘飞去。

“你还没有背着我们大家结婚吧？”老人家问他。

“没有，先生。”

“人们不愿意看到一个人单身，我不知这里有什么道理。我妻子死去时我都快六十岁了，他们总是缠着要我再结婚，尤其是我的嫂子。我已经有过一个最好的妻子了，我不相信会有人连着两次好运气，找到好女人。”

“不会，先生，一般不会有。”

“我记得巴德·兰福德老叔对人们说过：只有极好的女人才值得你去结婚，不然就别结婚。当然他一辈子就没结婚。不过我不知道他是怎么悟出来的。”

“我想我得说，我根本就不懂得她们。”

“她们是谁？”

“女人呗！”

“好，”老人家说，“起码你还没学会说谎。”

“说谎有什么用呢？”

“为什么不去把你的马牵过来？站在外面一会儿把你的行李都淋湿了。”

“我想，我最好还是早上路。”

“你可不能下着雨就骑走了。我们再过几分钟就吃晚饭了。我雇了一个墨西哥女人给我做饭。”

“趁着我精神头好，我还是走吧。”

“留下来吃晚饭，嗨，你才刚刚到嘛！”

当他从马棚里回屋时，风已经刮得很凶了，但雨还没有下来。

“我记得那匹马，”老人家说，“那是你爸爸的马。”

“是的，先生。”

“他是从一个墨西哥人手里买下来的。他说当他买它时，那马还听不懂一个英语字呢！”

老人家用力把自己从摇椅上推起来，把《圣经》夹在腋下。“现在连从椅子上起来都变得困难了，你能相信吗？”

“你相信马会听懂人说的话吗？”比利问。

“大多数人是不相信的。我们进去吧，她已经叫了两次了。”

第二天天亮前他就起来了，他穿过黑暗的房子走到厨房。那里有灯亮着，做饭的女人正坐在桌旁收听一部形似主教帽子的老式木制收音机。她正在听着华雷斯市电台的播音。当他站到门口时她连忙关上收音机，抬头看着他。

“没关系，”他说，“你用不着把它关上。”

她耸耸肩膀站了起来，她说反正已经听完了。她问他是否要吃早饭，他说是的。

在她做早饭的当儿，他走到马棚去给马儿刷毛清蹄。他给尼诺装上鞍子，但先不紧肚带。他把驮架捆上那匹驮马，再把他的粗毯子扎上去，然后他走回了厨房。她把他的早饭从烤箱里拿出来放上桌。她为他煮了鸡蛋，煎了火腿，烤了四张玉米饼，还热了一碗菜豆。把这些东西都推到他面前后，她便为他倒咖啡。

“你要奶油吗？”她问。

“不，谢谢。有辣沙司吗？”

她用一个火山熔岩石制成的小臼碗盛了辣沙司放在他的肘旁。

“谢谢。”

他以为她会走开，但她没走。她站在一旁看他吃饭。

“你是桑德斯先生的亲戚吗？”

“不是，他是我父亲的朋友。”

他抬头望着她。“坐吧，”他说，“你可以坐下来。”

她用手做了一个小动作，他不知那是什么意思。她仍然那样站着。

“他的身体看来不太好。”他说。

她回答说他的身体确实不好。她说他的眼睛有毛病，而且他为他战死的侄子十分难过。“你见过他侄子吗？”她问。

“是的，你见过吗？”

她说她不认识那侄儿。她说当她来此干活时，那侄儿已经死了。她说她见过他的照片，他真是十分英俊。

他吃了最后一个鸡蛋，用玉米饼擦擦盘子再吃下这张饼，喝完杯中咖啡后擦了擦嘴。他抬起头来谢了厨娘。

“你要走很远的路吗？”她问他。

他站起来把餐巾放在桌上，从另一把椅子上拿起帽子戴上。他说他确实要走很远的山路，他说他不知道他旅行的结束会是什么样子，也不知道当旅行到达终点的时候自己会不会意识到。他又用西班牙语请求她为他祈祷，但她说，在他这样要求之前她就已经决定这样做了。

他在拜伦托的墨西哥边关把马登了记，把盖了章的入境证折叠好放进鞍袋，然后给了那边关官员一枚银币。那官员很郑重地向他举手敬礼，而且称呼他为骑士。他向南骑入了老墨西哥的奇瓦瓦州。他上一次通过这个入口是七年以前——那时他只有十三岁，他父亲就骑着现在他骑的这匹马。那次他们是从两个美国人那里接手了八百头牛畜。这两个人是利用了阿森松西边山里一个被遗弃了的牧场简陋地饲养了一批牛畜。那时候，这儿有过一家咖啡馆,但现在已无踪影。他骑下这条小小的土街，在尘土飞扬的路边，从一个坐在木头火盆旁的妇女那里买了三个肉末饼，一边骑一边吃着。

两天的骑行把他在晚间带到了哈诺斯镇。黑黝黝的平原上散落着一片灯光。他骑在一条布满车辙的老货车道上，欣赏着西边黑色的山岭映着血红色的落日余晖。远处是巴维斯匹河流域及高耸的皮拉雷斯山，北坡依然有残雪积在凹壁处闪着银光。

这一带高地的夜晚依然寒风凛冽。两三年前他曾骑着另一匹马通过这里。

他由东向西穿过黑夜，骑过了一处古城池内的、被岁月销蚀的土塔楼，又慢慢骑经了一处完全是土建房舍的百年废墟。他骑过一座高大的泥砖教堂，他又骑过了一座古老的西班牙铜钟，铜钟吊在一个院子里的木支架上，浑身的铜锈发出绿色。最后他骑到了一片敞着屋门的房子。里面有男人静静地坐着抽烟，男人身后在油灯的黄光下女人们正忙着她们的活计。镇子的上空笼罩着炭火的烟尘，从这片暗黑的宅院间，有音乐的演奏声传出来。

他循着这乐声，沿着那些狭窄的房屋间的通道骑着。越过最后一个上坡，他来到了一扇门前。这门是用覆盖着干树脂的原松木板钉起来的，再由牛皮带子铰接在门框上。他走进的这个房间不过是街道两侧排列着的、或住人或废弃的简陋小屋中的一个。他一进来音乐便停止了，那些乐师们都转过脸来看着他。屋子里有几张桌子，都配有机器旋出来的华丽的圆柱形木腿，但上面都沾着泥巴，好像是在雨地里淋过一样。在一张桌子的周围坐着四个人，都端着酒杯围着一瓶酒。沿着后墙有一张德国布仑瑞克式的华丽吧台，天知道是从哪里弄到这地方来的。在覆有雕刻的灰暗的后台上的架子上摆着六七个酒瓶，有的有标签，有的没有。

“现在开门吗？”比利问他们。

他们之中的一个把椅子在泥地上朝后一推站了起来。此人十分高大，当他起立时，他的脑袋便消失在悬在桌上的那盏灯的光区之上的黑暗中。“是的，先生，”他说，“当然开门。”

此人走向吧台，从一个钉子上取下一条围裙系在腰间，站到光线昏暗的雕刻桃花心木台前。他双手交叉着搁在胸前，他装扮得像个屠夫，但那动作又像是站在一所教堂里。比利向桌旁的另外三人点点头并道着晚上好，但无人搭理。此时乐手们拿着他们的乐器站起来，鱼贯而出走到街上去。

比利把头上的帽子朝后轻轻推了一下，穿过房间走到吧台。他把手放在吧台上瞧着后墙上那几瓶酒。

“请给我来一杯加冰块的酒。”他说。

高大的酒保翘出一个指头，好像在称道他明智的选择。他伸手从各式各样的酒杯中取出一个无脚玻璃杯，把它正过来放在吧台上，然后又取下一瓶威士忌，把酒杯斟到一半。“要加水吗？”他问。

“不要，谢谢。你也来一杯。”

酒保谢过他又取下另一个无脚酒杯。斟上酒，然后把酒瓶放回吧台。在酒瓶的浮灰上，他的手留下了一个印子，在灰黄色的灯光下仍然清晰可见。比利举起酒杯，越过杯沿看着酒保。“为你的健康！”他说。

“也祝你健康！”酒保回敬着。他们同时喝酒，比利放下酒杯，用手指着酒杯划了一圈，这手势也包含进酒保的杯子。他转身看着另外三个坐在桌旁的人。“你们都是朋友吧？”他问。

“是的，”酒保说，“当然是。”

系着围裙的酒保当即拿起酒瓶走过去为他们每人斟上酒。他们祝他健康，他便举起酒杯与他们一起喝酒。酒保回到吧台，手里拿着杯瓶，不知所措地站着。比利把酒杯放在吧台上。后来从那边桌子上传来一个声音邀请比利去和他们一起喝酒。他拿起酒杯，转过身先谢谢他们，但他不知道刚才是谁在说话。

比利把酒保事先已经空出来的一把椅子朝后拉了拉坐上去。他朝这几个人看着，看到三个人中最年长的一个已经烂醉了。他穿着一件汗渍斑斑的衬衣，耷拉着脑袋瘫坐在椅子上，下巴靠在敞开的领口上，他一双黑色眼睛陷在边缘发红的眼窝里显得阴郁无底，就像是铅渣被灌进钻孔去封杀某种刻毒的食肉魔。酒精的作用使他连眨眼都十分迟钝，而且每两次眨眼之间有着太长的时间间隔。起初说话的那人是坐在他右边的年轻人。他又说对于来到这个国家的一位旅人来说，比利的酒也喝得太慢了。

比利点点头。他看看站在桌子上的酒瓶，瓶子微微发黄，微微畸形，既无瓶塞也无标签，瓶底还可见到一些渣滓、一些沉淀、一条弯细的龙舌兰小虫。“来喝麦斯卡尔酒！”那年轻人嚷着。他后仰着身子朝着酒保叫着。“快过来，”他喊，“过来一起坐！”

酒保把威士忌放在吧台上，但比利却叫他拿过来。于是他解下围裙挂回后面的钉子上，拎着那瓶威士忌过来了。比利朝着桌子上所有的酒杯一挥手。“都再加满！”他说。

“好，都加满。”酒保重复比利的话。除了那位醉汉的杯子，他把所有人的酒杯都斟满了威士忌。他犹豫着，因为那位醉汉的前一杯酒还放在他面前。那年轻人碰了碰他的胳膊肘。“阿方索，”他说，“来喝酒！”

酒保阿方索没有喝酒，他呆滞地看着苍白的新来者。他与其说是被酒所降服，还不如说是恢复到一度不属于他的返祖现象中去。那位年轻人看着桌子对面的美国人。“你是个非常严肃的人。”他说。

酒保把瓶子放在他们面前，从靠近的桌子旁拖过一把椅子坐下。大家都举起酒杯。若不是阿方索选在这个时候说话，他们就已经喝上一大口了。“你是谁？年轻人。”阿方索问比利。

大家举杯的手都停住了。大家都看着比利。比利举起酒杯一饮而尽，他把空杯子放下，看着桌子周围这一圈眼睛。

“我就是一个平常人，”他说，“没别的。”

“你是美国人。”

“当然，是美国人。”

“你是个牛仔？”

“是的，牛仔。”

那个醉汉坐着纹丝不动，他的眼睛也一动不动，他好像在那里喃喃自语。

“阿方索，咱们再喝！”年轻人又提议。他举起自己的酒杯并环视着桌子，其他人也都举起了杯子，大家喝着。

“你呢？”比利问那醉汉。

醉汉没有回答，他那又湿又红的下嘴唇松松地撇在一口白牙的下面。他好像没有听见比利的问话。

“你当过兵吗？”他突然问比利。

“当兵？没有。”

那年轻人说这个喝醉的人在革命时期曾是个士兵。他在托雷翁和萨卡台卡斯打过仗而且数次受伤。比利不禁看着那个醉汉，但看到他眼里有一种黑色的晦暗和愚钝。那年轻人说他的胸口在萨卡台卡斯吃了三颗子弹，他在寒冷和黑暗中躺在街上的泥土中失去了知觉，就在他身边有好几条狗在喝他身上流出的血。他又说那几个枪洞就在这名爱国者的胸部，谁都可以看到。

“再来。”比利说。酒保赶紧倾过身子为他斟上。

所有的杯子都斟了酒，那年轻人举起杯子提议为革命而干杯。大家饮了酒，放下杯子，用手背擦着嘴唇并看着那个醉汉。

“你为什么到这里来？”那醉汉突然问比利。

大家都看着比利。

“这里？”比利不解地问。

但这醉汉根本不理会别人的问题，他只提问。那年轻人便倾过身子来解释。“他是说到这个国家来。”他对比利小声说道。

“到这个国家来。”比利重复着这话。大家等着他的回答，只见他倾过身子伸手拿起醉汉的装着麦斯卡尔酒的杯子，把里面的酒全都泼到远处的地上，再把杯子放回桌上。大家都坐着不动。比利对酒保打着手势并说：“加上。”

但这次酒保反应不那么快，他慢慢地拿起酒瓶给比利斟上。他放下酒瓶后在裤子上擦着他的手。比利把酒杯端起来，他说他到他们的国家来是为了找他弟弟。他弟弟精神上有点痴迷，他本不该放纵了他，但他却这么做了。

这一圈人坐在那里，手里都握着酒杯。他们都看着那醉汉对美国少年的解释有何反应。但此时那年轻人又向酒保劝酒。“阿方索，喝酒！”他一面说着一面还用酒杯打着手势。酒保便举起酒杯喝干，把空酒杯放在桌上然后朝后仰去，像是一名棋手走出一步棋后坐回去静观效果。他看着桌子对面的最年幼者，这人帽子低低地压在前额，与别人坐得隔开了一些，他两手端着一杯满酒好像要捐献似的。他是至今唯一未说话的人。此时房间里开始微微发出一些难闻的气味。所有礼仪的结果都应该是防止冲突和流血，但以这醉汉目前的情况来看，他已经失去了自制力。他身旁的那个年轻点的人看出了这一点便悄悄提醒他，而且为了缓和气氛，那年轻人微笑着，耸耸肩膀，对着这美国人一举杯敬了一口。当他刚把酒杯放下，这醉汉就动起来了。他慢慢地向前倾着身子去抓他的酒杯，看到此，那年轻人即微笑着又举起自己的酒杯，好像在欢迎醉汉从病态中返回一样。但这醉汉抓住自己的酒杯，慢慢地把它拿到桌子外面，把里面的威士忌泼在地上，又把酒杯放回桌子。然后他晃晃悠悠地去抓麦斯卡尔酒瓶，一下把它旋起来，把这黄色的油状燃剂倒进自己杯里，然后把瓶子放回桌上。这瓶里的沉淀物及龙舌兰小虫都在瓶底顺势旋转着。他又仰回去原样坐着。

那年轻人看着比利。在漆黑的镇子里，一只狗在吠叫。

“你不喜欢威士忌？”比利问醉汉。

醉汉还是不回答问题。他那杯麦斯卡尔酒站在那里就像比利刚进酒吧间时看到的一样。

“这是因为上面的标记。”那年轻人告诉比利。

“标记？”

“是的。”

他解释说那醉汉反对那个专制政府的标记，他不会喝这种瓶子里的酒，这对他来说是个有关荣誉的问题。

比利看看那个醉汉。

“这是个谎言。”那醉汉突然说。

“谎言？”比利不解。

“是的，一个谎言。”

比利看着那位年轻人，他问他那人说的谎言是什么，但那年轻人叫他别在意这事。“没有什么谎言。”他说。

“那根本不关什么标记的事。”醉汉说。他虽然说得很慢，但并不笨拙。他转身对坐在他身边的那个年轻人做了他的声明。然后转回身继续看着比利。比利用手指又画了个圈子。“再喝。”他说。酒保又伸手拿起瓶子。

“你想喝那臭猫尿来代替上等的美国威士忌吗？”比利用英语说，“我请客啊。”

“你说什么？”那醉汉问。

酒保坐在那里有些不安，于是他便弯下腰把所有的空杯都斟上威士忌酒，然后拿起瓶塞推回瓶口。比利先举杯。“为你们的健康！”他说道。他先饮了酒，大家也都饮过，除了那个醉汉。

外面的街路上，古老的西班牙大钟敲响一次，又响了一次。这时那醉汉又向前倾身，他伸手越过面前的麦斯卡尔酒杯又去抓那麦斯卡尔酒瓶。他手拿酒瓶以一种微微的圆周动作把比利的杯子斟满，好像对这种无脚玻璃杯需要以一种特定的方式来斟酒。然后他竖起瓶子放在桌子上，再仰回椅子上。

酒保和另外两个年轻人都捏着自己的酒杯坐着。比利看着杯里的麦斯卡尔酒，仰回椅子背上。他朝着门口看去，可以看到尼诺站立在街上。方才溜出去的那帮乐手们此刻又在另一条街、另一家酒店演奏了。或许这是另一帮乐手。他伸过手端起了麦斯卡尔酒把它举到灯光下，一股烟雾状的沉淀物翻卷在玻璃杯里，这是一撮残渣。众人都看着他，无人移动。他斜起杯子一口饮尽。

“祝你健康！”那个年轻人喊道。大家都干了杯，包括那酒保。他们用干出来的空酒杯在桌子上轻拍着，转圈都在笑着，但此刻比利的身子却侧向一边，他把麦斯卡尔酒吐在了地上。

在随后的寂静中，这个小村镇似乎是被它四周的大沙漠吸了进去，万籁俱寂。这时那个醉汉以一种十分静默的动作去拿他的酒杯。那个年轻人垂着眼皮，在灯光的阴影中他的眼睛甚至看似闭着。那醉汉把他伸出的手捏成球形慢慢地放到桌子上。比利又用手指画了一个圈。“再来。”他说。

酒保看着比利，他又看着那位目光呆滞的爱国者，爱国者的拳头竖在他的杯子旁边。“这酒对我也太厉害了，”他说，“太厉害了！”

比利的眼睛一直盯着那醉汉。“又是谎言！”醉汉说。他说这麦斯卡尔酒并不像酒保说得那么厉害。

众人都看那瓶麦斯卡尔酒，看着瓶边那瓶子投下的一个半圆形的阴影。此时那醉汉既不动也不说话，比利又伸手到桌子那头去拿威士忌酒瓶，他又一次把所有的酒杯都加满，他把酒瓶放回桌上，然后把椅子推后一点站着。

醉汉把两只手伸开放在桌边。

那一直未说话的青年此时却用英语对比利说，如果他敢伸手去掏钱包，那醉汉会开枪打他。

“我一点都不怀疑这一点。”比利说。然后他眼睛不离桌子对面的那个人，问着酒保：“我该付你多少钱？”

“五美元。”酒保回答。

他伸手用两个指头到衬衣口袋里捏出一摞票子，用拇指翻开，把一张五美元的纸币抖落在桌子上。他又看着那个用英语对他说话的人。“他会从背后向我开枪吗？”他问。

那人从他的帽檐下抬眼看着他并笑着。“不会，”他说，“我觉得不会。”

比利用手碰碰帽边，向桌旁的众人们点点头。“先生们。”他说了一句，然后转身向门走去，把他盛满酒的杯子留在桌子上。

“如果他叫你，你不要回头。”那年轻人又向他说着。

他没有停步，也没有回头，他快要走到门口时，那醉汉真的叫了：“年轻人！”

他停住了。外面街上的马儿抬起它们的头看着他。他离门口的距离也就是他一人长的样子。“走啊，”年轻人说，“走啊！”但他没有再走，他转过身去。

那醉汉并没有什么动作，仍然坐在他的椅子上。那说英语的年轻人已经起身，站在醉汉身边把一只手搭在他的肩上。他们看起来就像是摆好姿势要拍一张歹徒影册。

“你是不是说我骗人？”那醉汉突然问他。

“没有。”他回答。

“我骗人吗？”他即用手抓着衬衣把它撕开，衬衣是用按扣别着的，很容易便打开了而且没有声音，好像那些按扣由于以前的这种多次展示已经被拉得很松。他坐在那里把衬衣拉得大开，好像是再次迎接三粒步枪子弹。这三粒子弹的烙印打在他那平滑无毛的胸膛上，覆盖着心区形成一个那么标准的等腰三角形。桌旁的人无一反应，无人去看这位爱国者，也无人去看他的等腰三角形伤疤，想必他们早先都已经多次参观过了。他们都看着这位白人少年，他站在门口好像被框起来一样。他们都木然不动，而且也没有一点声响。他在倾听，他在期待听到这个小镇上有什么东西能够告诉他，这小镇并没有留意，因为他有个感觉：他在这个地方的出现某些方面不仅是已知的，而且是命中注定的。他也在听寻着那些乐手们，那些在他一露面便遁走的乐手们；他们本身可能也在倾听着出自这个多坑的黑暗区域某处的寂寥。他还在寻觅着除去他自身心脏的单调怦怦声之外的任何声响，他的心脏正在以一种液压的响动把血液牵引过他肉体生命内的无数根黑暗的小通道。他看着那个告诫他不要转身的年轻人。但他后来的转身便是对那人的全部警告。现时他所看到的是：在这似乎会将他置于死地的地方，这个微不足道的国家的历史的唯一明显的产物正坐在他的面前，在这所小酒馆的灰黄色的灯光下。这种产物只具有最可怜的权柄、含义及实质存在。其他所有无论是出自人们的话语还是文笔的呼吁都要求这产物在这个国家自定的法律的铁砧上被重新打造，不然的话，它连假象的资格都不具备。然而，一切都过去了。他拿下他的帽子站立着。然后也不管会发生什么好歹，他又戴上帽子，转身走出了门。他解开他的马，骑上尼诺，牵着驮马，沿着这条狭窄的小街头也不回地骑走了。

他还没有走出这个镇子，便有一粒中等石弹大小的雨点掉在他的帽檐上，接着又是一粒。他抬头看着这无云的夜空，东天上还有星星在发光呢！空气中既无风也没有下雨的气味，然而雨点却不断落下来。他胯下的坐骑已不愿再前进，骑手回头望着这深夜中的小镇，只有几扇窗户还发出微弱的红光。此时雨点拍落在硬土路上的声音听起来就像黑夜中的某处马在过桥的声响。他也开始觉得自己醉了，于是他拉住马，掉头回骑。

他骑马走进了他来到的第一个门洞。他垂下驮马的牵绳，身子俯在尼诺的脖子上以从门梁下通过。进门后他仍然是在同样的雨中骑着，抬头仍然看见同样的星空。他赶紧拉过马头，转身骑出这无顶的房院，又骑进了另一家门廊。此时，在他帽顶上减弱了拍击声的雨点立即停歇。他下了马，在黑暗中跺跺脚，想听听脚下是什么地面。他出门把驮马也牵进来，解开了钻石结[1]，把那床粗毯子扯到地上，然后又解开和卸下了驮架。他把这驮马的腿缚了一下便把它赶到外面的雨中去。他又把他的鞍马的系鞍皮带松开，把鞍子和鞍袋拉下来，把马鞍靠在墙边，然后跪下来摸到粗毯上的绳子把它解开，接着卷开毯子坐在上面把靴子脱去。此时他的醉意更烈了，便拿掉帽子躺下了。尼诺从他的头边走过，然后站下朝门外看着。“别踩着我，你这该死的！”他骂道。

早晨醒来时，雨早已停了，天已经大亮。他感觉到不妙——在夜里他曾经起来过，蹒跚着到门外呕吐，他还记得曾用他那双泪水模糊的眼睛搜寻过马的踪影，然后又蹒跚着摸回院内。他也许记不清这些了，但当他坐起来找靴子时，靴子已经在脚上。他拿起帽子戴在头上朝门口看，几个孩子正缩在那里，看到他起来便跑开了。

“我那两匹马在哪里？”他问他们。

孩子们说马儿正在吃草。

他起身太快以至于眼前一片金星，他赶紧倚住门框用手盖住眼睛。他浑身被干渴灼烧着。他再次抬起头走出门看着孩子们。他们用手向他指着路上。

他走过最后一排低矮的小泥屋，孩子们都尾随着他。他们伴着马走到镇南边的一片草地上，这里有一条小溪穿过道路。他牵着尼诺的缰绳站着，孩子们望着他。

---

[1] 钻石结：是用来在牲口背上拴捆行李的结法，经纬交错形成钻石放射形状。

“你们想骑马吗？”他问孩子们。

孩子们互相看着。最小的是一个约五岁的男孩，他马上高举起两只胳膊等着上马。

比利把他举上去分开腿骑上马，然后又抱上了女孩，最后是那个最大的男孩。他嘱咐那个大男孩要搂紧两个小的，男孩点点头。他便拿起尼诺的缰绳及驮马的牵绳，把两匹马牵回路上去。

此时有一个女人从镇子上过来。孩子们看到她来便小声耳语着。她拎着一只蓝色的桶，上面盖着一块布。她在路边站下，双手在身前拎着桶的提环。然后她穿过草地朝他们走去。

比利用手碰碰帽边向她问着早安。她停下来，手里仍然拎着那只桶。她说她在找他，她说她知道他没走远，因为他的铺盖和马鞍还放在那里。她说孩子们告诉她，有一个骑马人睡在镇子边上的一个院子里病了。于是她便给他拿来一些刚烧好的肉食，他吃了好有力气上路。

她弯下腰把桶放在地上，掀起那块布递给他。他拿着那块布站着朝下看那桶。桶里放着一只带斑点的洋铁碗，上面盖着一个碟子，碗边还挤着几张玉米饼。他看着这女人。

“吃吧。”她一面说，一面用手指着桶。

“你呢？”

“我已经吃过了。”

他看着在马上排成一条直线的孩子们，他把缰绳和系绳都交给了大男孩。

“去遛遛吧！”他说。

大男孩向前伸出手抓住缰绳，他又把系绳交给女孩，把两根缰绳中的一条递过女孩的头，然后轻轻踢了马一下让它开步。比利看着这女人。“真是太谢谢您了。”他说。女人叫他趁热赶快吃。

他蹲下来想把碗拿出来，但是太烫了。“对不起。”她说。她却用手把发烫的铁碗拿了出来。她把碗上的碟子拿掉，把铁碗放在碟子上递给他，接着她又伸手从桶里取出一把勺子递给他。

“谢谢您。”他说。

她跪在草地对面看着他吃饭。牛肚的碎条漂浮在清澈的油汤里像一些缓缓浮动的真涡虫。他告诉她他并没有生病，而是因为昨夜在小馆里喝了酒有些醉。她说她理解，醉酒也没有什么关系。再说生病有时是弄不清原因的，都得靠神来照顾我们大家。

他从桶里拿起一张玉米饼撕开再折一下去蘸肉汤，他又用勺子去舀牛肚，但牛肚滑落掉，他便用勺子的边把牛肚顶在碗边切断。牛肚条又热又有滋味。她还是看着他吃。

孩子们遛马回来坐在马背上等他的吩咐。他抬头看看他们，用手指画了一个圈，于是他们又骑走了。他看看女人。“这是你的孩子吗？”

她摇摇头说不是的。

他点点头，看着孩子们走开。铁碗已经凉了一半，他就直接端着碗倾斜着喝汤，然后咬一口玉米饼。“真好吃。”他说。

她告诉他她曾经有过一个儿子，但是他二十年前就死了。

他看看她，觉得她的年纪看起来不像是二十年前就有过孩子的样子，但也确实让人看不出具体的年龄。他对她说她那时候一定非常年轻。她说她的确是很年轻，但年轻人的悲痛往往被人低估很多。她把一只手放在胸前，说那个孩子永远活在她的心里。

他朝田野看去，那几个孩子骑在马背上正在河边逗留，那大男孩好像是让马喝水。那马边喝水边等待着小主人们的任何吩咐。他把牛肚汤喝完，折起最后四分之一片玉米饼把碗擦净再吃掉这饼。他把碗勺和碟子放回桶里，然后看看这女人。“这一共多少钱？太太。”

“是小姐，”她更正着，“不要钱。”

他从衬衣口袋里掏出折叠钱夹说：“把钱给孩子们。”

“我没有孩子啊！”

“给孙子们吧。”

她大笑着摇头。“我更没有孙子了。”她说。

他捏着钱坐在那里。

“留着你路上用吧。”她说。

“那么谢谢您了。”

“把你的手给我。”

“什么？”

“你的手。”

他把手给她，她拿住后把巴掌翻上去，然后放在她自己手里细看着。

“你多大了？”她问。

他说他二十岁了。

“真年轻！”她用指尖探查着他的手掌。突然她噘起嘴。“这儿有贼。”她说。

“在我手上？”

她仰起头，闭上眼大笑着，她笑得那么从容无拘。“快拿了我吧，犹大！”[1]她笑着叫道。“不是的。”她摇了摇头。她身上只穿着一件薄薄的花衬衣，她的两个乳房在薄衫内甩动着。她的一口白牙生得十分周正，她光裸的双腿呈着褐色。

“那么贼在哪里呢？”比利问她。

她用牙齿咬住下唇，用她那双黑眼睛注视着他。“在这里，”她说，“在这个镇子里。”

“可贼是到处都有的。”他说。

她摇了摇头，她说在墨西哥，有盗贼住的村镇，有盗贼不住的村镇，她认为这是个挺合理的安排。

他问她是不是一个盗贼，她又笑起来了。“啊呀！”她叫着，“我的上帝，多么直爽的人哪！”她看看他。“也许是吧。”她回答道。

他又问她如果她是个贼，她会偷什么样的东西？但她只是

---

[1] 犹大：耶稣的十三个门徒之一，也是出卖耶稣的叛徒。此处借恶人发感叹，意谓：“我受不了啦，还不如让犹大把我毁了。”

笑着，把他的手在自己的手上翻转着，细看着。

“你看见什么了？”他问。

“世界。”

“世界？”

“如你想象的世界。”

“这世界是不是很狡诈？”

“也许是，也许不是。”

她把另一只手放上他的手。她朝远处看着田野，孩子们正在那儿骑马玩。

“你到底看见什么了？”

“没什么，什么也没有。”

“你骗我。”

“是真的。”

他问她为什么不肯告诉她所看见的东西，但她仍只是笑着并摇头。他又问她，是否没有什么好事情，她现出严肃的神情，点头说是的，然后又把他的手掌翻上来。她说他会活得很长。她又查看着他拇指根的那条环线。

“有很多悲伤和忧愁？”他问。

“很多。”她说。但她又说生活中不可能没有忧愁的。

“但是你看见了什么坏事情，”他说，“是什么呢？”

她说无论她看到了什么东西——是好或是坏，都是无可改变的。他自己以后会在神所安排的适当时间里知道一切。她又把头微微翘起来端详着他，好像那儿有某个问题他必须问，如果他能及时快捷地提问的话。但他不知道这是个什么问题，这个时机便很快消逝了。

“你能知道我兄弟的消息吗？”他问。

“哪一个兄弟？”

他笑了，他说他只有一个兄弟。

她用一只手握住他的手,但她却不去看它。“你说谎,”她说，“你有两个兄弟。”

他摇了摇头。

“谎上加谎。”她说。她又低头细看他的手掌。

“你看见什么了？”他问。

“我看到你的两个兄弟，一个已经死了。”

他告诉她他曾有过一个妹妹,确实是死了。但她摇摇头。“是兄弟,”她断言，“一个活着，另一个已经死了。”

“那谁是谁呢？”

“你不知道？”

“不知道。”

“我也不知道。”

她放开他的手，站起身提起桶。她看看田野那边的孩子和马。她说也许昨天夜里他算是很幸运,因为那场雨把旅人们留住,不然的话他们会在外面受罪了。但她说那帮助和成全了人的雨也会背叛人。她又说当雨按照上帝的意旨降下时，邪恶也选择了自己的时间来行动，那些被它挑选的人在心里会有一些黑暗。她说因为心也会出卖自己，那些邪恶之人便常常能够从好人心中看出隐藏其中的黑暗。

“那你的眼睛能看出什么来吗？”

她扬了一下头，她黑色的头发飘在肩上。她说她什么也没有看见，这不过是场游戏而已。说完她便转身穿过田野，朝大路走去了。

他全天都在朝南骑行。在晚间他骑过了卡萨斯格兰德斯，又继续向南沿着那条三年前他和弟弟一起初次骑过的路骑行。暮色中他骑过那片黑沉沉的废墟，骑过夜鹰还在觅食的古代球场。第二日他又骑到了圣迭戈庄园。他在河边的三角叶杨树林中驻足观看，然后骑马走过那座小木桥，骑到了园工们的房舍。

姆尼奥斯家的屋子里空空如也。他穿过了所有的房间，什么家具陈设都没有了。圣母木雕像站立过的壁龛也是空的，只有一层陈旧烛蜡的灰色薄片摊在尘封的灰泥上。

他在门口站了一下，然后便回身跨上马骑到房群大院，穿门而入。在院子里，一个坐着编筐的老人告诉他说他们已经走了。他问这老人他们去往何处？但这老人似乎对于方向的概念不甚清楚，他只是泛泛地朝四处做了一个手势。比利坐在马上向院子四周看着：一部旧式的旅行车，一簇衰败的房屋，一只母火鸡栖息在无窗格的窗洞上。那老人又低头去忙他的筐子。比利向他道了别便掉回马头，牵着驮马走出这高大的拱形门，骑经园工们的住房，骑下小山，骑到河边，再一次骑过了那座小桥。

两天以后，他骑马经过了拉斯维拉斯，然后取道向东朝波奇亚骑去。就是在这条路上，他和他弟弟首次看到了他们父亲的马水淋淋地从一个小湖泊里走出来的。这一带高地好长时间没有下雨，脚下的道路盖着厚厚的尘土。此时一股干风从北方吹来。越过小湖在远处的原野上，一股股的尘团由巴比科拉方向爆出，好像那里正在起火。晚间，一部大型的韦科飞机由西部飞过来，盘旋了一周，降落在林间空地。

他在平原上点了一小堆火宿营过夜。这火在风中骚动着，像铁匠鼓风炉扇起的火，把他那单薄的枝棍储备全烧光了。他凝视着这火的燃烧，在疾风中火舌凶猛地吐向原野，断裂着，消失着，循环无穷，像是黑暗中一声声无音的呼喊。第二天，他骑过了巴比科拉和圣安娜德巴比科拉，然后转道北去纳米奇巴。

纳米奇巴镇比一个矿区的营地大不了多少，它坐落在河边的一个陡岸上。他把马拴在镇东河边的一丛柳林中，然后便在河里洗澡浣衣。次日清晨，当他骑马进镇子时，在路上遇见了一支婚嫁的小队伍。队伍的中心是一辆饰盖着旗布的普通二轮骡车。一块粗布盖篷扎在用柳枝绑成的摇摇晃晃的弓形框架上给新娘遮阴。这辆车只由一头小骡子拉着，它阴郁地蹒跚着。新娘独自坐在骡车里，在左摇右晃的盖篷底下还手撑着一把洋伞。在她身边的路上步行着一帮男人，穿着黑色或由黑色褪成灰色的套装。当他们经过时，新娘子转头看着这个骑在马背、立在路边的人，好像是看到了某个凶兆的见证似的，她赶紧在胸前画起十字，把头转回去。队伍走过了。他想他会在镇上再见到他们。婚礼一般要到下午才开始，他们这么早出门只是为了利用清早路上人稀尘小的这个好时刻。

他尾随着这支队伍进了镇。他在这条盖满尘土的小街上骑着，四下无人。他随便找了一家门口，从马上斜着身子叩击着，然后静听反应，但无人应答。他又从马镫子里抽出脚，用靴子大声地去踢门，但那门闩得不紧，竟自慢慢地旋开了，现出了低矮内部的一片黑暗。“喂！”他叫着。

还是无人应答。他朝外面的小街看了一下，又从门上朝屋里看着。在这茅棚屋的里墙边上，有一支蜡烛在盘子里燃烧着，在一个由搁凳担起来的板架上躺着一个穿着葬服的老头，身边围满了由山里采来的野花。

他下了马，扔下缰绳，踏进这低矮的门，摘下了帽子。这老头的双手被安放在胸前，他没有穿鞋，一双光脚在脚趾处用麻绳系在一起以免分开。比利在黑黑的屋子里又轻轻地叫了一声，但这间屋子就是这所房子的全部。有四把空椅子排着倚墙而立，到处都罩着一层细灰。在后墙的上方有一扇小小的窗户。他穿过房间看着外面房屋的内院，一辆破旧的马拉灵柩车翘着车辕杆停在那里。在围墙的那头一个敞着的棚子里有一架锯木板钉起来的棺材放在松木杆做的锯木架上。棺材的盖子竖在棚子一边的墙上。棺盒及棺盖的外侧被染成黑色，但棺材的内侧却还是未加工的原木板，既无布单也无任何衬垫物。

他又转身看着这个躺在停尸板上的老头。老头长着髭须，这髭须和他的头发一样都是银灰色。他交叉在胸前的双手宽大、茁壮，指甲都没有清理过，他的皮肤是暗黑色而且显得干巴巴的，他的双脚宽大而多节。他穿的衣服套在身上紧绷绷的，那式样即使在那个地方也已不多见，很可能老头已经穿了整整一辈子。

他摘下了一朵形似雏菊的小黄花，这是他以前在路边常见的一种花。他看看花，又看看那老头。屋子里有一股燃蜡的味儿，一丝丝腐烂之气，一缕缕硬树脂燃后淡淡的余香。“出什么事了？老头。”他随意问。他把小花插进衬衣口袋上的纽孔里走了出去，把门在身后拉上。

在这座镇上无人知道那女孩的事情。她母亲早已迁走，她的姐姐几年前便跑去了墨西哥城。谁能知道这种女孩子的下落呢？到了下午，那婚礼的队伍款款上街了。这次，新娘和新郎一起坐在了遮着盖篷的二轮车盒子里。他们缓缓行进，伴着鼓号队。骡车吱吱嘎嘎地响着。此时新娘已戴上了白面纱，新郎则身着黑套装。他们脸上的苦笑像是在做鬼脸，眼睛里都透着惊恐的目光，看上去就像是这个国家的民间戏里的角色，穿着画了白骨的戏装在一起舞蹈。拖车吱吱呀呀地慢行着，像是在一个乡下佬的困倦昏沉的梦中涉过去，小车慢悠悠地左摇右晃，穿过那一去不返的夜晚，那他白日为之劳作的沉睡之夜。在黑夜终了之时车声渐远渐弱，留下了一点点余音，一些余悸。

晚上，人们把那个老头从停尸屋里抬出来葬在了墓地，葬在了那个简朴的高山地区被当作墓石的歪七竖八的木牌之间。没有人询问这个夹在吊唁者人群中的白人青年的身份。他默默地向人们点着头，一起走进了这间低矮的房屋。那里面摆放的一张大桌子上堆满了这个地方所能供奉的所有好食品。正当他靠墙站着在吃角黍时，一个女人走到他面前对他说，那女孩不是太容易找到的，因为她是个声名狼藉的女盗贼。很多人也都在找她。她说传说在巴比科拉，有人出了价悬赏她的人头。她还说有人相信这女孩劫富济贫，把金银珠宝当作礼物送给穷人，但其他人却认为她是个女巫。也可能她已经死了，尽管传言她已经在伊格纳西奥萨拉格萨被杀的消息是假的。

他打量着她，她就是这草原上的一个年轻女人，穿着一件劣质的棉布无袖女衬衣，用手工笨拙地染着色，衣服上的染料还在她的手腕上留下了黑色的环纹。“你为什么要告诉我这些事情？”他问她。

她下齿咬着上唇站在那里，后来她说她知道他是谁。

“那你说我是谁？”他又问。

她说他是那个白人少年的哥哥。

他把顶在身后墙上的一只脚放下来看着她，又越过她看着那些身着黑衣的吊唁者们。他们正摩肩接踵地在搜抢着餐桌上的食品，像是在举行一场死神的宴会。他又看着她问，她是否知道他在哪里能够找到他的弟弟。

她没有立即回答。人们在屋子里的运动已经慢下来了，吊唁者们原先的低声说话亦变成了耳语。哀悼的人们互相希望着他们能够尽享这美食，一刹那间，所有的食品便都消失在这历史的重复之中。这时，他听到这些先前的礼仪在某处不断地发生着，像是木滑轮进入了轨道，像是锁里的制栓对准了插口，像是在古老的机械中木齿轮的齿牙互相契合，又随之带动了同轴上的第三个轮子。“你不知道？”她反问。

“不知道。”

她先把右手食指放上嘴唇，似乎以一种手势告诫对方别作声。然后又把手伸出去好像要去碰他。她说他兄弟的遗骨已葬在布埃那文图拉的墓地里。

当他出门解开马骑上时天已经黑。他骑过那些昏黄如蜡的窗光，骑上他来的那条路，骑过第一个高坡后，小镇在他身后消失了。头顶上的夜空星光满天，郊夜万籁俱寂，除了他的马在路上发出的结实的蹄声、皮革微小的吱吱响声和马儿轻柔的气息声。

他在那个地带骑行数周向一切可以询问的人打听着。在山镇台莫萨奇卡的一个小酒店里他第一次听到了那首描写骑马战士的墨西哥民歌里的几句歌词，歌中的白人少年来自北方。歌中唱道：“手里握着枪的是金发的骑兵，你在寻找什么，年轻人？为什么一大清早你便起身？……”他问那歌手他唱的这个年轻人是谁，但那歌手只是说正如歌里说的，他是一个寻求正义的年轻人，他已经死去多年了。这歌手一只手握着那磨损的琴颈，另一只手从桌上拿起酒杯。他先是默默地为询问者举杯，然后大声地为纪念这个世界上所有正义的人而举杯。他说，正如歌中所唱，他们走过的道路浸透着鲜血，他们生命的伟绩就写在那血里。那也是世界之心的血。他还说，真诚的人唱他们的歌，只唱他们的歌。

4月末在马德拉镇，他把马拴进了牲口棚里，自己步行着游逛了铁路那边的一个集市。山镇的春天依然是清冷的，空气中弥漫着矮松木的柴烟和锯木厂散出的树脂的气味。在集市地，彩灯成串地悬挂在头顶。买卖人大声地叫卖着他们的灵丹妙药和藏在帐篷里面的奇观，这些镂印着广告的简陋帐篷是用牵绳在踏平的草地上匆匆搭起的。他从一个小贩那里买了一杯苹果汁，边喝边看着这些山民的面孔。这些面孔多是黯黑和严肃的，这些又黑又亮的眼睛在集市的灯光下好像要爆裂放电似的。女孩们牵着手三三两两地走过，她们的眼神显得天真而大胆。他站在一辆涂了彩的大篷车前，那儿有一个拉场的人站在红色和镀金色交织的讲坛上单调而重复地向聚集的人群讲着什么。一个从抽奖场弄来的带有各种图案的大轮子被钉在大篷车的一壁上，一个身着红色紧身衫，外套一件黑色与银色交杂的无纽短上衣的女郎站在旁边的一个木台子上，随时准备着去转动那轮子。此时那个讲坛上的拉场人转身对着女郎伸出他的手杖，女郎嫣然一笑便拉下了轮子的一侧，让它边转边发出噼噼啪啪的声响。所有的面孔都转过来看着。轮缘上朝外钉着的一圈大钉打在皮制的掣子上，转轮受到阻挡由快至慢直至完全停止下来。女郎转过身对着观众笑着。那拉场的又举起了他的手杖，报出了轮子上转到的那个褪了色的图画。谁持有这个图案的扑克牌，谁就中了奖。

“是个海上的女妖。”他叫道。

下面的人群没有反应。

“有人中了吗？”

他环视着人群。他们都站在用绳子围起来的一个临时场地里面。他的手杖在人群上方挥过，好像是指挥着某种集会。他的手杖是一根黑色的搪瓷棒，它的银头是一枚半身雕塑像，可能塑的就是广告人自己。

“再来一次。”

他的眼睛扫视着人群，扫视到独自站在人群外围的比利，又扫视回来。大轮又发出了噼噼啪啪的声响，在它那稍稍偏心的圆周上旋转着。上面的图画转成一片模糊，那块皮革掣子传出了咯咯的声音。

一个身材矮小的、没有牙齿的男人侧身走向比利拉着他的衬衣。他在他面前呈扇形地展开了一副扑克牌，每张牌的背面都有一个神秘标志的图案被编织进许多道波纹装饰里去。“拿一张，”他说，“快点，快点！”

“要多少钱？”

“不要钱，拿吧！”

比利从衣袋里掏出了一枚一比索的硬币递给那人，想把他打发掉，但那人摇摇头。他朝大轮子看去，轮子发出缓慢的拍打声。

“不要钱,不要钱！”小矮人对他说,“你为什么不试试运气？”

轮子在啪哒、啪哒转着，他拿了一张牌。

“等着看，”拉场人叫着，“等着看哪！”

轮子最后咔嗒一声便停了下来。

“是头盖骨！”拉场人叫着。

他翻过那张牌，印在上面的正是个头盖骨。

“有人中了吗？”拉场人又叫着。人群中，大家彼此看着。

站在他旁边的那个小矮人抓住拉场人的肘子。“他中了，”他悄声说，“他中了！”

“我赢了什么？”比利问。

那拉场人不耐烦地摇着头，他想要举起他那捏有那张牌的手，他说比利可以看到一些光景。

“看什么？”

“进车里看，”那人嘘着气说，“进车里去看。”他一伸手从他的手里抢过那张牌把它高举起来。“在这里，”他叫起来，“这儿我们有张‘头盖骨’！”

拉场人以一种慢加速将手杖在人群头上一挥，然后突然将手杖的银头指向比利和那矮人。

“我们有人赢奖了！”他大叫着，“来吧！来吧！”

“快去！”矮人喘着气说。他拉着比利的胳膊肘。但是比利已经透过俗丽的油漆层看到了依然显现的先前的字样，他认出了这正是几年前那个巡回小歌剧团的旅行大篷车，那部停在圣迭戈庄园的烟气缭绕的大院里辐条镀了金的大篷车。那时他和弟弟博伊德还是初次骑进庄园大门。这也正是他们看见抛锚在路边的那辆大篷车。当时那位漂亮的女歌手坐在遮篷底下等待着她的人和马归来解救她，但一直没有等到。他把矮人的手从衣袖上推开。“我不想去看！”他说。

“嗨，嗨，”矮人急得含糊不清地说，“那里面有你从来也没有见过的精彩表演！”

他抓住托儿那瘦削的手腕：“你听着，我不想看这玩意儿，懂吗？”

那托儿在比利的拳握中畏缩着，他失望地回头看过比利的肩头，看着那拉场人，他把手杖搁在面前的讲坛上正等待着。所有的人都转头去看着这个站在灯光最远处的赢奖者。轮子旁边的那个女郎卖弄风情地站着，她的一个指头在颊上的酒窝处扭动着。这时拉场人不耐烦地抬起他的手杖扫了一下。“快点啊！”他叫着，“怎么了？”

比利松开手把托儿推出去，但那托儿并没有被甩出去，他倒在比利身边，用手指头扯着他的衣服，然后贴近他耳边对他吹嘘着大篷车内吸引人的精彩表演。拉场人又向他催喊了一次，他说大家都在等着呢！但是比利已经转身走开。拉场人在他身后喊了最后一次，然后向着观众不正经地评论了几句，惹得人群大笑并都转过头，越过众多的肩头去看热闹。那托儿可怜兮兮地站着，手里拿着那招引人的扑克牌。但拉场人说没有第三次转轮的幸运抽奖了，不过他愿意让那转轮的女郎亲自选择一个免费抽奖的人。女郎微笑着，用她那涂彩的眼睛扫视着下面的面孔，然后她点出了人群最前面的一个男孩。但拉场人说他太小不能被允许进场，于是女郎噘起嘴巴故作生气状，她说可惜这男孩子那么漂亮。接着她挑了一个褐色皮肤的雇工，这人直挺挺地站在她眼前，穿着大概是租来的一身衣服。她亲自走下台阶，拉着这个雇工的手把他请上去。幸运票结束了，拉场人便举起了一卷入场票，人群亦一哄而上争相购买。

比利走出了悬灯的场地，穿过了田野走到他存马的地方。他付过了马棚费，把尼诺牵出来骑上。他又回头看了一眼那点燃在清冷烟气中的巡回游艺团灯饰的雾光。然后放开马骑过了铁路，骑上了从马德拉镇通出来向南通达台莫萨奇卡的道路。

一周以后，在凌晨的黑暗中他又一次骑马经过了巴比科拉镇。四下一片冷寂，连狗都没有出来，只有他的两匹马嘚嘚的蹄声在响着。蓝色的月光从后面把马匹和骑手的身影斜投在街上，形成一个不断朝前埋头冲刺的组合剪影。这条北向的路新近被用岑树拖着耙平过，他有意挑着在溢在路边的松土上骑着。在黎明中，黑色的刺柏树丛像岛屿似的孤立在平原上。原野上可见一些牛畜的黑色轮廓，一轮白日正在冉冉升起。

他在一片水草丰美的沼泽地饮了马。旁边有一丛古老的三角叶杨树围成了一个精巧的圆环。他把自己卷进那条粗厚的毯子里沉沉睡去。当他醒来时，看见一个男人坐在马上正看着他。他一骨碌坐起身来。那男人笑着。“我认得你。”他说。

比利伸手抓起帽子戴上。“是的，”他说，“我也认得你。”

“你说什么？”那人显然不懂英语。

“你的那位朋友呢？”

那人抬起放在马鞍前鞒上的手做了一个含混的手势。“他死了，”他说，“那个女孩呢？”他问。

“她一样，也死了。”

那人笑了一下。他说上帝的安排真是奇怪。

“上帝是对的。”比利回答他说。

“那你的兄弟呢？”

“我不知道，可能也死了。”

“这么多人都死了。”那人感叹道。

比利朝着马儿吃草的地方看了看。他想起来他是枕着马鞍上的皮套睡的觉，那上面扣着他的手枪。那人的眼睛也随着比利的目光转着。他说，对于死神选择的每一个人来说，另一个人只是一种缓刑。然后他竟以一种同谋似的神情笑了，好像一个人遇见了他的同类。他朝前倾了倾身子，把两手呈方筒状地套在马鞍前斬上，朝地上吐了一口。

“你是怎么看的呢？”他问比利。

比利不清楚他问的是什么，他只是回答人都是要死的。

这人坐在马上似很严肃地掂量着这个回答，好像他必须以一种更深刻的含义来考虑这个反应。他说，人们认为死亡的选择是不可思议的，但是我们所做的每一件事都导致了一种结果，因而引起了新的选择。所以人类促成了自身的死亡，正如他们促成了命运的一切一样。此外他还说，当人类降生之时，他的结局已经注定，别无可能。终了之时，人类会努力越过所有的障碍向死亡迈进。他说，这两种观点实际上是一致的。虽然人类可能死于他可以避免的陌生境地，但更正确地说，人类是在寻求自己的死亡，不管这条路是多么曲折和隐秘。他笑了，他说话的样子就像是一个人似乎懂得死亡是存在的主要状态，而生命只是它的分支。

“你怎么看呢？”他又重复同样的问话。

比利说他别无高见。他说不管一个人的生命是写在某处的一本书上，或是它本身一天天地成形都是一样的，因为它只有一个事实，那就是它的存在。他说，当我们说是人们塑造了他们的生命的说法是正确的时候，同样正确的是人们不可能有其他的方式，不然的话，其他的方式会是什么样子呢？

“说得好！”那人赞许着。他向田野望去。稍后他对比利说他能够看出人们在想什么。比利没好意思指出他已经两次问自己的想法了，于是他婉转地问他能否说出他现在在想什么。但这人只是支支吾吾地说，反正他们俩的想法是完全一样的。后来他又说道，他不会为了一个女人而对任何男人心怀怨恨，因为女人只是供男人差用的长脚的财产而已。这也就像一场游戏一样，不必为真正的男人计较。最后他说，他不欣赏那些为了那些荡妇去杀人的男人。总之，那条母狗已经死了，而这世界照样转着。

他又笑了。他嘴里还含着个什么东西，他把它用舌头转到一边，抵在牙上吸一下然后又转到另一边去。他用手碰了一下帽边。

“好了，”他说，“路还等着我呢！”

他再次用手碰了碰帽边，然后用靴上的小齿轮刺刺马，又用两根缰绳左右来回地拉动马头，直到马的眼睛转急了，又下蹲又跺脚，这才放开马小跑着穿过小树林，跑上大路，很快消失了。比利打开了鞍架上的皮罩，取出那把手枪。他用拇指将击铁扳到装弹位置，旋转了一下弹膛，检查了弹室，再推回击铁，恢复原状。他在原地坐了很长时间，听着动静，防备着什么事会发生。

在5月15日那天——他是从七个星期以来读到的第一份报纸上得知这个日期的，他又骑进了卡萨斯格兰德斯。他在卡米诺·拉多旅馆里订了一个房间并把马儿拴进了马棚。第二天早起后，他顺着贴了瓷砖的过道去浴室冲洗了一番。回到房间，他站在窗前欣赏着早晨的阳光斜投在脚下旧地毯的织线上，同时听到了一位姑娘在窗户底下的花园里唱歌的声音。她坐在一块大白帆布上，布上堆着有几个蒲式耳[1]的美国大胡桃。她两腿弯曲地坐着，膝弯间放着一块扁平石板。她在用一个小石臼去砸胡桃，她边干边唱着歌。她唱道：

这是个明媚的4月，
在巴奇尼瓦镇。
有六个人从路上赶到，
他们是武装的骑兵。

她用石臼砸开胡桃，把胡桃肉挑出来放进她身边的一个罐子里。她又接着唱：

---

[1] 蒲式耳：英、美常使用的干容量单位，在美国，1蒲式耳相当于35.238升。

即使他心中感到惧怕，
他的脸上也决不流露。
不管会过来多少敌人，
金发少年都会等着他们。

她用她那纤细的手指将胡桃肉从桃壳里分裂出来。在那精巧的一分为二的半球里仿佛书写着这样一个真谛：我们必须信奉那结出这些果实的树的生命力，和日后这些果实再孕育出的新树的生命力。然后姑娘又重复唱着这两段歌。他扣上衣服，戴上帽子，走下楼梯，走到院子里去。当看见他从卵石路上走来，她停止了歌唱。他颇有礼节地用手碰碰帽边向她道着日安。她抬起头来看着他并且微笑着。她大约有十六岁的样子，长得十分美。他问她是否知道这首民歌的更多的歌词，但她说不知道了。她说这是一首老歌。她说这故事十分悲惨，在故事的结尾，由于用尽了弹药，金发少年和他的心上人死在彼此的怀抱里。等到恶主派来的人完了差使骑马离去，镇上的人便赶来把这金发少年和他的女友运到一个秘密的地方安葬了。“小鸟儿飞去了。”她又哼了一句歌词。但她不能记起全部的歌词了。然而她感到很羞窘，因为他一直在听她唱歌。他不由得笑了，他对她说她有一副好的嗓子。她不好意思地把脸转开，咂了咂嘴。

他一时无言，便站着看院子外西面的群山。姑娘回过脸来看着他。“把手给我。”她说。

“你说什么？”

“把你的手给我。”她把一只手握成拳伸出去。他也半蹲着伸出手。她将一把剥好了的胡桃肉放进他的手中，又用她的手把他的手合上，然后看看周围，好像这是一些秘密的礼物，害怕有人看见似的。“好了，你走吧。”她说。他谢过了她，站起来走过院子，走回到楼上自己的房间里。但当他再从窗户向外看时，她已经不在了。

以后的几日里，他都在巴比科拉一带的高地骑行。晚间他选在一些有遮蔽的洼地生火宿营。夜里有时候他会走过草原躺在地上，在世界的静谧中凝视着头顶闪亮的天穹。每当走回火堆的时候他都会想起博伊德，想起他在夜间，也是在这样的地带坐在这样的火堆旁的情景。平原上的这堆火只不过是一个小亮点，藏在大地上就像是地球那炽烈燃烧的核心冲破地壳，冲到地面上的黑暗的隐秘的一瞥。他觉得自己像是一个没有根基的人，好像他多年前就已经死去，后来又托生在另一个既无来历亦无前途的人身上。

在骑行中他偶尔会看到有结伴的牧人穿越这片高原草地。有时他们骑着在山地中立足稳当的骡子，有时赶着大批牛群向前走。夜间山里仍是十分冷峭，但他们看上去穿着很单薄，且只是盖着披毯睡觉。因为在巴比科拉地带饲养的牛畜是白脸的，他们会被叫作“化装舞会老板”；又因为他们为白人干活，他们又会被叫作“半外国佬”。他们排着纵队默默地穿过碎石斜坡，骑过山口走向高原草地。他们骑在马上的姿态十分自在。低低的太阳在他们拴在马鞍上的洋铁杯上迸出反光。他看见他们的篝火夜间在山里燃烧，但他从来也不去找他们凑堆。

在某天傍晚天即将黑下来的时刻，他骑上一条路，随路转向西行。在他面前的山口燃烧着的落日已经被挡去了一半圆躯，它的光芒眼见着在收缩，整个天空被罩上了深红色的余光。当黑夜完全降下，他看见在远处的平原上孤零零地亮着一盏黄色的房灯。他便向这光点骑去，一直来到了一所年深日久的小陋屋。他坐在马上叫着门。

一个男人走到门口，迈出到门廊上来。“是谁？”他问道。

“一个过路的。”

“你们一共几个人？”

“就我一个。”

“好吧，”这人说，“你下马进来吧。”

他下了马把缰绳在廊柱上随便拴了一下就踏上台阶，摘下头上的帽子。这人为他拉住门让他进去，随后他也进来并关上了门。他朝着炉火点一下头，示意比利靠火坐下。

他们坐下来喝着咖啡。这人的名字叫基哈达，他是来自西索诺拉州的雅基部落印第安人。他就是巴比科拉大庄园纳威里奇克区的那位总管。就是他让博伊德把他们自家的马从马群中分出来带走的。他已经看到这个孤单的白人少年在山里独自骑行，便对当地的警官打过招呼不要去干扰他。他对他的客人说他知道他是谁以及他为什么到这边来。说完他仰坐在椅子上，把杯子端到嘴边喝着咖啡，眼睛看着炉火。

“你就是把马还给我们的人。”比利说。

他点点头。他向前弓弓身子看着比利，然后又看着炉火，他喝咖啡用的那个厚厚的无把瓷杯看起来就像是化学家用的研钵，他双肘落在膝上坐着，两只手在身前端着那杯子。比利猜想他会再说些什么，但他没有。比利喝着杯子里的咖啡，然后用手端着杯子。炉火在炸响着。外面的世界是一片寂静。“我兄弟死了，是吗？”比利问他。

“是的。”

“他是在伊格纳西奥萨拉格萨被打死的？”

“不，是在圣洛仑佐。”

“那女孩也是？”

“不是。当人们把她拉开时，她满身是血而且倒在地上，所以人们自然认为她也中了枪，但事实并不是这样。”

“那她后来怎样了？”

“不知道。也许她跑回家了，她还很小。”

“我在纳米奇巴打听过她，但没人知道她的事。”

“在纳米奇巴他们是不会告诉你的。”

“我的兄弟被葬在哪里？”

“他被葬在了布埃那文图拉。”

“那儿有他的碑吗？”

“有块木板。人们都很爱他，他是个受人喜爱的人。”

“在拉波奇亚他并没有杀死那个独臂人。”

“我知道。”

“我当时在那里。”

"是的。但是后来他在加里亚纳杀死两个人，没人知道是为什么。他们甚至不是大庄园里的人。但是死者之一的兄弟是佩德罗 · 洛佩兹的朋友。"

"那个警官？"

"就是那个警官。"

"有一次他在山里看见了博伊德，他和他的两个亲信。他们三个人在傍晚时沿着山脊往下走。那警官在皮带上还佩戴着一把短剑，他是毫无顾忌的一个人。"基哈达又向后仰坐着，两只靴子交叉着立在地上，咖啡杯子搁在膝上。两个人都在凝视着火炉，好像有什么铁件在里面锻打一样。基哈达端起了杯子好像要啜饮似的，但还没拿到嘴边他又放下了。

"巴比科拉有个大庄园，"他说，"这里有赫斯特先生用不完的财富和权力。但这里的农业工人都穿着破衣烂衫。你认为他们谁更有力量？"

"我不知道。"

"他的日子屈指可数了。"

"你说赫斯特先生？"

"是的。"

"那你为什么还为巴比科拉庄园做事？"

"因为他们付给我钱。"

"谁又是索科罗 · 里维拉？"

基哈达用他手指上戴的金戒指轻轻地敲着杯沿。"索科罗 · 里维拉想要组织园工们反抗庄园主，于是五年前他被白卫军在拉斯瓦里达斯的一个林子里杀害了。同他一起被杀的还有另外两个人：克里森西奥·马西亚斯和马纽奥·希曼乃兹。”

比利点点头。

“墨西哥的灵魂是十分古老的，”基哈达说，“不管是谁自称懂得这灵魂，他不是骗子就是傻子，或二者都是。现在美国佬又一次出卖了他们，墨西哥人就急于重申他们的印第安血统[1]，但是我们不喜欢墨西哥人，尤其是我们雅基人，雅基人是有记性的。”

“我相信你说的话。我们那次带马走后你再见过我兄弟吗？”

“没有。”

“那你怎么知道他的事情呢？”

“因为他是一个被追捕的人。但你往哪里跑呢？自然他会得到卡萨雷斯的庇护，因为你到了你的敌人的敌人那里。”

“他那时只有十五岁，要么十六岁，我想。”

“十六岁就更好些了。”

“他们没有很好地照顾他，是吧？”

“他根本不想被照顾，他只想出去杀人。他既是一些人的良友，更是一些人的劲敌。”

“可是你还为赫斯特先生做事？”

“是的。”

他转过头看着比利。“我不是墨西哥人，”他说，“我没有这

---

[1] 墨西哥人具有印第安人和西班牙人的混合血统。

些忠心，这些义务，我有其他的东西。”

“那你也会杀他吗？”

“你的兄弟？”

“是的。”

“如果事情真到那种地步，是的。”

“也许我不该喝你的咖啡。”

“也许吧。”

他们静坐了好长一段时间。最后基哈达向前倾着身子凝视着他的杯子。“他当时应当回家去。”他说。

“是的。”

“那他为什么不回去呢？”

“不知道，也许是因为那女孩。”

“那女孩不肯和他一起走吗？”

“我想她肯的，但他根本无家可回。”

“也许你当时应当更好地照应他的。”

“但他不是那么好照应的。你刚才也说过这一点。”

“是的。”

“那首民歌是怎么唱的？”

基哈达摇摇头。“那民歌讲述了一切，但也什么都没讲。我是多年以前就听到这首关于金发少年的民歌的，那时你的兄弟还没生出来呢！”

“你不觉得这歌唱的是他吗？”

“是的，也是唱了他。这歌唱了它想唱的一切。它唱出了使这故事流传的全部生活，这民歌是穷苦人的历史。它不需要忠实于历史学家的真理，而是要效忠人民的真理。它讲了那个孤独的人的故事，他也代表了所有的人。它相信在两个敌人相逢的地方，只有两种事情中的一种可能发生，没有其他的可能——在一种情况下是欺骗产生了，而另一种情况则是死亡。”

“这听起来只有死亡是真实的。”

“是的，听起来是只有死亡才是真实的。”他看着比利。“即使民歌中唱的那个白人少年是你的兄弟，他也不再属于你了。他不能再被认领回去了，他属于人民。”

“我想把他的遗骨带回去。”

“这是不准许的。”

“我应当找谁批准？”

“没人可以批准。”

“总得有个什么人我可以找一下吧？”

“你可以向上帝请求，此外别无他人。”

比利摇摇头。他坐在那里凝视着自己那暗淡的形容在杯中液面上的偏映。过了一会儿他抬起头来，他看着炉火。“你相信上帝吗？”他问他。

基哈达耸耸肩。“至少在宗教节日里。”他说。

“没人能告诉你，你的生活将会怎样，是吧？”

“是的。”

“这绝不是你所期望的。”

基哈达点点头说：“如果人们知道他们生存的历史，有多少人还会去选择过这样的生活？人们总愿意谈论以后会怎样，但是以后不会有什么希望给你，生活只是过去的重复。世界一定会惊讶于这种形态的显现，甚至连上帝也会。”

“我和我的弟弟千里迢迢到这边来寻马，但我觉得他好像根本不关心那些马的事儿，我也笨得没注意到这一点。我以为我了解他的想法，其实我不了解，相反他对我了解得更多些。现在我的责任是把他带回去，埋在他自己的国家。”

基哈达喝光了他杯里的咖啡，握着空杯放在膝上。

“我觉得你认为这不是个好想法。”

“你可能会有些麻烦的。”

“但这不是你全部的想法。”

“的确不是。”

“你认为他应属于他现在的地方。”

“我认为死者是没有国籍的。”

“是没有。但他们的亲人们是有国籍的。”

基哈达没有回答。过了好长时间他才动了一下。他朝前倾倾身子，抬起那只白色的瓷钵放在手掌上瞧着。“世界本是没有名称的，”他说，“那山、岭、沙漠的名称只是存在于地图上。我们给它们起名字是为了不会迷路，但也是因为路已经迷失了，我们才给它们命名。其实世界是不会迷失的，迷失的只是我们自己。由于这些名称和坐标是我们来制定的，它们便不能拯救我们，它们也无法为我们找寻道路。你的兄弟是眠在这个世界为他选定的地方，他是躺在他应当在的地方。再说他所在的地方也是他本人的选择。这也是不应被轻视的一份吉利啊！”

灰色的天空，灰色的地。整整一天他都耷拉着脑袋骑在湿淋淋的疲马上，向北行走在这条泥沙混杂的高原道路上。暴雨和着狂风肆虐在面前的路上，抽打在他的油布雨衣上。马蹄一抽出来，蹄印便立即被泥水吞没。到了晚间，他又听到头顶有仙鹤在飞。它们高起在云天之上，脚下平衡着大地的曲面和大地的风云。它们灰色的眼睛喜乐于神灵为它们选取的道路，它们的心里都充溢着感恩的愉悦。

他在晚间骑进了布埃那文图拉镇。他越过一洼一洼的积水，骑经林荫道上那些用石灰水刷白的树干，骑过一座古老的白色教堂，又沿着通向嘎耶戈的老路骑了一段。雨已经停了。雨水从林荫道上的枯叶淅沥沥地往下滴，从他经过的那些泥砖房子的高高的排水道哗啦啦地往下流。道路跃上一个小山坡来到镇子东头，把他带到一块阶地。这里，离镇子约一英里远的山坡上散落着那座墓地。

他骑下了路，沿着一条泥径费力地骑到了墓地，在木门前停下了马。这墓地是一个很大的荒场，场内充满乱石、杂草和荆棘。四周有一道矮矮的泥墙，但现今也只是一道坍塌的小土城垣。他坐在马上看着这一片颓败和荒芜。他转身看了看自己的驮马，又放眼看着天上那灰色的飞云和西天那渐消的晚光。一股冷风由山口处吹过来。于是他下了马，扔下缰绳，走进木门，开始穿行在这荒石场中。一只渡鸦从羊齿草丛中窜出，迎风飞去发出呱呱的叫声。一簇簇野生的石南灌木丛中埋放着低矮的石碑和歪斜的十字架，一个相对高大的红色砂岩碑站立在这片景致之中，看上去就像是某个古典的小自治领的久远的废址，为蓝色的远山、近旁的小丘庇卫着。

大多数坟墓只不过是些没有任何标记的圆锥状石堆，有的坟墓上插有一个简单的十字架——用钉子钉起或用铁丝缠起来的两块窄木板而已。脚下到处可以踩到的石头就是从这一处处的圆锥形的石堆上散落下来的。如果不顾及这些红色的石碑的话，这地方看上去就是一场战争后的乱葬岗。四周除去野草拂起的风声，别无声响。他沿着坟墓间那些窄细而不明显的小径走着，在这些被青苔抹黑了的木板和石板间走着。在大约中央的部位，有一个红色的石柱呈现着被截去树梢的树干的形状。

他的兄弟被埋在墓地最南端的墙下，墓上竖有一个木板制的十字架，上面用烧红的铁钉烙着以下的文字："1943 年 2 月 24 日他的战斗的兄弟们奉献纪念于此，安息吧。"一个曾支撑过花圈的生了锈的铁环靠在木十字架上，墓上找不到死者的名字。

他蹲下来并摘下头上的帽子。南墙外有一堆垃圾在潮湿的空气中熏烧，一股黑烟升上昏暗的阴空。这地方的孤寂和凄凉真是一种十分奇特的景致。

当他骑回布埃那文图拉镇时，天已全黑。他在教堂门口下了马，摘下帽子走进去。在神坛上有一片小蜡烛在燃着，在这片漂浮不定的烛光中跪着一个孤独的女人，她正弯腰低首做着祷告。他走上排椅间的通道，地上的铺砖已经松动，在他的脚下咔嗒作响。他俯下身，用手碰了一下跪拜者的手臂。“夫人。”他说。

她抬起了头，在长围巾中的褶皱里微微可以看出她那张暗黑的留有伤痕的脸。

“那殡葬工在哪里？”

“死了。”

“谁来管理墓地？”

“上帝。”

“神甫又在哪里？”

“走了。”

他抬头四望教堂黑漆漆的内部。那女人似乎在等着他下一个问题，但他却再也想不起一个了。

“你需要什么吗？年轻人。”

“没什么，没什么，”他朝下看着她，“您是在为谁祷告呢？”

她说她只是向上帝祷告，然后由上帝来分配这些祷告。她是为所有的人而祷告，她也为他祷告。

“谢谢您。”

“我只能够这样来做。”

他点点头。他熟知这个女人，这位墨西哥的老妇人，她的儿子们都早已死在那血腥的暴力中。对于这巨大的伤痛，她的祷告和跪拜都是远远不能安抚的，但她那孱弱的身姿却是这片土地上一个长久不变的形影。同样不肯消失的是她那极度的痛苦。教堂外漫漫的黑夜包藏着上千年的恐惧，而这恐惧却以漂亮的羽衣和皇鱼的鳞片护卫着，如果这恐怖依然还在吞食着我们的孩子们，谁会说还有什么更坏的战争的消耗、折磨和绝望是这位老妇人的坚贞所不能支撑的呢？还有什么更加悲惨的历史是她那弱小的跪拜着祷告的身躯所不能够谴责的呢？她那干瘪的双手紧抓着用果籽串成的念珠，一动不动地跪着，神情严峻而且难以缓解，就跪在如此的上帝面前。

第二天大清早当他骑出去时，雨已经停歇，但天空还未放晴，灰蒙蒙的大地衔接着阴沉沉的天空。南方，谢拉代尔尼多那峥嵘的山峰偶尔露出云端，但倏地又被罩住。他在墓地木门前下了马，缚了驮马的腿，解下铁锹，再骑上尼诺，沿着乱石间的小径扛着铁锹骑过去。

他骑到了博伊德的坟头，立脚下马，把铁锹掷到地上，从鞍袋里拿出一双手套。他看了看铅灰色的天空便把尼诺背上的鞍子卸下来，松松地缚了马腿让它在石间吃草。然后他转身蹲下，把那插在石间的脆弱的木十字架晃松取出。这把制作简陋的铁锹装在一根假紫荆木的长棍上，柄套上还带着当初用工具捶打时的明显印记，柄套的接合处在熔炼时也是极粗糙地合拢的。他用手举起这把铁锹又看了一眼天空，然后弯下腰开始铲去他兄弟坟上的松散的乱石。

他一直干了很长时间。他摘去了帽子，后来又脱去了衬衣把它搭在墙上。估计到了中午时分他已经挖下了三尺深。于是他把铁锹插在土里，走回他放马鞍及鞍袋的地方去吃午饭。他取出卷着菜豆的玉米饼，坐在草地上吃着，然后拿起罩着帆布套的镀锌水壶喝水。整个上午除了一部汽车，路上再没见到其他动静。这部汽车嘎嘎地摩擦着地面开上斜坡，又开过山口朝着东边的嘎耶戈开去。

下午时，有三条狗不知从哪里跑过来坐在乱石间看着他。他弯腰捡起一块石头，但它们立即缩回去消失在羊齿草丛里。后来又有一部小轿车出现在通往墓地的路上，在门口停车。两个妇女出来沿着小径走到墓地的尽西头。不一会儿，她们便回转了。开车的司机坐在矮墙上抽着烟看着比利，但也没有说话。比利继续挖着。

到半下午时，铁锹碰到了棺材盖。他本以为不会有棺材的。他继续挖着。到他把棺材的顶盖全部挖出时，一天将尽。他赶紧沿着盒边挖下去想摸到什么把手,但没有找到。他又再往下挖，直到把棺材的一头挖出来，天已经黑了。他把铁锹往土里一插，便去牵尼诺。

他给尼诺上了鞍把它牵到墓穴。他取下捕绳把它双起来扎好，然后把绳头那段捆上棺材身。他又用锹刃沿着棺材边撬松了一圈，然后把铁锹扔在一边爬出墓穴。他推推尼诺让它慢慢朝前走。

绳子绷紧了。他朝后看了看，然后又小心地移马前进，但却听到一记沉闷的腐木爆裂声由洞穴里传来，绳子随即松下来了，马也停止了用力。

他走过去一看，那棺材盒已经崩溃了。他可以透过断裂的棺木板看到博伊德罩在葬服里的骸骨。他一屁股坐在土上。太阳已经西沉，暮色骤然降临。马儿站在绳的一端等着。他突然感到很冷，便站起身走到墙边，取了衬衣穿上，然后走回穴边呆立着。

“你可以把这些土再铲回去，”他对自己说，“这根本用不了一个小时。”

他走到鞍袋取出火柴，走回到穴旁点着了一根举在穴上方看着。棺材盒已经被挖破了，一股腐烂的地窖子味儿从黑洞洞的穴底冲出来。他甩灭了火柴，走到马身边，解开了拴在马鞍上的绳子那头，把它盘绕在自己手上。他手握着这卷绳子站在这宁静的蓝色薄暮中。他朝北方看去，那儿，在云层的下面，早出的晚星已经在闪烁。“嘿，”他自语说，“你完全可以办到。”

他把捆在棺材上的那头绳子解下来，把它扔在松木墩上，然后他拿起铁锹，用锹刃从一块破棺材板上劈下一长条木片，在棺材盒上将这木片上的土敲掉，擦着一根火柴把木片点着，把它斜插在地上。最后，他又爬进墓穴，借着那木片发出的微弱而抖动的火光开始用铁锹撬开木板，他把木板一一逐出直到他兄弟的遗体完全露出来。博伊德躺在一床已经腐烂的草席上，缩在他的衣衫里，像他生前一样瘦削。

他骑上尼诺走出了墓地大门，下了马搜寻着那匹驮马，发现它已经溜达到了南边，他便再骑上马去把它牵回来。他们又骑进墓地大门，骑回到那墓穴旁。他下了马，解下驮马背上的铺盖卷把它展开在地上，然后扯下油布雨衣铺开。这是一个平静无风的夜晚，那块棺板上的木条仍然在墓穴的一头燃烧着。

他又爬下洞穴，用两臂把他兄弟的遗体从棺盒里抱出来，这副躯体已经轻得好像没有分量了。他把博伊德小心地放置在那床粗毯中，把毯子的四边折起来，然后用一根水桶绳将这个毯捆的两头拴好，马儿伫立在一旁看着他的行动。此时在那边沙石面的公路上他听到了一部卡车上坡时的轰鸣声。车灯射过来，慢慢地扫过荒漠，扫过那凄清的山口，然后在它卷起的淡白色的尘土尾流中，卡车轰隆而过，擦着大地向东驶去。

到他把墓穴的土再填回去的时候，已近半夜了。他用双靴将松土踏紧，然后把碎石铲回土墩上面。最后他把靠在矮墙上的木十字架拿过来插在石堆上，再培上一些石头将它支牢。那根木炬早已熄灭，他把那烧焦的残端拔出来扔过了矮墙，其后他把铁锹也扔了出去。

他把博伊德的遗体抱起来横在驮马背上的木驮架上，然后把他铺盖卷上的毯子卷起来横上尼诺马的臀部，再把所有其他东西都捆上马鞍。一切安置妥当后他拾起帽子戴上，又拾起水壶挂在鞍鞒上。这时他骑上马，转过马头。他在马上坐了片刻，转眼向四周看了最后一次,他又下了马。他最后一次走到那墓边，把那木十字架拉出石堆，拿着它走回驮马边把它绑在驮架左侧。终于他骑上了尼诺，牵着驮马走出了墓地，走上了路。他越过了公路，穿过了田野，朝着桑塔马利亚分水岭走去。他一直保持在北极星的左侧骑着，一次次地回头看那横在驮马木架上的遗体是否妥当。荒漠上的土狼在嗥叫。这地方的古老神灵跟踪着他的足迹越过这黑沉沉的大地，或许会把他的名字载入他们历史久远的琐事日志中去。

经过两个夜间的骑行，他又看到了卡萨斯格兰德斯城镇的灯光。但他没有停脚，骑过镇子径直向西，小城在他身后隐没在平原上。他越过了从古兹曼和萨比纳尔通出来的一条老路，骑到了卡萨斯格兰德斯河畔，然后沿着河岸的一条小径向北骑行。在清晨天还未大亮的时分，他骑经了科拉里多斯村镇。这座半荒弃、半坍圮的小镇里，不少房屋还挖着对付已经消失了的阿帕切印第安游牧部落的枪眼。那黑色的矿渣堆像火山似的挺起在地平线上。他又越过了铁路线。在骑出镇北约一小时后，在灰色的黎明中，有四个骑马人突然由一个树丛中冲出，横在他的眼前停住了马。

他用缰绳控住马。这几名骑手阴沉地坐在马上。他们骑的暗色的马抬起了鼻口，好像要从空气中把他搜索出来。树林的那边，河流扁长闪亮的形状像是一柄刀横在大地上。他瞧着他们，他没有看见他们移动，然而他们却显得步步逼近了。他们两两一起分站在他前面的路上。“你那里拉的是什么东西？”他们问他。

“是我兄弟的遗骨。”

他们都阴郁不语地坐在马上，其中一个单独骑了出来。他在路面上来回骑了一个穿梭，那直立而又狡黠的骑姿好像是处于一种阴冷的骑术比赛中。他在距离比利几乎不到一臂之远处勒住马，然后向前探着身子，把两只前臂交叉地撑在他的马鞍前鞒上。

“遗骨？”他怀疑地问。

“是的。”

东方照过来的晨光射在他背后，他的脸在帽檐遮盖下是一团阴影。其他几名骑手是更加阴暗的面影。这名骑手直直地坐在马鞍上回头看了看他们，然后他又转向比利。“打开！”他命令道。

“不。”

“不？”

双方都沉默地坐在马上。那骑手的帽檐下闪过一道白光，好像是笑了一下。只见他把自己的马缰绳咬在牙间。另一道闪光是由他身上的一把刀上迸出的，是那把刀在他转身的一刹那反射出来的，就像深水里的一条鱼窜身时发出的银光。此时比利已经从马的右侧滑下地。那土匪突然抓起驮马的牵绳，但那驮马逡巡不前而且蹲下了后腿。于是那人打马上前，用刀袭向驮马的绳笼头。驮马的头左右急动着拽着牵绳，躲开了他的刀子。他的某个同伙大笑了起来。那人咒骂着，一把用牵绳把驮马拉过来，把牵绳绕在了自己的鞍骈上，然后伸手切断了绑绳，把包着尸骨的粗毯包拉在了地上。

比利试图解开鞍袋袋盖上的带子去拿手枪，尼诺却转开身躯，跺着脚向后退着并左右晃着脑袋。此时，这土匪解开了牵绳抛在一边下了马。驮马一得解脱便转身跑开了。土匪俯向地上的尸包，用刀子一划到底将捆绳和粗毯划开，又用脚踢开包盖层把博伊德那可怜的形骸暴露在灰蒙蒙的晨光中。博伊德那萎缩的尸身套在松垮的衣服里，两只手还交叉在胸前，干瘪的双手皮包着骨头，凹陷的脸微仰着，全身紧抱着躺在地上，像是一个孱弱的小生灵充满了恐怖躺在那冷漠的黎明中。

“你这个狗娘养的！”比利骂着，“你这个狗娘养的！”

“是不是在耍我们？”那人叫着，“是不是在耍我们？”

他用脚去踢着这具风干了的尸体，然后拿着刀转开身子。

“钱在哪里？”他还在嗥叫着。

“肯定是在鞍袋里！”另一个骑手喊叫着。此刻比利从尼诺脖子下旋过身子再次伸手去抓马身右侧鞍袋的袋盖。那土匪又用刀切开他脚下的铺盖卷，用脚把它踢开，在上面乱踩一通，一无所获后他又转身去抓尼诺的缰绳。但这马一定是被这个狂暴的恶魔的放纵恣行激怒了，它先是用后腿昂立，然后又倒退着。倒退时，它踩到了博伊德的尸骨，它再次扬起前蹄朝着那土匪连踢带抓，那土匪被抓失了平衡，整个歪歪咧咧。马的一只前蹄踢到他的腰带，一蹄子将之踹掉并撕开了他裤子的前裆。他从马身下爬起来，狂野地咒骂着，再次想抓住尼诺那甩动的缰绳。他后面的同伙们大笑起来，但任谁也没想到他竟然残忍地用刀子朝着马的前胸刺进去。

尼诺一下子僵住了，然后开始抖动。刀尖扎进了它的胸骨。那松开了刀的土匪张开双手向后退着。

“你这个该死的混蛋！”比利怒骂。他抓住马喉下的缰带支持住马，另一只手抓住那刀柄，把扎进马胸的刀刃拔出来猛掷出去。血流了出来，殷红的血顺着马的前胸朝下淌着。比利一面抓下自己的帽子一把按在马的伤口上，一面激愤地回头怒视着那几个骑马的人。他们无动于衷地坐在马上，其中的一个侧身吐了一口，朝其他人一努嘴说："我们走。"

但那个动刀子的土匪却还要比利去把刀子给他找回来。比利没有理他。他一手用帽子按着尼诺的伤口，一手又一次试图去松开后面的鞍袋，但仍然未能触到。但那土匪却趁机抓到缚带扯下了鞍袋，然后把这袋子从马身子下面拖了过来。

"我们走！"那先前说过这话的骑手又喊。

但那个土匪已经发现了那把手枪，他把它举起来向同伙们炫耀着。他又把鞍袋翻过来，倒出了比利的生活物品并用脚踢着。比利的备穿衣物、比利的剃刀都滚落在地上。他抓起了一件好衬衣，举起来看了一眼便随便地披在自己的肩头。然后他扳起了手枪的击铁，旋转一下弹膛看了看，又扳回击铁。他迈过了地上被从粗毯里摊出来的尸骨残骸，又扳起手枪的击铁对着比利的脑袋向他索要金钱。此时比利已经感觉到他按在尼诺伤口上的帽子发热发黏，鲜红的马血渗透了帽毡并顺着他的手臂淌下来。"你他妈的见鬼去吧！"他怒喝。

"快走吧！"那名下令的骑手不耐烦了，他转过他的马。

拿着手枪的那个土匪看看他们。"我要找回我的刀子。"他喊着。

他收起手枪想把它插进腰带，但他已经没有腰带了。他转过身朝河上游方向看去，越过河流那多荆棘的断层处，白日已经昭然登临。他们那些等候回营的马喷出的鼻息展成扇形，然后慢慢消失。那个打头的叫他赶快上马，头儿说他用不着要他的刀了，他已经小题大做杀了一匹好马。

然后这帮人便撤走了。比利仍然站在那里，手按着他那顶压皱的、浸透马血的帽子。他听到那帮人马在上游渡河的声音，然后他又听到了河水流淌的声音、晨鸟苏醒后的鸣啭声，听到了自己的呼吸声及尼诺马的吃力的喘息声。他用手臂绕上马的脖子抱住它，他感觉到它的颤抖，感觉到它对他的依靠。他害怕它会死掉。他在马的喘息声中感觉到了它有类似于自己的绝望。

他把帽子上的积血拧出来，在裤子上擦了手，又把鞍子从尼诺背上解下来，和其他残乱物品堆在一起。然后牵着尼诺慢慢走过树林，走过沙洲，走进河水里。冷冽的河水立即灌进了他的靴子。他轻柔地对马说着话，弯下腰用帽子盛了水泼到马的伤口处。这马身上冒出的虚汗在寒气中蒸发着，它的呼吸已经开始倒抽并发出鼻响，听起来十分不正常。他把自己的手掌直接按在伤口上，但血立即渗出指缝。他又脱下衬衣折了几下把它按在马胸上，但这几层的布料也很快浸满了血，然后血照样淌下来。

他把马缰绳扔在河里。拍拍马身，对它讲了一些话，让它站好等着，然后涉水到岸上，在柳根处挖了一把湿泥敷在马的伤口上，用手掌把它抹平。他把血衬衣在河水中漂洗一下拧出水，折几下后盖到泥敷物的上面。然后在灰色的曙光中，在河水蒸发出的水汽中等待着。他不知道这血这样能否被止住，然而血确实止住了。早晨的阳光拂过东边的平原轻柔地初吻着大地，在这圣洁的时刻，灰白色的山水似乎在肃穆着，百鸟也安静下来。在这神妙的初阳中，在荒野的巴维斯匹地区的那一头，西山的山峰从黎明中突兀而出，像是这世界的一个梦迹。尼诺转过头，把它那瘦骨嶙峋的长脸靠上他的肩头。

他把马牵上岸，牵上了路，把马头转过来对着阳光，他要查看一下马嘴里是否出血，但没有看到什么迹象。“老尼诺，”他轻唤着，“噢，老尼诺。”他顾不上收拾那扔在地上的马鞍子和鞍袋，顾不上那被土匪践踏的铺盖卷，甚至也顾不上去整理他兄弟的遗骨。那架遗骨躺在包覆物里歪向一边，一只苍黄的手臂还甩了开去。他紧贴着尼诺慢步走着，一只手仍托着那团覆盖在它胸口上的泥污了的衬衣。他的靴子溅满了河水，他觉得脚下很冷。他们踏着小径走入一丛野桃花心木树林，那里他们可以半隐蔽地避开任何沿河行走的人。他把马留在那林子里，然后走回去收拾了鞍子、鞍袋及铺盖卷。最后他走向他兄弟的遗骨。

这架骨骸看上去仅是被外面一层干皮和一些筋所维系着，但仍然还是一体，没有什么部分脱落。他双腿跪地，把博伊德两只几乎没有什么分量的胳膊重新摆放好，再用粗毯包起这副骨架子，然后去整理那些乱绳，把断头接起来。待到这一切都归理好时太阳已经升起老高了。他把重新包好的遗骨抱起来，把它抱进树林，放在地上。完后，他走到河边又清洗了帽子，然后兜起一帽子水走回到尼诺身旁看它是否愿意喝，但它不肯喝。它已经卧在了树叶堆里，那团衬衣也掉在了叶丛中，那块湿泥敷料已经在开裂脱落，鲜血又从伤口里涌出来，在野桃花心木的干树叶上滴出一个杯状的黑色血泊。此时马连头也抬不起来了。

他又想起去找那匹驮马，但哪里也寻不见。于是他又赶回来为尼诺换敷泥。他走到河边先清洗一下衬衣，拧干穿上身。然后又从柳树下挖了一把湿泥，把这新泥抹在旧泥上包住伤口。他则瑟瑟颤抖着坐在树叶上注视着马。过了一会儿，他又沿着小径走出去，寻找另一匹马。

他还是找不到它。当他溯河返回时，他拾回了掉在路边的水壶，拾回了杯子和剃刀，然后回到林子里。尼诺一直在树叶间颤抖着，于是他从铺盖卷上抽出一床毯子盖在它身上。他在一旁坐下，把手搭在马的肩上，但不一会儿他便睡着了。

他在噩梦一半时惊醒了。他俯身看看马，它正默默地躺在叶丛上喘息着。他又抬头看看太阳好知道是什么时分了。他披在身上的那件湿衬衣几乎都要干了。他想起解开衣袋把里头的几张钱拿出来晾干，他又从鞍袋里掏出一盒火柴，也把它们摊在地上风干。借这个时间他又沿着小径走到土匪伏击发生的地点，他在径旁的灌木丛中搜寻着，一直到找到了那把刀子。这是一把由下等的军刀加工重制的旧式匕首，两边都磨出锋利的刀口。他在裤子上擦了擦刀身，把刀拿回去和其他用品放在一起。接着他要去照应博伊德的遗骨。有一个纵列的红蚂蚁发现了这个包卷，它们正在设计进攻的方案。他蹲在树叶上，观察了它们一刻，随即站起来用脚把它们踹进土里去。然后他抱起毯卷，把它安放在一棵大树的树杈上面。他又走回尼诺身边傍着它坐下。

这一天很长时间都不见有人路过。下午他再一次出去找另一匹马。他猜想兴许它跑到了河的上游或是被拦路强盗掳走。但不论出现哪种情况，他都再也没有见到这匹马。到晚上，火柴已经干透，他便生了一堆火，煮了一些菜豆，坐在火旁听着黑夜里那河水在近旁潺潺流淌的声音。那轮在白天时就已经登上东方日空的棉白色月亮此时已经升上了头顶。他躺在毯子里注意着是否有什么鸟禽在月光下飞过，继续它们溯河北上的征途，即使有他也未曾看到。过了一阵，他便睡着了。

在睡梦中，博伊德向自己走来。他蹲在火堆的深红色的余烬旁，就像他过去成百次地做过的那样。他轻轻地对比利笑着，但那不完全是一种挖苦的笑。他摘下帽子拿在身前并朝它看着。在梦中比利知道博伊德已经死去，而且他的死因必须要十分审慎地去探究，因为在阳间需要审慎的事情在阴间更需要加倍小心，而且比利生怕不知哪句话、哪个手势会不小心把他吓回他来自的那个虚无死境中去。最后他问博伊德死亡是什么样子的，博伊德只是微笑着，把脸转开不回答。他们又谈了别的事情。比利竭力想留在梦境中，但那灵魂暗淡了，隐去了。于是他醒了，躺在地上透过大树的枝枝叶叶遥看着天上的星辰。他努力地去回想博伊德的所在是个什么样子的地方，但他彻底醒来了：博伊德已经死了，他的生命已经耗尽在骷髅里，这骷髅也已被包裹在一床粗毯里，被他放置在河上游方向的小树林里。于是他把脸埋在地上哭泣着。

早晨，在睡眠中他听到了赶车人的吆喝声、皮鞭抽打的噼啪声和狂野的山歌声从河下游的林子里传来。他赶紧穿上鞋走到尼诺躺卧的叶丛。尼诺的两胁在那床毯子下面起伏着，他本来就担心那毯子会因沾血而变得冷硬。当他跪在它身边时，尼诺抬起一只眼睛看着他，在这只眼睛里，蓝色的天空、带拱顶的大树和他自己靠近的面孔都好像被罩在一只杯子里。他把一只手放在马的胸口，那儿的敷泥已经结块、干裂了。那四周的体毛由于血的凝结而干硬挺直。他用手抚摸着它的肩隆并对它说着话。这马从鼻孔里呼出一口气来。

他又用帽子取过来一些水，但马头倒在地上无法饮用。于是他坐下来用手把水撩到它嘴巴上。同时他听着那小径上由远及近的人声。过了一会儿，他站起来走出去迎着他们。

他们从林子中走出来了。他们赶着由六头牛拉的一辆大拖车。他们穿的衣服是他从来没有见过的。他们是印第安人还是吉卜赛人？可能比利的印象来自他们穿戴的服装和饰带的鲜艳色彩。他们用一种骑手使用的棍棒来驾驭牛车。套了轭的牛吃力地在野径上摇摆着，它们的呼吸在早晨的清冷中喷出一团团的白雾。在轭牛的身后紧跟着一辆自制的大拖车，这是用生材板安放在卡车轮轴上装成的。拖车上运的竟是一架飞机。这是一架式样古老的飞机，为了便于运输已经被拆卸了。机翼用粗绳和机身捆在一起，垂直尾翼上的方向舵随着拖车在坑洼路面上的颠簸而无规则地来回摇摆着，好像是在这地面的航道上做着什么校正。套着挽具的轭牛们沉重地摆动着身躯，那些搭配不当的橡胶轮胎微微皱缩着压过石头，滚过野草，在窄径的两侧行进着。

当这些赶车人看见比利时，他们便扬起了手向他打着招呼并且大声喊着，就好像他们已经预料到早晚会碰上他一样。他们佩戴着项链、银手镯，有的人还在耳朵上穿着小小的金圈。他们一面对他大声说着话，一面用手顺着逆流而上的一条窄路指向河湾处的一片平坦草地，那是他们准备休息和集合的地方。这架飞机不如说现在只是一个土骨架，由厚厚几层晒白了的、色如炖煮过的大黄药草的亚麻布片衬垫着，安放在加热弯曲的岑木肋拱及支柱上。在机身内部可以看到电线和电缆向后错纵地联结在方向舵和升降航上，看到那碎裂的、卷曲的、晒黑了的座位皮面，还看到在灰暗的镍制槽框上，仪表刻度盘的玻璃由于荒漠里沙石的摩擦而呈着模糊不清的蓝灰色。机翼间的支柱已经被扎成捆绑在机身旁，螺旋桨的叶片被弯向后面紧贴发动机的外壳，起落架也被弯到了机身下面。

他们往前推进了一段路后便在那片平草地上停下了。他们留下最年轻的人照料轭牛，其他人则沿着小径走回来卷着烟抽，他们传递着一个用 0.5 英寸口径的弹壳制成的土打火机，里面燃烧着一些短麻屑。他们是来自多兰戈的吉卜赛人。他们问他的第一件事便是这马怎么了。

他告诉他们这马受伤了，而且他认为这伤势很严重。他们其中一人问他这事是什么时候发生的，他回答说是前一天。这人便差了一个年轻的回到拖车上去。几分钟后，这年轻人提着一个旧帆布物品袋子回来了。接着他们全部走到林子里去看那匹伤马。

那吉卜赛头领跪在树叶上先查看马的眼睛，然后他掐去马胸上碎裂的泥块查看伤口。看完他转头朝着比利。

“是被一把匕首刺伤的。”比利告诉他。

这吉卜赛人的表情毫无变化，他的眼睛一直看着比利。比利看看其他的人，他们都半蹲着围在马的周围。他想如果这马死了，他们可能会吃掉它。他又对头领诉说这马是被四个强盗中最猖狂的一个袭击的。这人点点头，他把手拂过下巴的下方，他没有再去看马。他突然问比利是否愿意将马卖给他们。这下子比利开始明白，这马不会死掉。

这帮人蹲在那儿，所有的眼睛都看着他。他看看这个头领。他回答说这马是他父亲的，他不能扔开它。于是这人点点头，打开了那帆布袋子。“普菲里奥，”他吩咐道，“去拿些水来。”

他的眼睛透过树木望着比利的营地，那儿有一缕青烟直直地上升在早晨的空气中，像天上直垂下来的一根绳子。于是他又在名叫普菲里奥的人身后喊了一句，叫他把水拿到火堆上去烧开。然后他又看着比利。“你同意吗？”他说。

“当然。”

“是盗贼干的？”

“是的。”

这赶车人看看卧地的马，他又用下巴朝着放置博伊德尸骨包的那棵树努努嘴。“你那边放的是什么东西？”他问。

“是我兄弟的遗骨。”

“遗骨？”吉卜赛人重复着这个词。他转过身去看着河边，他差去的人已经提着桶去那里取水。其他三个人蹲在一边等着他的吩咐。“拉斐尔，”他对其中一人说，“去找些木柴来。”他又转向比利笑着。他看着近旁的一丛树木，以一种奇特的姿势用手掌托住脸颊，就像是一个人想起他忘记了什么事情一样。他在一个食指上戴着一枚华丽的镶了宝石的金戒指，颈上还围着一根金色的项串。他又对比利笑了一下，并用手指着那堆正在旺烧的火。

他的伙计们拾来了木柴把火堆烧得旺旺的，他们又找来几块石头支了个三脚架，把水桶放上去烧。泡在水桶里的是几把小型的绿叶。提水的人用一个看似旧铜钹的东西盖住水桶。所有人都坐在火旁看着这桶正在烧的水。不一会儿，熊熊旺火中的水就开始冒气了。

被叫作拉斐尔的人用一根棍子提起了盖子把它放到一旁，接着用这棍子搅着桶里泛起的绿色泡沫，然后再把盖子盖回去。一股淡绿色的药汤从桶边溢出来，溅在火边嗞嗞作响。那个头领坐在一边卷着烟，他又把小布袋子递给旁边的人。然后他侧过身子从火上取了一根烧枝，歪着脑袋点着了烟，再把那枝扔回火堆。比利问他是否害怕那一带的强盗。但头领只是回答那些强盗也不愿骚扰吉卜赛人，因为他们同是在外闯荡的人。

“你们要把这飞机送到哪里去呢？”

吉卜赛人用下巴点了一下说：“到北边去。”

他们抽着烟，水桶冒着气，那吉卜赛人又笑着。

“说起这飞机，”他讲着，“这里有三个故事，你想听哪一个？”

比利笑了笑，他说他想听那真实的故事。

这吉卜赛人努起了嘴唇，好像在考虑这要求的合理性。最后，他说有必要说明有两架这样的飞机，都是由年轻的美国人驾驶的，都是在1915年那个多灾多难的夏天坠落在深山里的。

他深深地吸了一口烟，把烟气向着火堆喷去。“某些事实是都已经知道的，”他说，“有了共同的基点我们就可以开始讲了。这飞机是坠落在索诺拉的荒凉高山里。长年累月的狂风和暴沙把它剥了皮，它散了架，过路的印第安人又把仪控板里的铜检查盘撬走做了驱邪符。它就陷在那个荒野的山区里受尽折磨，无人知晓也无人认领，有接近三十年无人认领。至今为止这就是一个单独的故事，不论是有两架飞机还是一架飞机，不管你说的是哪一架，都是一回事。”

他在拇指和食指间夹着的烟蒂上小心地吸了一口。一只黑色的眼睛睥睨着自己的鼻孔里冒出来的烟气冲入宁静的空气。后来比利问他既然谈哪架飞机都是一回事，那么它是哪架飞机是否也无所谓了。吉卜赛人点点头，好像是已经同意了这个问题，尽管他没有明确回答。他说遇难的飞行员的父亲签了约请人将这飞机运到帕洛马斯东面边境上的一个地方去。他派了他的代理人到马德拉镇——他所知道的一个地方——这位代理人本身也会提出这个同样的问题。

他又笑着。他把那截烟屁股吸成了一小团灰，把那团灰落进火里，然后慢慢地吹出一口烟气。他舔了一下拇指，再把它在膝头上擦了一下。他说对于走江湖的人来说事情的现实性总是最重要的。但是那些精于谋略的人是不会把他们的计划和世界的现实混淆的，不然的话他们会有什么样的结果呢？“说假话的人自己首先要了解真相，你说是吗？”他说道。

他朝着火点了点头，那个取水的人便站起来用棍子去拨弄火，并且在桶下加了些木柴，然后又坐回原地。等到他摆弄完这些，吉卜赛头领又接着说下去。他认为那架小帆布双翼机的身份，除了存在于过去的历史记录中是没有什么意义的，但是由于这个破烂不堪的制品还有一架姐妹机，遭遇和处境都完全相同，于是其身份的问题就必然被提了出来。他说人们认为事物的真相只存在于事物本身之中，不管那些声称看到它的人持有什么观点，更不管他们如何巧妙地复制其外形以达到欺骗人的目的。如果他们的委托人出钱让人从荒山里运到边境的那架飞机，其实不是他儿子丧生时所乘的那架飞机，那么它和那架真正的当事飞机的相像也不是什么好事情，而只是在编织世界的经线上多了一股伪绳来蒙骗人们。那么还有什么真实可言？和那些历史产物相联系着的尊崇感是人们自然的感情。人们甚至可以说那些赋予任何事物以意义的东西仅是那个事物本身参与其中的历史。然而那个历史又存在于何处呢？

这吉卜赛人朝河上游的方向看着树丛那边停放飞机的地方，

好像是在思索着那飞机的形状。仿佛在那个古老的结构中还隐藏着什么有关那场革命的一些战役的未译出的线索、天使的计略及那位墨西哥起义者比利亚的术法。“那委托人干吗还要这架破飞机呢？”他说，“说到底，那只不过是他儿子的一口棺材吗？”

没有人答复他的问题。过了一会儿他又继续了。他说他曾经一度认为那委托人仅仅是希望把这架飞机作为一个纪念品，因为他儿子的骨骸早就散落在山岭中了。但现在他的看法变了。他认为只要那飞机仍然搁在深山里，它的历史就是完整的，完整地悬宕在时空中。它在深山里的存在便是一个完整的故事，冻结在一个单纯的形象中供人们去思索。那委托人苦思了，但他想得很合情理——如果他能把那飞机的残骸从那年复一年风吹日晒、雨雪造访的地方移出来，那样，也只有那样，他才能把盘踞在心头的噩梦彻底除去。吉卜赛人抬起一只手做了一个缓慢而平和的手势。“这样，那儿子的故事也就终结在深山里了，”他说，“他的真实也就永远地留在那里了。”

讲到这里，他摇了摇头。他说简单的任务经常被证明是困难的。他说，无论如何，这个来自深山里的纪念物不可能真的能安抚这位老年人的心。因为运送飞机的旅程会被阻断，那么什么也就改变不了了。而且飞机的身份问题也会被提出来，而当它躺在深山里的时候，这是根本不成问题的。这需要做出一个决定，而且会是一个很难的决定。像通常一样，最后由上帝举起手亲自做了决定。因为到头来两架飞机都被从山里拉了下来，一架在帕比戈奇克河里，另一架就在他们面前。“就像你所见到的。”他对比利说。

大家等了一下。拉斐尔又站起来戳了戳火，并提起桶盖用棍子搅了搅冒气的药汤，然后又盖回去。吉卜赛头领用这个时间又卷了一支烟点上。他思忖着如何往下讲。

在马德拉镇，他们带着一张印在劣质纸上的污渍斑斑的古怪地图——几处折叠的地方都断裂了，携着一个装满了比索银币的帆布银行袋子。吉卜赛人继续讲他的故事。但比利和他是两个偶然相遇的人,谁也不轻易相信对方。吉卜赛人抿紧了嘴唇，看不出他是否是给了一丝笑容。他说期望不大失望也越小。他们在两年前的秋天进了深山，用树枝造了一个大拉橇，用这个运输工具他们把那飞机残骸拉到了帕比戈奇克河的大峡谷边上。从那里他们打算用绳子和起重辘轳把这东西降到河里，装上他们造好的一个大木筏，把这机身、机翼和支柱统统运到下游通着麦萨特雷斯里奥斯路的桥上去，沿着那条路再走陆路到帕洛马斯西面的边境。但是一场大雪把他们从那山区赶走了，他们甚至没能走到河边。

围坐在淡色的白日篝火旁的其他赶车人都显得对他的故事十分专注，好像他们都是新近才介入这个计划似的。头领又慢慢讲下去。他向大家描述了那个地区的形势，就在那里他们把飞机降了下去。那地方荒凉无比，有高高的草洼子，有陡峭的悬崖，白天短得像极地似的。在突立的峭壁下，偌大的河流看下去只不过是几段细绳。他们只好离开了那个地方。到来年春天才返回去。他们已经没有了资金了，一个女占卜家——他们自己的占卜家——竭力告诫他们回去。他思忖着那个女人的话，但他知道她不知道的东西。那就是，如果一个梦能够预言未来，它同样也能挫败那个未来，因为上帝不会允许我们预知未来。他也没有应许任何人世界会在它的轨道上这样顺畅地发展下去。于是那些人就会使用魔法或梦境去揭穿那如此黑暗地笼罩在他们面前一切东西上的面纱，他们自以为看穿了世界的未来。而上帝偏要把这个世界扭转出它的轨道，把它放上完全不同的另一条轨道。那么这魔法师又在哪里？那梦幻者和他的梦又在哪里？讲话人停了一下，让大家都能思考这个问题，他自己也可以思考一下。然后他又继续讲。他讲到了那个地区在那个季节的寒冷。他还讲到那个地域的鸟兽，有鹦鹉，有老虎，还有另一个时代的人。他们住在那么偏僻荒凉的洞穴里，以至于这个世界都忽略了对他们的杀戮。那些塔拉乌马拉人半裸着身子站立在洞穴口险峻的石墙下，而那架烂飞机的机身和机翼摇摇摆摆地悬在半空中，显得那么小，而且还微微地晃动着，在悬崖旁的深渊边沉默无语。在离他们脚下很远处,秃鹫在缓缓盘旋着，远看去就像是几撮灰末在上升气流中旋转着。

他又说到了那河里的激流，说到危立在峡中的巨石，说到夜间山里的大雨，说到那河水号叫着冲过窄峡像火车一样迅猛无阻，更说到那夜雨连绵数里倾泻进那地球表面上最大的裂缝。夜雨袭击着他们用浮木生成的篝火，水火交战发出“呲呲”的声响。激流咆哮冲腾之处，连岩石都会像女人般战栗不已。这穿云裂石、惊天动地的激流在他们脚下的世界里发出巨大的轰鸣，连他们彼此说话都听不见声音。

雨不停地下着，河水不断地涨着。他们就在这峡谷中度过了九天，最后发现自己被高高地塞在一个岩罅当中，像是一小批避难的林鼠。他们七个人既无食物又无火种。整个峡谷震颤着，好像这世界就要在他们脚下裂开，把一切都吞进去。他们在夜间派出了守望哨，但后来他自问：要他们守望什么呢？即使发生了什么事情，他们又能怎么样呢？

此时那水桶上的铜钹盖在一边被轻轻地抬起，可见到有绿色的泡沫阵阵地冒出来，溢在桶边，随即那桶盖又悄然无声地落了回去。这讲述的吉卜赛男子伸过手把烟蒂上的灰仔细地弹进火里。

“九天九夜，没有食物，没有火，什么都没有。”河水还在上涨，他们先是用起重辘轳的绳子拴住木筏子，后来都用了藤条。但河水涨得更凶，把木筏的柱子和一些木板都冲走了，眼睁睁看着也毫无办法。大雨又下起来了，飞机上的翅膀被冲走了。他们——他和他的几个兄弟便从岩石上吊了下去，在这呼啸着的黑暗中就像是一群被围困的猿猴。他们在这大漩涡中相互无声地呐喊着。他的表弟马西奥还冒险攀下去加固那机身，尽管谁也不知道没有机翼那机身还有什么用处。马西奥自己也差点被冲走丧命。第十天的早晨那雨总算停了。他们在那湿漉漉的灰色黎明中攀着岩石出来，但他们这血汗计划的任何影像都看不见了，都被这洪水冲得荡然无存，好像从来就没有过这场奋斗似的。河水仍在上涨。次日的早晨，当他们一伙人坐在岩石上看着下面那单调乏味的槽沟时，忽然看见一个溺水的死人被上游冲过来的洪水抛出来，像一条惨白的大鱼。他面朝下在漩涡的泡沫中转了一个圈子，就好像他正在寻找河底的什么东西。然后他被水流吸走，朝下游奔去，继续他的旅程。看他那形容他已经在这个航程上走了很远的路了，因为他的衣服全无，全身大部分皮肤及脑壳上的头皮除了一点模糊的绒毛外全部被河里的石头擦掉了。当他在水沫中旋转时，他呈现出一副松散和肢解的状态，好像体内的骨头已被抽走了，像是一个人体模型的梦魇。当他在他们脚下经过时，他们可以看到他体内显露出来的东西，那是形成一个人的重要东西，是需要人去妥善保护的。他们可以看到他的骨骼和韧带、他的肋条的骨板。透过那无数次被过滤和擦伤的皮肤，他们甚至能够看到他体内暗色的器官的形状。他在旋转中积蓄起足够的速度，然后在怒号着的峡道中急速奔下，仿佛他在下游有什么紧急的事情需要全力赶赴。

吉卜赛人透过牙间轻轻地吹出一口气，他注视着那火。

“那后来又怎么样了呢？”比利问他。

他摇了摇头，好像这些事情的回忆对他来说是一种痛苦的折磨。最后他们这帮人爬出了那峡谷，探着路走出了大山，一直走到萨瓦里帕。在那里他们苦苦等待，直到最后有一辆卡车单调地嗡嗡着从第维萨代洛斯沿着那条几乎不成样的路开过来。他们就在这卡车的货厢里坐了四天，膝上横着铁锹，浑身抹着泥巴。他们一路上像囚徒似的无数次被司机吆喝着从车上爬下去，用铁锹铲土去垫铺那泥浆路面。然后卡车又嘎嘎地再向前开去。他们驶过巴戈诺拉，驶过托尼奇，从诺里驶出再向北驶到圣尼古拉斯和叶戈拉，再往前驶过群山驶到台莫萨奇卡，最后到了马德拉。在那儿，最初与他们签约的人将要向他们索还预支给他们的劳务费。

吉卜赛人把他的烟蒂扔进了火里，把双腿在身前交叉起来，又用手将它们拉近身子。他向前倾着凝视那火。比利问他，那飞机后来找到了没有。他说没有，因为根本无影可寻。比利又问他，为什么他们还要返回马德拉呢？那人思索着这个问题，最后他说，他认为他当初遇见这个人并受雇走进深山绝非出于偶然。天降大雨，洪泛帕比戈奇克河也绝非偶然。他们又默默地坐着。负责照料水桶的那人第三次站起来去搅动桶里的药汤，然后把桶提到一边放着冷却。比利看着火堆周围一圈严肃的面孔，那橄榄色的皮肤包覆着的骨骼，这些世界的漫游者。他们一下子从地上蹲起来，同时变得警觉而无拘。他们不归任何东西所有，甚至不属于他们所占据的空间。他们从自己先前的生活中走出来终于和他们的父辈达成共识——行动本身就是一种财富。比利看看他们，然后他说，那么他们现在沿路向北运送的飞机就是另外一架飞机了。

一圈黑色的眼睛都转向他们这个小部族的首领，但他长时间坐着不语。四周一片安静。那边的路上，一头牛开始大声地撒尿。最后他动动嘴开始说话。他说命运插手他们这件事是自有道理的。他说命运可能会为了反对或蔑视人们的一些做法而介入人们的事情。除非你相信命运会真假不分，黑白不辨，而那是个多么矛盾的看法啊。谈论这世界上与自己的想法背道而驰的意愿是一回事，谈论与真理背道而驰的意愿又完全是另一回事，不然的话一切便都没有意义了。于是比利问他，他是不是认为上帝把那架假飞机清除掉就是为了要甄别出这架真飞机？但那吉卜赛人说不是这样。当比利说，他是理解到头领所说的是上帝最后做出有关那两架飞机的决定时，吉卜赛人说他相信是这样的，但他并不认为上帝是通过这个行动对任何人说话。他说他并不是一个迷信的人。周围的吉卜赛人听完这话后都把脸转向比利，想看看他如何反应。比利说他觉得那托运人并不把这飞机的身份当作一件很重要的事情，但那吉卜赛头领只是把脸转向他，用那双黑色的不安的眼睛看着他。他说，这的确是很重要的，而且事实上这正是他们疑虑的沉重负担。从某种观点来看，人们可以大胆地说，这世界上一个很大的烦扰就是那些幸存下来的东西总是拥有对历史事件强有力的证据。凡是久存的东西便在历史上更有权威，就好像这些存活下来的历史制品可以依照它们本身的意愿来行事一样。然而见证物不可能比真实的见证更长命。在这个世界上，那些风行一时的不可能为那些已毁灭了的说话，只可能标榜炫耀自己的伟大。它会佯称自己是那消逝了的世界的标志和结论，但实际它什么都不是。他说无论如何过去只不过是一场梦，它的作用在这世界上是被极大地夸大了。因为世界是在日日更新的，只是人们总是眷恋那已经消亡了的外壳，他们可以用这外壳从世界上再复制一个同样的外壳。

“这外壳倒并不是一个问题，”他说，“它看起来是同样的，但实际上不是的。”

“那么第三个故事呢？”

“第三个故事，”吉卜赛人说，“是这样的一个。它存在于故事中的故事里。它是最后的真理。但它只能是活在故事中，而非其他地方。”他把双手拿到身前，反复看着自己的手掌，好像它们一直是在为别人干活似的。“过去，”他说，“始终是诉求双方间的一种争辩。记忆是会随着年代消退的。世界上是没有地方来储藏我们的印象的。那些在梦中来造访我们的亲人们都是陌生人的样子。你要想看得很清楚都是很费力的。我们想寻求某种见证人，但这世界却一个也不给予。这就是第三个故事，这其实是每个人可以从他所得到的遗产中独立编写的历史。像是一些残骸，一些遗骨，死者的遗言等。但怎样从中去创造这样一个世界呢？一旦造出这个世界，我们又怎样在其中生活呢？”

讲到这里，他转脸朝那水桶看了看。桶里已经不再冒泡顶汽了，他便点点头站起来。拉斐尔紧跟着起身，他拿起那个帆布包甩在肩头又拎起那桶。大家都跟随着那头领走进尼诺马躺卧的林子。在那里，他们之中的一个人跪下来从地上抱起尼诺马的头。这当儿，拉斐尔已从包里取出一个皮漏斗和一截橡皮管子。然后他们抓住马的嘴，掰开它的两颌，拉斐尔在管子上涂了油便把它伸进了马的食道，他又把漏斗扭接上管子的那头，他们就很利落地将桶里的药汤灌进马嘴里。

这事做完，那头领把马胸口的干血又清洗了一次并检查着伤口。然后他从桶底挖出两把煮好的叶子像敷剂一样盖上马的伤口，用一块粗麻布包住后再用绳带从脖子上到前腿后来回缠紧。一切处理完，他便站起来退后几步，站在那里沉思般长时间看着地上卧着的马。那马说起来也真神奇，不大工夫就能半抬起头，并对他们眨着眼睛。它喘息着，伸展了一下脖子，然后又静卧下来。“好。”吉卜赛头领说。他看着比利笑着。

他们站在路上。吉卜赛人把他的帽檐朝下拉了拉，又在颈下把他当作领带扣环的一段雕刻的鸟骨向上拉了拉。然后他看着那批轭牛、那拖车和那飞机。他又朝林子里看着，看到了被比利安放在树杈上的那卷包裹着博伊德遗骨的粗毯卷。他最后看着比利。

“我要把他带回我自己的国家。”比利告诉他。

吉卜赛人又笑着，他顺路朝北看着。“不同的骨头，”他说，“不同的兄弟。”他说，当他还是个孩子的时候他就在美国的土地上走了很多地方。他说他跟着父亲在西部城市的街道上穿行，他们拾着人家丢弃的垃圾片然后再卖掉它们。有的时候他会在一些箱子里、盒子里发现一些旧照片，这些肖像只是对那些当世的、还记得他们的人有价值。但随着年月的消逝，连这些人也不复存在了。但他的父亲满脑子吉卜赛人的观念。他会站在推车上，把这些破碎而褪了色的旧照片用晒衣夹子穿在头顶的电话串线上。这些照片就悬在那儿，根本没有人去过问它们，更没有人要去买它们。后来这孩子把这些照片当作了一种故事或事件的提示。他会从这些深褐色的照片上的面孔中去探寻某种秘密，这秘密是这些面孔透露给他的，也是有关他们的死亡的。久而久之，他对这些照片上的面孔变得十分熟悉。从他们身着的旧式衣服来看，他们早已死去多年。他端详着他们在门廊台阶上的坐姿、他们在院子里椅子上的坐相。所有的过去的、未来的和那些已经流产了的梦都在照相机小匣里闪光的一瞬间被定了格。他探究着这些面孔，有微微不满的表情，有悔恨的神色，也许还有一些对世事的增长的痛觉，尽管那些事情可能并未真的到临，而且永远不会再有了。

他父亲说那些非吉卜赛人真是不可理喻的一帮人。他自己也发现他们是这样的，无论是在照片中还是现实中。那些悬挂在电话线上的照片对于他已经变成了对这世界的一种质疑。他在它们那里感觉到一种力量，他也设想到那些非吉卜赛人会把它们当作晦运，因为他们根本不会去投上一瞥。但是那真相却愈发晦暗，正如从前一样。

后来他所看到的是，由于在那些被磨损了的照片上的亲属只有在另一个人的心中才有价值，从这个人的心中再到另一个人的心中，这价值以一种可怕的、无穷的磨蚀减退着，直至完全丧失。每一个描写都是一种偶像，每一个相似都是假象。在他们的形象中，他们认为找到了某种小小的纪念碑，但是忘却也是不能够消除的。这就是他父亲要告诉他的含义，这就是他们吉卜赛人生活在五湖四海的原因。这也是那些发了黄的达盖尔银版照片会被用晒衣夹卡在他父亲小推车上方的电话线上的原因。

他说伴送死者的旅程是以它的困难而为人所知的，但事实上所有的旅程都是对死者的伴送。他说以他的观点来看，那种认为死者在世上已经没有行为的力量的看法是轻率的，因为他们的力量仍然很大，而且他们对于那些相信他们的人的影响亦是很深重的。他说人们不懂的是，那些死者所退出的是他们自己，不是这世界，但也仅仅是这世界在人们心中的写照。他又说这世界是不可能被解除的，因为不论以何种形态它都是永恒的，就像是所有存在于其中的事物一样。在那些破旧的家具之间，在那些再也不会有名字的脸孔上写着一段永远不可能被说出来的寓意，因为时间总是无情地杀掉信使，使他们永远不能将信息送达。

他笑着。“我们认为，”他说，“我们是时间的牺牲品。事实上，这世界的生活方式没有在任何地方被设计好，这怎么可能设计呢？我们给自己制订了时间表，所以我们就是我们自己的时间。我们也是同样难以捉摸、不可计数和冷酷无情的。”

全部演讲结束了。他转过身用吉卜赛语对其他人说了几句。其中一个人便从钉在拖车侧壁的袋子里取出一卷粗长的牛皮鞭子，他把鞭子展开后便举起来在空中甩了一圈，那清脆的抽鞭像一记枪声在林子里回荡着，大拖车蹒跚着又开始前行了。吉卜赛头领转过身来对比利笑着，他说他们可能还会在另外的一条路上见面，因为这世界并不像人们想象的那么大。当比利问，他应当付多少钱以慰劳他们的辛苦时，他用手一挥像是免除了这个债务。“留着路上用吧。”他说。然后他转回身赶在其他人之后上了路。比利站在那里，手里捏着他由衣袋里掏出的薄薄一叠血污的钞票。他在后面对着吉卜赛人叫着，吉卜赛人转过身来。

“谢谢你们！”他叫着。

吉卜赛人举起一只手。“不必客气。”

“可我不是走江湖的人啊！”

但吉卜赛人只是笑着挥起一只手。他说大路的习俗是所有踏在上面的人的规矩，在路上无人可以例外。说完他转回身大步追赶他的队伍去了。

到了晚间这马已经能够爬起来，用发抖的四腿站立了。他没有给它上笼头，只是贴在马的身边陪它走向河边。尼诺十分小心地踏步入水，没够地喝着。晚上当他用吉卜赛人留给他的玉米饼和羊奶酪做饭时，一个骑马的人沿着路过来了。他孤独地吹着口哨。他在树间停了一下，然后更慢地骑过来。

比利站起来走到路上。那骑者停住马坐在马背上，他轻轻地将帽子向后推了推以便更清楚地看清别人也让别人看清自己。他看看比利，看看火堆，又看看卧在那边林子里的马。

“午安。”比利招呼他。

骑马人点点头。他骑着一匹好马，穿着一双好靴子，戴着一顶上好的斯特森帽子，抽着一支小小的雪茄。他将雪茄从嘴里拿掉，朝地上吐了一口，然后又把烟放回去。“你讲美国英语？”他问。

“是的，先生。”

“我看你还算够上路的。你在这里干什么呢？那马又是什么毛病啊？”

“我说先生，我在干我自己的事，我想那马也不关你的事。”

那人并不在意他的话。“它还没死，是吧？”

“没有，它没死。但它被拦路强盗刺了一刀。”

“被拦路强盗刺了？”

“是的，先生。”

“你是说他们把它给骗了？”

“不，我是说他们用一把刺刀把它的胸给捅了。”

“到底是为什么事？”

“你说呢？”

“我不知道。”

“咳！我也不知道。”

骑者在马背上若有所思地抽着烟。他的眼睛一直看过河西边的山野。“我对这地方一点也不理解，”他说，“一点也不理解。你身边有没有一点咖啡？”

“我只有一点咖啡的滤液。你要是愿意下马，我倒是在做晚饭，饭不多，但欢迎你来分享。”

“好吧，我接受你的好意。”

他疲乏地跨下马，把缰绳递到身后，又整了整帽子，然后牵了马过来。“一点也不理解！”他说，“你看见我的飞机从这里走过吗？”

林子已经发暗了。他们坐在火边等着咖啡沸腾。“我从来也没有想到他们吉卜赛人这么坚持他们做事的方式，”这人说道，“我对他们很不放心。不过我有一个特点，要是我错了，我会承认的。”

“咳，这可是个好品性。”

“是啊，这是好品性。”

他们吃着玉米饼卷菜豆，并抹上化开了的羊奶酪。这羊奶酪味道难闻而且膻气十足。比利用一根棍挑开咖啡壶的盖子，朝里面看了看又把盖子放回。他看看这个人。这个人双脚对着坐在地上，用一只手将两只鞋底拉靠在一起。

“看起来你在这地方待了很久了。”这人说道。

“我不知道，你是怎么感觉的？”

“我觉得你应该回去了。”

“唉，也许你的感觉是对的。这是我第三次来墨西哥了。这也是唯一一次我找到了我要的东西，但这还真不是我想要的东西。”

这人点着头。他看起来好像并不需要知道这指的是什么东西。“我告诉你，”他讲道，“如果你能再看到我到这鬼地方来的话，那就是地狱里结冰的那一天！是冻死狗娘养的那一天！我要明白地告诉你。”

比利倒上咖啡，他们喝着。这刚烧好的咖啡盛在铁杯子里烫极了，但这人好像并不在乎。他一边喝一边透过暗黑的林子看着河那边。月光下，河水那银色的条纹在河滩上无休止地泛着涟漪。河下游方向的天空上，闪着珍珠光泽的一轮圆月被云岸遮去一边，像是被烛光照着的一个头盖骨。他把杯里的咖啡渣滓倒进黑地。“我要走了。”他说道。

“再待一会儿嘛。”

“我喜欢在夜里骑马。”

“那好吧。”

“我觉得在晚上骑马能够多出路。”

“但这一带到处都有强盗。”比利说。

“强盗。”这人重复着。他凝视着火堆。过了一会儿，他从衣袋里掏出一支细细的黑色雪茄来看着，然后他把烟嘴用牙咬掉吐进火里。

“你吸雪茄吗？”他问比利。

“我还没有抽烟的习惯。”

“这不违反你们的宗教吧？”

“就我所知不违反。”

这人侧过身子从火堆里抽出一根燃着的木枝把烟点上。这雪茄不是那么好点，当他把烟点着，他把那截木枝扔进火里。他用烟气吹出了一个圈圈，然后又吹出了一个小烟圈从大圈中穿过。

“他们什么时间离开这里的？”他问。

“不清楚。大概是中午吧。”

“他们走不了十英里远。”

“他们可能离开得更晚点儿。”

“每次我要是在哪里住下来他们准会抛锚，连一次都不差。咳，这是我的错。我总是被那些小妞们迷住，可我喜欢那些外族的小妞们，尤其是她们不会说英语。你去过那些地方吗？”

“没有。”

他伸手从火里又抽出那根他用来点烟的枝子，把它的火苗甩灭，然后转过身用枝头上那红色的燃端像个孩子似的在黑暗中划了几下。过会儿他又把那枝子放进火里。

“你的马伤得怎么样？”他又问着。

“不知道，反正它已经躺倒两天了。”

“你应当让那些吉卜赛人给它瞧瞧，他们对马可内行了。”

“那是真的吗？”

“不知道，但我知道他们很会把一匹病马弄得好上一段时间去卖钱。”

“我可不想把它卖掉。”

“我告诉你一件事。”

“什么？”

“别让这火灭了。”

“为什么？”

“因为美洲狮。它们最喜欢吃马肉了。”

比利点点头，“我老是听人这么说。”他说。

“你知道你为什么总是听人这么说吗？”

“为什么？”

“是啊！”

“我不知道，为什么？”

“就因为这是对的呗！”

“你认为一个人听说的大部分事情都是正确的吗？”

“那是我的经验。”

“但不是我的经验。”

这人一边坐着抽烟一边看着那火。过了一会儿他才说：“这其实也不是我的经验，我只不过那么说说罢了。我也没在那种地方待过。我是一个体检验不上兵的人。从来都是，而且永远是的。”

“那些吉卜赛人真的把那飞机从山岭里运出来又降到帕比戈奇克河里吗？”

“是他们这样说的吗？”

“是的。”

“那架飞机是从弗洛雷斯玛贡的托里亚费洛牧场弄出来的。它根本就飞不到你说的那个地方，它的最大飞行高度还不到六千英尺呢！”

“驾飞机的人是不是死在里面了？”

“据我所知不是的。”

“这是不是你来这里的原因，找到那架飞机并把它弄回去？”

“我跑到这边来是因为我把得克萨斯州麦卡仑的一个姑娘搞大了肚子，她爹要用枪崩了我。”

比利只是看着火。

“但是正所谓‘刚出虎穴，又入狼窝’。到这儿来同样的事情又发生了，”这人说，“你挨过枪子没有？”

“没有。”

“我有过两次。后一次是在科瓦德莫科的闹市里。是一个星期六的下午，光天化日下有人开枪，所有的人都跑了。幸亏有两个孟诺教派的女人把我从大街上扶起来装进一个大篷车里拉走。不然的话我还会躺在那里呢！”

“他们打在你哪儿？”

“就在这里。”他说。他转过脸把右太阳穴上的头发拢上去。“看见了吗？你能看见的。”

他倾倾身子朝火里吐了一口，看了看烟又放进嘴里。他抽了一口烟说：“我可不是个疯子。”

“我从没说过你是。”

“你是没说过，但你可能会那样想的。”

“你可能还会那样想我呢！”

“也可能吧。”

“你刚才说的那件事真发生过，还是你随便说说而已？”

“不是随便的，真有那事。”

“我兄弟就是挨了枪死在这儿的。我来这儿是为了把他带回去。他是在南边被打死的，一个叫圣洛仑佐的镇子。”

“在这个鬼地方你很容易被杀掉，容易得就像他们随便做一件事一样。”

“我老爹也是被枪打死在新墨西哥州的。那边躺着的就是他的马。”

“这真是个残酷的世界。”这人说道。

“我老爹是1919年从得克萨斯出来的，他当时就是我现在这么大。但他不是生在那边，他是生在密苏里州。

“我还有个大伯也是生在密苏里。因为他爹在有一天夜里坐车经过那地方时喝醉了酒从大篷车上掉进了泥里，然后就在那个州待了很久，所以我老爹也出生在密苏里。

“我妈妈生在德巴卡县的一个牧场里。她的妈妈是一个纯种的墨西哥人，不会讲英语。她和我们住在一起直到死。我还有个妹妹在我七岁时就死了，但是我对她记得特别清楚。我曾去萨姆纳堡找过她的坟墓，但是没找到。她叫玛格丽特，我一直就喜欢这个女孩名字，如果我要是有个女儿的话，我就会给她起这个名字。”比利滔滔不绝地说了这么多。

“我要走了。”这人说。

“好吧。”

“记得我对你说的不要灭火的事吧？”

“嗯。”

“你说的话听起来你在这个世界上也有不少烦恼啊！”

“我是在开始乱说话了，但我还是觉得我比大多数人幸运。人世间只有一种适合你过的生活，而我生来就是过这种生活的，别的有什么烦恼也都值了。我兄弟可是比我强，他天生就有才，比我聪明多了。不光是说马，说任何事都行。老爹也知道的。不光他知道，而且他也知道我知道。好了，要说的就是那么多了。”

“我真的要走了。”

“你多保重。”

“我会的。”

说着他站起身，又整了一下帽子。月亮已经升到了中天，夜空一碧如洗。林子后面流淌的河水在银色的月光下看起来就像是倾注进去的一河钢水。

“这个世界不会总是这个样子的，”这骑手说道，“你懂吗？”

“我懂。它已经不是了。”

四天以后，他又骑上了复原了的马沿河继续北上。他用树干做了一个木橇，把博伊德的遗骨支架放在上面，把木橇拴在马后面拖行。他们风餐露宿，用了三天时间骑到了边境。他在多格斯普林斯西边骑过了标志着国际边境线的第一个白色方尖塔，又骑过了一个古时的土水库。那古老的土方工程已经多处破碎。他在水库那干裂的泥地上骑行，木橇下的滑杆在他身后发出刺耳的声音。在新近的一场雨后，泥地上留下了牛畜、羚羊和小土狼跑过的蹄爪印。他又向前骑到一个地方，这里的地面被碾得乱七八糟，偶尔还可以看到仙鹤留下的三叉爪印。想必这些大鸟曾在这里落脚，在这荒泥地面上高视阔步地走过了几遭。这晚上他已经是在自己的国家宿夜了。夜里他做了一个梦。梦中他看见一些上帝的朝圣者在一天之中最后的一道光线中，在黑下来的边界上吃力地跋涉着。他们好像是正从某一个庞大的行动中返回，那行动既不是战争，也不是逃亡，而更像是由什么使命中返回，对于这个使命，所有的事物都要接受它的支配。一条小溪把他和这些跋涉者分开。他极力想看清他们所携带的工具或器械，以便判断他们所从事的使命，但是他们什么器具也没有携带。他们在沉寂中背负着愈降愈浓的夜幕苦行着，但随即他们便消失了。当他在无边的黑暗中醒来，他觉得确实有什么东西在夜里穿过了这荒凉的边界地带。他不眠地躺了很长时间，但是他又觉得这东西不会再回来了。

第二天他骑经埃尔玛纳斯，沿着尘灰满布的路继续向西行。向晚，他在哈奇塔一家商店前面的十字路口站住马，坐在马上向南方看去，那里，落日已经挂在了阿尼马斯山峰上。他知道他再也不会去那个地方了。他拖着木橇慢慢地穿越了阿尼马斯峡谷。他这样慢行了整整一天，次日早晨进入阿尼马斯城时，正是日历上的圣灰星期三[1]。他见到的第一队行人是墨西哥人。他们额上都抹着烟灰。五个孩子由一个女人领着，排成一个纵列由城里出来，正沿着尘封的路边走着。他向他们道着日安，但是当他们看见了木橇上拉的毯卷时，赶紧在胸前画着十字匆匆闪过去，并不回答他的问候。他在一家五金商店买了一把铁锹便向南出城，一直骑到了一个小墓地。他把尼诺拴在门外让它吃草，自己开始挖一个墓穴。

墓穴已经挖到了齐腰深，他站在干土和钙质层之中继续干着。这时县里的司法行政长官在墓地外停了车。他钻出汽车，

[1] 圣灰星期三：基督教节日，复活节前第七个星期三，该曰有用灰抹额以示忏悔之俗。

走进了墓地。

“我猜这就是你。”他说。

比利停下来，倚着铁锹斜着眼看着司法官，他早已把那件破烂衬衣脱了下来，此刻他一边伸手从地上拾起衬衣擦着额上的汗，一边站等着长官继续问话。

“那边躺着的是你的兄弟，我猜。”司法官说。

“是的，先生。”

司法官摇摇头，他朝着山野远处看去，好像那儿有什么东西是你无法看到的。他看着站在穴里的比利。

“就是这个情况了，没有别的吧？”

“没有，先生。没有别的。”

“唉，你也不能到处游荡着去埋人哪！我去找找法官，看他能不能出具一张死亡证明书。再说我也不清楚你挖坑的地方是谁的地产呀！”

“是，先生。”

“你明天到洛兹堡来见我。”

“好的。”

行政官把帽子朝下拉了拉，又摇了摇头。他转过身出了墓地朝着他的汽车走去。

在后来的日子里他骑马北去过银城，西去过亚利桑那州的邓肯，从那里再向北翻山越岭去过格仑伍德，去过里瑟夫。他为卡里索索家干过活，为 GS’s 牧场干过。后来又无故辞工了。

在那年的7月他又南下转回了银城，然后骑上那条老路向东越过了圣丽塔矿。再骑过圣洛仑佐和布莱克岭。一股强风从北边的山里吹来，在移动的阴云下，他面前的草原被罩上了黑影。尼诺低着头拖着脚沉闷地走着，比利僵直地骑在马上，把帽子拉得低低的遮住眼睛。这地区是个沙石平原，只有猫爪草和蒺藜窠子，很少见到青草，也看不到栅栏。又骑过了几英里他骑到了沥青路下，他勒住马站着。一辆卡车呜呜叫着开向远方。约八十英里之外，奥根山脉的峥岩在半遮半露的落日照耀下熠熠生辉。但暮色迅落，他一面遥望，那山岩就隐入了黑影之中。横越旷野的风已经带着雨星在扫荡了。他越过挡畜沟，让马踏上沥青路面，放慢了步子向后看着。自生自长在公路边的黍子在风中扭动着，像是在随风疾跑。他在公路上掉转马头朝着他看见的几所房子骑去。从长途货车上换下来的汽车轮胎卷曲着，皱巴巴地躺在公路边，像是古老干地上的蜥蜴蜕下来的皮被太阳晒黑了弃在沥青路边。湿风继续从北方吹来，接着滂沱大雨自天而降，一道道的雨墙倾泻下来，冲刷着他面前的道路。

那儿有三所土坯房子筑在公路旁，看起来曾是那个地方的一个小车站。房子残破不堪，几乎没有房顶，椽子也大部分被取走了。房子前面有一个老旧的橘红色的加油泵，顶部的玻璃早已破碎。他把马牵进最大的一所房子里，给它卸下马鞍，把鞍子立在地上。在一个墙角里有一堆干草，他用脚把它踢松或许是想看看里面有什么东西。这堆草很干，也很脏，上面还留着一个大窝窝，看似有什么东西在上面躺过。他走出去转到房子后面。一会儿他拎着一个旧轮壳盖回来，他从帆布水袋里倒出水盛在盖壳里，然后拿去给马饮用。通过窗户上那破损的木框他可以看到沥青路面在雨中闪着黑光。

他打开毯子铺在干草上，坐在上面一边吃着罐头里的沙丁鱼，一边看着外面的雨。这时候一条黄狗绕着房子转了一圈，然后从开着的门进来站住了。它先看看马，然后扭过头看着他。这是一条老狗，鼻口处的毛已经灰白，它的后腿瘸得厉害，它的头还歪向一边。它走动起来十分古怪，像是一个患有关节炎的畸形动物。它几乎是横着挪过步子。它先是嗅着地面，想嗅出人的气味，然后又抬起头，用鼻子轻推着空气，试图用它那双奶浑色的半瞎的眼睛把比利从黑影里挑出来。

比利轻轻地把沙丁鱼罐头放在一边，他在潮气中已能闻到这畜生的味道了。它站在门里面，身后是雨落在野草和沙石里的声音。它浑身透湿，像只落水狗，全身伤疤累累，一副凄惨状，就像是被一个精神错乱的活体解剖者用狗的零件草草拼凑起来似的。它站了一会儿，然后怪模怪样地甩甩身子，蹒跚跛行着，呜呜呻吟着走到屋子的另一角。它回头看了看，然后原地转了三个圈，卧倒在地。

他在裤腿上擦了擦刀刃，把刀子横在罐头筒上，然后四周看了看。他从土墙上撬下一块松泥块扔过去。老狗发出一声奇特的呻吟，却没有移动。“滚开！”他喊了一声。

老狗呜咽着，但仍卧着不动。

他轻声咒骂了一句，然后站起来想寻找一个什么武器之类的东西。尼诺看看主人又看看那狗。他穿过房间走到雨中，绕着房边走了一圈。回来的时候他手里握着一根三尺长的金属水管子。他拿着水管朝狗走过去。“起来！”他喊着，“滚出去！”

那狗呜呜地爬起来，耷拉着脑袋沿着墙根一瘸一拐地走到院子里去。当他转身走回铺毯时，那狗又从他身边溜进了屋里。他又转身抄着水管朝它跑过去，老狗又挣扎着跑开了。

他紧跟着跑了出去。那狗在路边又停下，站在雨中回头看着。它过去也许曾是一条猎犬，也许是被人弃在荒山或路旁的。可能遭受过百般虐待、万种凌辱，但只有上帝的通报使者才知道。他弯下腰从护坡上抓起一把小石子扔出去。老狗抬起了它那畸形的脑袋怪诞地号叫着。他走上前去,老狗便逃到了大路上。他又追过去扔出更多的石子，对着它喝叫着。最后他把那截铁水管也扔了出去。铁管敲在路面上发出叮当的响声，又借着惯性向狗弹过去。老狗又怪叫着逃窜，但它那歪扭的四条腿怎么也跑不连贯，那古怪的脑袋笨拙地在脖子上摇晃着。它一边逃一边又抬起那张歪嘴巴大声哭号，发出一种可怕的声音，一种不属于这个地球上的声音，好像是一股痛苦的集合一起冲出以往的屈辱生活。它在雨中沿着路用它那几条饱受摧残的瘸腿踉跄地跑着。边跑边吠，吠出它心底的绝望，直到最后它完全消失在黑夜中，看不见也听不见了。

他在荒漠中午的白光中醒来，从气味难闻的毯子里坐起来。那印在对面墙上的原木窗框的影子眼见着开始失色和消退，好像是有一片云遮日而过。他踢开毯子，套上靴子，戴上帽子起身走了出去。在天光下道路是淡灰色的，但这光却在沿着大地的边缘收敛着。在路旁的沙漠蕨草丛中，小鸟早已苏醒开始啾啾鸣啭着飞来掠去。在沥青路面上，一群群像地蟹一样一直在横越公路的塔兰图拉毒蜘蛛一时僵立在它们的节肢造型中，僵立在它们提线木偶般的形态中，随即便用它们那四四相对的、整齐匀称的踏步来测试脚下那突然交叉联结起来的自身影像。

他顺着道路看去，他看着那暗淡下去的天光，看着那北天一线浓黑的云堆。夜里雨已经停了，一道断续的彩虹不甚清晰地挂在大漠上。他又看着这条道路，它仍然如前地伸展着，却更显黑暗而且还在不断地暗下去。道路的前头是东方，但那儿既无太阳,也无曙光。当他再次眺望北方,那天光收敛得更快了。此刻，他醒来的这个中午正在变成一个奇异的黄昏，甚至是一个奇异的夜晚。那些刚才还在飞翔的鸟儿也都归了巢，它们全部又静悄悄地安卧在路旁的蕨丛中。

他在外面走着。一股冷风从山里吹来。它是从大陆山脉的西坡吹来的。在那儿，夏日的残雪还积在林木线之上。这风吹越了高山上的冷杉林，穿透了白杨树的树干，席卷着山下那无际的大漠。雨在夜里早已经停了，他在道路上走着。他又开始大声地呼叫那只狗，他叫了又叫，一遍遍地呼喊着。他独自伫立在那不可解释的黑暗之中，那儿除了风的吹拂之外没有别的声音。过了一会儿他坐到了路上。他摘下帽子把它放在面前的沥青路面上，他弯下了头，把脸埋在两只手中哭泣着。他在那里坐了不知有多久。但时间又一次地推出了一个灰色的黎明，又一次地托出了一轮神造的、完美的太阳。太阳升起来了，它又一次地照耀着大地，照耀着一切，不计善恶，不论功过，不分厚薄，一视同仁。